Pregunta equivocada,

RESPUESTA OPORTUNA

Pregunta equivocada, RESPUESTA OPORTUNA

ELLE CASEY

TRADUCCIÓN DE
ANA ALCAINA

amazon crossing

Título original: *Wrong Question, Right Answer*
Publicado originalmente por Montlake Romance, Estados Unidos, 2016

Edición en español publicada por:
AmazonCrossing, Amazon Media EU Sàrl
5 rue Plaetis, L-2338, Luxembourg
Diciembre, 2018

Impreso por: Ver última página
Primera edición digital 2018

ISBN: 9782919807192

www.apub.com

Sobre La Autora

Elle Casey es una prolífica autora estadounidense cuyas novelas aparecen habitualmente en las listas de superventas de *The New York Times* y *USA Today*. Ha trabajado como profesora y ha ejercido como abogada, y en la actualidad vive en Francia con su marido, sus tres hijos y varios caballos, perros y gatos.

Ha escrito más de cuarenta novelas en menos de cinco años y le gusta decir que ofrece a sus lectores un amplio surtido de sabores en el género de la ficción. Dichos sabores incluyen la novela romántica, la ciencia ficción, las fantasías urbanas, las novelas de acción y aventura, las de suspense y las de temática paranormal.

Entre sus libros están las series Rebel Wheels, Just One Night, Love in New York y Shine Not Burn.

Pregunta equivocada, respuesta oportuna es el tercer libro de la serie Bourbon Street Boys. Amazon Crossing ha publicado también las dos entregas anteriores: *Número equivocado, hombre perfecto* y *Lugar equivocado, momento justo*.

Para mi marido, Craig. Cada vez que uno de los personajes masculinos de mis libros es sexy, divertido, amable o cariñoso, las lectoras se hacen una pequeña idea del hombre con el que me casé.

Capítulo 1

Soy la primera en aparecer en el pub. Me pido un Long Island Iced Tea y me pongo al final de la barra, donde sé que nadie va a molestarme. No he venido aquí a hacer amigos, algo que debería ser evidente para cualquiera que me mire: llevo el pelo —largo, oscuro y liso— recogido en un moño desordenado sujeto con un alfiler de acero, utensilio que se podría utilizar para perforar un pulmón en caso necesario; vaqueros ajustados, una camiseta sin mangas blanca con una chaqueta vaquera muy gastada y mis botas de trabajo de cuero negro de tacón alto, con cremallera hasta la rodilla. Estoy fuera de mi horario de trabajo, pero puedo repartir leña a diestro y siniestro entre cóctel y cóctel si la ocasión lo requiere. Siempre salgo a la calle preparada para cualquier cosa.

El resto del equipo ya debería estar aquí, y si hubiera sabido que iban a retrasarse, yo también habría venido más tarde. Odio estar sola en los bares. Los hombres intentan ligar conmigo y, cuando los rechazo, se ofenden y me cabrean. En mi caso, es mejor hacer un esfuerzo y no perder los estribos. No tengo el mejor carácter del mundo, y soy lo bastante mujer como para admitirlo.

La puerta se abre y aparece un tipo grande y corpulento. Creyendo que es mi jefe, me pongo contenta, pero la alegría me dura poco, pues me doy cuenta de que no, no es él, así que tomo otro sorbo de mi copa. Consulto mi reloj militar negro Suunto

—regalo del equipo— y arrugo la frente. Llevan diez minutos de retraso. Panda de cretinos... Como si no tuviera nada mejor que hacer que estar aquí y esperar a que aparezcan. Después de soltar un suspiro de irritación, tomo otro trago bien largo, mirando hacia la puerta por encima del vaso de tubo. Juraría que hasta oigo el tictac de los segundos dentro de mi cerebro.

Alguien se acerca a mí y me mira. Es un hombre con una camisa de vestir, con el pelo engominado y peinado para que parezca que no se ha pasado media hora arreglándoselo. Lleva un reloj de pulsera Citizen muy caro, un cinturón de cuero a juego con sus mocasines, y en su cara no hay ni rastro de una barba desaliñada, ni una cicatriz siquiera. Hago un esfuerzo para no reírme en sus narices. Desde luego, no es mi tipo, para nada. Lo bautizo con el nombre de Ken.

—Hola. No te había visto nunca por aquí.

Ken me señala con la botella de cerveza y sonríe. Su dentadura podría servir para un anuncio de Colgate.

—¿Ah, no? Pues es raro, porque hace más de diez años que vengo.

Tomo otro sorbo del cóctel, con la esperanza de que mi respuesta grosera y en absoluto entusiasta baste para ahuyentarlo. Ya he jugado a este juego bastantes veces para saber cómo debería funcionar: los chicos listos se van a ligar a otra parte y me dejan en paz; los tontos, en cambio, se largan con varias cicatrices. Pero no es culpa mía. Yo emito todas las señales correctas: «Peligro: mujer dura e insensible. Mejor mantenerse alejado».

Antes dejaba a los hombres ligar conmigo en los bares cuando mi ex, Charlie, y yo pasábamos una época difícil, pero ahora que ha salido de mi vida, ya no lo hago. Y si tuviera que empezar a hacer eso otra vez, no sería esta noche. No estoy de humor. Se suponía que estaba aquí para reunirme con todo el equipo y celebrar nuestra última victoria y la bonificación que la acompañaba, y no para parar los pies a los tipos que deciden asomarse al lado salvaje de la vida, para variar. Esperemos que Ken también sepa jugar a este juego y se esfume antes de que las cosas se pongan feas.

—¿De verdad? Entonces, eres de por aquí. Genial. Me encanta tu acento, por cierto.

O no.

—Es un acento muy bonito y sexy.

Me guiña un ojo.

Muy bien, así que, definitivamente, no sabe cómo se juega a este juego. Tal vez sea porque las mujeres lo rechazan pocas veces. Desde luego, tiene ese aire: rezuma confianza en sí mismo, una afección que sufren muchos hombres ricos y atractivos de la zona. Por desgracia, su absoluta falta de contacto con la realidad cuenta con el apoyo de muchas de las mujeres de por aquí, capaces de enseñar las tetas para conseguir que les regalen un collar o cualquier otra fruslería por el estilo.

No digo nada. Solo lo miro fijamente mientras tomo otro sorbo. ¿Es que no nota los témpanos de hielo que le lanzo con mi mirada glacial?

—Creo que debería haber deducido por el acento que naciste y te criaste en Nueva Orleans.

Me encojo de hombros.

—Tal vez.

No tengo nada que decirle a este tipo, pero no puedo mirarlo impasible mientras se retuerce. Aún me queda un poco de misericordia. A ver, una pizca muy, muy pequeñita. Una condena de cárcel y dos años de libertad condicional es lo que tiene.

—¿Estás aquí con alguien? —Ken mira alrededor.

—No, pero lo estaré.

Se le iluminan los ojos.

Me doy cuenta de mi error en cuanto veo su reacción: acabo de darle alas. Dejo el vaso en la barra y niego con la cabeza.

—Estoy esperando a más gente.

3

Se le desvanece parte de la sonrisa.

—Ah, sí, claro. Más gente. Pues parece que esa «gente» llega tarde.

Mi nuevo amigo mira exageradamente su reloj, creyéndose muy gracioso, cuando lo que hace, sin querer, es dejar que asome una parte de su faceta más prepotente y engreída.

Un amago de sonrisa asoma a mis labios: ahora veré al fin al verdadero hombre detrás de la máscara. Ken era todo dulzura y cortesía cuando creía que iba a conseguir algo conmigo, pero sus modales están desapareciendo por momentos. Como cualquier otro hombre del mundo —salvo mis compañeros del equipo, por supuesto— finge ser de una manera para conseguir lo que quiere, y luego su yo verdadero aparece detrás de la fachada para destrozar esa imagen, una vez que tiene a su presa bien enganchada en sus redes. Al menos ahora tengo algo para entretenerme hasta que lleguen mis amigos. No hay piedad para los cretinos.

—¿Qué pasa? —pregunto—. ¿Te molesta que esté esperando a otra persona?

Se le tensa la mandíbula antes de responder.

—No. No me molesta.

—Pues tu lenguaje corporal dice lo contrario. —Sonrío aún más, tomando otro sorbo. Casi me he terminado este generoso cóctel y ya estoy deseando que llegue el siguiente. Levanto el dedo hacia el camarero para llamar su atención. Él asiente, sabiendo exactamente lo que le pido. Ya ha empezado a llenar otro vaso con hielo para mí. Sí, amiguito, tráeme ese combinado de vodka con tequila, ron y triple seco...

Ken tiene el cuerpo rígido como una tabla.

—No me molestaría si lo que dices fuera verdad.

Lo miro de soslayo.

—¿Me estás llamando mentirosa?

Sacude la cabeza.

—Las mujeres como tú sois todas iguales.

Se toma un buen trago de cerveza, como si fuera míster Calma Total, cuando en realidad es míster Jugando con Fuego.

Me vuelvo a medias en mi taburete y levanto la barbilla hacia él con un movimiento rápido de la cabeza.

—Me conoces perfectamente después de abordarme en un bar y hablar conmigo durante diez segundos, ¿es eso?

Él vuelve a sacudir la cabeza, negándose a mirarme a la cara.

—Esta noche has venido aquí en busca de atención, pero cuando alguien te la presta al fin, te comportas como una zorra. Como si fueras demasiado buena y estuvieras por encima de nosotros.

Pierdo parte de mi buen humor. Es posible que tenga un pequeño problema con que me llamen zorra, y eso podría deberse a que a un hombre del que creía estar enamorada le gustaba apodarme así cuando estaba de un humor determinado...

Me bajo a medias del taburete, apoyando el pie izquierdo en el suelo.

—Dime que no acabas de llamarme zorra. Dime que no has entrado en mi bar mientras intento relajarme después del trabajo y me has llamado zorra solo porque te he rechazado.

Él me mira, sorprendido.

—¿Eres la dueña de este bar?

—No, Ken, no soy la dueña de este bar, pero como si lo fuera. —Lo frecuento desde que tenía quince años—. ¿Por qué no te largas de aquí antes de que me cabrees de verdad?

Bajo el otro pie al suelo. La adrenalina me corre por las venas mientras mi cerebro evalúa rápidamente la situación y lo que podría suceder ahora. Tengo que estar preparada para cualquier cosa. Separo las piernas y me preparo para la acción.

Él se ríe, pero es una risa carente de humor.

—Es un país libre. Puedo tomarme una cerveza donde quiera... —Hace una pausa antes de pronunciar una última palabra—, zorra.

Mi primer impulso es darle un puñetazo en la sien, pero eso hará que me echen y me perderé la celebración con el equipo. Danny, el camarero y dueño del bar, es amigo mío, pero es bastante estricto. Así que, en vez de hacer eso, levanto la pierna, apoyo la bota de tacón de aguja con la puntera contra la cadera del tipo y lo empujo con todas mis fuerzas mientras me agarro al borde de la barra.

Ken no esperaba el contacto, ni que tuviera tanta fuerza, así que pierde el equilibrio fácilmente y sale despedido, llevándose la cerveza consigo. Se tropieza con sus propios pies, aterriza de costado en el suelo y la botella de cerveza se estrella contra los tablones de madera. La cerveza salpica por todas partes y le moja las piernas a la persona que hay sentada en la mesa más cercana.

El destinatario de la salpicadura, un hombre ya entrado en años y barbudo, vestido con traje de cuero de motero, se levanta precipitadamente y tira su silla de espaldas. Mira al responsable de haberle manchado los pantalones de cerveza.

—¡Joder, tío! ¿Qué cojones te pasa!

—¡No he sido yo! —grita Ken con voz chillona, señalando en mi dirección—. ¡Ha sido ella!

El hombre me mira y le sonrío, encogiéndome de hombros con el movimiento más femenino que sé hacer.

—Se ha caído. Se habrá tropezado con esos zapatos tan elegantes que lleva... Creo que ha bebido demasiado.

Frunzo el ceño con fuerza.

Ken trata de levantarse mientras el camarero se acerca a nosotros. Danny coloca mi nuevo combinado al lado del anterior.

—¿Qué pasa aquí? —Me mira—. ¿Toni? ¿Vamos a tener algún problema esta noche?

Niego con la cabeza.

—No, no hay ningún problema, Danny. Este señor se ha caído, eso es todo.

Señalo a Ken y abro mucho los ojos para darme un aire aún más inocente.

Ken ya está de pie, tan enfadado que está temblando.

—¡Me ha dado una patada! ¡Ha sido ella la que me ha tirado al suelo! ¡Lo único que hacía era hablar!

Me aparto un paso de la barra para que vean mi estatura diminuta, apenas metro sesenta, que solo alcanzo con estos tacones.

—Sí, claro. Yo te he tirado al suelo.

El tipo me saca por lo menos dos palmos y pesa cuarenta kilos más que yo.

Después de escucharme, las personas sentadas a nuestro alrededor nos miran a los dos y hacen sus cálculos, repasan a Ken y sacuden la cabeza. «Qué poca vergüenza... —piensan—. Mira que culpar a una chica tan bajita y poca cosa de su propia torpeza...». Danny es el único que me mira a mí, con furia. Me conoce muy bien.

—¿Qué estaba bebiendo? —pregunta Danny a Ken con tono cansado—. A la siguiente invita la casa, pero llévese la copa al otro extremo de la barra, ¿quiere?

Señala el punto más alejado de mí que hay en el bar. Míster Cinturón y Zapatos a Juego me mira y parece querer decir algo, pero al final suelta un suspiro y se aleja, sacudiendo la cabeza. Esperaba que fuera a llamarme con el mismo apelativo de antes, pero no he tenido esa suerte. Supongo que no es tan estúpido como parece.

Sonrío para mis adentros mientras vuelvo al taburete y tomo el cóctel. Por mi experiencia, la escenita que acabo de protagonizar o bien me proporcionará una noche de placer etílico ininterrumpido porque habré atemorizado a todos los otros chicos del bar, o hará que se pongan a hacer cola para intentar ligar conmigo, convencidos de que solo busco pescar a alguien más atractivo, lo que por supuesto significa cualquiera de ellos. Espero los pocos segundos que tardan las cosas en tranquilizarse y empiezo a beberme mi segundo cóctel con entusiasmo.

La puerta del bar se abre, y esta vez el hombre que cruza el umbral es mi jefe, Ozzie. Entra acompañado de su novia, mi compañera del equipo, May.

Lanzo un suspiro de alivio. No le hago ascos a la violencia ni a defenderme cuando es necesario, pero prefiero mil veces tomarme una copa y hablar con mi gente sobre un trabajo bien hecho. Y no es que necesite el apoyo de nadie, pero lo prefiero. A veces, cuando estoy sola, me paso un poco de la raya y la situación se descontrola. Intento llevar una vida normal y evitar que las cosas se salgan de madre. Una vez ya escapé por los pelos de un asunto muy turbio que por poco acaba con mi vida. Aparto el dolor que siento en el pecho cuando, al recordarlo, intenta volver a apoderarse de mí. No pienso permitirlo; esta noche he salido a celebrar algo, no es una noche para lamentaciones.

Espero a que me vean y adelanto la barbilla a modo de saludo cuando May agita la mano. Ella siempre tan entusiasta... Su alegría constante es algo a lo que casi me he acostumbrado después de seis meses trabajando con ella, pero no ha sido fácil. A veces me dan ganas de hacerle una llave estranguladora de cabeza y exprimirle esa felicidad absurdamente exagerada. Sonrío al imaginarla como un tubo gigante de pasta de dientes que hay que vaciar del todo.

Ozzie es más discreto, y me hace saber con un vago asentimiento con la cabeza que me ha visto sentada en la barra. Justo detrás de la pareja vienen mi hermano Thibault y mi compañero del equipo, Lucky. Conozco a Lucky prácticamente de toda la vida, así que es tentador decir que es como un hermano, pero no puedo hacer eso. Cuando éramos muy jóvenes, una vez nos entró la tontería y nos besamos, así que nunca podría verlo como veo a Thibault.

Lucky y yo nunca repetimos ese error, pero eso no impide que me acuerde de aquello de vez en cuando. Ahora mismo es uno de esos momentos. Está especialmente guapo con esa cazadora de cuero negro y con el pelo revuelto que le cae sobre la frente. Cuando está pensativo, como ahora, no puedo dejar de preguntarme qué será lo que le preocupa. Siempre me he sentido atraída por el lado más oscuro de las cosas.

May interrumpe mis pensamientos fundiéndose conmigo en un abrazo.

—¡Has llegado temprano! ¡Y hueles muy bien! Como a cereza...

Me encojo de hombros dentro de su abrazo y me termino el cóctel por encima del brazo con el que me rodea, atrapando y comiéndome la guinda que flotaba en el hielo. Danny siempre me pone guindas de más: dice que es para ver si así consiguen endulzarme un poco el carácter...

—Tenía que tomarme mi té —le digo—. No podía esperaros toda la noche.

Cuando May me suelta al fin, Ozzie entrechoca el puño conmigo y mi hermano se acerca para pellizcarme la mejilla.

—Vaya, vaya... Está tomando Long Island Iced Tea... —dice Thibault.

Lo golpeo con la punta de la bota.

—Cállate, chivato.

Ozzie saca una tarjeta de crédito de su billetera y da unos golpecitos con ella en la barra.

—Esta noche las copas corren de mi cuenta. He cobrado una generosa bonificación.

Levanta una mano para llamar a Danny, quien asiente con la cabeza en respuesta. Ozzie es un personaje conocido en este local, al igual que el resto del equipo. Cada vez que terminamos un caso, es aquí donde lo celebramos. Es donde llevamos viniendo desde antes de que tuviéramos la edad legal para beber alcohol. Tienen varias mesas de billar en la parte de atrás y música bastante decente. La clientela es variada, gente local y turistas. Ken pertenece al último grupo. Está intentando fingir que no nos ve aquí, al final de la barra.

¡Toma ya, imbécil! Ya te dije que había quedado con más gente...

—Hola —dice Lucky, ocupando el taburete junto al mío y mirándome antes de echar un vistazo a la hilera de botellas detrás de la barra. Ha entrecerrado los ojos, pero me consta que tiene una vista de águila.

—Hola.

Aparto la mirada. Le pasa algo. Normalmente es todo sonrisas y siempre hace comentarios amables que hacen sentirse cómoda a la gente, pero esta noche parece ofuscado, puede que incluso deprimido. Sin embargo, no me interesa descifrar el enigma que es Lucky; al menos no esta noche. Hay por lo menos dos cócteles más esperándome y una celebración de la que tengo previsto disfrutar completamente, sobre todo ahora que es la tarjeta de crédito de Ozzie la que se encarga de la cuenta. Si de verdad le pasa algo a Lucky, también estará raro mañana, y entonces ya le preguntaré qué le pasa. Interrogarle ahora, cuando voy por mi segundo cóctel, podría resultar complicado.

No se me da muy bien el autocontrol cuando voy un poco bebida, y definitivamente, esta noche pienso desmadrarme. Ha pasado mucho tiempo desde la última vez que me solté la melena. Casi cinco años, de hecho. Se acerca el aniversario de la última noche en la que no pensé con claridad, que me dejó muchos recuerdos realmente desgraciados. No me importaría nada olvidar algunos de ellos hoy.

Levanto la copa en dirección a mis amigos.

—¡A ver quién es el primero en caer!

Me acabo mi segundo cóctel sorbiendo con fuerza por la pajita. ¡Es hora de que empiece la fiesta!

Capítulo 2

Llevo ya tres cócteles cuando me doy cuenta de que solo estamos Lucky y yo en la barra. Miro alrededor, entrecerrando los ojos.

—¿Adónde han ido esos idiotas?

Lucky no me mira cuando responde.

—Están en la parte de atrás jugando al billar.

Está encorvado sobre una cerveza, con los hombros subidos hasta las orejas y la cazadora de cuero aún puesta. Mira la etiqueta del botellín como si tratara de memorizarla.

¿En la parte de atrás?

—¿Se han ido sin preguntarme si quería jugar?

—Te lo preguntaron, pero cuando les dijiste que se fueran a la mierda, se marcharon.

Me vuelvo a medias y le doy un codazo.

—Yo no he hecho eso.

—Sí que lo has hecho. —Gira el cuerpo y me mira—. La memoria te falla mucho cuando bebes.

Lo miro con furia.

—¿Estás buscando guerra?

Tuerce la comisura de la boca en una media sonrisa triste.

—Tal vez.

Le doy un pequeño empujón, sabiendo que solo está de broma y no coqueteando de verdad conmigo. Lucky es el rey de la seducción, el hombre más sexy sobre la faz de la Tierra, y lo sabe perfectamente. En general, no es un rompecorazones, pero sabe cómo jugar. Odio que, por culpa de todos estos cócteles, mi corazón se haya hecho ilusiones, que por un segundo haya llegado a creer que me estaba tirando los tejos. Tengo que respirar profundamente para calmarme. El maldito recuerdo de aquel beso de la época del instituto sigue tratando de apoderarse de mi mente, y la parte sobria que hay en mí sabe que yo a Lucky no le convengo para nada.

—¿Se puede saber qué te pasa? —pregunta, inclinándose un poco hacia mí—. Estás enfadada por algo.

Se yergue y bebe un trago de cerveza, sin quitarme los ojos de encima. Su mirada hace que una descarga de deseo me electrice todo el cuerpo, como un rayo que aterriza en mis bragas. No estoy de humor para eso ni para sus bromas absurdas. Puede que se le haya olvidado que dentro de unos días será el aniversario del peor día de mi vida, pero a mí no.

—Tengo que llamar por teléfono.

Agarro mi bolso de la barra y me bajo del taburete. Tengo que encontrar un lugar tranquilo donde poder hablar y oírme a mí misma. Ahora el local está abarrotado y me zumban los oídos por tanto barullo.

Lucky se da vuelta en el taburete, interesado de pronto en mis planes.

—¿A quién quieres llamar estando borracha?

—¿Y a ti qué te importa? —Me paro delante de él mientras busco el teléfono en el bolso.

Se encoge de hombros, con las manos colgando entre las piernas flexionadas y los pies apoyados en el soporte del taburete.

—Todos tus amigos están aquí. ¿A quién puedes querer llamar si no es a uno de nosotros?

Su pregunta me molesta. Sé lo que está pensando, y puede que tenga razón, pero no importa. No es asunto suyo lo que hago con mi vida privada. ¿Y qué pasa si quiero llamar al hermano del hombre al que maté?

Lo miro fijamente, con el teléfono en la mano.

—¿Crees que vosotros sois mis únicos amigos?

Esta vez su sonrisa es débil, desdibujada por la cerveza.

—Sé que lo somos: eres demasiado mala para tener otros amigos.

—Pues está visto que aún debería ser peor, porque crees que puedes soltarme esa estupidez en la cara sin que pase nada.

Suelto el bolso y levanto la mano para abofetearlo, pero él me agarra de la muñeca y la sujeta a escasos centímetros de la mejilla que estaba a punto de teñirle de rojo. Su sonrisa débil no se mueve de su sitio.

—Suéltame —le digo entre dientes, con el brazo rígido.

Más fuerte que yo, me baja la mano hasta el costado antes de soltarla.

—No empieces algo que no puedas terminar, Toni.

No sé exactamente qué quiere decir con eso, pero me dan ganas de retorcerme en mis botas.

—Cierra la boca.

Recojo el bolso del suelo y me alejo a grandes zancadas.

¡Cómo se atreve...! ¡¡Cómo se atreve a insinuar que no tengo amigos, a decirme lo que debo o no debo hacer, a impedirme que lo abofetee cuando merece un buen guantazo!? Me entran ganas de volverme y darle una lección, pero no lo hago porque ahora todavía está demasiado ágil y alerta. Necesito que se beba un par de cervezas más antes de poder darle una buena paliza.

Me dirijo a la parte posterior del bar, donde hay un rincón con una vieja cabina telefónica que ya no funciona. Aparte del baño, este es el sitio más tranquilo de todo el local. Mientras me desplazo a través de mis contactos, mi cerebro inundado de cócteles me asegura que es una gran idea: llamaré a Rowdy y le pediré perdón por haber disparado a su hermano cinco veces en el tórax. Aprieto los dientes con fuerza para controlar la oleada de emociones que amenaza con desbordarme y me tiembla la barbilla por el esfuerzo.

Tal vez si consigo que un miembro de esa familia me perdone, pueda intentar perdonarme a mí misma yo también. Es una posibilidad muy remota, pero ahora mismo, con la cabeza dándome vueltas como un torbellino, me parece una idea genial.

Presiono el botón que marcará su número, me acerco el teléfono a la oreja y espero a que suene el tono de llamada. Sin embargo, de repente, lo único que veo allí delante son mis dedos, y ni rastro del teléfono. Tardo un par de segundos en deducir qué está pasando.

Me doy la vuelta y me encuentro a Lucky, sujetando mi teléfono con la mano y sonriéndome. Mira la pantalla mientras presiona el botón rojo para desconectar la llamada.

—Rowdy LeGrande. —Su sonrisa traviesa se transforma en una mueca seria al mirarme—. ¿Estás llamando a Rowdy? ¿Te has vuelto loca o qué?

Las fosas nasales me arden mientras aprieto los dientes. Lucky me las va a pagar por esto. Levanto la mano.

—Dame el teléfono ahora mismo. No estoy bromeando.

Niega con la cabeza.

—No. No puedo hacerlo.

Doy un paso hacia él, pero levanta el teléfono en el aire, por encima de su cabeza. Mide más de metro ochenta, así que ni siquiera con tacones podré alcanzar su mano, a menos que lo obligue a ponerse de rodillas, cosa que me resulta muy tentadora en estos momentos.

—De eso nada... Quieta ahí, fiera.

—Si no me devuelves el teléfono en los próximos cinco segundos...

Arquea las cejas.

—¿Qué? ¿Vas a dispararme?

Mi cerebro no emite ningún pensamiento consciente antes de lanzarme al ataque: me abalanzo sobre él, aullando mi grito de guerra y yendo directa a los ojos.

Por desgracia, él se me adelanta y deja caer mi teléfono para poder capturarme las muñecas con una sola mano. Con la otra me arrastra hacia él.

Ambos caemos hacia atrás a la vez. Cuando su columna vertebral se da contra la pared de detrás y se golpea la cabeza contra los paneles de madera, lanza un gruñido de dolor, pero no me suelta.

Apenas unos centímetros separan su cara de la mía. Quiero arañarlo, arrancarle los ojos y hacerlo sangrar por decir lo que ha dicho, pero no puedo hacer nada de eso. Me tiene agarrada como si fuera un tornillo, y estoy demasiado borracha para sacar mi verdadera fuerza. La sala me da vueltas y noto su rostro pegado al mío. Puedo oler la cerveza en su aliento. Debería ser un olor desagradable, pero no lo es. Siento como si me fuera a explotar el corazón, con una mezcla de ira y confusión. Nunca había visto a Lucky jugar tan sucio.

—Lo siento. No debería haber dicho eso. —Su voz es ronca, tal vez impregnada de arrepentimiento, pero no me importa. Ha cruzado la línea, ha hecho algo imperdonable.

—Exacto, no deberías haberlo dicho, joder. —Forcejeo con él, tratando de escapar, pero es el doble de fuerte que yo. Levanto la rodilla con la esperanza de darle en las pelotas, pero él lo intuye y se gira de lado, por lo que el golpe le impacta en el muslo. Es un rodillazo lo bastante fuerte para causar un hematoma, pero no hace que afloje la presión sobre mí.

—Solo intento ayudarte... —dice entre un jadeo de dolor—. Trato de evitar que cometas un gran error.

—No necesito tu ayuda, imbécil. —Empujo nuestros brazos unidos en dirección a su cara, pero él para el intento de golpe un par de centímetros antes de que haga contacto. Cambio de opinión sobre su aliento: es asqueroso. Budweiser, puaj.

—Pues yo creo que sí necesitas mi ayuda. Estabas a punto de llamar a Rowdy, el tipo que ideó el plan para secuestrar a tu compañera de trabajo, pero se libró de ir a la cárcel porque aceptó someterse a tratamiento en un centro de salud mental... El mismo tipo que todavía quiere darte una paliza o algo peor. Vamos, Toni, lo sabes perfectamente.

No sé por qué sus palabras me duelen tanto, pero lo cierto es que me duelen. Odio ser débil, necesitar que las personas con las que trabajo me acepten. No debería importarme lo que piensen. Yo elijo mi propio camino, vivo mi propia vida y no respondo ante nadie. Entonces, ¿por qué me afecta lo que dice?

—Cállate, Lucky. Tú no me conoces.

Su expresión se suaviza, pero la presión de sus manos no.

—Te conozco mejor de lo que crees.

Lanzo un bufido y luego me burlo de él.

—Por favor... ¿Crees que porque me besaste cuando íbamos al instituto me conoces?

Demasiado tarde, me doy cuenta de que le he enseñado mis cartas. Seguramente debería olvidarme de todo aquel maldito asunto, como ha hecho él. A fin de cuentas, fue hace ya diez años. Toda una vida. Aunque no parece tanto tiempo. Probablemente sea porque, incluso después de todos estos años, mi corazón no ha aprendido aún a borrar aquel recuerdo. Me guste o no, ese momento con Lucky me ha ayudado a superar situaciones verdaderamente difíciles. Muchas veces he soñado con lo que podría haber pasado con nosotros y con mi vida si hubiera perseguido aquella emoción que sentí con él en lugar de arrojarme a los brazos de Charlie.

Él niega con la cabeza.

—No pienso hablar de ese beso. —Entonces sonríe, con aspecto de estar realmente orgulloso de sí mismo—. Pero me alegra saber que todavía te acuerdas. —Inclina la cabeza—. ¿Cuánto tiempo ha pasado? ¿Diez años? ¿Quince?

Estoy hecha una furia. No solo se cree con el derecho a decirme qué hacer con mi vida, sino que también se burla de mí.

—¿A quién mierda le importa? —Me quedo completamente inmóvil y lo miro fijamente—. Suéltame y te dejaré treinta segundos de margen para que te vayas antes de ir a por ti. Considéralo un regalo de cumpleaños anticipado.

—Tengo una idea mejor. —Me observa, sin sentirse intimidado por mi amenaza.

Me gustaría mirarlo a los ojos, pero he bebido demasiado alcohol. La sala me da vueltas, así que tengo que desviar la vista hacia otro lado.

—¿Ah, sí? ¿Y cuál es esa idea?

Desliza el dedo por debajo de mi barbilla y lo usa para volverme la cabeza hacia la suya. Lo miro a la cara, incapaz de resistirme mientras se acerca más y más.

—Vamos a probarlo de nuevo —dice.

Y antes de darme cuenta, sus labios tocan los míos y nos besamos.

Capítulo 3

La insensatez de ese beso dura solo tres segundos antes de que me ponga como loca y empiece a golpear a Lucky en el pecho y a gritar a pleno pulmón. Si tuviera un arma, la usaría contra él. ¡Cómo se atreve! ¡Cómo se atreve a jugar así con mi corazón!

Lucky me suelta de inmediato y da un salto hacia atrás, creando un espacio entre nosotros para así poder controlar mejor la situación. Reconozco la maniobra por nuestros entrenamientos. Extiende las manos en un movimiento que podría tener como objetivo calmarme.

La gente nos mira, preguntándose qué habrá pasado, pero esta es la clase de sitio donde los besos inopinados son cosas que ocurren todas las noches, así que nadie se mueve. Vuelven a sus cervezas y sus cócteles en un tiempo récord, y yo me quedo con Lucky en el rincón, con el corazón latiéndome a toda velocidad.

—Pero ¿qué haces? —pregunto.

Lanzo un gruñido y me paso el dorso de la mano por la boca. Siento un hormigueo en los labios y es como si todavía estuviera ahí, tocándome, su lengua lamiendo la mía, así que vuelvo a limpiármelos con la mano. Tengo ganas de escupir; estoy muy, muy enfadada.

Lucky parece confundido.

—Lo siento. No sé qué...

Miro más allá del rincón, rezando por que ningún miembro del equipo haya visto lo que ha hecho, pero no hay rastro de ellos. Seguramente sigan jugando al billar. Sin mí. Es como si el corazón se me resquebrajase por tres puntos diferentes.

Recojo el bolso del suelo, me lo echo al hombro y vuelvo a agacharme para recoger el teléfono. Lo que faltaba. Se me ha roto la pantalla. Tengo que largarme de aquí antes de que haga algo peor de lo que ya he hecho. Aparto a Lucky de un empujón de camino a la puerta del bar.

Por desgracia, viene detrás de mí.

—¿Adónde vas? No puedes conducir. Has bebido demasiado.

Me cuesta trabajo respirar y no entiendo por qué: corro ochenta kilómetros a la semana. Podría soltar el bolso y correr una maratón en tacones ahora mismo si quisiera, pero por alguna razón no consigo absorber suficiente oxígeno para mis pulmones. Entonces me doy cuenta del problema; me estoy ahogando porque Lucky está muy cerca.

—Déjame en paz. No te preocupes de lo que hago o dejo de hacer. —Tengo mucho que añadir a esa frase, como por ejemplo: «No soy tu novia» o «¿Quién te crees que eres?» o «¿Por qué de repente ahora te intereso tanto cuando hace diez años pasaste de mí tan fácilmente?». Sin embargo, eso abriría la puerta a que él dijera cosas que no estoy segura de querer escuchar. Yo no le gusto y él no me gusta a mí. Al menos, no de ese modo. Ya no. Aquel beso fue un error, y ambos lo sabemos. Y el beso de esta noche, también.

No le grito. No digo ninguna de las cosas que desenterrarían recuerdos de hace diez años que están mejor enterrados, a pesar de que podría ser un alivio sacarme esas palabras de la cabeza y lanzarlas al mundo. Sin embargo, en vez de eso, me asomo a la calle, esperando contra toda esperanza que haya algún coche que pueda llevarme a casa.

Lo cierto es que mis esperanzas son nulas, porque hoy tengo una mierda de día de suerte, y sin embargo, justo al final de la calle veo un taxi con su luz verde encendida. Un ángel de la guarda ha bajado del cielo esta noche para cuidar de mí. Gracias, Padre, Hijo y Espíritu Santo. Echo a correr. Cuando llego al lado del pasajero y me agacho, estoy sin aliento.

—¿Está libre para llevarme a casa?

El taxista, que leía un periódico con la luz del techo, me mira sin darse prisa en responder. Habla despacio y arrastrando las palabras.

—¿Trabaja para los Bourbon Street Boys?

Me pilla totalmente por sorpresa, así que lo miro frunciendo el ceño durante unos segundos. Juraría que ha dicho...

Sigue hablando con su voz grave.

—Me han contratado para que lleve a casa al personal de los Bourbon Street Boys. Ya me han pagado la carrera por adelantado. Si trabaja como empleada para ellos, puedo llevarla a casa.

—Sí, sí, soy miembro del equipo.

Apoyo la mano en la puerta, conteniendo la respiración mientras espero a que me deje subir.

—Muéstreme su documento de identificación o búsquese otro taxi. —Parece a punto de volver a concentrarse en el periódico, así que muevo la mano junto a la ventanilla.

—Ningún problema. Ahora mismo le enseño mi tarjeta. Me llamo Toni.

No pierdo más tiempo, porque temo que Lucky se empeñe en venir detrás de mí. Abro la puerta de atrás y me deslizo en el interior del vehículo, mostrando al taxista una de mis tarjetas de visita para que pueda ver que soy quien digo que soy.

Hay un leve rastro de humo de cigarrillo dentro del taxi y la tapicería ha visto días mejores, pero siento que mi caballero de brillante armadura ha llegado justo a tiempo para salvarme de mí misma. Me vuelvo y veo a través de la ventanilla trasera que Lucky viene andando hacia la ventana del copiloto, donde yo estaba parada hasta hace un momento.

Agarro el borde del asiento delantero y lo uso para empujarme hacia delante.

—Vámonos ya. Le daré instrucciones por el camino. Diríjase hacia el norte. —Señalo el parabrisas delantero para animarlo a que se dé prisa en arrancar.

El conductor se da media vuelta para mirarme mientras señala la ventanilla lateral.

—¿Ese tipo está con usted?

Lucky se agacha y, de pronto, su atractiva cara aparece por el cristal.

¡Maldita sea! Ahora ya sabe que estaba intentando escapar de él. Me recuesto contra el asiento y lanzo un prolongado suspiro.

—No. Definitivamente, no está conmigo.

Lucky hace como si no lo hubiera oído, pero sé muy bien que sí lo ha hecho.

—Oye, ¿puedo compartir este taxi contigo? —Me sonríe, haciendo que me entren ganas de pegarle y besarlo de nuevo a la vez.

Niego con la cabeza con todas mis fuerzas.

—No. Búscate uno para ti.

No puedo mirarlo. Esa cara me rompe el corazón. ¡¿Cómo se atreve a besarme así?!

—¿Trabaja con el equipo? —pregunta el taxista.

Lucky y yo respondemos al mismo tiempo.

—¡No! —exclamo yo.

—¡Sí! —afirma él.

El taxista sacude con la cabeza con resignación.

—A ver si se aclaran ustedes dos. Tengo un trabajo que hacer y no me ganaré el sueldo hasta que empiece a hacerlo.

Lucky se inclina hacia el taxista y lo mira fijamente.

—Le han contratado para llevar a los miembros del equipo de Bourbon Street Boys, y ambos somos empleados de la empresa. Ella está borracha como una cuba, así que solo quiero asegurarme de que llega a casa sana y salva antes de que usted me deje a mí en la mía, ¿de acuerdo?

Antes de que pueda decir nada, el taxista me mira por el espejo retrovisor y asiente con la cabeza hacia Lucky. La puerta delantera se abre, Lucky se sube en el coche y luego la cierra detrás de él. Ni siquiera ha tenido que enseñarle ninguna identificación, el muy cabrón. Y el taxista también es un cabrón. Malditos cerdos sexistas.

Miro a los dos imbéciles del asiento delantero, tratando de decidir qué hacer. La verdad es que me dan muchas ganas de bajarme y buscar otro taxi, pero llevo demasiados cócteles en el estómago y tengo un poco de frío. Necesito llegar a casa y meterme en la cama. Aunque antes de caer redonda pienso prepararme un cóctel muy especial: el combinado antirresaca de Thibault. Tengo la sensación de que voy a necesitar una dosis doble.

—¿Arranco ya? —pregunta el conductor, mirándome por el espejo.

Vuelvo la vista a la ventanilla lateral.

—Haga lo que quiera.

Será mejor que a Lucky no se le ocurra entrar en mi casa. Le romperé la maldita nariz si lo intenta. Estoy haciendo un esfuerzo sobrehumano por controlarme y hacer lo correcto, pero mi fortaleza mental tiene un límite, y cuando lo supero, entonces no me queda más remedio que hacer que mis puños se pongan al frente de la situación y sustituyan a las palabras.

Capítulo 4

El taxi se detiene delante de mi casa y me bajo. No me molesto en dejar propina porque sé que Ozzie se habrá encargado de eso también. Es otra de las ventajas que tiene este trabajo: cuando salimos a celebrar algo, él se asegura de que lleguemos bien a casa. Por lo general, suele ser él quien nos lleva en su camioneta, pero supongo que esta noche tenía otros planes con su novia.

Intento no amargarme por eso. May es una persona buena y simpática, pero mi vida era mucho más fácil cuando ella no estaba. Disfrutaba de mucha más atención por parte de Ozzie y siempre tenía a alguien con quien hablar cuando algo me rondaba por la cabeza. No es que me guste como hombre; se parece demasiado a un hermano mayor para sentirme atraída por él, pero es una especie de centro de mi universo como jefe, porque mi trabajo lo significa todo para mí. Me rescató de un lugar realmente oscuro y me mantiene lo bastante ocupada para no tener que pensar en mi pasado con tanta frecuencia, y eso es algo fabuloso. Guardo un montón de secretos y trapos sucios, a cada cual más enorme y gigantesco, que siempre luchan por salir a la luz.

Una segunda puerta se cierra a mi espalda y aprieto el paso, sabiendo lo que significa ese sonido.

—¡Espera!

Lucky viene detrás de mí a buen ritmo.

—¡No!

Cuando llego a la puerta de mi casa voy prácticamente corriendo. Hurgo en el bolso para buscar las llaves, y entonces oigo al taxi alejarse. Alzo la mirada para confirmar que se está alejando del bordillo y me encuentro a Lucky a medio camino de mi puerta. ¡Mierda! ¿Dónde están esas malditas llaves? Necesito un bolso más pequeño.

Ni siquiera lo miro mientras hablo.

—Será mejor que sigas andando y pases de largo, Lucky.

Mi hermano vive en una casa pequeña detrás del edificio principal y Lucky puede quedarse a dormir allí. Ya sabe dónde está la llave. Heredamos toda la propiedad de nuestros padres, pero Thibault dejó que yo me quedara con la casa más grande. No protesté, porque me gusta tener mucho espacio a mi alrededor, y tal vez algún día, cuando tenga cincuenta años, puede que me case y tenga un montón de perros o algo así. Nada de niños, gracias.

Los niños y yo no nos llevamos bien, para nada. Me hacen sentir incómoda. Nunca sé qué decirles o qué hacer cuando se plantan ahí delante, mirándome como pasmarotes como hacen siempre. El hijo de Jenny, Sammy, es probablemente el único niño con el que me he sentido cómoda en mi vida, y tal vez sea porque se comporta como un hombrecillo extraño en un cuerpo pequeño. Más que un niño, es todo un personaje. El hijo de Dev tampoco está mal, pero no lo veo mucho. Sammy, en cambio, casi se ha convertido en una presencia habitual en nuestra nave industrial. Su madre viene a dejar o recoger los archivos y muchas veces él la acompaña. Lo veo al menos tres veces a la semana, y siempre me da la mano y me llama «señorita Toni». Ese crío es la monda.

La voz de Lucky me devuelve al presente.

—Solo quiero asegurarme de que estás bien. —La arena cruje entre sus pies y el cemento cuando se acerca. Es lo bastante inteligente como para detenerse a tres metros de distancia.

—Si te acercas más, te pondré las pelotas por corbata.

24

Lucky sacude la cabeza de lado a lado, como si lo hubiera decepcionado.

—¿A qué viene tanta hostilidad, nena? Lo único que hice fue darte un beso. Y ni siquiera ha sido con lengua...

Entrecierro los ojos para tratar de verlo mejor. Se cree muy gracioso. Esta provocación no es propia de él.

—¿«Nena»? ¿Desde cuándo me llamas «nena»? ¿Quién eres tú y qué has hecho con mi amigo Lucky?

Ha pasado mucho tiempo desde la última vez que lo vi actuar así. Normalmente es muy prudente y reservado, pero esta noche no solo está robando besos, también está jugando al ángel de la guarda y provocándome, pero solo después de arrastrarse por la barra del bar, como si quisiera ahogar sus penas en alcohol. Debe de ser la cerveza, que se le ha subido a la cabeza. O tal vez sea un efecto secundario de trabajar con Jenny.

La hermana de May, Jenny, se sumó al equipo hace unos meses, y Lucky y ella trabajan mucho juntos. Creo que él se aburría bastante antes de que ella se incorporara, pero ahora ambos han formado su propio equipo, más pequeño, separado del grande. Últimamente él viene a trabajar más temprano y se queda hasta más tarde, y apostaría a que ella ha estado psicoanalizándolo cada segundo que ha pasado con él. Es la clase de persona a la que le gusta meterse en la cabeza de los demás y descubrir qué es lo que las motiva. Por eso me alegro tanto de que no trabajemos juntas en ningún proyecto. Me gusta que las cosas que hay dentro de mi cabeza se queden ahí, encerradas, en un lugar donde no puedan asustar a nadie.

Entiendo que formar equipo con ella puede hacer que Lucky se muestre más abierto, que sea más libre con sus palabras y sus actos. Formar parte de algo especial también ha cambiado mi vida. Lucky y Jenny siempre están acurrucados delante del ordenador, susurrando y riéndose de las cosas que encuentran. Para mí es un misterio cómo pueden disfrutar de lo que hacen. Los ordenadores y yo no nos llevamos muy bien. Yo prefiero salir sobre el terreno, hacer labores de vigilancia. Intento no ponerme celosa por que Jenny pase tanto tiempo con Lucky. El hecho de que esté locamente enamorada y que sea fiel a nuestro compañero Dev lo hace más fácil. Probablemente no debería sentirme celosa de nadie con respecto a Lucky, pero todavía no he descubierto cómo impedir que mi corazón haga lo que quiera.

—¿Qué quieres decir? Soy yo. Lucky. El chico al que besaste en el instituto.

Me lanza lo que él cree que es una sonrisa traviesa y me guiña un ojo. La luz de mi porche le ilumina los dientes y les arranca un destello. Por un segundo, me recuerda a Ken, el tipo de la barra, pero acto seguido la imagen desaparece. No hay ni punto de comparación. Lucky es... Lucky. No hay nadie como él.

Lo más sensato sería que siguiera furiosa con él, pero es tan asquerosamente adorable que no puedo evitar perdonarlo por meterse en mi vida esta noche. A decir verdad, supongo que no es una buena idea que me dejen sola en estas fechas, con el aniversario de mi mayor pecado tan cerca, cerniéndose sobre mí. Suelto un suspiro y sacudo la cabeza, volviéndome para que no me vea sonreír también.

—Nunca vas a dejar que lo olvide, ¿verdad?

—¿Por qué iba a hacerlo? Fue el mejor día de mi vida.

Las orejas me arden al oír sus palabras y se me acelera el corazón. ¿Habla en serio o está jugando conmigo? Por extraño que parezca, la reacción física que experimento ahora mismo se parece mucho a lo que siento cuando creo que uno de los malos, sometido a nuestra vigilancia, está a punto de descubrirme; esto sí que es un subidón de adrenalina... Debe de ser por culpa de los cócteles. Sacudo la cabeza para despejármela. Es imposible que Lucky hable en serio. Si hubiese sentido algo por mí todo este tiempo, yo lo sabría.

Por fin, encuentro las llaves en el fondo del bolso e introduzco la correcta en la cerradura.

—Sí, ya.

Sé que solo dice esa tontería porque es un buen tipo. Lucky es un hombre brillante; no se le escapa nada. A lo largo de los años, siempre ha estado ahí, protegiéndome y mirando por encima de mi hombro. Cuando ve que estoy a punto de montar en cólera, siempre se le ocurre decirme alguna estupidez que logra calmarme un poco.

Antes pensaba que todo eso, sus pequeños rescates, eran producto de mi imaginación, pero ahora empiezo a pensar que cuidar de mí ha sido su propósito desde el principio. Pero ¿por qué? ¿Por qué iba a hacer eso? Si estuviera colado por mí, ya me habría dado cuenta. Siempre ha estado ahí, en mi vida, en un segundo plano. No lo culpo por sentir pena por mí después de todos los errores que he cometido. Yo también intervengo cuando veo a alguien haciendo algo que puede dañar al equipo.

Abro la puerta y entro, sujetando la hoja mientras me vuelvo para mirarlo.

—Estoy bien. Ahora ya puedes seguir con tus asuntos. Entra en casa de Thibault si quieres.

En el equipo todos saben dónde está la llave, además del código de la alarma.

Atravieso por completo el umbral de mi casa y me dispongo a cerrar la puerta mientras introduzco el código que desactivará el sistema de alarma. Lucky se adelanta para detenerse a dos pasos del umbral. Cualquier otro día, le daría con la puerta en las narices sin más y me iría directamente a la cama, pero esta no es una fecha cualquiera en el calendario.

El inminente aniversario del día que cambió mi vida cae como una capa pesada sobre mis hombros, caliente e incómoda, algo que desearía poder quitarme de encima, pero no puedo. Cuanto más se acerca, más siento que tengo que luchar para respirar. Cada año creo que voy a ahogarme en el recuerdo de haber matado a mi exnovio, Charlie. Tal vez sea esa la razón por la que me he tomado tres cócteles de más esta noche. Odio estar sola cuando el recuerdo de Charlie me acecha de esta manera.

—Déjame entrar. —Da otro paso adelante.

Muy tentador... Niego con la cabeza.

—No, me voy a la cama. Sola. Vete. —Agarro la puerta con más fuerza. Debería cerrarla. Debería darme media vuelta.

Da un paso más y balancea el pie en el umbral.

—Pero es que yo quiero entrar. Quiero hablar contigo. —Su voz suena seria, lo que me da una pausa.

Ladeo la cadera y apoyo el antebrazo, hasta el codo, en el canto de la puerta.

—¿Hablar de qué?

Lucky no suele abrirse a los demás, pero sé que no soy la única que tiene que enfrentarse a un aniversario aciago: su hermana murió hace casi dos años. Frunzo el ceño tratando de recordar la fecha exacta, pero tengo que parpadear un par de veces para intentar que desaparezca el mareo causado por el alcohol. Quiero ser capaz de mirarlo a los ojos cuando me diga lo que sea que quiere decirme. Eso me tranquilizará y me armará de la paciencia necesaria para escucharlo.

Lucky tiene algo que... no sé cómo explicarlo; para mí, él representa la estabilidad. Es su presencia en sí, casi como algo místico: un ángel de la guarda que sé que estaría a mi lado si realmente lo necesitara, sin importar lo que costase ni dónde estuviera yo. El problema es que no me gusta ser débil; odio depender de alguien para lo que sea. Así que nunca en mi vida he llamado a este ángel de la guarda, y no va a ser esta noche cuando empiece. Espero a que responda mi pregunta, pero al mismo tiempo, estoy casi segura de que esto va a acabar conmigo cerrándole la puerta en las narices.

—No quiero hablar del tema aquí fuera. Necesito entrar.

Se mete las manos en los bolsillos y baja la mirada al suelo.

Me ha picado la curiosidad. Esta es la primera vez en toda la noche, la primera vez en mucho tiempo, que veo a Lucky mostrarse inseguro.

—¿Es por Sunny?

Lucky tiene un pez de colores al que adora. Para cualquier otra persona, puede parecer una locura, pero yo lo entiendo. Más o menos. Era de su hermana Maribelle. Tal vez quiera hablar de ella y recordarla. Jenny les dijo a todos en el equipo que Lucky necesita hablar sobre la muerte de su hermana para ayudarlo a superar el dolor por su suicidio, lo que significa que me voy a sentir culpable si le cierro la puerta ahora.

Doy un paso atrás y abro más la puerta.

—Venga, pasa. Voy a preparar el especial antirresaca de Thibault.

Lucky entra y cierra la puerta.

—Antes, espera un segundo. Necesito hacer algo.

Me detengo en el pasillo que lleva a la cocina, confusa. Él camina hacia mí, pero yo no retrocedo. No muevo un músculo. El mareo que amenazaba con apoderarse de mí desaparece en el preciso instante en que él se acerca lo bastante para que pueda tocarlo.

Lo miro, hipnotizada por el fuego que arde en sus ojos, y hago la pregunta que me danza en la cabeza.

—¿Qué estás haciendo?

No estoy segura de cuál va a ser su respuesta, pero eso no impide que el pulso me palpite como si fueran tambores de guerra.

—Algo en lo que llevo pensando mucho tiempo. He decidido que tengo que dejar de pensar en ello y, simplemente, hacerlo.

—¿Por qué?

Solo trato de ganar tiempo, de descubrir qué quiere.

—Hace poco, una amiga me dijo que cada día debería hacer algo que en el futuro lamentaría no haber hecho, así que aquí estoy.

Sigue andando, lo que me obliga a retroceder. Me está avasallando, invadiendo mi espacio personal, haciendo que el corazón se me acelere mientras mi cerebro trata de encontrar un sentido a lo que está ocurriendo. Estaba preparada para escucharlo con actitud compasiva, a ser amable cuando, normalmente, yo no puedo ser así.

Pero su comportamiento me está dejando fuera de juego. No encaja en absoluto con su forma de ser.

—Yo... No entiendo...

Me topo con la pared. No puedo seguir retrocediendo, pero Lucky continúa avanzando hacia mí.

Se detiene a escasos centímetros y me mira a los ojos.

—Toni, voy a besarte otra vez. Por favor, no me des un rodillazo en las pelotas ni me pegues un puñetazo en la cara.

Me muerdo el interior de las mejillas, tratando de reprimir una sonrisa. Parece tan desesperado, y lo dice tan serio... Y esta vez ha sido lo bastante inteligente como para advertirme sobre lo que va a hacer antes de hacerlo. Estoy tan ocupada tratando de calcular si debería decir sí o no, que no asimilo el hecho de que ya casi está encima de mí.

Me toma la cara entre las manos y se inclina hacia mí, cerrando los ojos.

¿Debería escabullirme por debajo de su brazo y echar a correr? ¿Debería darle con la rodilla en las pelotas, a pesar de que me ha pedido que no lo haga? ¿Debería cerrar los ojos y esperar a ver qué pasa? Demasiados cócteles, no hay tiempo de reacción. Oigo un murmullo en un recoveco de mi cerebro, otra parte de mí, no tan alterada por el alcohol como mi mente consciente. «No —susurra, desesperada por sacarme de aquí—. ¡No lo hagas! ¡Le harás daño! ¡Él te hará daño a ti! ¡No puede salir nada bueno de esto!». Por desgracia, se me da muy bien ignorar los buenos consejos.

Los labios de Lucky tocan los míos, al principio con suavidad, pero la cosa se enciende bastante rápido. Por un momento, me imagino obligándome a no responderle, voy a dejar que él sea el protagonista de este numerito para que vea que no me interesa nada jugar a estos juegos con él. Sin embargo, algo prende en mi interior y todo mi cuerpo se incendia. Pierdo el control en cuestión de segundos. La vocecilla racional dentro de mi cabeza se hace cada vez más débil.

«Lo siento, cerebro, respuesta incorrecta». Mi respuesta a su intento de besarme no es un no, sino un sí rotundo: ¡sí, sí!

Me empuja contra la pared y desplaza las manos hacia abajo desde mis mejillas hasta mis hombros. Lo agarro por la cintura y le aprieto la camisa, retorciéndola y aferrándome a ella como si me fuera la vida en ello. Sus labios saben a pura imprudencia y huelen a Lucky, una combinación muy potente. Quiero sentir más partes de su cuerpo sobre mí, dar rienda suelta a esta inquietante necesidad que amenaza con engullirme entera.

Lanza un gemido, y eso hace que la tensión arterial se me suba por las nubes. Mis dedos trepan para enredarse en su pelo y acercarlo más a mí. Desliza una mano sobre mi pecho y lo aprieta. Estoy muy caliente... Muy excitada. Ha pasado demasiado tiempo desde la última vez que dejé que un hombre me tocara.

Ahora ni siquiera sé quién soy ni cómo es mi vida, ni qué planes tengo para el futuro. Ahora, lo único que importa es este momento, estos pocos segundos que Lucky y yo estamos robando al mundo, a la realidad. Este hombre lleva en mi vida desde que tengo uso de razón, siempre ha estado ahí, siempre en un segundo plano, siempre sonriendo; siempre ha sido un hombre mucho mejor de lo que merezco. Liarme con él no puede ser lo correcto, pero lo hago de todos modos. Joder, ya lo creo que sí. Ya me enfrentaré a las consecuencias después.

Su lengua está caliente, y sus labios son carnosos y suaves. Siento un hormigueo que me recorre todo el cuerpo mientras sus manos se deslizan por rincones por los que no deberían deslizarse. Tengo los pezones duros y las bragas mojadas.

Me agarra por la espalda sin dejar de besarme y me aleja de la pared.

—¿Adónde vamos?

Me rasca el labio con los dientes y vuelvo a por más. Esta noche no me sacio de él.

—Tú solo bésame —dice, guiándonos por la casa, chocando contra los muebles y tirando cosas por el camino.

Acabamos en la sala de estar y nos desplomamos juntos en el sofá. El peso de su cuerpo me empuja y noto su miembro duro como una piedra presionando en la suave hendidura entre mis piernas. Estoy en llamas. No puedo pensar con claridad. Ahora mismo, lo único en lo que pienso es en las ganas que tengo de tenerlo dentro de mí.

A la mierda las consecuencias. A la mierda los momentos incómodos que vendrán mañana y años después. Un beso en el instituto ha durado diez años; ¿cuánto tiempo va a durar este? A la mierda. Me convenzo a mí misma de que no va a durar nada. O no mucho tiempo. Los dos somos adultos. Lo superaremos en un par de días y la vida volverá a la normalidad. Lo necesito. Ahora mismo.

—Te deseo desde hace tanto tiempo... —murmura contra mi boca.

No me gusta que intente complicar las cosas. Esto puede ser solo sexo para mí. Puedo hacerlo, y él también.

—Pero ¡qué dices! —digo con un gruñido, arrancándole la camisa de los vaqueros—. Tú quítate la ropa y métemela.

Hace una pausa, respirando pesadamente en mi cuello.

—¿Estás segura?

Lo miro con furia porque aborrezco que me haga esta pregunta ahora. Como si me diera otra opción...

—Vete a la mierda, Lucky.

Su sonrisa, tan cerca, tan hermosa, se vuelve siniestra.

—Eso es lo que me gusta de ti, Toni. Directa al grano.

Me siento secretamente halagada, pero no pienso decírselo.

—No pienso repetirte que te quites la maldita ropa.

Acto seguido, empieza a forcejear con la ropa. Su cazadora sale volando, junto con la camisa. Empleo unos segundos en admirar su pecho esculpido y sus hombros redondeados. Luego me tira de la camisa con la mano y me la quita sacándomela por la cabeza. No es tierno ni elegante, para nada, pero en menos de un minuto los dos estamos desnudos y entonces, se desliza dentro de mí.

Dejo escapar un prolongado gemido mientras desliza su largo miembro con exasperante lentitud. Estoy tan húmeda, tan completamente lista para él... No me puedo creer que esté ocurriendo esto. El chico del que llevo medio colada desde que estaba plana como una tabla se desliza dentro y fuera de mí, sudando, gimiendo encima de mi cuerpo. Ahora voy a permitirme disfrutar de este momento. Ya habrá tiempo para arrepentirse más tarde.

Me abrazo a su espalda y me agarro como si mi vida dependiera de ello, hincando las uñas en su piel mientras los escalofríos de placer me recorren todo el cuerpo.

Él resopla entre dientes como respuesta al dolor y me embiste de nuevo.

—Te estoy follando, Toni.

Me muerdo el labio inferior y lo agarro, tensándome para acudir a su encuentro y atraerlo más dentro de mí.

—No, tú no. Te estoy follando yo a ti.

Su risa es gutural, se parece más a un gruñido, e incrementa el vigor y el ritmo. Nuestros cuerpos chocan entre sí, y el sudor nos deja la piel resbaladiza. Respondo embistiendo a cada embestida suya, acometiendo a cada acometida. Los dos respiramos con más agitación a medida que la presión se hace más intensa. Por la forma en que tiembla, veo que está tan fuera de sí como yo.

—No puedo aguantar mucho más —gime.

Los dos deberíamos estar embotados por la cantidad de alcohol que hemos bebido, pero ahí estoy, aguantando con él.

—No me esperes. —Jadeo como un animal, a punto de caer al precipicio. Ha pasado demasiado tiempo para mí y llevo tantos años fantaseando con Lucky... Esto es mucho mejor de lo que jamás llegué a imaginar.

Empiezo a sentir algo peligrosamente cercano a la felicidad, pero me da miedo esa emoción: por lo general, significa que el dolor está a la vuelta de la esquina. Ahuyento esos pensamientos y me concentro en cómo me llena su virilidad, acercándome más y más al borde del éxtasis. De algún modo, Lucky sabe exactamente lo que necesito y me lo da sin decir ni una palabra.

Desliza el brazo por debajo de mi cintura y me levanta, embistiéndome cada vez más rápido. Me pongo a gritar, incapaz de evitar que me desborden las emociones, estremeciéndome desde cada rincón de mi mente y mi corazón. Nunca había experimentado el sexo así, y probablemente nunca volveré a experimentarlo, porque esto va a ser un polvo de una noche. Y ahora ya se acerca el final, el momento agridulce que ambos hemos estado esperando y que seguro que lamentaré el resto de mi vida.

—¡Me corro! —grita. Todo su cuerpo se tensa, duro como una roca. El sudor le cae a chorros.

Oír sus palabras, sentir su cuerpo palpitando encima de mí, es lo único que necesito.

—¡Yo también me corro!

Alcanzamos el orgasmo juntos y es como si acabara de obrarse un milagro en mi sala de estar: exactamente al mismo tiempo, los dos estallamos por dentro, aferrados el uno al otro para no salir flotando al universo a la deriva, sin poder regresar. Es como si estuviera viendo fuegos artificiales. Fuegos artificiales dentro de mi cuerpo. Todo mi cuerpo convulsiona, procurando desahogo a su necesidad y reverberando con las réplicas del clímax. El cuerpo de Lucky hace lo mismo. Y luego, cuando todo el calor, el fuego y la intensa emoción se desvanecen poco a poco, Lucky se derrumba sobre mí y me asfixia con noventa kilos de incertidumbre del tipo: «¿Qué demonios acabamos de hacer?».

Percibo los latidos de su corazón sobre el mío, y el fuerte golpeteo me devuelve a la realidad, despertándome, aunque estoy demasiado exhausta para hacer algo al respecto. Ya me odiaré a mí misma mañana. Ahora mismo, voy a disfrutar de la placidez del momento.

Lucky se incorpora y me mira, pero no dice nada.

La placidez se desvanece rápidamente bajo su escrutinio y empiezo a sentirme incómoda.

—¿Por qué me miras así?

Conozco muy bien esa expresión: arrepentimiento. Sigue sin decir nada.

Un empujón en su pecho con todas mis fuerzas lo obliga a apartarse lo bastante de mí para rodar y caer al suelo.

Se oye un ruido sordo y un estruendo cuando tira las cosas de la mesita de centro.

—Ay... —se oye su voz en el suelo.

Me pongo de pie y rápidamente recojo mi ropa desperdigada. Para cuando se levanta, yo ya estoy moviéndome por la casa.

—¿Adónde vas? —parece confuso, lo cual no tiene sentido. Hago lo que hay que hacer, y debería darme las gracias por ello.

Subo las escaleras de dos en dos.

—¡Lejos! —grito, ansiosa por poner la máxima distancia posible entre nosotros. No me puedo creer que acabe de hacerlo con Lucky. ¿Qué narices me pasa? ¿Es que no me he castigado lo suficiente? ¿Tengo que destrozarle la vida a él también?

Su voz me persigue por las escaleras.

—¿Puedo ir contigo?

Me detengo justo en la puerta de mi habitación antes de contestar. A pesar de lo tentador que resulta continuar con esta locura, sé que no puedo hacerlo. Mi vida ya está lo bastante jodida, y lo último que necesito es arrastrar a Lucky conmigo.

—¡No!

Cierro la puerta de mi dormitorio de un portazo y me paro un momento para apoyar una mano temblorosa sobre mi corazón acelerado antes de meterme en la ducha.

Capítulo 5

Estoy acostada en la cama mirando al techo cuando me suena el teléfono por segunda vez. El primer zumbido me ha despertado. Vuelvo la cabeza y miro la mesilla de noche, donde está el aparato. La pantalla se ilumina, lo que indica que he recibido un mensaje.

¿Cómo ha llegado ahí? No recuerdo haber llevado el teléfono a mi habitación. Y ahora que lo pienso, ni siquiera recuerdo cómo he llegado aquí. Tengo una vaga sensación de que aquí pasa algo raro, pero no sé qué es.

Me pongo a pensar, intentando juntar las pequeñas pistas que tratan de atravesar la bruma de mi cerebro empañado por el sueño. Siento que se me revuelve el estómago, recordándome que anoche bebí demasiado. ¿Dónde estaba? Ah, sí, estuve en el bar. Quedé allí con el equipo y llegaron tarde. Le di una patada a un tipo y por poco la armo. ¿Por qué no recuerdo a los del equipo allí?

De pronto, veo el destello de una imagen de la cara de Lucky. Mi corazón casi deja de latir cuando recuerdo lo que hicimos en el rincón del bar junto a la antigua cabina telefónica. ¡Mierda! ¡Otra vez no! Obligo a mis manos a quedarse quietas en el colchón: quieren tocarme los labios ahora que sienten el hormigueo de ese recuerdo. Empiezo a sentir calor en otras partes de mi cuerpo.

Recuerdo más cosas: un trayecto en taxi. Lucky vino conmigo a casa. Entró. Me agarro la camisa a la altura del pecho y siento un dolor punzante bajo las costillas, brusco y agudo. ¡Oh, Dios! ¡Me acosté con él! Vuelvo la cabeza y miro otra vez mi teléfono. ¿Será él quien me llama? Estoy acojonada y esperanzada a la vez, una mezcla patética de emociones.

Noto la almohada húmeda junto a la mejilla. Me palpo la cabeza y descubro que tengo el pelo húmedo. ¿Me duché? ¿Con Lucky? No, con Lucky, no. Recuerdo la ducha, y definitivamente, no estaba ahí conmigo. Pero... mierda... Ahora recuerdo otras cosas. Muchas cosas. Sentimientos... sensaciones... esperanza... miedo... su pesado cuerpo sobre el mío... El calor se hace insoportable entre mis piernas.

Apoyo el dorso de la mano en la frente, que está ardiendo. ¡No me puedo creer que lo hiciera con él! ¿Qué coño me pasa? ¿Quiero destrozarme la vida por completo? ¿Es que no me la he destrozado ya bastante?

Me doy la vuelta, resoplando de ira. Maldita sea. Como si mi vida no fuera lo suficientemente complicada. Me pongo de pie y me tambaleo; el alcohol sigue ejerciendo su magia negra. Me froto el estómago. Maldita sea. Necesito meter algo ahí dentro. Como el combinado mágico antirresaca de Thibault, por ejemplo. Me acerco hacia el otro lado de mi cama y compruebo el teléfono, temiendo a medias ver allí el nombre de Lucky.

Siento una mezcla de alivio y decepción al ver que me espera un mensaje de texto de Thibault.

T-BO: ¿Has visto a Lucky?

Su mensaje no tiene sentido. ¿Que si he visto a Lucky? Sonrío con amargura. Sí, claro que lo he visto. Justo encima de mi cara. Están volviendo los recuerdos, con demasiada rapidez y demasiada furia: el sudor que le resbalaba por el cuerpo justo antes de caer sobre mí, la sensación de tenerlo dentro, el fuego que me abrasaba el corazón... Ahora lo recuerdo con total claridad, casi como si todavía estuviera aquí conmigo. Sacudo la cabeza, obligando a los recuerdos a desaparecer mientras escribo una respuesta.

Yo: No desde anoche.

He conseguido ser bastante sincera.

T-BO: Ha desaparecido.

Frunzo el ceño. Son las nueve y media de la mañana. Hoy es sábado y no había planes de que tuviéramos que trabajar este fin de semana. ¿Cómo es posible que Lucky haya desaparecido?

Yo: No digas eso, Thibault. Estás borracho. Vuelve a la cama.

T-BO: Voy para allá.

Yo: Acabo de levantarme. Dame 10 min.

T-BO: Voy ahora mismo.

Cuando a mi hermano se le mete algo en la cabeza, es imposible hacerlo entrar en razón. Me tambaleo por la habitación recogiendo mis vaqueros sucios y un par de botines de medio tacón y me lo pongo todo en un tiempo récord. Me pongo una camiseta raída y me paso un cepillo por el pelo justo cuando la puerta de entrada se abre y luego se cierra de golpe.

—¿Estás arriba? —grita Thibault.

—Bajo en un segundo. ¡Prepara café!

Es demasiado tarde para que el combinado antirresaca de Thibault surta efecto; debería habérmelo tomado anoche. No me queda más remedio que encajar el dolor de cabeza y mis malas decisiones como toda una mujer. Los encajaría como un hombre, pero entonces estaría quejándome todo el día, y no me gusta quejarme.

Deslizo un cepillo de dientes y un poco de pasta por mi boca un par de veces antes de abandonar mis intentos de lucir un aspecto presentable para bajar a reunirme con mi hermano en la cocina. Me ha visto con mucho peor aspecto que este.

Encuentro a Thibault junto a una cafetera vacía que empieza a preparar justo entonces. Me acerco y saco dos tazas del armario a su derecha. No puedo mirarlo a la cara. ¿Y si resulta que ya lo sabe?

—¿No has visto a Lucky? —me pregunta.

—Ya te lo he dicho: lo vi anoche, igual que tú.

Se me acelera el pulso otra vez. Odio mentirle a mi hermano, pero odio aún más haber sido tan débil anoche. No debería haber dejado entrar a Lucky en casa: me engañó para conseguir salirse con la suya. Cabrón. Definitivamente, le daré una patada en las pelotas cuando vuelva a verlo. Será mejor que no le cuente a nadie lo que hicimos.

—¿Sabías que estuvo en mi casa anoche? —me pregunta Thibault.

Niego con la cabeza. No me fío de que mi voz suene sincera.

—Me dejó una nota. Dijo que iba a estar ilocalizable por un tiempo. ¿Qué diablos quiere decir con eso?

—No tengo ni idea.

Me entra el pánico. ¿Se ha marchado por mi culpa? Pues claro que sí. ¿Por qué otra razón iba a desaparecer? Odio haber sido tan fría con él. Debería haber dejado que se quedara; podría haber dormido en mi sofá, al menos. Estoy tan confusa ahora mismo... Me dan ganas de pegarle y abrazarlo al mismo tiempo. Tal vez está más afectado por lo de su hermana de lo que creíamos...

Thibault se da media vuelta y apoya la parte baja de la espalda en la encimera.

—¿Por qué estaba aquí anoche?

—¿Cómo quieres que lo sepa?

Me concentro en sacar el azúcar y la leche, cosa que ninguno de los dos usa en el café. Ahora estoy enfadada. Enfadada porque me veo obligada a mentirle a Thibault.

—¿Por qué te pones tan susceptible? Solo era una pregunta.

Me encojo de hombros.

—Estoy preocupada por él, como tú. ¿Acaso es un crimen?

Thibault me mira durante un buen rato. Hago caso omiso de su mirada y me dirijo a la despensa para buscar algo de comer, aunque la verdad es que no tengo nada de hambre, solo quiero evitar sus ojos penetrantes. Juro que a veces me lee el pensamiento.

—¿Compartió un taxi hasta aquí contigo?

Respondo desde el interior de la despensa.

—Puede ser. La verdad es que no recuerdo gran cosa de anoche. Me tomé demasiados cócteles.

Thibault gruñe a modo de respuesta. El café empieza a filtrarse y el olor se dispersa por la cocina. Finjo estar muy ocupada eligiendo el desayuno cuando, en realidad, lo único que hago es intentar huir de la situación. Él lo sabe. Sé que lo sabe.

—Espero que vuelva al trabajo el lunes. Lo necesitamos para nuestro próximo caso.

—¿Ah, sí? —Saco la cabeza de la despensa—. ¿Por qué? ¿Qué pasa?

—Anoche Ozzie recibió una llamada del capitán Tremaine. Vuelven a tener problemas en la zona de Sixth Ward.

Escojo una caja de cereales al azar y salgo.

—¿Qué hay que hacer?

—Aún no tenemos todos los detalles, pero parece que uno de los grupos criminales se está volviendo un poco más sofisticado: ahora usa muchas redes sociales para sus transacciones y se comunica a través de grupos de chat privados. Quieren que Lucky y Jenny intervengan en esto, pero también necesitan que montemos un dispositivo de vigilancia a la vieja usanza.

Asiento con la cabeza.

—Genial.

Eso es exactamente lo que necesito para dejar de pensar en Lucky: trabajo, peligro, adrenalina. Venga, a por ellos.

Saco dos tazones, sirvo los cereales y luego saco dos cucharas del cajón de la mesa.

—¿Seguro que no recuerdas haber venido aquí con Lucky?

Thibault me observa de nuevo.

No puedo mirarlo a los ojos. Dejo los tazones en la mesa del desayuno con un golpe y me desplomo en mi asiento. Hundo la cuchara en los copos recubiertos de azúcar.

—Ya te he dicho que no. Deja de preguntarme. Joder, me siento como si estuviera en un interrogatorio. —Lo miro y arrugo la frente—. ¿Es que hice algo malo?

Se encoge de hombros.

—Te pusiste muy borracha. No estabas allí cuando Ozzie recibió la llamada, así que no pudiste participar en la reunión.

Levanto mi mano libre.

—Que yo sepa, fuimos allí a celebrar la resolución de un caso, no para trabajar. Y cuando estoy de celebración, bebo mi té especial. Fin de la historia.

Engullo un buen bocado de cereales, los hago crujir con fuerza y dejo caer una gota errática de leche de mis labios al cuenco.

—Pues quizá la próxima vez deberías tomarte solo uno y pararte ahí.

Hablo con la boca llena.

—Y quizá la próxima vez tú deberías ocuparte de tus propios asuntos.

Suelto la cuchara, me levanto y salgo de la cocina, con temor a soltarle algo aún peor de lo que ya le he soltado. Thibault está acostumbrado, pero normalmente tengo una buena razón para estallar, así que no pasa nada. Sin embargo, ahora, ni yo misma sé qué es lo que ha provocado esta ira. ¿Estoy avergonzada? ¿Abochornada? ¿Preocupada? No entiendo nada de nada. No lo soporto cuando ni yo misma sé lo que me pasa.

Subo a mi habitación y cierro la puerta detrás de mí. Agarro el teléfono y envío un rápido mensaje de texto.

Yo: ¿Dónde estás? ¿Se puede saber qué pasa?

No tenía intención de hablar con Lucky. Había pensado dejar pasar el tiempo y seguir adelante con mi vida como si no hubiera pasado nada, pero su desaparición cambia las cosas. Si dejó una nota extraña y misteriosa para Thibault después de irse de mi casa, tengo la responsabilidad de investigar eso. Ningún miembro del equipo puede desaparecer así como así. Cuidamos los unos de los otros. Es peligroso salir ahí fuera sin refuerzos y sin contar con nadie que te cubra la espalda.

Espero una respuesta que no llega. Eso me pone furiosa. Nuestra sesión de sexo fue hace menos de doce horas. Me debe una respuesta al menos.

Yo: Escucha, idiota: tienes que responderme.

Me tiemblan las manos. No sé si es por la ira, por la preocupación o por otra cosa.

Lo intento una vez más.

Yo: Si no me contestas, les contaré a todos lo que hiciste.

La respuesta llega más rápido de lo que esperaba.

Lucky: Lo que hicimos, querrás decir.

No puedo contener la sonrisa que me asoma a los labios. Me vuelven loca los chicos malos. Lucky no es un chico malo, pero a veces sabe comportarse como si lo fuera.

Yo: Estaba borracha.

Lucky: Y yo también.

Su reacción me pone más que un poco triste. Mierda, joder.

Yo: ¿Dónde estás?

Lucky: No te preocupes por eso.

Me dan ganas de arrojar el teléfono al otro extremo de la habitación, pero no lo hago; la pantalla ya está rota y está a punto de salirse del maldito cacharro. Envío otro mensaje breve.

Yo: Dímelo.

No me contesta, y no pienso suplicarle. Si quiere comportarse como un idiota y hacer que todos se preocupen por él, por mí perfecto. Sé que está vivo. Regresará cuando termine lo que sea que esté haciendo. Probablemente está lamiéndose las heridas. Sé que yo lo haré durante bastante tiempo. Dejo el teléfono en la mesilla de noche y bajo las escaleras.

—Lucky está bien.

Thibault me mira fijamente desde el otro lado de la cocina, donde espera que el café termine de hacerse.

—¿Lucky? ¿Has hablado con él?

—Sí. Acabo de decirte que está bien. Va a estar fuera un tiempo. —Me siento en mi sitio y recojo la cuchara—. No sé por qué.

No puedo contarle a mi hermano lo que hicimos Lucky y yo o cómo he podido ponerme en contacto con él tan rápido. Imposible.

—¿Por qué a ti sí te responde los mensajes y a mí no? ¿O lo has llamado?

Me sumerjo en el tazón de cereales y hablo por encima de los copos reblandecidos.

—Le envié un mensaje de texto. Pero no va a enviarme más mensajes. Solo déjalo en paz.

Clavo la vista en mi tazón.

Thibault se acerca y me deja una taza de café caliente delante. Ocupa la silla frente a la mía y también hunde la cuchara en sus cereales. Cuando creo que vamos a comer en un apacible silencio, hace añicos mis expectativas con una pregunta.

—¿Pasó algo entre vosotros anoche?

Suelto la cuchara con un ruido metálico en el cuenco y lo miro.

—¿Podrías ocuparte de tus malditos asuntos, por favor?

Thibault me sonríe, como el zorro astuto que es.

—Pasó algo, no lo niegues. —Me mira entrecerrando los ojos—. Pero el caso es ¿qué pudo ser para que estés tan furiosa, eh?

Machaca los copos con la cuchara, sin quitarme los ojos de encima. Da un bocado y mastica muy despacio.

Me levanto de la mesa, recojo el tazón y la cuchara y me dispongo a dejarlos en el fregadero.

—Yo ya he terminado. Vete cuando quieras.

—¿Crees que es una buena idea?

Las palabras de Thibault me persiguen por el pasillo.

—¡No pienso hablar de esto contigo!

—¡No quiero que te hagan daño!

Demasiado tarde. Subo corriendo las escaleras, decidida a dejar esto atrás, con el corazón en carne viva. Dios, por favor, cuida de Lucky. Yo no estoy con él para cubrirle la espalda, y no quiero que le hagan daño.

Capítulo 6

El fin de semana pasa a cámara lenta. Cuando por fin llega el lunes, me presento en el trabajo una hora antes. Son las ocho de la mañana, pero no estoy sola. Dev y Jenny están ya en la zona de entrenamiento, también dispuestos a empezar el día temprano. Ella lleva ya varios meses siguiendo el programa de acondicionamiento físico de Dev, nuestro entrenador, y lo cierto es que está dando sus frutos.

Al principio, cuando entró a trabajar aquí, Jenny parecía la típica friqui de la informática, alguien que se pasa todo el día sentada frente al ordenador comiendo patatas fritas de bolsa. Ahora, en cambio, es una máquina solucionando casos, y es toda fibra y mala leche. Casi siempre. Dev ha intentado enseñarle a luchar con bastón, pero ella se resiste. A diferencia de su hermana May, Jenny es una pacifista convencida. Ya la estoy oyendo protestar desde la otra punta de la nave industrial.

—Pero si trabajo con ordenadores... Nunca voy a tener que golpear a nadie con un palo.

—Puede que no —dice Dev—, pero eso no significa que no debas estar preparada. El hecho de que seas guapa no significa que vaya a hacer una excepción contigo.

Ella se ríe y yo pongo los ojos en blanco. A los dos se les cae la baba en presencia del otro, están todo el santo día igual. Aunque no estoy celosa. Su relación amorosa funciona, a pesar de que no lo tienen todo a su favor: entre los dos tienen cuatro hijos y dos discapacidades, una madre que se largó cundo nació uno de los niños y un exmarido que no es ningún ejemplo de paternidad para los otros tres. Nunca lo admitirán, pero creo que les gusta venir a trabajar a la nave industrial: es más relajado que estar en casa con la ruidosa panda de niños locos.

—Hola, Toni —dice Dev, saliendo de las sombras—. ¿Qué tal el fin de semana?

—Bien —miento. No pienso decirle de ninguna manera lo largo y vacío que se me ha hecho ni que lo he pasado cuestionándome a mí misma cada cinco minutos. El arrepentimiento ya me está carcomiendo por dentro.

Dev y yo somos amigos, y lo considero prácticamente un hermano adoptivo, pero nunca ha sido alguien con quien haya compartido mis sentimientos. En realidad, nunca los he compartido con nadie, salvo con Ozzie, tal vez. Fue él quien me hizo de *sponsor* cuando salí de la cárcel y se ocupó de llevar las riendas de mi vida cuando yo no podía. Es la única persona en el mundo que sabe lo que siento de verdad, y no hemos hablado mucho desde que May apareció en escena. Incluso mi hermano guarda las distancias. Por suerte, Thibault no ha dicho ni una palabra más sobre Lucky durante el fin de semana; de lo contrario, no sé lo que le habría hecho. Puede que haberlo evitado como la peste haya tenido algo que ver con eso.

No me gusta que nadie se meta en mis asuntos. Charlie, mi exnovio, me dijo una vez que era por miedo a que, si la gente viera realmente lo que hay dentro de mí, saliera huyendo a todo correr. Me da igual. No me importa estar solo a medias en la vida de los demás, lo importante es poder estar.

—He oído que Lucky está desaparecido desde el viernes por la noche —dice Dev.

Jenny sale del área de entrenamiento y se para junto a él. Lo mira.

—¿De verdad? —pregunta—. ¿Y cómo es que me entero ahora? —Me mira y me sonríe, moviendo las cejas con aire sugerente—. ¿Qué pasó el viernes?

Los miro frunciendo el ceño.

—No pasó nada. —Me sale una voz más aguda de lo que pretendía, lo que hace que suene culpable, y todos lo sabemos. Intento suavizar el tono—. No pasó nada de nada. La verdad es que no tengo ni idea de lo que hizo. Me emborraché y tomé un taxi a casa. —Levanto la barbilla hacia ellos y cambio de tema—. ¿Qué hicisteis vosotros el viernes? No os vi en el bar.

—No pudimos ir —dice Jenny.

—Sí —interviene Dev—, los niños ya habían quedado para una fiesta de pijamas, y tuvimos que quedarnos a comer palomitas de maíz y vigilarlos.

Los dos tortolitos se sonríen el uno al otro.

Esbozo una sonrisa forzada por pura cortesía.

—¿Una fiesta de pijamas? Suena divertido.

Para nada.

Jenny no es tonta; si sigo hablando, descubrirá que pasa algo, así que camino hacia las escaleras. Jenny es una de esas mujeres que siempre está en modo casamentera, y lo último que necesito es que me junten con un tipo capaz de poner mi mundo patas arriba como está haciendo Lucky en este momento. Cuando por fin siente la cabeza con alguien, será con un hombre aburrido. No me pondrá furiosa, sino que me calmará.

—Subo a la sala —digo como si tal cosa—. Tengo que ordenar unos papeles.

Llevo mi cartera al hombro, pero en realidad no hay nada dentro, aparte de un bloc de notas, un bolígrafo y una navaja.

—Vamos dentro de unos minutos —dice Dev—. Solo tengo que darle un par de patadas más en el trasero.

Jenny resopla.

—Inténtalo si puedes.

Miro atrás y la veo levantando el brazo para flexionar los bíceps. Aparece un pequeño bulto que sobresale en su brazo delgado.

Dev se inclina y lo aprieta con el índice y el pulgar. Tiene unas manos enormes en comparación con el cuerpecillo de ella.

—Muy bien —dice—. Por fin todo mi esfuerzo está dando sus frutos.

—¿Tu esfuerzo? —Ella niega con la cabeza y camina hacia el equipo del gimnasio—. Venga. Ahora vas a ver lo que es bueno.

Él se ríe y la sigue. Le da una palmada en el trasero y ella lanza un grito falso y sale corriendo.

Abro la puerta del piso de arriba y entro, contenta de estar sola otra vez. Las bromas entre esos dos me producen una punzada de dolor en el corazón. O quizá sea esa felicidad superpotente lo que duele.

En los últimos seis meses, he visto a dos de mis compañeros enamorarse de chicas que nunca hubiera sospechado que les gustarían, pero ¿qué sé yo sobre el amor? Solo me he enamorado de pies a cabeza de una persona, y acabé matando a ese tipo. Voy a dejar el juego del amor para siempre. No quiero matar a nadie más, y los hombres que me rompen el corazón, desde luego, hacen que me entren ganas de matarlos.

Atravieso la sala llena de juguetes de Dev, en su mayoría espadas, para llegar a la cocina y al área de reuniones. Ocupo mi asiento en la mesa y suelto la cartera a mi lado.

No hay mensajes nuevos en la pantalla del teléfono. Una pequeña parte de mí esperaba que Lucky me hubiera enviado algo. Dejo los dedos suspendidos sobre el teclado. ¿Debería hacerlo? ¿Un mensaje nada más?

Tiro el teléfono roto sobre la mesa, lanzando un suspiro de enojo. Es como si estuviese otra vez en el instituto. No había móviles por aquel entonces, pero si los hubiéramos tenido, seguro que habría hecho alguna tontería con el mío. Probablemente le habría enviado un mensaje a un tipo que no merecía saber nada de mí.

Mi cerebro empieza a divagar. Pienso en el día en que Lucky me besó. Fue en un baile del instituto al que mi hermano y él se habían empeñado en que fuera. Les dije que los bailes no eran lo mío, pero a ellos les dio igual. Creo que esperaban que me moviese como una posesa en la pista de baile, pero eso era imposible.

Lucky me sorprendió tratando de escabullirme. Me suplicó que volviera y bailara con él, pero me negué. Fue entonces cuando me agarró y me besó. No me resistí, para nada. Tal vez debería haberlo hecho, pero llevaba admirando esa bonita cara durante demasiados años como para oponer resistencia.

En ese preciso instante pasó de ser el mejor amigo de mi hermano y casi un miembro de la familia a ser el chico por el que estaría colada de por vida. Sabía que era un error, pero el corazón quiere lo que quiere. Nuestra familia del barrio estaba muy unida, siempre por los alrededores de Bourbon Street, siempre metidos en líos. Éramos un grupo de adolescentes que lo hacíamos todo juntos, fuese bueno o malo. Ninguno de nosotros tenía demasiada brújula moral en aquel entonces. La influencia de Ozzie llegó más tarde. Aunque solo tenía quince años, sabía que, si había algo entre Lucky y yo, esa relación acabaría con nosotros como grupo. Esa noche lo aparté de mí de un empujón y salí corriendo. Ni siquiera recuerdo cómo llegué a casa después del baile; conociéndome, es posible que incluso hiciese autoestop. Pero ese beso me quemó en los labios durante años.

Resisto a la tentación de alargar la mano y tocarme la boca. Juro que todavía puedo sentir sus labios sobre mí el viernes por la noche.

Fue la decisión que tomé la noche de aquel baile, hace diez años —alejarme de Lucky y mantener nuestra unidad como grupo—, lo que me arrojó a los brazos de Charlie. Me dije a mí misma que tenía que buscarme un novio para poder olvidarme de Lucky y hacerle saber que no estaba disponible, y Charlie estaba justo ahí: el chico malo por excelencia, con su motocicleta y su cazadora de cuero, fumándose un paquete de Camel sin filtro al día. Él ya se había fijado en mí, me había ofrecido cigarrillos, una vuelta en moto... Lo había ignorado hasta entonces, pero dejé de hacerlo después del beso de Lucky.

Me lancé de lleno, absolutamente dispuesta a dejar que me destrozase la vida. Por supuesto, en ese momento creía que era perfecto para mí. No vi lo que tenía justo delante de mis narices: un padre alcohólico y maltratador que entraba y salía de la cárcel; un temperamento que él no podía controlar; unos complejos tan grandes que no había espacio para nada más en su vida.

Estuvimos juntos durante muchos años, pero nunca fuimos una pareja feliz. Rachas de pasión atormentada que alternábamos con períodos de discusiones inducidas por el alcohol y peleas violentas; la relación era física en muchos niveles. Durante mucho tiempo, logré ocultar los moretones a mis amigos. Practicaba distintos deportes, así que era fácil culpar al otro equipo. Sin embargo, un día Thibault sorprendió a Charlie zarandeándome con fuerza, sacudiéndome la cabeza de un lado a otro, y empezó a sospechar.

A partir de entonces, todos me vigilaban de cerca, y fue solo cuestión de tiempo que detuvieran a Charlie por agresión contra mí. Aquel era mi último año de instituto; él había dejado los estudios hacía un tiempo. Debería haber puesto fin a la relación entonces. Joder, debería haberla terminado mucho antes, pero era una adicta. Era adicta a Charlie, era adicta a la adrenalina y era adicta al dolor. Baste con decir que había caído muy, muy bajo.

No culpo a Lucky por nada de aquello. Él nunca habría querido nada de eso para mí, y me había ofrecido un afecto que nunca me habría causado dolor. Sencillamente, yo no podía aceptarlo:

mi familia callejera adoptiva era demasiado importante para mí, incluso antes de que empezáramos a trabajar como equipo en los Bourbon Street Boys.

Debería haberlo dejado después de la primera vez que Charlie me puso la mano encima, ahora lo sé, pero en aquel entonces era demasiado rebelde para hacer lo correcto. Siempre lo disculpaba. Mi hermano intentó prevenirme sobre él, pero yo no estaba dispuesta a dejar que nadie me dijera lo que tenía que hacer.

Supongo que todavía soy así, pero quiero creer que puedo mirar por el retrovisor de vez en cuando y ver los errores que he cometido para no volver a hacerlos. Por eso no salgo con hombres ni dejo que liguen conmigo en los bares. Es mejor que me mantenga alejada de los hombres que no conozco, porque no puedo confiar en mi propio criterio para elegir uno que sea bueno para mí.

Por desgracia, no aprendí la lección por las buenas. Nunca he hecho nada por las buenas. Seguí con Charlie hasta que las cosas pusieron verdaderamente feas y acabé en el hospital. Luego, cuando al fin intenté alejarme de él, ya era demasiado tarde: Charlie era tan adicto a nuestra relación enfermiza como yo.

Vino a por mí una noche después de que me marchara de nuestra casa, hace cinco años, e hice lo único que creí que podía hacer para acabar con aquello. Cuando echó la puerta abajo y empezó a acercarse a mí, le disparé.

Cinco veces. Directo al corazón.

Normalmente, cuando alguien entra en tu casa dispuesto a hacerte daño, puedes dispararle para impedírselo, es legal y perfectamente tolerado por la sociedad. Pero yo no disparé a Charlie solo para detenerlo: le disparé para castigarlo por todo lo que había hecho y por todo lo que yo me había hecho a mí misma.

No hubo jurado popular en mi juicio. Mi abogado pensó que sería mejor que solo un juez examinara las pruebas. Algo que ver con que yo no era una persona capaz de suscitar mucha empatía o algo así, además del hecho de que la familia de Charlie era muy conocida en la zona, una panda de delincuentes callejeros que se relacionaban con organizaciones criminales más grandes, y no habría mucha gente que quisiese tenerlos en su contra. En otras palabras, habría sido difícil reunir un jurado imparcial.

El juez Culpepper era un hombre canoso de casi sesenta años, de la vieja escuela, nacido y criado en Luisiana. Seguramente tenía un par de hijos varones, buenos y obedientes. En realidad, a él no le importaba que Charlie me doblase en tamaño ni que yo tuviese un historial con hematomas y huesos rotos documentados por el hospital local. El juez interpretó esos cuatro disparos adicionales como lo que eran: una venganza.

Así que me condenaron por homicidio. Supongo que el juez empleó parte de esa defensa propia de la que habló mi abogado para rebajarme la pena de asesinato. Por suerte para mí, no pasé mucho tiempo en prisión y no tardé en conseguir la libertad condicional.

Toda mi vida se derrumbó hoy hace cinco años. El aniversario de la muerte de Charlie ya está aquí una vez más, y me alegro de que sea un lunes. Necesito ahogar el ruido que hay en mi cabeza con una avalancha de trabajo.

Al otro lado de la sala se abre la puerta y Ozzie emerge de su habitación privada. Su perra, Sahara, sale pisándole los talones, y justo detrás de Sahara viene el pequeño Felix. Es un cruce de chihuahua propiedad de May. El chucho no me presta la menor atención, siempre pendiente de su novia grandullona y peluda, diez veces más grande, pero tan enamorada de él como él de ella. Hasta los perros son mejores que yo en cuanto a las relaciones amorosas.

—Buenos días —dice Ozzie.

Lo saludo con la cabeza.

—Buenos días. ¿Qué tal el fin de semana?

—Bien. —Se acerca para sentarse a la cabecera de la mesa—. ¿Has desayunado ya?

—Cereales.

—El desayuno de los campeones.

—Pues sí.

La puerta por la que Ozzie acaba de entrar vuelve a abrirse de golpe y May entra corriendo en la habitación. En cuanto me ve, se le ilumina la cara.

—¡Toni! ¡Cuánto me alegro de que estés aquí! Tienes que ser la segunda después de Jenny en oír mis buenas noticias. —Se detiene cerca del final de la mesa y aplaude unas cuantas veces antes de extender las manos hacia mí—. Mira. ¡Mira, mira, mira!

Le miro las manos, pero lo único que veo son unas uñas cuidadas más largas de lo que deberían estar. Me ha arañado más de una vez durante nuestras sesiones de práctica de combate cuerpo a cuerpo.

—¿Qué quieres que mire?

Sacude las manos y vuelve a extenderlas, pero más lejos.

—¡Mira! ¡Mira mi dedo!

Abro un poco más los ojos cuando al fin me doy cuenta de por qué está tan entusiasmada. Supongo que ya me imaginaba que esto tenía que suceder, pero verlo con mis propios ojos es distinto a solo imaginarlo.

—Tienes un anillo nuevo.

Se pone a aplaudir y a dar saltos, chillando.

—¿A que es increíble? —Se dirige hacia Ozzie y lo abraza por detrás, inmovilizándolo con una amorosa llave—. Anoche me pidió que me casara con él, que diese el gran salto.

Ah, genial. Su funeral.

—Enhorabuena.

May me mira fijamente.

—Quiero que sepas que esto no cambiará nada entre tú y Ozzie ni entre tú y yo.

La miro frunciendo el ceño, sin entender lo que dice, pero segura de que no me va a gustar.

Elle Casey

—¿Qué?

Ozzie vuelve la cabeza y mira a May.

—¿Te importaría traerme otra taza de café, cariño?

Ella le da una palmadita en la cabeza como si fuera un chihuahua.

—Claro, cielo. Enseguida. —Vuelve su atención hacia mí—. ¿Quieres uno tú también?

Todavía estoy un poco aturdida. Tal vez la cafeína me ayude.

—Sí, gracias.

Cuando está en la cocina trasteando, bajo la voz para poder hablar en privado.

—¿De qué habla?

Ozzie niega con la cabeza y susurra:

—Le preocupa que estés celosa. Tú síguele la corriente.

Lanzo un resoplido de irritación. Nunca he tenido sentimientos de esa clase por Ozzie y nunca los tendré. Se lo regalo entero para ella; para mi gusto, es demasiado mandón, además de demasiado grande. Sería incapaz de hacer daño a una mujer en un arrebato de ira, pero tiendo a sacar lo peor de las personas. No quisiera ver lo peor de Ozzie.

—Como quieras —digo—. Espero que seas muy feliz.

—Ya lo soy. —Lo dice en serio. Ozzie no hace nada a medias. Cuando se le mete algo en la cabeza, es cosa hecha. Hace seis meses, se le metió en la cabeza que estaba enamorado de May, por muy tonta que pueda parecer a veces, así que ya está, se acabó: definitivamente, Ozzie está fuera del mercado para siempre.

Antes de que May regrese con el café, se abre la puerta principal y entran todos menos Lucky. La reunión va a empezar sin el único miembro del equipo al que de verdad tenía ganas de ver hoy. No me gusta nada tener que admitir eso ante mí misma. El sexo del bueno va a ser mi ruina definitiva.

54

Capítulo 7

Muy bien, así que tenemos un caso nuevo en el que hay que ponerse manos a la obra de inmediato. Ozzie empieza a hablar, con nuestro café de la mañana todavía humeante en las tazas.

—La ciudad vuelve a tener problemas en la zona de Sixth Ward. Algunos de vosotros ya os enterasteis el viernes por la noche en el pub, pero este fin de semana el capitán Tremaine me ha dado más detalles. ¿Os acordáis de David Doucet y su banda?

Hace una pausa mientras asentimos con la cabeza y apoya la mano en el hombro de May al ver que esta palidece.

¿Cómo olvidar a David Doucet? El peligroso delincuente acabó en casa de May con la intención de meterle una bala en la cabeza después de que fuera testigo de que había disparado a Ozzie. Por suerte, el entrenamiento de Dev la preparó para, por lo menos, reaccionar cuando las cosas se ponen tensas. Por lo que sé, su autodefensa no fue muy elegante, pero cumplió con el objetivo.

Dev no podía haberse sentido más orgulloso, pero yo también sentí un alivio inmenso. Es una fotógrafa muy buena, y yo ya sabía cuánto le importaba a Ozzie. Si le hubiera pasado algo, nos habría destrozado a todos como equipo. Ozzie es tan duro como parece, pero May puede convertirlo en papilla con una sola mirada. Es un espectáculo bochornoso, y se lo diría a la cara, pero entonces lo más probable es que me doblase las sesiones de entrenamiento y me enviase a buscar pruebas en los contenedores de basura.

Me alegro de que May haya continuado con sus entrenamientos y haya mejorado mucho su rendimiento, porque podría ser un punto débil para todos nosotros. Ella y su hermana, las dos. Ninguna de ellas ha nacido para llevar la vida que llevamos el resto de nosotros. Endurecerlas, tanto sus músculos como su mente, ha sido la misión de Dev desde que entraron por la puerta, pero todos ayudamos con sesiones de entrenamiento y trabajo en parejas cuando podemos. No envidio a Dev la tarea que tiene ante sí. No puede ser fácil: parecen un par de florecillas, por la forma en que visten y se comportan. Antes eran simples florecillas silvestres, delicadas y frágiles; ahora son flores más robustas, como las plantas resistentes de invierno, pero aún son demasiado blandas por dentro.

Ozzie interrumpe mis pensamientos.

—Parece que una banda rival ha llegado a la ciudad, y las cosas se están calentando en la calle. Ha habido un par de tiroteos, algo en lo que normalmente no tendríamos por qué involucrarnos, pero las refriegas parecen mucho más coordinadas de lo normal. Hay más víctimas resultantes de ataques más precisos.

—¿Y eso no es bueno? —pregunta Jenny. Mira a todos los que estamos sentados alrededor de la mesa—. Lo que quiero decir es que todos son traficantes de drogas y pandilleros y esas cosas, ¿verdad? ¿No ahorramos dinero a los contribuyentes dejando que se maten entre ellos? ¿En plan justicia callejera o algo así?

Thibault niega con la cabeza.

—No. Se trata de tiroteos en bautizos, cumpleaños, fiestas «quinceañeras», barbacoas y otras reuniones familiares. Hay madres y abuelas entre las víctimas. Las cosas se están poniendo muy, muy feas.

A Jenny le cambia la cara.

—Vaya. Ahora me siento fatal. ¿Abuelas?

May se acerca y acaricia la mano de su hermana.

—No te preocupes, colega. Estamos aquí contigo, cubriéndote las espaldas.

Contengo una carcajada. Cada vez que May intenta hablar con jerga callejera, me recuerda a un Teleñeco disfrazado de gánster. Jenny pone los ojos en blanco y luego me lanza una mirada elocuente. Lo entiende perfectamente. No se hace ilusiones sobre quién es ni de lo que es capaz. Y yo la respeto por eso.

Dev pasa el brazo por el respaldo de la silla de Jenny, y lo más probable es que no se dé ni cuenta de que le está demostrando su apoyo incondicional. Yo me froto el pecho con la mano, tratando de aliviar el dolor que siento. Ni la envidia ni los celos suelen formar parte de mi vocabulario, pero, maldita sea, ahora los estoy sintiendo con fuerza. ¿Por qué todo el mundo es feliz menos yo? Conozco la respuesta a esa pregunta, cosa que me cabrea aún más: Charlie. Necesito un cambio en mi vida. El karma es una mierda.

Entonces pienso en Lucky. Él tampoco es feliz; probablemente esa es la razón por la que no está aquí. ¿Y si por mi culpa ahora se siente aún más desgraciado que antes? Genial. Increíble. Justo lo que necesitaba. Ahuyento esos pensamientos y centro toda mi atención en Ozzie para no ponerme a llorar a moco tendido como una cría.

—Para este trabajo, tenemos que entrar en algunas cuentas de Twitter y posiblemente también en algunas de Facebook. —Ozzie mira a Jenny—. ¿Crees que podrás hacerlo?

Ella asiente con la cabeza.

—Por supuesto. Ningún problema.

Cada vez que Ozzie o alguien habla con Jenny sobre su trabajo, su personalidad cambia por completo. Pasa de ser una florecilla a convertirse en un tigre. Me gusta ser testigo de esa metamorfosis: me infunde esperanzas de que, si algún día nos vemos juntas en un aprieto, no se vendrá abajo.

—¿Vas a necesitar la ayuda de Lucky? —pregunta Thibault.

Jenny mira a su alrededor.

—¿Dónde está Lucky? No me ha contestado al mensaje que le envié esta mañana.

No digo nada, esperando que Thibault se lo explique de forma que no le despierte más curiosidad. Ya tiene suficientes ganas de saber qué pasó entre nosotros el viernes por la noche. Se le nota.

Como de costumbre, me persigue la mala suerte. Antes de que Thibault pueda hablar, May interviene en la conversación.

—Este fin de semana le pasó algo. Con Toni. —Me mira con los ojos brillantes.

Le respondo frunciendo el ceño y me entran ganas de tirarle la taza y todo su contenido por encima de la mesa.

—No pasó nada.

Thibault habla e interrumpe lo que fuera que May iba a decir a continuación.

—Ahora mismo, lo único que necesitamos saber es si Lucky tiene que participar en la misión. Eso es todo.

Jenny me mira a mí, luego a Thibault y luego a May. Por su expresión, deduzco que está confundida, pero al final mira a nuestro segundo de a bordo y responde a su pregunta.

—No, no necesito a Lucky para hacer lo que ha dicho Ozzie. Si lo único que quiere es entrar en las cuentas y controlarlas, puedo hacerlo yo sola.

Thibault asiente.

—Estupendo. Eso es lo que quería oír. —Mira a Ozzie—. ¿Qué más necesitamos?

—Vigilar a tres objetivos diferentes, pero no sabemos todavía dónde montar los dispositivos. Primero echaremos un vistazo a las cuentas y luego trataremos de averiguar las ubicaciones exactas.

—¿Qué quieres que haga? —pregunto. Necesito estar ocupada. Todo este tiempo libre me da demasiado espacio para pensar, demasiado espacio para echar a volar la imaginación.

—Toni, tú irás con May. Súbete a la furgoneta y recorred los barrios de Mid-City y Treme, a ver qué es lo que veis, permaneced atentas. Tomad algunas fotos.

—¿Crees que necesitaremos el Parrot?

Me muero de ganas de que me diga que sí. Me gusta pilotar el dron, a pesar de que se me da fatal. May me ha estado enseñando, porque resulta que tiene una especie de don innato con ese cacharro. Me costó creerlo el día que hizo volar aquel trasto hasta la punta de un poste, como si llevara haciéndolo toda la vida en lugar de ser su primera vez. Me habría cabreado si no hubiera sido tan impresionante. Desde entonces, no ha hecho más que mejorar con el aparato.

—No lo creo —dice Ozzie—. Todavía no. Puedes llevártelo, pero no creo que lo necesitemos hasta más adelante. Imagino que a Jenny le costará algo de tiempo conseguir lo que necesita.

Ozzie mira a Thibault.

—Quiero que llames al inspector encargado del caso. Tal vez pueda darte algún dato útil. —Hace una pausa y mira sus notas—. Aunque, por lo que estoy viendo, no tienen muchas pistas de momento. Por desgracia, parece que no tenemos mucho tiempo: les han llegado rumores de que va a pasar algo gordo, así que el jefe de policía quiere que nos demos prisa.

Jenny interviene entonces.

—¿Por qué nos piden ayuda a nosotros? —Hace una pausa y mira al equipo—. ¿Puedo hacer esa pregunta? Es que, sencillamente, creo que es útil conocer todos los detalles, incluso los que pueden parecer insignificantes. A veces dan sentido a los mensajes, sobre todo a los que podrían tener palabras clave.

Ozzie parece incómodo.

—Lo único que puedo deciros en estos momentos, porque no me han dado toda la información, es que el jefe sospecha que alguien de dentro del departamento está ayudando a esos tipos. Les está facilitando las huidas y ocultando su presencia.

May abre los ojos como platos.

—¿Tienen un topo dentro de la policía? —Mira a Ozzie—. ¿Y por qué no me lo habías dicho antes?

—Acabo de recibir la información. Obviamente, huelga decir que no vamos a hablar de esto fuera del equipo. No sabemos hasta dónde llega ni lo profunda que es la conexión con las pandillas, así que actuad con naturalidad. Fijaos en todo. No quiero que paséis por alto las cosas que veáis creyendo que son normales.

Alrededor de la mesa, todos asentimos, con el semblante serio y los sentidos en alerta. Estoy orgullosa de formar parte de este equipo, sobre todo en días como hoy. El hecho de que el Departamento de Policía de Nueva Orleans confíe en nosotros es impresionante, especialmente teniendo en cuenta que casi todos visitábamos con frecuencia el calabozo nocturno cuando éramos más jóvenes.

Por aquel entonces, siempre estábamos buscando guerra. Fue la etapa que Ozzie pasó en el ejército lo que cambió las cosas a mejor para nosotros. Cuando se licenció, nos arrolló igual que un tren de mercancías fuera de control. Nos dijo cómo iban a ser las cosas a partir de entonces y que íbamos a trabajar juntos, que nos comportaríamos como ciudadanos honrados y haríamos las cosas bien. De lo contrario, no íbamos a llegar a ninguna parte. El mundo se dedicaba a darnos patadas en el culo y Ozzie nos estaba ofreciendo un sueldo fijo. Como todos éramos prácticamente almas perdidas vagando en busca de problemas, nos pareció una buena idea.

Ozzie había ahorrado mientras estaba en el ejército, de modo que tenía un buen pellizco para poner en marcha la empresa de seguridad. No pasó mucho tiempo hasta que la empresa empezó a arrojar beneficios y el público comenzó a conocernos por nuestra reputación o, mejor dicho, por nuestra nueva reputación: un grupo de personas capaz de cumplir una misión por difícil que sea, un equipo que se mueve como la mismísima oscuridad, oculto, indetectable, invisible... que recopila información y la pone a disposición de la policía para lo que la necesite. Podemos hacer cosas sencillas como conseguir pruebas para convencer a un juez de que firme una orden de registro, o cosas inmensamente complicadas, como reunir pruebas que se utilizarán en un juicio por asesinato.

El mes pasado ayudamos a encerrar a un tipo en la cárcel durante veinticinco años. Nunca volverá a oler siquiera la libertad, porque ya tiene setenta años, una vida entera de crímenes, detenido al fin con la ayuda de los Bourbon Street Boys. Recibimos una carta de agradecimiento del jefe de policía y una bonificación de cinco mil dólares, pagada con el dinero confiscado a consecuencia de la detención. Habiendo estado dentro del sistema y fuera de él, puedo decir sin dudarlo que prefiero trabajar en el bando de los buenos.

Ozzie le da a May una carpeta.

—Aquí hay unos mapas con unas zonas destacadas a las que Thibault y yo creemos que estaría bien echar un vistazo y sacar algunas fotos. Familiarizaos con los barrios. Podéis ir allí ahora, en cuanto os terminéis el café. —Ozzie se dirige al resto del grupo—. El resto de vosotros, quedaos y así podremos discutir nuestros próximos movimientos y hacer el seguimiento de los casos que estamos cerrando.

Me pongo de pie y me llevo la taza de café al fregadero. May me acompaña de inmediato.

—Me encanta trabajar contigo, Toni. Tal vez cuando estemos ahí fuera conduciendo por la ciudad podremos hablar sobre mis planes de boda. La verdad es que me gustaría mucho saber tu opinión.

Y yo que creía que el hecho de que Lucky hubiera desaparecido era lo peor que me podía pasar...

—Puede ser, aunque tal vez estemos demasiado ocupadas para eso.

Con un poco de suerte, tal vez las estrellas y los planetas se alineen y un traficante de drogas se estrelle contra nuestra furgoneta.

Ojalá.

Capítulo 8

No llevamos ni dos minutos de trayecto cuando May empieza a hablar.

—Bueno, y entonces, ¿qué fue lo que pasó con Lucky el viernes?

Intento actuar como si estuviera demasiado concentrada en el tráfico para responder a su pregunta, pero ¿acaso eso la detiene? No. Por supuesto que no.

—Estabais los dos ahí y luego, de repente, desaparecisteis. Solo jugamos una partida de billar. ¿Por qué no viniste con nosotros?

—Estaba ocupada.

—¿Ocupada? ¿Ocupada haciendo qué?

—Ahogando mis penas.

Me arrepiento de decir esas palabras en cuanto me salen de la boca.

—¿Tus penas? ¿Es que estás triste?

Niego con la cabeza.

—No. Soy muy feliz. Mi vida es genial.

De reojo, veo que May me mira y frunce el ceño.

—No sé si intentas ser sarcástica o no. —Hace una pausa de unos segundos—. ¿Quieres hablar de lo ocurrido?

La miro.

—Tú te das cuenta de con quién estás hablando, ¿verdad?

Sonríe.

—Sí, pero eso no significa que haya perdido la esperanza. ¿Cuándo te vas a abrir conmigo, Toni? Es imposible resistirse a mí siempre, ¿sabes?

El hombre más fuerte que conozco ha descubierto que, efectivamente, así es, de modo que podría tener razón, pero no estoy de humor para eso en estos momentos, y no me puedo imaginar que alguna vez lo esté.

—No en esta vida.

—¿Crees que Lucky está bien? —Está probando con otro enfoque, pero no puedo hacer caso omiso de la preocupación que me causan sus palabras.

—¿Por qué no iba a estarlo?

Se encoge de hombros.

—No sé. Tiene sus preocupaciones. Y creo que Sunny no está muy bien.

Tenso las manos al volante. No me puedo creer que de repente me preocupe un estúpido pez.

—¿Qué le pasa a ese bicho?

—Querrás decir a ese pececillo. Ten cuidado con cómo lo llamas.

—Lo que tú digas. —Pongo los ojos en blanco. Nunca entenderé lo de ese pez.

—Jenny y yo tuvimos una larga conversación sobre Lucky y su relación con Sunny. Descubrimos algunas cosas bastante interesantes.

Suelto una breve carcajada.

—Sin la participación de Lucky, supongo.

Ya me las imagino a las dos, psicoanalizando a todos los miembros del equipo, dando por sentadas un montón de tonterías inexistentes, haciendo que todo parezca mucho más interesante de lo que realmente es.

May parece muy satisfecha consigo misma cuando responde.

—En realidad, has de saber que Lucky y Jenny han compartido muchas intimidades. Se han hecho buenos amigos.

No soporto que eso me haga sentir celos. Trabajan juntos. Es completamente natural que hablen cuando pasan tantas horas en el trabajo sin nadie más. Además, la relación entre Jenny y Dev es completamente sólida. Ella nunca lo engañaría con otro.

Lo lógico sería que, con todo este razonamiento que estoy haciendo, la pequeña historia que May me está contando me fuese absolutamente indiferente, pero no es así. Estoy a punto de echarme a llorar como una niña pequeña. Me parece que estoy en pleno síndrome premenstrual. Mi intento de calcular la fecha de mi próximo período se ve frustrado por las reflexiones en voz alta de May.

—Lucky le dijo a Jenny que echa mucho de menos a su hermana, y Sunny es su única conexión con ella. No quiero ni pensar qué le va a pasar a Lucky cuando Sunny se muera. No creo que lo vaya a llevar muy bien.

—Lucky es fuerte. Estará bien.

May niega con la cabeza.

—El hecho de que alguien sea fuerte no significa que asimile bien la pérdida. Y tampoco significa que no se derrumbe cuando ocurren cosas malas.

Me detengo en un semáforo, molesta por May y por las absurdas tonterías que está diciendo. Niego con la cabeza, pero sigo en silencio.

—¿No estás de acuerdo conmigo? ¿O crees que una persona fuerte tiene que ser dura las veinticuatro horas, siete días a la semana?

Tamborileo con los pulgares en el volante, sin estar segura de querer responder. Lo único que conseguiré es animarla a seguir cotorreando, y eso que May no necesita ningún estímulo para hablar como una ametralladora.

—¿Qué pasa? ¿Se te ha comido la lengua el gato?

Niego con la cabeza.

—No. Simplemente, no estoy de humor para charlar.

May se encoge de hombros.

—Está bien. Yo puedo hablar por las dos.

El semáforo se pone verde y arranco, y May hace lo propio con su boca.

—¿Sabías que Lucky lleva a su pez al veterinario? ¿Te lo imaginas? ¿Él ahí sentado en la sala de espera rodeado de perros y gatos y su pecera con el pez de colores dentro?

—Dudo que lleve al pez en una pecera.

—Mmm. Puede que tengas razón en eso. Demasiado llamativo. ¿Qué crees que usa? ¿Una bolsa de plástico hermética?

—¿Y qué más da? No es más que un pez.

—Huy. Será mejor que tengas cuidado.

La miro, porque parece auténticamente preocupada.

—¿Que tenga cuidado con qué?

—Con menospreciar las cosas que son realmente importantes para la gente que te rodea.

Ahora sí que estoy enfadada de verdad, pero no creo que sea May la que me cause esta emoción. Hay un trasfondo de verdad en sus palabras, algo que no puedo negar. Es solo que se me da fatal empatizar.

A pesar de mi aprensión, muerdo el anzuelo de May.

—No sé a qué viene tanta historia con el pez de colores, aunque fuera de su hermana. Ni siquiera es un animal de sangre caliente. No es que puedas acurrucarte en la cama con él o dar un paseo.

May lanza un suspiro.

—Estoy de acuerdo contigo. En mi opinión, los perros son mascotas mucho más interesantes, pero lo que importa no es mi punto de vista, ni tampoco el tuyo, ¿verdad?

Definitivamente está esperando que le responda, y en este punto, si sigo evitándola, descubrirá que toda esta conversación me molesta y entonces sí que no habrá paz para los malvados, es decir, para mí.

Me encojo de hombros.

—No lo sé. Supongo.

—Si realmente amas a alguien, tienes que ver las cosas que son importantes para esa persona a través de sus ojos. No puedes mirarlas desde tu propio prisma. No puedes emitir tus propios juicios ni enfocarlas desde tu propia historia. Solo tienes que aceptarlas, sin más. Si Lucky dice que los peces de colores son increíbles, los peces de colores son increíbles. Punto.

—Pero ¿y si lo que tanto quieren es malo para ellos?

—¿Tú crees que un pez de colores es malo para Lucky?

Niego con la cabeza, y los recuerdos de Charlie me asaltan de nuevo, como de costumbre.

—No. Con el pez de colores no pasa nada, pero tú has dicho que si a alguien a quien quiero le gusta mucho algo, debería aceptarlo sin más y conformarme con eso. ¿Qué pasa si no es un pez de colores? ¿Qué pasa si es algo malo?

—Eso no cuenta. Cuando un amigo hace algo que es malo para él, si es algo que podría hacerle verdadero daño, hay que intervenir. Tienes que ser una buena amiga. Si no lo haces, entonces no eres realmente una buena amiga, ¿verdad?

Me pregunto si May se da cuenta de lo mucho que me está afectando cada una de sus frases. Es como si me golpeara el estómago cada vez que abre la boca. ¿Soy amiga de Lucky? ¿Estoy haciendo lo correcto para él? Ojalá supiera las respuestas a esas preguntas. Él se merece tener buenas personas en su vida, personas que lo cuiden. Personas que piensan que su pez es increíble, aun cuando no lo sea.

—Deberías llamarlo —insiste May, totalmente convencida de que su consejo es oro puro.

Sin embargo, yo no comparto ese sentimiento.

—De ninguna manera. Él no quiere saber nada de mí.

—No me lo creo.

Percibo un dejo extraño en su voz, así que me detengo en el arcén y la miro.

—¿Por qué dices eso?

El corazón me late muy rápido.

May sonríe con una mueca traviesa.

—Ya te lo he dicho... Jenny y yo hemos hablado largo y tendido de esto, y ella pasa todo el tiempo con Lucky, así que... —Se encoge de hombros, exageradamente satisfecha consigo misma.

Entrecierro los ojos ante su expresión astuta. Si alguien hubiera visto una expresión astuta en una florecilla silvestre, sabría por qué me siento angustiada de repente.

—¿Qué has hecho?

May levanta las manos.

—Yo no he hecho nada. Es posible que Jenny haya formulado algunas preguntas o sugerencias en tu nombre, pero yo soy completamente inocente.

Niego con la cabeza mientras me incorporo de nuevo al tráfico con la furgoneta.

—Tiene que ser una broma.

Una mezcla de pánico y exasperación a partes iguales lucha por salir al exterior. Aprieto los dientes para mantener a raya ambas emociones, pero me empieza a doler la mandíbula. Jenny, la casamentera, ataca de nuevo.

May se calla por fin, cosa que hace que mi cabeza tenga espacio para volverse loca. La paranoia se apodera de mí. ¿Qué le ha dicho Jenny a Lucky? ¿Por eso me estaba provocando en el bar? ¿Cree que estoy colada por él?

Tengo mil preguntas más para hacerles a May y a la tonta de su hermana, pero si lo hago, solo les daré más combustible para su fuego. Su radar de celestinas empezará a emitir señales y las dos concentrarán todos sus perversos esfuerzos de florecillas silvestres en que Lucky y yo estemos juntos. Lucky seguramente ya ha descubierto lo que pretendían y ahora intenta esconderse, mantener un perfil bajo, con la esperanza de que pierda mi interés en él. Dios, qué horror.

No digo nada sobre éste nuevo infierno que acaba de convertirse en el foco de mi ira. Aprieto los dientes y agarro con fuerza el volante mientras entramos en la zona de Mid-City, junto a la avenida Tulane.

—Será mejor que prepares tus cosas —le digo a mi compañera con voz comedida—. Nos estamos acercando.

—Está bien. Genial. —May deja el asiento delantero y se mete en la parte trasera de la furgoneta. Por los golpes deduzco que está sacando su equipo de fotografía.

—¿Tomo solo fotos o también vamos a grabar algunos vídeos? —pregunta.

—Mejor estar preparadas para las dos cosas.

Las instrucciones de Ozzie y Thibault fueron bastante vagas. No estoy segura de qué esperan que encontremos simplemente recorriendo estos barrios con la furgoneta, pero mi plan es hacerme un mapa de situación, para conocer las rutas de escape y los lugares donde estas pandillas callejeras suelen pasar el rato durante el día.

Cuando hace buen tiempo, como ahora, los grupos de hombres suelen matar las horas charlando fuera, en la calle. Ahí es donde se hacen los trapicheos en la zona de Sixth Ward. Nunca vemos a los grandes traficantes por aquí, por supuesto, pero, con el tiempo, los pequeños siempre nos llevan a los peces gordos.

May vuelve conmigo al asiento delantero. Se sienta y se abrocha el cinturón. Al cabo de unos segundos, centra su atención en otra cosa.

—¡Mira! Prostitutas.

Levanta la cámara y toma unas fotos. Cuando termina, observa el visor y sonríe.

—Es muy guapa. ¿Le has visto las piernas? Preciosas. Ojalá tuviera yo unas piernas así. —Suelta un suspiro.

Yo lanzo un resoplido.

—Necesitarías un par de testículos para acompañar esas piernas. May me mira, confundida.

—¿Qué?

—Es una transexual. Tiene testículos debajo de esa minifalda. No puedes tener unas piernas así si naces con partes como las nuestras.

—Ah. —May mira otra vez por el visor, haciendo *zoom*—. Pues yo no veo ningún bulto. ¿Estás segura?

—Se los esconden de tal forma que prácticamente desaparecen.

—¿En serio? —Frunce el ceño—. Ya le preguntaré a Ozzie. No sé si creerte... Me parece que me tomas el pelo.

Me río, disfrutando de su ingenuidad.

—Como quieras. Pregúntaselo, anda.

—No creas que he olvidado nuestra conversación de antes. —La voz de May se ha vuelto un poco siniestra.

—¿De qué estás hablando?

—Ya los sabes. Lucky. En serio, creo que deberías hablar con él. Ábrete un poco. Deja que vea tu lado más tierno.

—No tengo un lado más tierno.

—Seguro que sí. Todo el mundo lo tiene. Sé que mataste a alguien, pero eso no significa que seas una criminal. Bueno, quiero decir, fuiste una criminal, pero ya no lo eres. No significa que seas una persona horrible y un monstruo que nunca podrá volver a ser feliz.

La furgoneta se detiene bruscamente cuando piso el freno. Suena un ruidoso claxon detrás de nosotras, pero no le hago caso. La miro y le disparo balas con los ojos.

—¡¿Me tomas el pelo?!

Ella se retuerce en su asiento.

—¿Me he pasado de la raya? Ay... Lo siento. Hacía mucho tiempo que quería hablar contigo de eso, y estaba buscando la mejor manera de abordar el tema, pero me parece que me he precipitado un poco...

—No entiendo de dónde narices has sacado la idea de que esto es asunto tuyo.

Ahora mismo tengo unas ganas incontenibles de abofetearla —o algo incluso peor—, pero no estoy preparada para afrontar las consecuencias de la reacción de Ozzie. Él no lo entendería. Él encuentra irresistibles las charlas inanes de May y su absoluta falta de límites personales.

—No pretendo hacerte daño, Toni. Te respeto mucho y me caes fenomenal. Yo te apoyaré siempre, pase lo que pase. La única razón por la que te hablaría sobre algo tan íntimo y personal es porque me importas. —Parece a punto de llorar—. Hoy es el aniversario, ¿verdad?

Vuelvo a arrancar la furgoneta, pues no confío en ser capaz de responderle sin soltarle alguna crueldad. Según parece, ella es la única que se acuerda del hecho más terrible de mi vida y eso hace que me enfurezca contra el mundo. ¿Por qué nadie más ha dicho nada? ¿Por qué May sí? Mi ira es como un veneno que se filtra por mis venas desde algún lugar muy negro, un profundo agujero dentro de mí que es pura oscuridad. Cumplí mi condena y aprendí la lección, pero eso no ha hecho desaparecer la furia que a veces amenaza con tomar el control. May está muy equivocada con respecto a mí. Soy una persona horrible, un monstruo.

—Sé que estás enfadada, así que no voy a hablar más de esto, pero quiero que sepas que me preocupo por ti y que eres muy, muy importante para Ozzie. Si quieres hablar sobre lo que te ocurre, o sobre tu vida amorosa o lo que sea, los dos estamos aquí a tu lado para lo que sea. Solo queremos lo mejor para ti y lo que te haga feliz.

Hablo apretando los dientes.

—Me alegra saberlo.

Y así, mi día está completamente destrozado. No es que no fuera una mierda ya de buena mañana, pero esto es la guinda del pastel. No solo el único hombre que me importa de verdad no quiere saber nada de mí después de una noche de sexo increíble conmigo, sino que el hombre que prácticamente me salvó la vida está hablando de mí a mis espaldas con la florecilla silvestre de su novia, una tipa que, si por mí fuera, seguiría sin pintar nada en nuestro equipo.

Capítulo 9

Quiero olvidar toda la conversación que hemos mantenido May y yo, pero es imposible. Algunos fragmentos siguen flotando por mi cabeza, atormentándome todavía cuando llego a la nave industrial. Cuando detengo la furgoneta en el lugar donde Rowdy, el hermano de Charlie, atacó a Jenny, se me revuelve el estómago. Argh. ¿Cuándo acabará toda esta mierda?

Después de cuatro horas recorriendo los vecindarios indicados en los mapas que nos dieron, ahora tenemos material suficiente para poder analizarlo los próximos días. Por suerte, Thibault ha conseguido información del inspector encargado del caso para que podamos empezar a montar los dispositivos de vigilancia. Definitivamente, necesito algo con lo que ocupar mi tiempo y mi mente.

Las imágenes de la cara de Lucky y la expresión que he visto en ella últimamente adquieren un nuevo significado para mí. ¿Habrá estado pidiéndome ayuda todo este tiempo y no he sabido verlo? ¿Estaré demasiado centrada en mí misma para reconocer el dolor de otra persona? Me siento egoísta, pensando siempre solo en mí.

Lo más curioso es que creo desenvolverme mejor manejando el dolor de otra persona en lugar del mío. Tal vez involucrarme un poco más en la vida de Lucky no sería la peor idea del mundo. No tiene por qué haber sexo o una relación amorosa entre los dos:

podríamos afianzar nuestra amistad, algo que ha estado presente desde que tengo uso de razón.

Una pequeña parte de mi corazón me dice que es posible que May y Jenny estén en lo cierto. Tal vez debería llamar a Lucky, presionarlo un poco más. Cada vez que alguien se ofrece a prestarme su ayuda, siempre respondo diciendo que no la necesito, igual que Lucky. El único que ha derribado mis defensas es Ozzie, y solo porque destruyó mi muro. Como una apisonadora, se lanzó sobre mí y no me dio otra opción que dejarlo entrar. Doy gracias a Dios por eso; de lo contrario, probablemente ya estaría muerta. Él me salvó.

La pregunta es: ¿necesita Lucky que lo salven? ¿Y soy la persona adecuada para eso? ¿O solo lo digo para convencerme a mí misma porque quiero acostarme con él otra vez? No puedo confiar en que vaya a hacer lo correcto. Soy fatal para los hombres, y cuando digo fatal, lo digo literalmente: mis relaciones acaban en asesinato.

Pero Lucky merece al menos que lo intente, de eso estoy segura. Si me equivoco, pareceré una idiota durante unos días como máximo. Eso puedo soportarlo. Y si estoy en lo cierto y Lucky necesita a alguien, tal vez logre salvarlo como me salvaron a mí. Eso me ayudaría a equilibrar mi karma, ¿verdad? ¿Acabar con una vida, pero salvar otra?

Me siento llena de energía cuando estos pensamientos llegan a su conclusión lógica: tengo que llamar a Lucky. Necesito que me escuche. Tal vez incluso vaya a su casa, le eche un vistazo a su pez de colores y le diga lo guapo que es. O guapa... ¿Cómo sabe siquiera que es macho? ¿Los peces de colores tienen pene? Ya me veo delante del acuario: «Qué pez de colores tan bonito tienes, Lucky. Es tan... colorido».

Bueno, da igual. Ya se me ocurrirá algo cuando llegue allí. Presiono el botón que abre la puerta de la nave industrial y espero los segundos que tarda en deslizarse lo suficiente para que quepa la furgoneta.

—Entonces, ¿qué vamos a hacer ahora? —pregunta May.

—Descargar tus fotos y eliminar las que no sirvan. Yo redactaré un informe de lo que hemos visto para el equipo.

—Suena bien.

Espero a que May se haya ido a su cubículo antes de presionar el botón de marcación rápida para Lucky. Él es el número siete en mi teléfono, obviamente. Siete, el número de la suerte, pienso para mí mientras espero el tono de llamada.

Salta el buzón de voz y cuelgo. Luego vuelvo a marcar. ¿Cree que puede darme largas haciendo que me salte el buzón de voz? Pues no. Definitivamente, no se va a salir con la suya.

La siguiente llamada también va a parar al buzón de voz. Esta vez no cuelgo.

—Lucky, soy yo —digo en la grabación—. Contesta al teléfono.

Cuelgo y luego mantengo presionada la tecla del siete. Esta vez salta el buzón sin el tono de llamada siquiera. Golpeo el chasis de la puerta de la furgoneta con el puño, tratando de decidir qué hacer a continuación.

—¡Eh, tú!

Miro arriba y veo a Thibault en lo alto de las escaleras.

—¿Qué pasa? —pregunto, tratando de aparentar calma y disimular que estoy hecha un manojo de nervios.

—¿Tienes un minuto?

—Y dos puede que también.

No me gusta el tono de voz de Thibault. Resuena con ese dejo de hermano mayor.

—Quédate ahí, ahora bajo.

Una parte de mí quiere darse media vuelta y salir corriendo por la puerta de la nave industrial, lo cual es ridículo, porque soy una mujer adulta y además podría hacer picadillo a mi hermano si de verdad quisiera.

—Ven conmigo. —Me hace una señal para que lo siga hasta la zona de entrenamiento. Se sienta en el banco de ejercicio y yo ocupo un sitio en otra máquina cercana.

—¿Qué pasa? —pregunto.

Habla con voz suave y con un leve tono compasivo, lo que inmediatamente me molesta. Es como si hoy todos se hubieran puesto de acuerdo para sorberme el seso y darme consejos. Me preparo para la avalancha de buenas intenciones.

—¿Qué pasó con Lucky el viernes?

Me pongo de pie, porque es mejor largarme de allí en lugar de ponerme a pelear cuerpo a cuerpo con un tipo que pesa veinticinco kilos más que yo. No estoy lo bastante loca como para ganar esa pelea; necesitaría hallarme en un estado de ira profunda y muy, muy oscura para lograrlo.

—Siéntate —dice, haciendo un gesto con la mano para que le haga caso, como si mi reacción emocional (de lo más comprensible) le molestara—. No te lo pregunto para cabrearte. En serio, necesito saberlo. Está pasando algo.

Obedezco, sin que mis sospechas desaparezcan por completo, pero me pica la curiosidad.

—¿Qué pasa?

—Primero, dime qué ocurrió.

—Nada.

—No me mientas. Sé que Lucky se fue a casa contigo.

Suelto un resoplido para mostrar mi enfado, esperando que capte la indirecta, pero no lo hace. Claro que no. Me mira, a todas luces esperando que se lo cuente todo.

—No se vino a casa conmigo, ¿de acuerdo? Me subí al taxi y él entró sin mi permiso. Luego dijo que tenía que hablar conmigo sobre algo, así que entró en casa un rato.

—¿Qué dijo después de entrar?

Estoy atrapada en una trampa que me he tendido yo misma. Genial.

—Nada. Mucho.

Thibault se inclina hacia delante, apoyando los antebrazos en las rodillas.

—Necesito que seas sincera, Toni. No estoy aquí para juzgarte.

Me pongo de pie, demasiado nerviosa y cabreada para seguir sentada. Me siento vulnerable y atacada.

—¿Juzgarme? ¿Juzgar el qué? Es mi vida, y la vivo como quiero. Y cumplí mi condena, ¿de acuerdo? Ya no necesito ningún agente de la condicional.

Acabé esa tontería hace seis meses, muchas gracias.

Thibault inclina la cabeza y la sacude. Suspira.

—¿Qué? —Estoy enfadada con él por actuar como si la imbécil fuera yo.

Me mira con expresión casi torturada.

—¿Por qué todo tiene que ser tan difícil contigo?

Siento que el corazón se me resquebraja de nuevo. Soy una carga; sé que lo soy. Siempre lo he sido.

—¿Difícil? Vete a la mierda.

Thibault se levanta de repente y se encara conmigo.

—¿Que me vaya a la mierda? No, vete tú a la mierda, Toni. ¡Te he pedido que hables conmigo, con tu hermano, con el tipo que por poco pierde la cabeza cuando te metieron en la cárcel, y no puedes bajar de ese pedestal tuyo donde estás subida ni por un puto segundo para mostrarme un poco respeto y demostrar un poco de compasión por un amigo!

Tengo la boca abierta, pero no me sale nada. No tenía ni idea de que mi hermano estaba tan enfadado conmigo. Nunca me había dicho una sola palabra. Es como si se hubiera abierto un agujero en mitad de mi corazón y estuviera absorbiendo el músculo que lo hace palpitar. Dentro de nada, no me quedará ni corazón.

Se da media vuelta y se pasa los dedos por el pelo.

—Mierda. Lo siento. No quería que sonara así.

Retrocedo unos pasos, con la necesidad de poner espacio entre nosotros.

—No, hombre, no pasa nada. Ha sonado como tenía que sonar. Lo entiendo.

Tengo que irme. No puedo quedarme aquí y decirle que siento ser quien soy. Que la he cagado. Que no merezco estar aquí. Por lo visto, él ya sabe todo eso. Y, desde luego, no quiero que se disculpe por lo que siente. No es justo para él. Yo me sentiría exactamente igual si estuviera en su piel.

—¿Adónde vas? —pregunta mientras echo a andar a toda prisa.

—Tengo que hacer una cosa. Nos vemos luego.

Apenas puedo pronunciar las palabras, me duele la garganta de tanto contener las lágrimas. Pero no pienso llorar. Así es la vida. Mala suerte. Ahora me toca aguantarme.

Me subo al coche y salgo de la nave industrial lo más rápido posible sin que chirríen los neumáticos, porque Ozzie lo detesta. Ya llevo un par de kilómetros de camino cuando al fin se rompe el dique. Para cuando llego a casa, tengo la parte delantera de la camisa empapada y veo mi cara hecha un poema en el espejo retrovisor.

Ni siquiera me doy cuenta de que no estoy sola hasta que llego a la mitad del camino de entrada. Es entonces cuando veo una sombra en mi porche. Al acercarme, me doy cuenta de que es Lucky, sentado en el columpio del porche, sosteniendo un recipiente de cristal transparente en el regazo.

Capítulo 10

Sigo andando despacio por el camino de entrada, tratando de deducir el estado de ánimo de Lucky mientras me limpio los restos de maquillaje emborronado de la cara. Está cabizbajo y mira fijamente su pecera. Está tan quiero que casi parece dormido.

Me aclaro la garganta cuando me acerco al porche, pero no levanta la cabeza.

—Hola, Lucky. ¿Qué pasa?

Subo los tres escalones y me dirijo hacia el columpio del porche.

Levanta la vista, con gesto completamente inexpresivo.

—No sé por qué estoy aquí.

Señalo su mascota.

—Parece que has traído a alguien de visita.

Recuerdo los consejos de May, sobre todo la parte de ver las cosas a través de los ojos de Lucky y no de los míos. No es un cachorro lo que tiene entre las manos; para mí, es el cebo perfecto para un pez digno de una suculenta cena, pero para él lo es todo. Así que supongo que hoy, Sunny el pez de colores lo será todo para mí. Por un amigo, puedo fingir eso sin problemas.

—No está muy bien —dice Lucky.

—¿Por qué no pasáis? Te prepararé un café. O podemos tomar una cerveza.

—Una cerveza estaría bien.

Lucky se levanta, con cuidado de no derramar el agua de la pecera. Lo hace muy bien, imagino que porque tiene mucha práctica. En mi cabeza visualizo una absurda imagen de Lucky sacando a pasear a su pez para su caminata diaria.

Aparto esa imagen, sabiendo que influirá injustamente en cómo lo veo en este momento. Necesita un espacio donde nadie lo juzgue, donde pueda ser el hombre raro que adora a su pez sin preocuparse por lo que piensen los demás. Puedo ponerme en su piel y ver a este pez como lo ve él. Creo.

Abro la puerta de par en par para que pueda entrar con la pecera sin chocar con nada. Cuando entra, echo la cerradura de la puerta, consciente de que hay personas a las que les encantaría encontrarme en casa y hacerme una desagradable visita sorpresa. Charlie tenía varios hermanos y primos, todos con una capacidad inmensa para la maldad y el rencor. Aparte del estúpido intento de secuestro de Jenny por parte de Rowdy hace unos meses, llevan más de dos años sin molestarme, pero eso no significa que no estén ahí fuera, aguardando su momento. La mayoría son lo bastante inteligentes como para saber que cuanto más tiempo transcurra entre la muerte de Charlie y cualquier accidente que pueda ocurrirme, menos posibilidades habrá de que los consideren sospechosos. Eso es algo que Rowdy no tuvo en cuenta en su numerito, aunque no me sorprende: incluso el propio Charlie solía bromear diciendo que su hermano pequeño era un caso perdido.

—¿Dónde quieres que vaya? —me pregunta Lucky, de pie en el pasillo, con aire ridículo, como de estar perdido. Lleva esa cazadora de cuero otra vez, la que tanto me gusta, pero a la altura de la cintura sujeta la pecera con ambas manos. Y tiene razón: Sunny no tiene muy bien aspecto. El pez divide su tiempo entre flotar y nadar débilmente en círculos.

—Ve a la sala de estar. Puedes dejar a Sunny en la mesa y podemos vigilarlo desde el sofá. Ahora mismo voy.

Hablo en tono jovial y echo a andar con paso tranquilo hacia la cocina, aunque tengo ganas de correr. ¿Y si Sunny la palma antes de que yo vuelva? ¿Lucky se irá? No quiero que se vaya. Quiero que se quede. Esa idea me pone muy, muy nerviosa.

No sé qué es lo que le apetece beber, aunque ha dicho una cerveza. Preparo una cafetera, pensando que estaría bien seguir estando sobrios en estos momentos, pero también saco dos cervezas de la nevera. Las sujeto con una mano, y de paso, me llevo una bolsa de patatas fritas y unos *pretzels* de un bol de la encimera antes de reunirme con él en la otra habitación.

Me siento al lado de Lucky, ocupada con el tentempié. Está en trance mirando a su pez. No estoy segura de que se haya dado cuenta siquiera de que ya he vuelto.

Le doy un codazo y le ofrezco una cerveza.

—También he hecho café, si quieres.

Me quita la cerveza de las manos, le arranca el tapón y se bebe la mitad en tres tragos, sin apartar los ojos de su amigo de sangre fría.

Me encojo de hombros.

—Una cerveza, entonces.

Tomo un sorbo de la mía, consciente de que dos personas borrachas en esta casa sería una muy mala idea. Ya cometimos ese error, y no quiero repetirlo.

—Lo he llevado al veterinario —dice Lucky—. Han dicho que no se puede hacer nada. Simplemente, ya es muy viejo.

—Pues vaya mierda. ¿Qué edad tiene? —Quiero abrir la bolsa de *pretzels*, pero me parece un gesto insensible en este momento.

—Seis años. He leído en internet que pueden vivir hasta treinta, pero mi veterinario dice que, en su experiencia, solo viven un año o dos. Así que supongo que seis está bastante bien.

—Sí, está genial, sobre todo teniendo en cuenta que vivís en plan vieja escuela. —Sonrío y señalo la pecera con la botella de cerveza.

—¿Vieja escuela?

Al instante me siento como una imbécil. No era mi intención, pero casi le acabo de decir que está matando a su pez por tenerlo en una pecera pequeña.

Mi sonrisa vacila y se transforma en algo más parecido a una mueca.

—Solo quería decir... Ya sabes, en el dentista, tienen esa cosa tan grande con todos esos peces diferentes y esas burbujas y el pequeño cofre del tesoro y el esqueleto en el fondo... —Tomo otro trago de cerveza y abro la bolsa de *pretzels*, pensando que, si me lleno la boca de comida, será más difícil que meta la pata.

—Esto es solo lo que uso para transportarlo de un lado a otro. Normalmente está en un acuario más grande para él solo. Siempre he tenido mucho cuidado para que no se pusiera enfermo o le hicieran daño. Otros peces pueden ser unos abusones y podrían atacarlo o hacerle daño.

Asiento, como si eso tuviera todo el sentido del mundo.

—Ya. —¿Debo preocuparme por la salud mental de Lucky? Está hablando de este pez como si fuera un niño que va a primaria o algo así.

La sala se queda en absoluto silencio, salvo por el ruido que hago al masticar. Normalmente, no me oigo cuando estoy comiendo, pero ahora es como si tuviera un micrófono en la boca. Cada crujido de *pretzel* es como el precursor de un terremoto. Tomo otro trago de cerveza para tratar de amortiguar el ruido.

—No me vendría mal otra.

Lucky deja su botellín vacío sobre la mesa con cuidado, sin apartar la vista de la pecera.

Miro el envase vacío. Cualquier otro día, no me importaría nada emborrachar como una cuba a cualquiera de mis compañeros del equipo, pero esta noche será mejor que no lo haga. No ha habido nunca una noche más indicada para la sobriedad que esta.

Temo lo que podría salir de mi boca si mis labios se sueltan con el alcohol.

—Tengo algo mejor. Vuelvo enseguida.

Entro en la cocina y tiro el resto de mi cerveza al fregadero. Saco dos tazas del armario y las lleno de café. Estoy segura de que vamos a necesitar estar sobrios para lo que vendrá después.

De vuelta en la sala de estar, me encuentro a Lucky dando unos golpecitos en el cristal de la pecera. Su pez ha dejado de nadar. Atravieso rápidamente la habitación y dejo las tazas de café sobre la mesa. Me siento muy cerca de él y me asomo a mirar.

—¿Está bien Sunny?

Lucky no dice nada. Sigue dando golpecitos en el cristal.

Le tomo el dedo y lo alejo de la pecera, envolviéndolo con las dos manos.

—¿Qué haces? —pregunta, mirándome.

—Chist. —Señalo la pecera con las manos para distraer su atención—. Déjalo tranquilo. Dale un poco de paz y descanso.

—¿Qué?

Vuelvo la cabeza para mirar a Lucky. Su cara está tan cerca que veo literalmente arrugas de dolor grabadas en su piel. Parece veinte años más viejo que el viernes pasado.

Trato de decir con palabras lo que estoy pensando mientras le sujeto la mano entre las mías.

—En mis últimos momentos, no me gustaría que alguien se pusiera a golpear un tambor junto a mi cabeza. A mí me gustaría tener paz y tranquilidad. Serenidad. La vida ya es bastante caótica. Merecemos un poco de paz al final.

No fue así como yo traté a Charlie, y eso me atormenta todos los días. Probablemente lo hará el resto de mi existencia. Él murió bajo una lluvia de balas, rodeado de sentimientos de odio e ira, venganza y oscuridad. No quiero eso para este absurdo pececillo, porque es el pez de Lucky.

Lucky pone la otra mano encima de la mía y asiente. Se vuelve a mirar al pez, pero antes derrama una lágrima.

—Tienes razón. Respeto. Sunny se lo merece.

—Todos lo merecemos. Seamos peces o personas.

El pez da un par de aleteos más, y luego todo termina. Se pone boca arriba, y unos segundos más tarde, el agua deja de moverse.

No sé qué hacer, y tampoco sé qué decir, así que me limito a quedarme inmóvil, tratando de vaciar mi cerebro de cualquier pensamiento. Nos quedamos allí, con las manos entrelazadas, hasta que el sol se pone y baja la temperatura. Cuando mi temporizador de luz automático —configurado para que se active a las seis y media de la tarde— enciende la lámpara de la sala de estar, todavía seguimos en el sofá.

La luz repentina parece sacar a Lucky del trance en el que se hallaba. Se recuesta hacia atrás, dejando que nuestras manos se separen, y su cazadora de cuero emite un chirrido al entrar en contacto con su cuerpo.

Me vuelvo para mirarlo y le hablo en voz baja.

—¿Qué te traigo?

Él niega con la cabeza, mirando al vacío.

—Nada.

Me pongo de pie.

—Voy a preparar algo de cena.

—No tengo hambre.

—No me importa. Vas a comer de todos modos.

Me sabe mal dejarlo en la habitación con Sunny flotando ahí delante, pero tal vez necesita algo de tiempo a solas con el último vínculo que tuvo con su hermana.

Estoy mucho más triste de lo que esperaba. Solo es un pez, pero cuando veo a Lucky sentado solo en el sofá, con las lágrimas resbalándole por las mejillas bajo la tenue luz, me doy cuenta de que Sunny nunca ha sido solo un pez. Igual que Charlie nunca fue solo un problema. Todos vemos las cosas que hay en nuestra vida de determinada manera y les ponemos etiquetas porque así es como las ven otras personas, pero no significa que sea eso lo que realmente son para nosotros.

Charlie no era solo un novio; Charlie era mi oscuridad. Representaba la ira que ha estado dentro de mí desde que era una niña, mientras crecía en una casa dominada por los malos tratos y el desamparo. Él sacó lo peor de mí, pero no tenía la culpa; fui yo quien dejó que esa persona entrara en mi vida, quien dejó que me controlara y me utilizara cuando estaba en mis horas más bajas.

Lucky siempre ha disfrutado de lo que parece una vida fantástica, visto desde fuera. Siempre está sonriendo y es un trozo de pan, y lo ha sido desde el día que lo conocí, en el centro de la ciudad, en un solar donde meses antes habían demolido un edificio antiguo. Estaba allí haciendo prácticas con una pistola de aire comprimido, disparando a unas latas, y Thibault y yo nos moríamos de ganas de probar una de esas. Hasta el día en que apareció Lucky, ningún menor de quince años que nosotros conociéramos tenía una de esas pistolas. Los dos teníamos once años en aquel entonces.

Nunca supe muy bien qué pasaba en su casa, porque Lucky siempre prefería estar en la nuestra o dando vueltas por ahí en la calle, pero siempre tuve la sensación de que no era algo bueno. Nunca nos invitaba a ir y, como éramos niños, nunca nos preguntábamos por qué. Me impresionaba que a pesar de la situación, fuera la que fuese, siempre estuviese contento. O al menos lo parecía. Aunque tal vez me equivocaba. Tal vez, por dentro, siempre se ha sentido tan desgraciado como yo.

Me dispongo a preparar cena para dos. No es gran cosa, solo espaguetis con albóndigas descongeladas, pero servirá. No me gusta cocinar, por eso me encanta comer en casa de Ozzie, pero esta noche no importa que sea la reina de los congelados: estoy segura de que ni Lucky ni yo probaremos bocado.

Un ruido a mi espalda me sobresalta. Me vuelvo, con la cuchara de madera en la mano. Cada vez que alguien se me acerca sigilosamente, siempre pienso que es Charlie, a punto de atacarme otra vez. Dice Ozzie que se debe a un trastorno por estrés postraumático, pero lo cierto es que siempre he sido un poco nerviosa.

Lucky está ahí plantado, con las manos en los bolsillos.

—Lo siento. No quería asustarte.

Vuelvo a remover la salsa para asegurarme de que no se queme. Es salsa de bote, así que solo necesito calentarla un poco.

—No pasa nada. Ya casi estoy. —Saco un espagueti de la olla hirviendo con un tenedor y lo pincho. *Al dente*. Apago el fuego y saco dos platos del armario—. Sírvete algo de beber.

—No tengo mucha hambre.

—No importa. Puedes verme comer a mí. —Yo tampoco tengo hambre, pero comeré de todos modos. Es mejor que intentar encontrar las palabras adecuadas. No tengo ni idea de lo que se supone que debería decirle en este momento, así que me contento con darle órdenes—. Saca los tenedores y las cucharas del cajón, ¿quieres?

Lucky ha estado en mi cocina bastantes veces para saber dónde guardo todo. Lo oigo trastear y sé que está obedeciendo mis órdenes mientras reparto la pasta y luego la cubro con salsa y dos albóndigas en sendos platos. Si no se acaba su ración, me la llevaré al trabajo y se la daré a Sahara y Felix. Entonces me moriré de la risa cuando a los dos se les formen unos gases horribles y hagan que May salga de la habitación pellizcándose la nariz.

—¿Qué quieres beber? —me pregunta con dulzura.

—Lo mismo que tú.

Se abre la nevera y el ruido metálico de las botellas me dice que ambos vamos a beber más alcohol. Espero que no sea un error.

Llevo los platos de pasta a la mesa de la cocina y me siento frente a Lucky. Solo hay espacio suficiente para cuatro personas, muy juntas, así que la sensación es de intimidad. Me alegro de que no haya velas en la mesa, porque entonces pensaría que estoy tratando de convertir esto en una cita o algo así. Me siento y fijo la mirada en el plato y en el vapor humeante de la salsa.

Ahora es cuando normalmente bendigo la mesa, pero hoy es un día un poco más especial. Me muerdo el interior de la mejilla tratando de decidir qué hacer. No quiero entristecer a Lucky mencionando a Sunny, pero el pequeño de esa pecera merece un recuerdo.

—¿Te importa si digo una plegaria? —pregunta Lucky.

Doblo las manos sobre mi plato, apoyando los codos en la mesa y sintiendo un gran alivio al ver que los dos hemos pensado lo mismo. Inclino la cabeza y la apoyo en los nudillos.

—Adelante.

Lucky deja escapar un largo suspiro antes de comenzar.

—Señor... Gracias por esta deliciosa comida que no creo que pueda comer, pero huele muy bien. Y gracias por poder contar con mi maravillosa amiga Toni, que es paciente conmigo cuando sé que la paciencia no es su punto fuerte precisamente, sobre todo en un día como hoy, en que es muy probable que los recuerdos de su pasado la estén volviendo loca. Gracias por Sunny y gracias por mi hermana. Siento desmoronarme así y lamento decepcionarte. Ayúdame a ser más fuerte mañana.

—Amén.

Tengo el corazón en la garganta. Se ha acordado de lo mucho que significa este día para mí. No lo ha olvidado, como ha hecho Ozzie. Y me siento fatal por él, pero no sé qué hacer. Bajo las manos y lo miro. Todavía tiene la frente apoyada en los dedos entrelazados, y le tiemblan los hombros.

Nunca había visto a Lucky derrumbarse de este modo, nunca. Nunca he visto a nadie de nuestro equipo derrumbarse así. Joder, solo he visto a alguien derrumbarse así en las películas... Es como si todo mi mundo se desmoronara.

Como solución, hago lo primero que me viene a la cabeza. ¿Qué hago cuando todo a mi alrededor se rompe en pedazos? Todo lo posible para tratar de mantenerlo unido. Me levanto, me acerco a Lucky y me pongo de rodillas al lado de su silla. Le rodeo la cintura con los brazos.

—Lo siento. Lo siento mucho, Lucky. Esto es una mierda. Es una auténtica putada. Por favor, no estés triste. —Lo abrazo con fuerza.

Desliza el brazo hacia abajo y lo envuelve alrededor de mi espalda. Él también me abraza con fuerza, así que lo agarro aún más fuerte. Nos aferramos el uno al otro, Lucky gimoteando y temblando, y en pocos segundos, también yo empiezo a llorar.

Ojalá se me hubiera ocurrido poner música antes para que no me oyera. Me siento fría e insensible por haberme burlado de su pez. Ahora ya no me burlo, pero sigo sintiéndome fatal por lo que dije a May y por lo que pensaba sobre Sunny para mis adentros. Debería haber comprendido lo que significaba para Lucky. Debería haber hecho más preguntas. Debería haberme involucrado más en su vida.

Ha sido demasiado fácil echar la culpa de todo a Charlie y al lugar oscuro donde estaba yo por ser su pareja, pero Charlie murió hace cinco años, y yo hace dos que salí de la cárcel. Me dejaron en libertad justo antes de que muriera la hermana de Lucky, pero incluso mientras estaba encerrada podría haber sido más activa en mi relación con él, hacerle más preguntas y decirle a Thibault que interviniera cuando intuía que algo iba mal.

Han pasado dos años desde que Lucky perdió a su hermana, pero yo sé muy bien que algo así te acompaña siempre, y sigues sintiéndolo como muy reciente incluso años después. En el fondo, sabía que Lucky solo parecía estar bien por fuera, pero nunca me he molestado en descubrir qué era lo que le atormentaba por dentro. Debo de haberlo decepcionado tanto... Me duele en el alma darme cuenta de eso al pensar en nosotros. Y me hace ver que tengo que esforzarme más para ser una buena amiga, escucharlo, hablar con él, descubrir cómo se siente en realidad.

—Era tan joven... —dice Lucky entre sollozos—. ¿Por qué lo hizo?

—Tienes razón. Maribelle era demasiado joven. Pero creo que lo hizo porque no se le ocurría otra manera.

—¿Otra manera de hacer qué? —Sus sollozos cesan por un momento.

—Otra manera de escapar. Del dolor. Ella solo quería alejarse del dolor. Era una adolescente. Una chica muy, muy sensible. Todo la afectaba el doble que a los demás. Yo no la conocía muy bien, porque era mucho más joven que nosotros, pero me acuerdo de eso. Lloraba mucho. Recuerdo cómo se puso cuando leyó aquello sobre los animales sacrificados en el refugio. Se puso como loca por eso, ¿te acuerdas? Y solo tenía siete u ocho años...

—Sí, lo recuerdo.

Mira hacia arriba, con los ojos arrasados en lágrimas.

Le limpio una mejilla con el dorso de los dedos.

—Tenía un corazón tierno. Nació así.

—No fue de gran ayuda tener a los padres que tuvimos.

Clava la mirada en el suelo y se le tensan los músculos de la mandíbula.

—Ninguno de nosotros podíamos considerar que nuestras casas fueran un refugio seguro. Por eso pasábamos tanto tiempo disparando con tu pistola en aquel solar vacío.

El corazón se me retuerce en el pecho. Lucky me ayudó a salvarme. Me pregunto si lo sabrá. Pero no quiero decirlo; pensará que estoy loca.

—Pero ella era muy pequeña para salir con nosotros —dice, ajeno a mi melodrama interno.

—Sí. Y las armas no eran lo suyo.

Se ríe con tristeza.

—Era una pacifista nata. No soportaba mi pistola de aire comprimido. Siempre sospechaba que la utilizaba para disparar a los pájaros.

Frunzo el ceño al oír eso. Lucky siempre ha sido un amante de los animales, igual que su hermana.

—Nunca habrías hecho eso.

Se encoge de hombros.

—Eso lo sabíamos tú y yo, pero ella sospechaba de todos. Le costaba mucho confiar en la gente, incluso en mí.

—¿Por qué crees que era así? —Tal vez le estoy pidiendo más de lo que debería, pero espero que esta sea la manera de llegar a una conclusión con la que pueda vivir con respecto a su hermana. Se culpa a sí mismo, pero no debería hacerlo. Él no tuvo nada que ver con su muerte.

—No lo sé. Nuestros padres eran unos cabrones. Yo no estaba allí.

Niego con la cabeza.

—Eso no lo acepto. Pasabas mucho tiempo con ella. Sacabas a Maribelle a pasear con el cochecito, por el amor de Dios.

Esboza una sonrisa amarga.

—Era más fácil cuando ella era más pequeña. Cuando se hizo mayor, los dos nos volvimos muy diferentes. Es como si ni siquiera la conociera.

—Cuando creció, empezó a leer las noticias y a ver el mundo exterior. Creo que fue demasiado doloroso para ella. Vio demasiada gente mala, demasiados animales torturados, demasiados niños víctimas de abusos. Se obsesionó con esas cosas. Es como si no pudiera ver lo bueno que hay en el mundo porque lo malo ocupaba todo el espacio de su cabeza.

—Pero ¿por qué? ¿Qué la hizo hacer eso en vez de concentrarse en lo bueno?

Me encojo de hombros.

—No lo sé. Algunas personas simplemente se sienten atraídas por esa oscuridad, y no pueden salir de ahí.

No le digo a Lucky toda la verdad: que me vi en un pozo tan negro como el que se tragó a su hermana y que, si no hubiera sido por el equipo y por Ozzie, yo misma podría haber contemplado la misma salida. La diferencia entre ella y yo es que yo estaba abierta a recibir ayuda, y me sentía muy unida a los chicos del equipo. Ella nunca estuvo muy unida a nadie, sino que siempre vivía en su pequeño mundo. Incluso su relación con su hermano parecía solo superficial.

Lucky se separa de mí despacio, así que yo también me aparto. Se frota los ojos hinchados.

—Es que no lo entiendo, la verdad —murmura—. ¿Por qué sentía tanto dolor? ¿Por qué no pidió ayuda?

Me encojo de hombros.

—No lo sé. No podemos saberlo. Así es la vida, supongo. A veces pasa algo, y ese algo hace que te desmorones. No todo el mundo puede ser fuerte todo el tiempo al cien por cien. —Ahora la voz de May es como mi conciencia. Maldita sea.

Lucky golpea la mesa con el puño y hace saltar los cubiertos.

—¡Pero debería haber estado allí para ella! Soy su hermano, ¡por el amor de Dios!

—Exactamente. —Empleo el tono de voz más dulce que tengo—. Eres su hermano. No eres su padre, no eres su ángel de la guarda, ni eres Dios. Lo que pasó, la forma en que se torturaba a sí misma por los problemas del mundo, no era algo que pudieras haber resuelto por ella. No podrías haber cambiado quién era tu hermana, y esa era la única solución a sus problemas. Ella era quien era, eso es todo. Igual que tú eres quien eres y yo soy yo quien soy. Todos tenemos nuestros propios demonios, pero a ella la vencieron.

Somos afortunados por conseguir mantenerlos a raya... la mayor parte del tiempo.

Él niega con la cabeza, con la mirada perdida.

—No me lo creo. No creo que no pudiera haberla ayudado a luchar contra esos demonios.

—Yo sé que no. Lucky, necesitas terapia.

Una sonrisa asoma a sus labios un segundo antes de desaparecer.

—Eso tiene gracia.

Le lanzo una media sonrisa.

—¿Qué es lo que tiene gracia?

—Me estás diciendo que necesito terapia, precisamente tú.

Me encojo de hombros, capto perfectamente la ironía.

—Sí, bueno, tengo mucha experiencia estando bien jodida. ¿Qué quieres que te diga?

Lucky se inclina y me acaricia la cara, mirándome a los ojos al fin.

—Vamos, no digas eso. Eres perfecta tal como eres. Ojalá no fueras tan cruel contigo misma.

Pongo la mano en la suya unos segundos antes de apartarla. Se me hace extraño que sea tan tierno y sensible conmigo. No es que no me guste, pero es raro, cuando nunca se ha mostrado así conmigo antes.

—No me hagas la pelota —le digo, intentando crear un ambiente más alegre—. Solo queda un trozo de tiramisú en la nevera y es mío.

Su sonrisa es como un inmenso rayo láser que me golpea directamente en el globo ocular. Se agacha hasta detenerse a apenas unos centímetros de mí, nuestras narices casi rozándose.

—Créeme... Sí quiero ese tiramisú, y me lo vas a dar.

Arqueo una ceja.

—Pelearé contigo por él.

—Trato hecho.

Y entonces me besa y nos lanzamos al suelo de la cocina, rodando y arrancándonos la ropa el uno al otro.

Capítulo 11

Apartamos las patas de la silla y de la mesa cuando se cruzan en nuestro camino, y nos sacamos la camisa de los pantalones en apenas segundos para poder explorar a nuestro antojo con las manos.

Nuestra pasión es diferente esta vez: no se debe al capricho de una quinceañera o al exceso de cócteles y cerveza, sino que responde a dos adultos que se ahogan en un mar de emociones que no deberían coexistir: tristeza, rabia, esperanza, anhelo, pérdida, lujuria... Todo está ahí.

El cúmulo de sentimientos me recorre el cuerpo igual que una corriente eléctrica, pero no entiendo por qué no me mata, sino que me impulsa a continuar. Estoy con Lucky, el chico con el que he crecido y al que llevo tratando como a un hermano toda mi vida. Debería apartarlo de mí y gritarle, recordarle que esto es un terrible error, que lo arruinará todo para el equipo y destruirá nuestra amistad; pero no hago ninguna de esas cosas. Doy la bienvenida a la oscuridad que sin duda va a provocar este error. Es mucho más familiar para mí que la luz que finge que podemos compartir los dos juntos. Ya me enfrentaré a las pesadillas mañana.

—Eres tan increíblemente guapa... —me gruñe al oído antes de morderme el cuello. El peso de todo su cuerpo presiona el mío contra el suelo.

Levanto la mano y le agarro el pelo con las dos manos para alejarlo de mi piel, hipersensible.

—Cállate. No sabes lo que dices.

Le inclino la cabeza y me abalanzo sobre su cuello para poder morderlo.

Me sorprende cuando él detiene cualquier movimiento y me mira fijamente a escasos centímetros de distancia.

—Toni, no me digas que me calle. Eres preciosa. Siempre lo he pensado.

Lo miro a los ojos, tratando de descubrir qué es lo que pretende. ¿Qué sentido tiene que me dedique tantos cumplidos? Ya sabe que me voy a acostar con él. No sé qué decir.

Deja escapar un largo suspiro.

—Tal vez no deberíamos hacer esto. —Apoya las manos en el suelo, a cada lado de mi cabeza, para sostenerse encima de mí en una especie de flexión.

Le dedico una sonrisa irónica.

—Por supuesto que no deberíamos. Fue un error la primera vez y será un error aún mayor la segunda.

Me sonríe muy despacio y el diablillo que lleva dentro vuelve a hacer de las suyas.

—Se me da muy bien cometer errores. De hecho, soy mejor cometiendo errores que haciendo lo que es debido.

Lo atraigo hacia mí tirándole de los brazos.

—Yo también.

Y empezamos a besarnos de nuevo. Es un beso tan intenso como antes, solo que esta vez no parece tan desesperado. Ahora ya sabemos lo que hacemos. Ambos sabemos dónde nos estamos metiendo y qué significa. Es un error, pero vamos a divertirnos de todos modos. Tal vez esto, sea lo que sea, nos ayude a olvidar todas las demás parcelas de la vida que nos causan tanto dolor a los dos. Incluso un breve respiro es mejor que no tener ninguno.

Lucky hace otra pausa.

—¿Qué pasa ahora? —exclamo, suspirando exageradamente.
Se comporta como si fuera virgen, por la forma en que duda.

Se da media vuelta y se saca la billetera del bolsillo trasero.

—Al menos déjame ponerme un condón esta vez. Solo para estar doblemente seguro.

Tardo unos segundos en asimilar su comentario. Mientras se entretiene sacando el preservativo y desenvolviéndolo, mi cerebro trabaja a mil por hora. Ni siquiera estoy segura de haberlo oído bien.

—¿Qué acabas de decir?

Se incorpora y se quita la cazadora y la camisa en un solo movimiento.

—Ya me has oído. Tenemos que ser doblemente cuidadosos.

Ahora se está desprendiendo del cinturón, completamente ajeno al pánico que siento.

—Pero has dicho que vas a ponerte un condón ¡esta vez! ¿Por qué demonios has dicho eso?

Tiene el cinturón desabrochado y también el botón superior de los pantalones. Vacila antes de contestarme desde donde está arrodillado.

—He dicho lo que has oído. La última vez nos lo olvidamos, pero no deberíamos repetir el despiste. Si esto va a ser algo habitual, hemos de tener cuidado. Eso es todo. No es nada importante.

Lo empujo para apartarlo de mí y me pongo de pie, temblando de arriba abajo. Mi voz sube una octava.

—¡Lucky!

Es evidente que está confundido.

—¿Qué?

—¿Me estás diciendo que no usamos ningún método anticonceptivo la otra noche?

Lucky abre la boca, pero no sale nada de ella. Lo único que oigo es el ruido del envoltorio del condón al caer al suelo cuando se le resbala de entre los dedos.

Me alejo, sacudiendo la cabeza.

—No. No puede ser. Usamos condón, sé que lo hicimos.

Se sienta despacio sobre el trasero, doblando las rodillas para apoyar los codos sobre ellas. El condón sin usar le cuelga de la mano derecha, entre los dos primeros dedos.

—Lo siento, cariño. Creo que ambos nos dejamos llevar por el momento. No usamos condón. —Se encoge de hombros—. Pensé que tomabas la píldora, así que no me preocupé demasiado.

Me llevo las manos a la cabeza y hundo los dedos en el pelo, agarrando algunos por las raíces y tirando de ellos mientras intento despertar de esta pesadilla. Me quedo mirando su cara increíblemente atractiva, una cara que ahora mismo tengo ganas de machacar de un puñetazo. ¿Cómo pudo ser tan descuidado? ¿Cómo pude ser tan estúpida?

Lucky me lanza lo que antes me parecía una mirada adorable.

—Vaya, veo que me equivocaba...

Me deslizo las manos sobre la cara y la froto unas cuantas veces. Cuando hablo, lo hago a través de los dedos.

—Sí, te equivocabas. No tomo la píldora ni nada de eso.

Oigo a Lucky ponerse de pie. Percibo que está cerca.

—¿Por qué no? —pregunta, con tono de preocupación al fin.

Aparto las manos para poder verlo.

—Porque esas pastillas me sientan fatal. No me va muy bien que los médicos me trastoquen las hormonas.

Asiente con la cabeza y le sale una expresión muy seria, como de gravedad.

—Me lo imagino.

Lo aparto de en medio para salir de la cocina.

—Tienes que irte.

Cuando paso por la puerta de la sala de estar, la pecera llama mi atención, cosa que me obliga a detenerme y a recordar por qué está aquí Lucky, en realidad. No vino a acostarse conmigo: vino porque estaba sufriendo y no sabía a dónde más acudir. Y nada ha cambiado en este sentido. Todavía ha perdido algo especial hoy, algo que ha sido un recordatorio de la muerte de su hermana, una tragedia que no ha superado aún.

Me agarro un mechón de pelo y lo aprieto otra vez, deseando poder llorar y derrumbarme ahí mismo, en el suelo del pasillo, pero sé que no puedo. No puedo permitirme perder la cabeza ahora, imaginándome hasta qué punto un niño destrozaría por completo mi vida, porque mi amigo me necesita y eso es más importante que lo que podría pasar en un futuro hipotético. Me doy media vuelta y le grito desde el pasillo:

—No importa. Puedes quedarte. Solo tengo que conectarme a internet un momento.

Entro en el estudio y me conecto con el ordenador, rezando para encontrar una respuesta a mi dilema. Tal vez haya alguna tabla que me diga si el viernes pasado era mi día fértil o algo así.

Aunque no sé para qué me molesto: en cuestión de suerte, a mí siempre me toca la mala, y no es lógico suponer, solo porque me acosté con un hombre que se llama Lucky, que esta vez sí voy a tener buena suerte. Seguramente el viernes por la noche tenía los ovarios ocupados fabricando diez óvulos grandes, gordos y fértiles. Me los imagino y todo, volviéndose como locos: «Venid aquí, espermatozoides. ¡Vamos, machotes...!».

Lucky asoma por detrás de mí cuando estoy examinando gráficos de ovulación. En mis prisas por ocultar lo que estoy haciendo, hago clic en un anuncio de la píldora del día después. Ah, genial. ¿Qué más dará infringir otro de los Diez Mandamientos?

—Toni, no lo hagas. —Lucky apoya las manos sobre mis hombros y aprieta con delicadeza.

Lo aparto, enfadada.

—No me digas qué hacer.

Acerca una silla y se sienta a mi lado.

—No te dejes dominar por el pánico. Las posibilidades de que estés... lo que sea... son muy remotas. Vamos a descartarlo. —Alarga la mano y me acaricia el brazo.

Detengo el dedo cuando estoy a punto de hacer clic con el ratón. Me vuelvo a mirarlo, tratando de impedir que mis ojos reflejen la angustia que siento. No soporto lo débil y asustada que estoy en este momento.

—No puedes hablar en serio. Toda nuestra vida se derrumbaría por completo si me quedara embarazada. Los niños me odian, y a mí tampoco me gustan. Sería una madre pésima. ¡Destrozaría la vida de ese niño!

No consigo sacarme de la cabeza la imagen de una niña desamparada y solitaria. Se parece mucho a la hermana de Lucky.

—No, eso no es verdad. Lo que dices es ridículo. —Echa un vistazo al anuncio de la pantalla del ordenador y luego me mira con una expresión de tristeza que no había visto nunca. Parece incluso más triste que cuando Sunny se puso a flotar en la pecera.

—Entonces ¿qué vas a hacer? ¿Provocarte un aborto espontáneo? ¿Es eso realmente lo que quieres?

No puedo soportarlo. No puedo soportar sus palabras ni su expresión ni el significado que hay detrás de todo ello. Me levanto y grito.

—¡No puedo, Lucky! ¡No puedo! ¡No puedo hacer esto!

La idea de terminar con otra vida me hace montar en cólera. Sé que no me estoy comportando como una persona racional, que matar a Charlie disparándole cinco balas en el pecho no es lo mismo que tomar la píldora del día después, pero no puedo evitar la oleada de emoción que me recorre todo el cuerpo. Charlie, Charlie,

Charlie... Asesiné a un hombre al que se suponía que amaba. Soy una asesina, para siempre, y eso nunca cambiará.

Agarro lo primero que pillo y lo tiro, tratando de calmar las emociones que se apoderan de cada centímetro de mi cuerpo. El objeto se estrella contra la pared del otro lado de la habitación. Por desgracia, era uno de los jarrones antiguos de mi difunta abuela, pero no dejo que eso me detenga. Las emociones todavía siguen ahí, todavía me comen viva.

Una caja de libros es mi siguiente víctima. La vuelco y el contenido cae desperdigado por todo el suelo. Los cojines del sofá me llaman una vez que he pisoteado las páginas de los libros. Me dan ganas de destrozar todo el relleno y deshacerlo en mil pedazos, pero me faltan fuerzas. En vez de eso, lanzo los cojines contra los cuadros de las paredes y los tiro todos. Caen en medio de un estrépito de cristales rotos.

Estoy llorando a mares cuando me paro para gritar al techo.

—¡¿Por qué?! ¿Es parte de mi castigo, Dios? ¿Es esto lo que me merezco? ¿Una vida de arrepentimiento? ¿Una vida arruinándole la vida a otra persona también?

Veo un espejo en la pared que refleja mi horrible imagen y me abalanzo sobre él con las manos extendidas.

Justo antes de alcanzarlo, cuando estoy a punto de arrancarlo de la pared, unas garras de acero me atrapan por detrás. Lucky me ha inmovilizado todo el cuerpo.

—¡Suéltame! ¡Suéltame, maldita sea! —Forcejeo tratando de zafarme de él, pero solo consigo levantar las piernas hasta la altura de la cintura. Lucky se resiste y se niega a soltarme.

—No. —Gruñe con el esfuerzo de sujetarme—. Tienes que calmarte antes de que destroces toda la casa.

—No me importa destrozar la casa. —A pesar de retorcerme a izquierda y a derecha no consigo liberarme, ni tampoco apretarle las arterias de las muñecas. Mañana le diré a Dev que sus técnicas para escapar no sirven de nada.

—Luego sí te importará, créeme. Cálmate y hablaremos de esto tranquilamente. No es el fin del mundo, Toni. No soy tan cabrón.

Es el hecho de que se culpe a sí mismo lo que me hace detenerme al fin. Mi cuerpo deja de forcejear cuando me doy cuenta de que piensa que lo odio. No lo odio en absoluto. Es a mí misma a quien odio.

Lucky me arrastra hasta el sofá, ahora sin cojines, y caemos juntos sobre él. Gruñe cuando se golpea el trasero con las pesadas tablas que forman la estructura del viejo mueble.

—Si te suelto, ¿vas a romper algo? —me pregunta al oído.

—Tal vez. —Adelanto la barbilla con terquedad, aunque sé que ya no me quedan ganas de destruir mi pequeño mundo. Ya estoy arrepintiéndome de haber roto el jarrón. Gracias a Dios, Lucky me detuvo antes de que hiciera añicos ese espejo. Era uno de los favoritos de mi abuela.

—No soy un cabrón. Estaré a tu lado, pase lo que pase.

Forcejeo para tratar de liberarme, pero no me suelta.

—¿Por qué te enfadas tanto cuando digo eso?

—Porque no creo que seas un cabrón, y no necesitas estar a mi lado. Sé cuidar de mí misma.

Lucky me hace bajar de sus piernas y quedamos sentados uno al lado del otro. Me fuerza a volverme hacia él y mirarlo de frente. Alguien que nos vea desde el exterior pensaría que estamos sentados en el sofá abrazándonos, cuando en realidad me está obligando a enfrentarme a las emociones que él lleva escritas en la cara. Son muy intensas. No quiero ver lo que creo que me está diciendo su corazón. No merezco su bondad.

—No tienes que hacerlo todo sola —dice con voz delicada y amable. En cierto modo, casi suplicante—. Tienes una familia. Me tienes a mí. —Me zarandea un poco, y noto la flexión de sus bíceps sobre mi brazo.

—No te tengo a ti. Tengo al equipo y tengo a Thibault.

No quiero que Lucky sienta ningún tipo de obligación conmigo porque cree que podría haberme dejado embarazada. No se trata de eso. Es imposible que yo juegue a este juego y gane. Ya he perdido suficiente.

Habla con voz más tranquila que la mía.

—Sé que estás enfadada y que ahora mismo estás muy nerviosa, así que no voy a tener eso en cuenta.

Niego con la cabeza.

—No estoy enfadada: estoy siendo sincera. Deberías saber la diferencia.

Ahora es él quien niega con la cabeza y lucha para ver quién impone su voluntad.

—Toni, ¿cuándo vas a darte cuenta de que te conozco muy bien? Te conozco desde que éramos unos críos. No puedes esconderte de mí. No puedes fingir que no te importa cuando sé que no es así. Sé que tienes miedo, pero no creo que debas sentirte así. Esto es algo que pasa continuamente, y la gente lo supera y lo lleva bien.

Aprieto los labios para evitar que me tiemblen.

—No somos «la gente». Nosotros somos diferentes. Yo soy diferente.

Me mira con una sonrisa triste.

—De acuerdo, reconozco que eres especial, pero no estoy de acuerdo con que pase algo malo contigo, que es lo que creo que estás insinuando.

Me he quedado sin fuerzas para luchar. Estoy tan cansada que lo único que quiero es irme a la cama.

—Lucky, suéltame.

—¿Por qué? ¿Qué vas a hacer? —Estudia mi expresión con tanta intensidad que tengo que apartar la mirada.

—Me voy a la cama. Necesito estar tranquila y pensar.

—Voy contigo.

Lo aparto de un empujón y logro liberarme de sus brazos. Me levanto y me meto las manos en los bolsillos delanteros.

—No. Quédate en mi casa, pero aquí abajo, por favor. Estaré mejor sola.

Retrocedo unos pasos y luego me doy media vuelta para irme, mientras mis pies crujen sobre los restos de mi arrebato de furia. Salgo de la habitación sin mirar atrás y subo las escaleras hacia mi dormitorio. Consigo entrar antes de echarme a llorar otra vez. Joder, maldita sea... ¿Qué he hecho ahora?

Capítulo 12

Durante mucho rato me asaltan imágenes sobre los peores escenarios posibles, pero estoy a punto de dormirme cuando la de Charlie se materializa en mi mente. En mi estado de semiinconsciencia, lo dejo entrar.

La mayoría de las veces consigo ahuyentar su imagen o su recuerdo, pero supongo que, con todo lo que ha pasado esta noche con Lucky y con el aniversario de la muerte de Charlie, ahora me resulta imposible. El hombre al que asesiné está delante de mí, con una voluta de humo arremolinada sobre su cabeza, desprendiéndose del cigarrillo que acaba de apartarse de la boca. Unas nubes grises oscuras se deslizan entre sus labios mientras sonríe. No es una expresión feliz.

«Mírate —dice—. ¿Quién lo iba a decir? La pequeña Antoinette Delacourte va a ser mamá. —Sacude la cabeza—. Nunca pensé que llegaría a ver ese día. ¡A lo mejor tenemos un chico!»

Siento que voy a vomitar. Sé que esto no puede ser real, que Charlie no puede estar aquí y que no puede ser el padre de mi hipotético hijo. Está muerto, porque yo lo maté. Nada de lo que sucede es racional, pero parece completamente real. Es como si estuviera aquí, en mi dormitorio, juzgándome con la mirada, reclamando mi futuro como suyo propio.

¿Acaso es esto lo que sucede cuando cometes un asesinato? ¿El fantasma de tu víctima vuelve a visitarte y juzga todo lo que haces hasta que mueres? ¿Supervisa lo que sucede el resto de tu vida? Por horrible que parezca, lo cierto es que me parece justo; yo le quité la vida y ahora se apropia de la mía.

Sé que no tiene ninguna lógica, pero aun así, trato de decirle que no con la cabeza al fantasma de Charlie. No voy a tener un niño. No estoy embarazada. Solo un pequeño error, y Dios ya me ha castigado lo suficiente.

«Deberías ponerle Charlie», dice el fantasma. Sale más humo de detrás de sus dientes. Me da la sensación de que el efecto no proviene de ese cigarrillo que todavía sostiene entre los dedos; es como si en su interior ardiera un fuego. Estoy segura de que voy a ver llamas saliéndole de las órbitas en cualquier momento.

Lanzo un gimoteo como respuesta. Quiero gritar «¡No!», pero no me salen las palabras.

Charlie acerca la cara, cerniéndose sobre la mía, y se hace cada vez más grande.

«¿Lo llamarás Charlie? Y cuando se porte mal, ¿le pegarás un tiro? ¿Cuántas veces le dispararás, zorra? ¿Una vez? ¿Dos veces? ¿Cinco?»

Ya basta. Todo tiene un límite, hasta la mierda que escupe un fantasma. Alargo la mano para darle una bofetada, pero me la agarra y me sujeta con fuerza. Hasta ahora, el fantasma de Charlie nunca había podido hacer algo así. ¿El aniversario de su muerte lo ha hecho más fuerte? ¡Estoy atrapada! Grito, pataleo y me retuerzo, tratando de escapar. Me va a arrastrar al infierno con él, ¡lo sé!

—¡Toni! Toni! —Una voz me llama desde muy lejos. Es Lucky. ¿Irá a por Lucky después?

—¡Lucky! —grito—. ¡Está aquí! ¡Está aquí, corre!

Subo y bajo el puño con fuerza tratando de golpearlo y liberarme del fantasma de mis errores.

—Huy... Ay... Maldita sea, eso duele...

Siento un pinchazo en la nuca. Parece... ¿una barbilla? Cuando dejo de lanzar golpes a diestro y siniestro, oigo a alguien experimentando un fuerte dolor. ¿Es Charlie? Por un momento, siento que la ganadora soy yo, que he derrotado al fantasma que ha venido a robarme mi vida y la de mi amigo.

—Al final me has dado en las pelotas, tal como prometiste —dice una voz tensa desde atrás.

Mi cerebro se despeja al fin y me doy cuenta de que la voz que acabo de oír es la de Lucky. Está detrás de mí. ¿Detrás de mí?

Estiro la mano hacia delante y palpo las sábanas. Definitivamente, estoy en mi cama. ¿Lucky está en mi cama?

Me vuelvo y lo miro por encima del hombro. La luz está apagada, pero las cortinas están abiertas y hay luna llena. Bajo el resplandor, veo a Lucky acostado en la cama junto a mí. Está gimiendo de dolor.

—Maldita sea, menudo golpe me has dado, y a oscuras, además —dice, con la respiración agitada.

Me doy la vuelta por completo y lo miro, extendiendo la mano para tocarle la cabeza y asegurarme de que es real.

—¿Qué ha pasado?

Lucky respira con dificultad.

—Que me has dado un puñetazo.

Ay, mierda.

—¿Quieres que te ponga un poco de hielo?

—Puede que no sea mala idea —gime.

Me levanto de la cama de un salto y salgo por la puerta. Saco una bolsa de verduras del congelador y una botella de cerveza de la nevera. En el trabajo, he visto a los chicos caer redondos en las sesiones de combate suficientes veces como para saber que en ocasiones se necesitan las dos cosas para calmar el dolor.

Vuelvo a la habitación y le ofrezco ambos remedios.

—Ten. Lo siento mucho.

Lucky alarga la mano, sin moverse del sitio. Se coloca la bolsa de verduras justo entre las piernas y la sujeta allí con ambas manos, haciendo caso omiso de la botella.

—También te he traído una cerveza.

—Creo que ya he tomado suficiente. Es más, voy a despedirme del alcohol por un tiempo.

Dejo la cerveza en la mesita de noche y me siento en la orilla de la cama, mirándolo.

—Te dije que te quedaras abajo, tonto.

Me mira con expresión dolorida.

—Cosa que hacía plácidamente hasta que empezaste a gritar mi nombre.

Lo miro frunciendo el ceño.

—Mientes. Ya te gustaría a ti...

Intenta sonreír, pero no acaba de conseguirlo.

—Sí, me gusta, pero no miento. Te oí gritar mi nombre varias veces. Creí que había alguien aquí intentando matarte.

—Era como si lo hubiera.

Lucky intenta apoyarse en un brazo. Me mira, pero su voz todavía no es del todo normal.

—¿Tienes pesadillas con Charlie?

Lo miro entrecerrando los ojos.

—¿Sabías que era Charlie? ¿Cómo?

Su sonrisa es más natural esta vez.

—Bueno, era él o yo, y esperaba que no fuera yo.

Pongo los ojos en blanco.

—Pero ¡qué dices! Nunca tendría pesadillas contigo.

—¿Ni siquiera si te hubiera dejado preñada?

Me agacho y le doy un empujón, haciéndole caer de espaldas. Lanza un gemido.

—Ay, me has hecho daño...

—Te lo merecías.

Está mirando al techo, con la bolsa de verduras todavía entre las piernas.

—Bueno, ¿y qué pasaría si te hubiera dejado embarazada? —Inclina la cabeza para mirarme—. ¿Sería algo tan sumamente horrible? ¿Tan catastrófico?

Al parecer, el golpe en los testículos le ha causado daños cerebrales.

—¿En serio tienes que hacer esa pregunta? —Se me hace muy raro estar así aquí con Lucky. Es como si, de la noche a la mañana, nuestra relación se estuviera convirtiendo en otra cosa que me cuesta definir. Ahora se comporta más como un novio que como un hermano. ¿Quiero eso? ¿Puedo aceptarlo? ¿Me estoy engañando por completo sobre sus emociones? No me siento capacitada para responder a ninguna de mis preguntas.

Desliza la mano perezosamente y la apoya en mi pierna. Luego desplaza los dedos por mi muslo.

—Haríamos una buena pareja, ¿sabes?

Lo aparto de un manotazo.

—No digas tonterías. —De algún modo, a pesar de mi horrible pesadilla de hace apenas unos minutos, va a conseguir arrancarme una sonrisa. Me niego a dejar que acabe de aflorar a mis labios.

Su mano ataca de nuevo.

—Lo digo en serio. Todo el mundo lo dice. Hablo mucho con Jenny sobre nosotros. Es muy buena dándome consejos. Dice que debería atreverme y dejar de esconder mis sentimientos.

Le levanto la mano y se la coloco en la bolsa de congelados.

—Quien diga eso es un completo idiota y no deberías hacerle caso.

Sabía que Jenny estaba metiéndole ideas raras en la cabeza. Y May también, probablemente. Esas dos necesitan aprender a ocuparse de sus propios asuntos, y pienso decírselo la próxima vez que las vea.

Lucky me mira y frunce el ceño con aire travieso.

106

—Me estás desinflando el ego por completo. Lo sabes, ¿verdad?

Lanzo un resoplido.

—Créeme, tu ego es lo bastante grande como para soportarlo.

Lucky frunce el ceño con aire pensativo. Levanta la mano y se frota la barbilla, moviéndola un poco.

—¿Crees que debería dejarme barba?

—¿Por qué lo preguntas?

Me mira.

—Jenny dice que debería dejarme barba porque soy demasiado apuesto. Tal vez ese es mi problema. Quizá soy demasiado guapo y eso te intimida.

No puedo evitarlo. Me río.

—Lucky, olvidas una cosa: te conozco desde que tenías... como once años. ¿Te acuerdas de los dientes que tenías? —Hago como que me estremezco de asco—. Puaj.

Me enseña los dientes delanteros.

—Pero se corrigieron ellos solos, ¿no? Sin aparatos de ortodoncia ni nada, nena.

Este es el Lucky que yo conozco, no el que llora por cosas que no puede cambiar. Me siento más cómoda en lo que parece terreno sólido.

—Puede que sí —le digo—, pero cada vez que te miro, lo único que veo son esos dientes.

—¿En serio?

Parece casi dolido.

Vuelvo a mi cama para poder apoyarme en la almohada contra el cabezal. Lucky me observa.

—¿Te acuerdas de cuando decidimos construir aquella casa para jugar en el solar donde disparabas con la pistola de aire comprimido el día que te conocimos?

Lucky se acerca arrastrándose hasta el cabezal conmigo y se tumba de espaldas, mirando al techo. En su cara aparece una expresión nostálgica que probablemente refleja la mía.

—Sí, me acuerdo. Ese fue el mejor día de mi vida.

Me río, pero cuando me doy cuenta de que habla en serio, me callo.

—¿De verdad? ¿Por qué?

Me mira.

—Porque la chica más guapa que había visto en mi vida se me acercó y me preguntó si podía probar mi pistola. Y cuando resultó que no podía acertarle ni a la pared de un granero, me pidió que le enseñara a disparar. Y luego, cuando derribé todas las latas de la pared, me dijo que era alucinante. Recuerda que tenía aquellos dientes, así que para mí cualquier cumplido era una pasada.

Seguramente espera que le dé un empujón por decir eso, pero ni siquiera me molesto. No pienso hacer caso de sus ridículas afirmaciones de que está colado por mí desde hace mucho tiempo. Hablar con Jenny, esa casamentera que se pasa de romántica, le ha hecho ver su pasado como nunca lo había visto. Lo entiendo; es más agradable pensar de esa manera que centrarse en nuestras vidas reales, en nuestros padres y las razones por las que estábamos tanto tiempo fuera de casa.

Dios, la vida era tan fácil cuando éramos niños... No teníamos responsabilidades, ningún padre nos molestaba ni se interponía en nuestro camino —siempre se alegraban de que nos fuéramos a la calle, demasiado atrapados en sus propios problemas para lidiar con nosotros— y no existía Charlie. Yo aún no había cometido ningún error. Excepto tal vez el gran error que cometí no quedándome con aquel friqui de los dientes de conejo. Parecía un chico muy prometedor, ya incluso entonces.

Me toca la pierna con la parte posterior del brazo.

—¿En qué estás pensando?

—Estaba pensando que la vida era mucho más fácil entonces y que me gustaría poder empezar de nuevo.

—Podemos empezar de nuevo. Tú y yo. Hagamos una repetición de la jugada.

Sonrío de nuevo, dejándome llevar por los recuerdos de los partidos de *kickball*. El mismo descampado, el mismo grupo de amigos...

—La repetición de la jugada. Aquello era genial. Podías meter la pata hasta el fondo y simplemente gritar: «¡Repetición de la jugada!», y si todos estaban de acuerdo, la repetías, borrabas el error y lo volvías a intentar. —Si en aquella época hubiéramos sido conscientes del verdadero poder de la repetición y entendido el hecho de que no podríamos llevárnosla con nosotros al mundo real, probablemente nunca hubiéramos querido crecer—. Pero en el mundo de los adultos eso no sirve—digo—. Lo hecho, hecho está, y luego tienes que vivir con las consecuencias. —Mis palabras me devuelven al presente. Miro hacia Lucky—. ¿Qué vamos a hacer si estoy embarazada? En serio.

Trata de incorporarse con esfuerzo hasta que apoya la espalda contra el cabezal, a mi lado. Me toma la mano y entrelaza nuestros dedos. Ambos miramos directamente a la pared que tenemos delante.

—Todo irá bien —dice—. No estás embarazada, pero aunque lo estuvieras, lo asumiríamos. Igual que hemos asumido todo lo demás que nos ha ido ocurriendo a lo largo de la vida. Igual que asumimos lo de Charlie, igual que asumimos lo de Sunny. Somos un equipo. Todo va a ir bien.

—No vamos a hacer ninguna repetición de la jugada. —Ni de nuestra vida ni de nuestra relación. Lo hecho, hecho está; somos quienes somos.

—No, no habrá repetición de la jugada. Pero no la necesitamos. Pasar página y mirar hacia el futuro no será tan malo, te lo prometo. Solo espera y verás. Casi nunca me equivoco.

Lo miro y las lágrimas me humedecen los ojos.

—Es ese «casi» lo que me da miedo.

Capítulo 13

Una de las muchas cosas que me gustan de mi trabajo es que a veces estamos tan ocupados que el tiempo vuela y pueden pasar semanas enteras en un abrir y cerrar de ojos. Llego un lunes, trabajo montones de horas hasta el viernes y luego me relajo en mi sala de estar el sábado por la mañana leyendo el periódico; toda la semana transcurre como en un suspiro. Puede que Lucky y yo tengamos muchas cosas de qué hablar, pero eso no va a pasar en un futuro cercano, por lo menos, mientras este trabajo nos ocupe todo el espacio mental. Él lleva varios días hasta arriba de trabajo con labores informáticas junto a Jenny. Me enteré por May de que han estado trabajando incluso turnos de noche, lo cual me parece muy bien. La verdad es que no me muero de ganas de mantener nuestra próxima conversación; estoy segura de que va a ser muy incómoda después del exceso de información que compartimos la otra noche.

Ha pasado una semana y media desde la última vez que Lucky y yo estuvimos más de dos minutos juntos. Me encuentro en la parte trasera de la furgoneta de vigilancia con May, a unas pocas manzanas del lugar donde sospechamos que viven varios miembros de la pandilla que estamos vigilando. Conseguimos la información a partir de algunos de los tuits compartidos por sus miembros. Por lo visto, Jenny y Lucky están aprendiendo algunas de sus palabras clave.

—Muy bien —dice May—. Estamos solas y aquí no pasa nada de nada. Ahora por fin podemos hablar de mis planes de boda.

Estoy encorvada sobre la pantalla del portátil, tratando de ver si debo enfocar un poco más el patio trasero con la cámara de nuestro dron.

—Ay, Dios... —digo en tono poco entusiasta.

La mayoría de las personas consideraría mi más que evidente falta de interés como una señal de que debería cambiar de tema, pero May no es como la mayoría de la gente.

—Estaba pensando en una boda sencilla. Solo el equipo y mi madre, por supuesto. Tal vez un par de amigos más. ¿Qué te parece? ¿Crees que Ozzie querría eso?

Ni siquiera la miro.

—Estoy segura de que ya te ha dicho lo que quiere. Deberías hacerle caso y punto.

—Sí, pero ¿sabes cuando los hombres a veces dicen una cosa, pero quieren decir otra? No sé si creerle.

—Pues deberías. —La miro—. Seguro que quiere algo realmente íntimo. Lo mejor sería fugaros y ya está.

Por favor, fugaos.

May sacude la cabeza.

—¿A que sí? Eso es justo lo que estaba pensando.

Me quedo inmóvil.

—No lo entiendo. —Estudio su cara, buscando la confirmación de que no es más que una broma, pero lo único que hace es encogerse de hombros.

—Me dijo que quería invitar al jefe de la policía, a la familia del jefe y a un grupo de agentes y oficiales. —Pone los ojos en blanco—. ¿Qué se supone que debo hacer? En la iglesia no va a haber equilibrio entre los invitados.

—No puedes hablar en serio.

—Pues sí, hablo en serio.

—¿De verdad te dijo eso? ¿Que quiere invitar a toda esa gente?

Usa el dedo índice para dibujar una cruz sobre el corazón y luego se lleva el mismo dedo hacia el ojo izquierdo, haciendo la señal del típico un juramento solemne de *girl scout*.

—Te lo juro. Es raro, ¿verdad? Tal vez simplemente no debería hacerle caso. O tal vez debería plantarme y decirle que no.

Quiero estar de acuerdo con ella, pero mi primera lealtad siempre será para Ozzie. Además, es su funeral, no el mío.

—Va a pagar él la boda, ¿no?

—Bueno, sí, pero... Preferiría gastar el dinero en una luna de miel que en una boda, ¿no?

Vuelvo a concentrarme en el ordenador; no estoy de humor para estas tonterías.

—No sabría qué decirte.

Ella sigue parloteando mientras yo me dedico a tratar de mejorar la imagen con nuestra cámara. Me está diciendo algo sobre los vestidos de las damas de honor cuando veo que algo parpadea en la pantalla.

Levanto una mano para hacerla callar.

—Silencio.

Se inclina lo bastante como para que perciba su aliento a goma de mascar.

—¿Qué ves ahí?

—No estoy segura. Es alguien. —Estamos buscando al hermano de David Doucet, Marc. Se rumorea que se aloja en esta casa en concreto, pero todavía no hemos visto ni rastro de él. Es más joven que su hermano, el hombre que intentó matar a May y que ahora está en la cárcel, y parece más interesado en usar la tecnología y las redes sociales para dirigir su negocio que la generación anterior. Es un hombre inteligente y una amenaza para toda la ciudad por la forma en que puede mantener su negocio escondido a salvo de miradas indiscretas. Si lográramos confirmar al menos que está aquí, montaríamos un dispositivo de vigilancia más completo y así escucharíamos algo que pudiera ayudar al departamento de policía en su investigación. Espero que también ayude a Lucky y a Jenny con lo que están haciendo.

—¿Necesitas que haga algo con el Parrot? —pregunta May.

—No, me parece que no. —Utilizo las teclas de flecha del portátil para ampliar el *zoom*. Entonces me doy cuenta de por qué no puedo obtener una imagen de mejor calidad—. Maldita sea.

—¿Qué pasa?

May se acerca tanto que me bloquea toda la pantalla. Levanto la mano hacia un lado de su cabeza, empujándola suavemente a la izquierda.

—¿Te importa?

—Huy, lo siento. ¿Qué pasa? No veo nada.

—Ese es el problema. Hay algo en la lente. ¿La limpiaste antes de colocarla?

Se vuelve y frunce el ceño.

—Pues claro que la limpié. Soy fotógrafa. Una fotógrafa profesional. —Vuelve a mirar la pantalla—. Pero tienes razón, creo que ahí hay algo. Creo que es un bicho. A ver... tal vez esto lo arregle.

Alarga la mano y aprieta el botón de captura de pantalla varias veces, disparando una ráfaga. El insecto que había plantado su trasero en la parte superior de nuestra lente desaparece, asustado por el movimiento.

May nunca deja de sorprenderme. En un momento dado está hablando de estúpidos planes de bodas y, al minuto siguiente, está haciendo su nuevo trabajo como si fuera lo más natural del mundo. Intento no sentir envidia. Todavía se me da fatal pilotar el maldito dron y llevo practicando más de un año.

May se da media vuelta y me sonríe, toda luz y alegría de nuevo.

—¿Lo ves? Cuando tú tienes problemas, yo tengo soluciones.

—Buen trabajo. —Tengo que reconocer el trabajo bien hecho cuando lo veo. Definitivamente, ahora veo mucho mejor, y es evidente que hay alguien saliendo por la puerta principal. Parece medir un metro noventa, la misma estatura que el tipo que estamos buscando.

Señalo la pantalla.

—Creo que ese es él. ¿Qué te parece?

May me enseña una foto, cortesía del Departamento de Policía de Nueva Orleans; es una foto de archivo de hace un año tal vez.

—Podría ser él. La mandíbula es la misma. Se ha cambiado mucho el pelo. ¿Eso de ahí es una nueva cicatriz?

Niego con la cabeza.

—No distingo nada. ¿Tú cómo lo ves?

—Está justo ahí. —Señala la pantalla.

Cuando me inclino y me acerco mucho, veo una señal de lo que podría estar hablando.

—Puede ser.

—Conseguiré mejores capturas con la cámara —propone May.

Asiento con la cabeza.

—Buena idea.

Se dirige a la parte trasera de la furgoneta y saca una cámara y nuestro teleobjetivo más grande de la pesada y enorme caja de plástico que contiene todos los equipos fotográficos y de vídeo. Utilizando la pequeña ventana recortada en la cortina opaca que separa la parte delantera de la furgoneta de la parte posterior, desliza el objetivo para poder tomar fotografías del sospechoso, que está a tres manzanas de distancia.

—Sí, definitivamente, es él —dice, disparando unas tomas—. Lo veo con total claridad. Se está acercando.

—¿Qué quieres decir con que se está acercando? —Miro la pantalla del ordenador y veo que, en efecto, anda en nuestra dirección.

—Quiero decir lo que he dicho. Se dirige hacia aquí. —Su obturador se está volviendo loco, tomando una foto tras otra—. Tiene una cicatriz nueva. Es enorme. Y reciente. Todavía la tiene roja. Qué asco. Me pregunto quién le habrá hecho ese corte. Sea quien sea, no es cirujano, eso te lo aseguro. —Lanza un bufido ante su propio chiste.

—¿A qué distancia está? —Se ha alejado del campo de visión del Parrot, y no quiero cambiar el ángulo y arriesgarme a que oiga el ruido del dispositivo electrónico al moverse por encima de su cabeza. Nuestro avión no tripulado de vigilancia está conectado a un poste eléctrico no muy lejos de donde está él.

May habla con voz increíblemente sosegada.

—No lo sé. Es difícil decirlo desde detrás de la cámara.

Aprieto un poco los dientes para mantener la voz firme.

—¿Puedes situarlo junto a un punto concreto para así hacerme una idea?

—Mmm... Creo... Ahora está a una manzana de distancia.

La agarro del hombro y la empujo hacia atrás, tapando de golpe el objetivo de la cámara de vigilancia. Hablo en un susurro.

—Escóndete ahí detrás. Probablemente se ha dado cuenta de que estamos aquí o al menos siente curiosidad. No hagas nada.

—Tal vez esté dando un paseo.

—Esa clase de tipos no salen a pasear. No hagas ruido.

La pantalla de mi ordenador ilumina el espacio, y veo la expresión de May bajo el tenue resplandor: por fin está asimilando el hecho de que esto no es bueno para nosotras.

—¿Qué vamos a hacer? —pregunta en tono neutro.

Le tapo la boca con la mano y la fulmino con la mirada, con ganas de gritarle, pero en vez de eso, le hablo en un susurro:

—¿Quieres callarte, por favor?

May asiente con la cabeza y alarga el brazo para apartarme la mano de su boca.

Contra mi propio criterio, dejo que lo haga. Ojalá pudiera taparle la boca con cinta aislante hasta que estuviéramos de vuelta en la nave industrial.

Susurra su siguiente pregunta:

—¿Intentamos irnos o esperamos?

—Vamos a esperar. —La miro y niego con la cabeza para disuadirla de que vuelva a hablar.

Oigo los latidos de mi corazón palpitándome en los oídos. En todos los años que llevo haciendo labores de vigilancia con los Bourbon Street Boys, he tenido algunos altercados con varias personas del vecindario que veían la furgoneta y sentían curiosidad suficiente para investigar, pero nunca se me había acercado un objetivo real. Por supuesto, estamos entrenados para esa posibilidad, pero como todos aprendimos en un momento u otro de nuestras carreras, los entrenamientos solo son una simple aproximación a una situación real. Siempre circula mucha más adrenalina por las venas cuando uno de los malos de verdad se dirige hacia tu escondite.

La grava y la arena crujen bajo sus pies. Rezo en silencio para que pase de largo, pero, naturalmente, mi mala suerte me persigue y no es así. Se detiene justo al lado del asiento delantero. Al principio no ocurre nada, pero luego oigo unos golpecitos en la ventanilla.

—¿Hola? ¿Alguien en casa?

May me agarra la muñeca y me la aprieta con todas sus fuerzas. Hace seis meses, eso no habría tenido ninguna importancia porque tenía la fuerza de una niña de cuatro años, pero hoy significa mucho. Ha entrenado muchísimo con Dev. Tengo que separarle la mano con las uñas mientras le clavo puñales con la mirada, dándole a entender que más le vale que no se atreva a responderle ni a protestar porque le haya apartado la mano.

Ladea la cabeza a la izquierda y luego a la derecha.

Reconozco la reacción instintiva de luchar o salir huyendo cuando la veo, y May está lista para salir corriendo. Apoyo las manos

116

a ambos lados de su cara y la miro a los ojos. Moviendo la cabeza muy despacio, digo en voz lo más baja posible:

—No... hagas... nada.

May parpadea un par de veces y luego parece serenarse. Asiente con la cabeza, con una expresión un poco menos asustada.

Cuando estoy segura de que puedo confiar en que va a mantener la boca cerrada, le suelto la cara.

Oigo otro ruido por la ventanilla, esta vez más insistente.

—¡Toc, toc! ¡Sé que estás ahí!

May abre la boca, pero pongo el dedo sobre el enorme agujero delante de sus dientes y niego con la cabeza. Bajando la voz, le digo:

—Deja que me encargue de esto.

May ha recibido mucho entrenamiento, pero a la hora de la verdad, todavía no confío en ella. Quizá nunca lo haga. Ozzie nunca me perdonaría si dejara que le pasase algo mientras trabajamos juntas. Es una de las razones por las que no me gusta tenerla en el equipo; cuando está con nosotros, ninguno puede funcionar de manera autónoma o sin preocupaciones. Siempre me siento como si estuviera cuidando de un niño, porque si se hace daño, me echarán la culpa a mí. Y lo que Ozzie piensa y siente es importante para mí.

Me pongo de pie, encorvándome, y me desplazo a la parte trasera de la furgoneta. Nuestro objetivo está en la parte delantera y no quiero que vea lo que tenemos dentro, aunque para él no tendría mucho significado, tan solo una caja grande y un ordenador en un escritorio. Mi plan es salir por la puerta de atrás y cerrar antes de que tenga oportunidad de ver algo. Y luego, de algún modo, lo convenceré de que aquí no pasa nada raro, aunque no tengo ni idea de cómo. Con un poco suerte, me llegará la inspiración.

Me inclino hacia May para poder susurrarle al oído.

—Voy a salir por la parte de atrás. Cierra la puerta en cuanto salga.

May me agarra y niega con la cabeza vigorosamente, pero la aparto. Si no le respondemos a este tipo, nos destrozará la furgoneta, y sé que Thibault agradecería que lo evitáramos, si es posible. Él siempre insiste en que no incurramos en gastos innecesarios.

Ya tenemos listo todo el dispositivo, y para el seguimiento del caso no será necesaria mi presencia física, ya que toda nuestra vigilancia se realiza en línea y a través de aparatos de escucha, así que no me preocupa que me vean. Y no quiero salir de aquí cagando leches con la furgoneta porque entonces la banda sabrá que alguien los está vigilando y toda la operación se irá al garete. No, esta es mi única opción. Respiro hondo y muevo ficha.

Capítulo 14

Me muevo rápido, segura de que, si me entretengo, May me creará más problemas. Salgo por la puerta trasera en menos de cinco segundos. En cuanto toco el suelo con los pies, oigo moverse a nuestro objetivo. Me estoy soltando el pelo de la coleta cuando Marc aparece por el parachoques trasero de la furgoneta.

—Vaya, vaya, vaya... ¿Qué tenemos aquí? —Me mira de arriba abajo como si fuera un filete grande, gordo y jugoso, y él fuera un adepto a la dieta paleolítica muy hambriento—. Mira lo que ha llegado al barrio...

Levanto la barbilla con aire desafiante.

—¿Qué pasa? —Me meto las manos en los bolsillos delanteros, esforzándome por aparentar naturalidad. Mi pelo oscuro y mi piel aceitunada me permiten confundirme con gente de muchos lugares. Obviamente, él sabe que no soy del barrio, pero Nueva Orleans es una ciudad muy grande.

Marc mira la furgoneta y luego a mí.

—¿Qué haces aquí en mi calle, guapa? ¿Me espiabas?

Sonrío y suelto una risotada.

—¿Y por qué iba a hacer eso? ¿Es que eres alguien especial? ¿Un actor de Hollywood?

Se encoge de hombros y se acerca un poco más.

—No sé. A lo mejor sí lo soy... O a lo mejor trabajas con la *poli*... —Se lleva las dos manos detrás de la espalda, donde estoy segura de que tiene una pistola escondida en la cintura. He dejado mi arma en la furgoneta, consciente de que seguro que la vería y la tomaría como una amenaza. Necesito que crea que no estoy aquí buscando problemas, y también necesito escapar antes de que pase algo estúpido.

—¡¿Con la *poli*?! —Lanzo un resoplido de incredulidad—. Por favor... Yo ya cumplí mi condena. Y no soy la soplona de nadie.

Entrecierra los ojos para mirarme fijamente.

—¿Has estado en el trullo? ¿Dónde? ¿Cuándo?

Me encojo de hombros.

—Saint Gabe. Homicidio involuntario. Hace un par de años. Pero no me gusta hablar de eso. —Levanto la barbilla hacia él otra vez—. ¿Tú vives aquí?

—Tal vez sí, o tal vez no. ¿Quién lo pregunta?

Abro la boca para responder, pero no me da tiempo a decir nada. De repente, somos tres ahí fuera en la calle: May ha decidido unirse a nosotros tras salir por la puerta del conductor y acercarse a la parte trasera de la furgoneta.

Se me cae el alma a los pies cuando la veo acercarse, prácticamente dando saltitos, calzando esas ridículas botas negras que está convencida de que son estupendas para el combate físico. Eso fue lo que dijo cuando se las puso el primer día; me las enseñó y me dijo: «¡Mira, Toni! ¡Ahora las dos llevamos botas matadoras!». Las suyas llevan unas flores rosadas bordadas en los lados.

Bajo la mirada al suelo y niego con la cabeza, dejando escapar un largo suspiro. Ahora sí que estamos metidas en un buen lío, y no tengo ni idea de qué hacer para salir de él. En cuanto estemos solas otra vez, la mato. Con un poco suerte, no estará muerta todavía.

—¡Hola, chicos! ¿Qué pasa aquí? —May me pone la mano en el hombro—. ¿Se lo has preguntado? ¿Lo de la sala para banquetes?

La miro boquiabierta. No tengo ni idea de a dónde quiere ir a parar con esto.

May sacude la mano en el aire, entre los tres.

—Dios..., mi amiga es muy torpe... —Tiende la mano hacia Marc—. Me llamo Allison. Me gusta decirle a la gente que mi nombre es Alice Inwonderland, pero no, en realidad me llamo Allison Guckenburger. —Pone los ojos en blanco—. Sí, ya lo sé. Qué nombre tan absurdo, ¿verdad? Pero la buena noticia es que voy a casarme y me cambiaré el apellido por el de mi marido. —Se ríe y deja la mano suspendida en el aire, delante del gánster, que seguramente está tratando de decidir si dispararle ahora o esperar a ver qué más tonterías dice antes de pegarle un tiro.

Marc me mira con aire interrogante, pero alarga la mano despacio y toma la punta de los dedos de May para estrecharlos con suavidad antes de soltarlos. Luego deja caer los brazos a los costados, olvidándose por el momento del arma que lleva en los pantalones.

Sin embargo, eso no me produce ningún alivio, porque tengo la sensación de que cuanto más conozca a May, más le va a gustar la idea de matarnos de un tiro. Esto es solo un alivio temporal. Mi cerebro trata desesperadamente de encontrar alguna forma de salir de este lío, pero no puedo pensar en nada.

Me aclaro la garganta antes de hablar.

—Mmm, Allison... Solo estaba charlando con... —me callo justo a tiempo antes de decir su nombre, gracias a Dios—... eeeh... este chico, así que tal vez podrías esperar en el coche.

—Marc —dice él, guiñándome un ojo.

—Marc —repito—. Estaba hablando con Marc. —El pulso me late con fuerza en el cuello. Me cuesta dominar mi instinto de lucha o huida, así que hago uso de toda mi fuerza de voluntad para controlarlo, como siempre. Nadie que me estuviese observando se daría cuenta del esfuerzo sobrehumano que tengo que hacer para conseguirlo.

—Es que os estaba escuchando desde dentro —dice May alegremente— y me ha parecido que no estabais yendo al grano, así que por eso he decidido salir a ayudaros. —Me dedica una enorme sonrisa antes de volver a centrar su atención en nuestro objetivo—. Estamos dando una vuelta por la zona para mi boda, y no pretendo ofenderte al decir esto, pero ¿puedo decir que tu barrio sería adorable para el banquete? A-do-ra-ble.

Marc arruga la cara mientras intenta descifrar qué está diciendo.

—¿Un banquete de boda? ¿La boda de quién?

—La mía, por supuesto. —Esboza otra sonrisa radiante y ridícula—. Es lo último de lo último, ¿no te has enterado? —Mira a su alrededor, respira profundamente y deja escapar un prolongado suspiro de satisfacción—. Una boda urbana, organizada en los barrios más duros de la ciudad. Es algo increíble. Las fotografías que he visto te dejarán boquiabierto. —Extiende el brazo derecho y lo mueve muy despacio hacia un lado, trazando una panorámica horizontal de las casas al otro lado de la calle—. ¿Te lo imaginas? Carpas en el césped delantero. Esos coches viejos pintados de color dorado... —Se interrumpe y mira a Marc, con el brazo levantado—. ¿Sabes esos coches que suben y bajan con una especie de gato hidráulico? Me encantaría que hubiera algunos de esos. Tal vez uno de color violeta y otro azul, porque esos son mis colores favoritos. —Me mira y asiente—. ¿Te lo imaginas? ¿A que sería perfecto? —Vuelve a mirar a Marc y apoya las manos en las caderas—. ¿Tienes amigos con esa clase de coches? ¿Crees que me dejarían alquilárselos por un día?

Marc niega con la cabeza, mirándola de arriba abajo.

—Estás como una cabra, tía.

May parece ofendida. No sé si está fingiendo o si de verdad se siente así.

—¿Acabas de llamarme loca? —Por un segundo, parece paralizada. Luego sonríe, se ríe a carcajadas y corre a lanzar los brazos sobre los hombros de Marc—. ¡Es ideal! ¡Eres superauténtico! Me encantaría que vinieras a la boda. Voy a necesitar tus datos de contacto. —Lo suelta y saca su teléfono del bolsillo trasero, totalmente a punto—. Dame tu número. Te invito a mi boda.

Él la señala y me mira.

—¿Habla en serio?

Me limito a encogerme de hombros. La única explicación de lo que está sucediendo aquí es que me he comido una seta venenosa por accidente y he caído en una gigantesca y mística madriguera de conejo. Eso lo explica todo, incluido el nombre falso de Alice Inwonderland.

May me señala, sin apartar la vista del teléfono.

—No te preocupes por Gigi —dice, aparentemente refiriéndose a mí—. Empezó a trabajar conmigo como mi consultora local, pero nos hemos hecho muy buenas amigas. También va a asistir a la boda. —Me mira y luego mira a Marc y le guiña el ojo—. A lo mejor hasta hacéis buenas migas... Ya sabéis que así es como empiezan las mejores relaciones... en las bodas de otras personas. —Vuelve a centrar su atención en Marc—. ¿Cuál era tu número de teléfono?

Es como si el pobre hombre estuviera en trance: dice unos números y May los caza al vuelo para anotarlos rápidamente en su teléfono.

—Perfecto. Perfecto, perfecto, perfecto. Estás invitado, totalmente. ¿Puedo llamarte si tengo más preguntas? Necesito alquilar varias cosas y tal vez puedas ayudarme a conseguirlas...

Él sonríe.

—¿Cosas como qué?

—Pues no sé... ¿Dónde hacéis vosotros las fiestas? Me refiero a las fiestas de quinceañera y cosas así. Creo que me gustaría incorporar algunas de esas cosas a mi boda también. Hacerla más auténticamente urbana...

Marc no dice nada, y su expresión se nubla muy despacio.

Ella sonríe, pero no parece tan segura como hace un minuto.

—Bueno, no te preocupes por eso. Lo piensas y ya te llamaré. —De repente mira el reloj y hace como que está muy angustiada—. ¡Oh, no! ¡Vamos a llegar tarde!

—¿Ah, sí? —Me da miedo preguntar adónde vamos a llegar tarde, pero por supuesto eso no va a impedir a Alice Inwonderland Guckenburger gritarlo a los cuatro vientos.

—¡Sí, claro! ¿Es que no te acuerdas? Vamos a depilarnos el bigote con cera las dos juntas.

Marc empieza a reírse y retrocede unos pasos, tapándose la mano con la boca.

Estoy furiosa y me dan ganas de retorcerle el cuello. Lucho por mantener un tono de voz sosegado.

—Ah, sí. El bigote... ¿Cómo podría olvidarlo? —Esbozo una sonrisa de lo más forzada.

May mira a Marc y se despide de él con la mano.

—Ha sido un placer conocerte, Marc. Te llamaré pronto. Venga, Gigi, vámonos. No querrás parecer un cactus la próxima vez que beses a alguien, ¿verdad que no? —Me empuja hacia el lado del pasajero de la furgoneta mientras ella se pone al volante.

Paso por delante de Marc con la cabeza agachada y la cara como un tomate. ¿Cómo he podido perder el control de la situación tan rápido? ¿Y cómo se le ha ocurrido a May toda esa historia?

Decido que la respuesta sobre por qué he perdido el control tengo que buscarla en Lucky: estoy distraída por lo que pasó entre nosotros hace casi dos semanas y, como resultado, me he quedado totalmente fuera de juego. En cuanto a lo de cómo se le ha podido ocurrir a May semejante historia, no encuentro otra explicación salvo que está totalmente loca, aunque es evidente que tiene línea directa con el Cielo; debe de haber diez ángeles de la guarda velando por ella para que pueda irse de rositas a pesar de todas las tonterías que hace.

—Hasta pronto, Gigi —dice Marc mientras me meto en la furgoneta.

Dios, espero que no...

—Tal vez —digo en voz alta, aparentando un aire despreocupado que, definitivamente, no siento.

Aguardo hasta que estamos en la furgoneta y nos alejamos de allí antes de agarrar a May del pelo y darle un buen estirón.

Capítulo 15

—¡Ay! ¿Por qué has hecho eso? —May se toca la cabeza mientras conduce, mirándome y frunciendo el ceño.

—No me hagas esa pregunta tan estúpida. Sabes muy bien por qué he hecho eso: podrías habernos matado a los dos.

No sé cómo puede conducir por las calles de este barrio tan tranquila. Normalmente no suele estar tan fresca después de lidiar con una situación estresante. Si fuera yo la que estuviera detrás del volante en este momento, iríamos derrapando a toda velocidad por la ciudad para escapar. Llevo suficiente adrenalina en las venas como para alimentar a un elefante, y además, nadie de menos de setenta años conduce despacio por aquí; es muy sospechoso. May puede salirse con la suya porque cualquiera que la mire sabe que no es de este barrio.

Tiene un aire demasiado satisfecho cuando sale a la avenida Tulane.

—¿Lo dices en serio? Pero si he manejado a ese tipo como he querido...

Lanzo un resoplido.

—Tienes suerte de que no te haya «manejado» él a ti. ¿Qué pasaba con la forma en que estaba manejando yo la situación? ¿Qué te ha hecho decidir que tenías que intervenir?

—Para tu información, estaba colocado en la posición perfecta para que pudiese vigilarlo por el espejo lateral y verle el trasero. Mientras tú «manejabas» la situación, él estaba palpándose la cintura para sacar el arma. —Me mira—. Dime, ¿cuál crees tú que iba a ser su siguiente movimiento? ¿Eh? ¿Qué piensas? ¿Crees que iba a enseñarte las balas para ver si te gustaban?

Siento que tengo el estómago un poco revuelto.

—Vi que se llevaba las manos ahí detrás. Sabía que tenía un arma.

—Sí, pero ¿sabías que iba a sacarla? ¿Y sabías que cuando alguien se molesta en sacar su arma de fuego en público, normalmente es con la intención de usarla?

Tengo que apretar los dientes para no gritarle.

—Sí, he recibido el mismo tipo de entrenamiento que tú.

—Entonces, ya sabes que cuando vemos que va a suceder algo así, es nuestro deber desactivar la situación, cosa que hice. Así que, en lugar de arrancarme el pelo, puedes decirme: «Muchas gracias, May», y luego yo te digo: «De nada, Toni».

Habla con la nariz tan alta que casi toca el techo.

El sentimiento de culpa me escuece en la conciencia. Hay bastante de verdad en lo que dice, y ambas lo sabemos. A estas alturas, seguir negando lo evidente sería absurdo; pero la verdad es que me mata tener que admitirlo en voz alta:

—Está bien. Tú manejaste la situación. La estaba manejando yo, pero tú la manejaste mejor. Gracias por los refuerzos.

—De nada. Y gracias por seguirme la corriente con mi plan, a pesar de que no había compartido antes contigo los detalles.

Asiento con la cabeza. Como si hubiese tenido elección...

—¿Bueno, y qué hacemos ahora? —pregunta May.

—Volvemos y les contamos a los demás lo que ha pasado. Lo redactamos todo en un informe, como de costumbre.

May me mira raro cuando llegamos al siguiente semáforo.

—¿Estás segura de que quieres hacer eso?

La forma en que lo pregunta despierta mi suspicacia.

—¿Por qué no? Nunca escondo nada al equipo —aseguro.

Niega con la cabeza.

—No estaba sugiriendo que lo hicieras... Solo pensaba que tal vez...

—Oye, no estoy enfadada contigo. Y puedo asumir mis meteduras de pata. Si he hecho algo mal, si he creado una oportunidad para que el equipo pueda seguir aprendiendo, así es como funciona. No soy perfecta, ni tampoco tan orgullosa como para no admitir que todavía tengo cosas que aprender.

—¿Aunque se trate de mí? —apunta May—. ¿Aunque sea yo la que pueda enseñarte algo?

Miro fijamente el parabrisas porque no quiero que vea la expresión de mi rostro. A decir verdad, se me hace muy cuesta arriba tener que aceptar lecciones de May. Está todavía muy verde: es una de las novatas del equipo, mientras que yo llevo años pateándome las calles. Sin embargo, el caso es que, a veces, sus planes descabellados funcionan mejor que los que yo considero más racionales. Creo que sabe sacar partido al factor sorpresa mucho mejor que yo. Yo soy más sutil, pero por lo visto, la sutileza no siempre funciona.

Suspiro para admitir mi derrota.

—Sí. Aunque seas tú. No me importa.

—Increíble. Porque tenemos veinte minutos antes de volver a la nave industrial, y la verdad es que me gustaría hablar contigo sobre algo muy importante.

La miro, literalmente aterrorizada al percibir el entusiasmo en su voz.

—¿Ah, sí? ¿Qué es? —Rezo para que no me diga que quiere que organicemos una sesión de entrenamiento individual en la que ella sea mi instructora. Me parece que entonces ya no podré soportarlo más. Después de todo, soy humana...

—Iba a invitarte a almorzar para comentártelo, pero tal vez sea más apropiado hacerlo en la furgoneta, donde se ha desarrollado gran parte de nuestra relación hasta convertirse en algo especial.

Cada palabra que sale de su boca me produce más pánico. Tengo más miedo de lo que va a decirme a continuación que de la pistola de Marc.

—A Ozzie y a mí nos encantaría que fueses una de mis damas de honor.

Dejo escapar un gemido mientras me imagino que eso pueda llegar a ocurrir. Intento disimularlo con otro tipo de reacción verbal.

—Eeeh... Caramba... Eso sí que sería algo especial...

Me limpio las gotas de sudor del labio con la mano.

—Ahora mismo no sé si lo dices en serio o si te estás burlando de mí. —Me mira de reojo.

—No, hablo completamente en serio. Sería muy especial.

Ya me estoy viendo con un vestido con el que parezco una explosión de helado con los colores del arcoíris. No es una imagen bonita. De hecho, es bastante horrible. Miro por la ventanilla deseando que todos los semáforos se pongan en verde para poder volver más rápido a la zona del puerto. Vamos, vamos...

—¡Genial! —Está sonriendo de nuevo; lo percibo en su voz—. Estoy muy emocionada. Ya tengo escogidos los vestidos, y Jenny también he dicho que sí, por supuesto, y como quiero que sea algo íntimo, solo vais a ser vosotras dos. Pero no te preocupes... Habrá dos chicas más encargadas de los cestos de flores y dos más de los anillos, así que la comitiva no va a ser tan reducida.

—Eso es fantástico.

La verdad es que ya no la estoy escuchando. Habla y habla sobre colores, entornos para la sesión de fotos, tartas, arreglos florales y Dios sabe qué más, pero en lo único en que puedo pensar es en lo mal que lo voy a pasar.

Sabía que llegaría este momento, que Ozzie haría de May una mujer decente y la llevaría al altar, y que esta no se conformaría con menos que un anillo, una iglesia y toda la parafernalia, pero confiaba en que no fuera tan pronto. Su relación y lo que le ha hecho a nuestro equipo y a mi amistad con Ozzie todavía es demasiado reciente. Es una herida aún fresca. No estoy enfadada, pero tampoco diría que me siento cómoda con ella.

Sinceramente, me encantaría poder darle al botón de avance rápido de esta parte de mi vida y llegar a la del final, donde ya me parecerá bien todo. Quieren que haga algo para lo que no estoy preparada todavía, aunque en realidad, no es que sea mi vida, ¿verdad?

La voz de May se cuela en mi conciencia.

—¿Me estás escuchando?

La miro.

—Huy, sí. He escuchado todo lo que has dicho.

—¿Ah, sí? ¿De qué color van a ser mis arreglos florales, entonces?

Mi cerebro rebusca entre todas las palabras que puede haber detectado.

—¿Rojo? —Es una respuesta a voleo, porque no tengo ni idea.

Pone los ojos en blanco.

—Sabía que no estabas prestando atención. He dicho rosa, Toni. Flores de color rosa. Por favor... ¿Rojo? Sería demasiado atrevido. El rojo es para personas atrevidas como tú, mientras que el rosa es para personas más apocadas, como yo.

Eso me hace reír. Por primera vez en todo el día, siento una pizca de alegría animándome el corazón.

—¿No eres atrevida?

Parece ofendida.

—No, no soy atrevida. Soy blanda y apocada.

Me estoy riendo tanto que tengo que sujetarme el estómago para que no me explote. Es como si hubiera hecho veinte series de abdominales.

—No le veo la gracia.

Estamos llegando a la puerta de la nave industrial cuando por fin puedo hablar con normalidad otra vez.

—Básicamente, eres la mujer que esta tarde ha abordado a un pandillero y le ha obligado a darle su número de teléfono para poder invitarlo a su «boda urbana» en el barrio. —Niego con la cabeza—. Si eso no es ser atrevida, entonces no sé lo que es.

Suspira mientras presiona el botón que abre la puerta.

—Eso ha sido porque me he dejado llevar por el momento.

Lanzo un resoplido.

—Sí, pero lo has hecho de la forma más bestia y atrevida imaginable. Eso no ha tenido nada de blando ni de apocado, que lo sepas. Si vas a poner arreglos de color rosa, te recomiendo que sean rosa intenso.

Sonríe mientras mete la furgoneta en la nave industrial.

La miro y no puedo evitar sonreír yo también.

—¿Por qué estás tan contenta?

Aparca la furgoneta y apaga el motor, mirándome con una expresión bobalicona.

—La chica más bestia que conozco acaba de llamarme bestia a mí. —Sonríe más aún—. ¿Cómo no voy a estar contenta?

Capítulo 16

Dejo a May subiendo sus fotos y sus vídeos a los ordenadores en los cubículos y me dirijo al piso de arriba, esperando encontrar a Ozzie y Thibault. Sin embargo, cuando llego allí, solo veo a Lucky, sentado a la mesa con una taza de café. Me quedo con aire vacilante en la puerta, preguntándome si debería dar media vuelta e irme. Es la primera vez desde hace tiempo que lo veo en el trabajo, y de inmediato me siento incómoda. Una pequeña punzada de remordimiento me estremece el estómago. Seguramente deberíamos haberlo olvidado todo, pero ya es demasiado tarde.

—Hola —dice, y una sonrisa le ilumina el rostro.

Entro en la sala y se me acelera el corazón. Se alegra de verme, y yo también me alegro de verlo a él, tengo que admitirlo. Una sonrisa espontánea me estalla en los labios.

—Hola.

Me siento en la silla frente a él, mirándome los dedos, inquietos. No sé qué hacer con las manos, cuando por lo general no me preocupan lo más mínimo.

—¿Qué hay de nuevo? —pregunto, esperando que no note mi nerviosismo.

—No mucho. Acabo de terminar una reunión con Jenny, y estaba aquí sentado preguntándome qué hacer el resto del día.

—Yo acabo de terminar con May. —Niego con la cabeza—. Está loca.

Lucky se pone de pie, empujando la silla hacia atrás con las piernas.

—Vamos, cuéntamelo todo mientras nos tomamos una copa.

Estoy a punto de decir que no, pero en vez de eso, me encojo de hombros. Con todo el trabajo ya hecho, lo cierto es que no tengo nada mejor que hacer. Probablemente debería redactar un informe sobre lo que ha pasado con Marc, el pandillero, y Alice Inwonderland, pero puede esperar. No voy a olvidarlo, eso seguro.

Me pongo de pie y luego me inclino y agarro la taza de café de Lucky para llevarla al fregadero de camino a la puerta.

Cuando me reúno allí con él, me sonríe.

—Gracias. Eres una buena amiga.

Le doy un golpe en el estómago cuando paso y él se dobla sobre la cintura, fingiendo que le he hecho daño. No puedo dejar de sonreír mientras atravieso la sala de las espadas.

—¿Con tu coche o con el mío? —pregunto.

—¿Estás bromeando? Con el mío, por supuesto.

Me doy la vuelta y camino hacia atrás para poder mirarlo mientras arrugo la frente.

—¿Qué se supone que significa eso? Mi coche está muy bien.

—Sí, pero cuando vamos con el tuyo, siempre conduces tú.

Me detengo en la puerta que conduce a la nave industrial.

—¿Y qué quieres decir con eso?

Lo miro entrecerrando los ojos, tratando de decidir si está jugando conmigo o quiere insultarme de verdad.

Arquea las cejas.

—No, nada. Olvídalo.

Pasa deslizándose por mi lado y aprieta el paso, prácticamente corriendo por las escaleras.

Lo sigo, sacudiendo la cabeza. Si cree que voy a ponerme a perseguirlo, es que no me conoce. Pero ya me las pagará por sus comentarios más tarde. Soy una conductora excelente, y aquí todo el mundo lo sabe. A lo mejor hasta me pongo al volante de su coche y empiezo a hacer trompos en algún aparcamiento para que aprenda a no meterse conmigo y mis dotes como conductora. Sonrío, imaginando la expresión de su cara mientras el panorama exterior da vueltas y más vueltas por las ventanillas...

Cuando llego a su coche, está junto a la puerta del copiloto, mirándome con aire expectante. Me detengo delante de la rejilla del radiador, confusa. ¿Quiere que conduzca yo? Después de lo que ha dicho, lo dudo.

—¿Qué haces?

Abre la puerta.

—¿Qué crees que hago? —Retrocede y me hace sitio mientras señala el interior.

Ladeo la cabeza. ¿Es una broma?

—¿A qué juegas?

Se encoge de hombros.

—No es ningún juego. Solo pretendo ser un caballero.

Me acerco, me subo al coche y me abrocho el cinturón de seguridad. Por alguna absurda razón, me arden los oídos.

—Como quieras. —Tal vez debería sentirme halagada por su gesto, pero no lo estoy. Solo siento una especie de inquietud. Me gustaba nuestra relación tal como era antes. No quiero que cambie nada. ¿Por qué? Porque, en primer lugar, todos se darán cuenta si empieza a comportarse de forma rara cuando está conmigo, y entonces May y Jenny meterán las narices donde no les importa y empezarán con sus preguntas y sus consejos y todo lo demás. Y, en segundo lugar, me gusta cómo trabajamos juntos. Todo es natural, sencillo y fácil. ¿Por qué tiene que complicar las cosas?

Se sienta en el asiento del conductor, deslizándose con una agilidad que pocos hombres poseen. Cuando sale de la nave industrial, me sorprende mirándolo y me guiña un ojo.

—¿Algún lugar en especial al que quieras ir?

Aparto la mirada y la fijo en el parabrisas.

—Donde prefieras. Podemos ir al pub si quieres.

—Pues entonces vamos al pub.

Lucky recorre las calles del puerto y luego avanza hacia el centro de la ciudad. Repaso mentalmente todos los temas de conversación de los que podríamos hablar. ¿Del trabajo? ¿De algún programa de televisión? ¿Películas? Nunca había tenido que esforzarme por buscar algo de que hablar con este hombre, pero ahora dudo tanto que ni siquiera me sale una sola palabra. Suspiro con irritación.

—¿Qué pasa? —pregunta, volviéndose para mirarme un momento.

—No soporto lo incómoda que es esta situación. Tampoco soporto haberlo dicho en voz alta.

Pero, por supuesto, Lucky lo encaja con alegría, sonriendo como siempre.

—No es incómoda. Simplemente es diferente. ¿Cuándo fue la última vez que tú y yo estuvimos solos en un coche?

Tengo que pensarlo unos segundos.

—No lo sé. Aparte de aquel trayecto en taxi, creo que ha pasado mucho tiempo.

—El viaje en taxi no cuenta. Ha pasado más de un año. ¿Recuerdas el verano pasado, cuando fuimos al parque para un pícnic de la empresa?

Sonrío al recordarlo. Aquel fue un gran día.

—Ah, sí, me acuerdo. Dev acababa de comprarse aquel cacharro y nos preguntó si iríamos con él, pero no queríamos quedarnos tirados en el arcén, así que le dijimos que no.

—Sí, y además olía fatal. Joder, era como si algún almizclero hubiese hecho una guarida en ese coche, ¿te acuerdas? —Se ríe.

Me río con él, relajándome con nuestras bromas compartidas. La incomodidad se desvanece y apenas la noto.

—Dios, era como si se hubiera muerto algún bicho ahí dentro.

—Tuvo que colgar todos esos ambientadores de árboles de Navidad durante semanas. —añade. Sacudo la cabeza despacio al recordarlo—. Me parece que ya no apesta, pero fue un milagro que desapareciera ese olor, te lo aseguro.

—Sabes cómo consiguió deshacerse por fin del mal olor, ¿verdad?

No me puedo creer que Lucky no sepa la historia.

—No. Dímelo.

—Con granos de café —explico—. Vertió granos de café molido por todo el suelo y los asientos, y dos semanas más tarde, los limpió.

—¿De verdad? No sabía que los granos de café sirvieran para eso.

Me encojo de hombros, mirando por la ventanilla.

—Bueno, ya sabes... todos los traficantes usan granos de café para disimular el olor de la droga y despistar a los perros rastreadores. Debe de ser por algo.

En el coche vuelve a reinar el silencio, pero esta vez no es incómodo. Ninguno de los dos dice una palabra hasta que llegamos al pub. Solo hay otro vehículo en el aparcamiento.

Miro el reloj.

—Creo que aún es temprano.

—Por mí no es ningún problema. La única persona a la que he venido a ver es a ti.

Lucky aparca el coche y apaga el motor.

Siento que el corazón se me acelera al oír sus palabras. Es como si fuéramos adolescentes de nuevo, solo que esta vez estamos coqueteando, tanteando el terreno, intentando no decir más de la cuenta de lo que nos ronda por la cabeza. Es una sensación agradable, pero también estoy nerviosa.

Me dispongo a abrir la puerta rápidamente, por temor a que se le ocurra volver a abrírmela otra vez. Mi paciencia con los gestos caballerosos tiene un límite, y cuando se me acaba, me pongo de muy mal humor. Hacen que me sienta una mujer desvalida, y nada más lejos de la realidad.

Me sigue hasta la puerta principal del pub sin decir palabra y, en el último momento, se inclina, sujeta el tirador y me la abre. Paso sin más. Está bien, si quiere abrirme las puertas, adelante. Dejaré que lo haga. Es una tontería que eso me haga sentir especial. Solo es una maldita puerta.

Cuando entramos en el bar, Lucky alza la mano y saluda a Danny, el camarero, que levanta dos dedos y nos señala la cabeza. No sentamos en sendos taburetes en la esquina más alejada de la barra.

Danny se acerca con dos botellines de cerveza, pero justo cuando está a punto de abrir uno, Lucky levanta un dedo.

—Espera. —Me mira de reojo y sonríe antes de devolver su atención a Danny—. No, no los abras. Estamos dejando de beber, se me había olvidado. Tráenos dos zumos en vez de la cerveza.

Danny nos mira arqueando una ceja.

—¿Dos zumos? ¿Qué clase de zumo?

Lucky se acaricia la barbilla afeitada.

—No lo sé. Nunca he pedido un zumo en un bar. ¿Qué tienes?

Danny levanta los ojos hacia el techo, como si estuviera leyendo la carta de zumos en su propia frente.

—Veamos, tenemos zumo de naranja, de arándanos, de manzana...

—Dos zumos de naranja. —Lucky me mira—. ¿Te parece bien?

—Supongo. —Definitivamente, no me entusiasma su elección, pero sé lo que intenta decir: si estoy embarazada, no debería beber alcohol. Toda esta historia vuelve a ponerme de mal humor. El posible embarazo ya se está interponiendo en mi camino.

Danny se aleja y Lucky se acerca más.

—Lo siento. No había caído.

Pongo cara de exasperación.

—Al menos no le has dicho a Danny que estaba embarazada. Debería alegrarme, supongo.

—¿Crees que sabe lo que pasa?

Niego con la cabeza.

—No, no creo que nadie sospeche que pueda estar embarazada. Estoy segura de que nadie se lo imagina siquiera.

Lucky me mira y frunce el ceño.

—¿Por qué dices eso?

Lo miro de reojo para ver si está bromeando, pero parece hablar en serio.

—Porque... Es obvio.

Se coloca delante de mí.

—¿Qué es lo que es obvio? Explícamelo, porque no sé si te sigo.

Me vuelvo para mirarlo de frente y que pueda verme mejor.

—Mírame. No tengo pinta de madre de familia. Ni siquiera me gustan los niños.

Un destello de algo parecido al dolor atraviesa la cara de Lucky antes de que vuelva a sonreír.

—¿Me estás tomando el pelo? Tienes pinta de poder sacar adelante a toda una camada de cachorros.

Suelto un resoplido y levanto la vista hacia el techo antes de volver a mirar a la barra.

—No digas tonterías.

Lucky se queda callado un momento, pero luego me da un codazo de nuevo.

—¿Cómo es que no te gustan los niños?

Niego con la cabeza, con los ojos fijos en la barra, y deslizo una uña por una raya en la superficie mientras hablo.

—No es que no me gusten; es más bien que yo no les gusto a ellos, y no me importa que sea así, la verdad.

—¿Qué? Eso es absurdo. Claro que les gustas a los niños. Al hijo de Dev le gustas. El hijo de Jenny te adora. Sammy piensa que eres la mujer más guapa que ha visto en su vida. El otro día me dijo que cuando cumpla diez años, se casará contigo.

Me río, sintiendo que se me encienden las mejillas. No tengo ni idea de por qué me avergüenza eso; solo es un niño.

—Me parece que ese crío necesita gafas.

Lucky murmura su respuesta en voz baja.

—No, definitivamente, a su vista no le pasa nada malo. Créeme.

Miro a Lucky, pero no me va a dar más información, y yo tampoco quiero seguir indagando. Me encojo de hombros y vuelvo a concentrarme en los arañazos en la superficie de la barra.

—La cuestión es que nunca me he visto como madre. Soy demasiado egoísta.

Niega con la cabeza, pero mira al frente.

—No me lo creo. Creo que tienes miedo.

Lanzo un bufido.

—¿Miedo yo? ¿Miedo de un bebé? Por favor... —Pero el corazón se me acelera al imaginarme tomando en brazos a una de esas criaturitas. Lo más probable es que se me cayera y lo rompiera. Nadie debería dejarme sujetar a un bebé, y esa es precisamente la razón por la que no debería quedarme embarazada, nunca. Sería la única madre en la historia del mundo que no podría tomar en brazos a su propio hijo.

—Tenemos que averiguar si lo estás o no —dice Lucky, de repente—. Porque si no lo estás, podríamos pedir unas cervezas y empezar la fiesta de una vez.

Sonrío ante esa idea, me gusta mucho más que el zumo de naranja.

—Sí. Vamos a empezar la fiesta. Suena muy bien. —Así podría ahogar algunas de mis penas.

Se gira muy rápido en el taburete y me mira con los ojos bien abiertos.

—¡Pues ya está!

Lo miro con aire suspicaz.

—¿Qué es lo que ya está?

—¡Tienes que hacerte una prueba de embarazo! Hay que analizar tu orina.

Arqueo las cejas.

—No puedes hablar en serio.

Se baja del taburete de un salto y extiende la mano.

—Pues claro que hablo en serio. Vámonos.

Lo miro, sin estar segura de qué hacer a continuación.

Él agita la mano para que la tome.

—Venga. Lo digo en serio. Vámonos.

Miro a Danny, que se dirige hacia nosotros con dos vasos de zumo de naranja.

—Pero nuestras bebidas...

—Olvídate de ellas. Ya volveremos luego. —Se inclina, me toma la mano y me arranca a la fuerza del taburete—. Volveremos dentro de un rato —le dice a Danny—. Guárdanoslos en la nevera.

Danny vierte los dos zumos de naranja en el fregadero, poniendo los ojos en blanco mientras nos ve encaminarnos a la puerta.

—Lo siento —le digo, con una mueca de disculpa.

No miento cuando digo que lo siento. Preferiría estar sentada en la barra bebiendo un estúpido zumo de naranja antes que someterme a un test de embarazo. No quiero discutir con Lucky aquí en el bar delante de todo el mundo, pero no pienso hacer esto con él.

Es una locura. Se lo diré cuando estemos fuera para que me deje en paz.

Lucky entrelaza los dedos con los míos y de repente me siento idiota, como una colegiala entusiasmada de que su amor sea correspondido. Estoy tan absorta en esta ridícula emoción que ni siquiera me doy cuenta de que ya hemos llegado a su coche. Me abre la puerta y hace un gesto para que entre, soltándome la mano.

—Date prisa —dice—, quiero hacerlo cuanto antes.

Apoyo la mano en la puerta y lo miro por la ventanilla.

—¿A qué vienen tantas prisas? No va a cambiar el resultado.

Esta vez sonríe con cierta aprensión, no tan seguro como siempre.

—La curiosidad me está matando. Necesito saberlo, eso es todo.

Niego con la cabeza mientras me subo al coche.

—Como quieras.

Tarde o temprano tenía que pasar, así que supongo que por qué no ahora. Pero ya no estoy de humor para charlar alegremente ni compartir los detalles de mi día. Me abrocho el cinturón y fijo la mirada en el parabrisas delantero.

El ambiente dentro del coche vuelve a ser tenso cuando Lucky arranca el motor. Probablemente ni siquiera se haya dado cuenta, pues solo piensa en llegar cuanto antes a la farmacia, pero yo sí. Tengo los nervios a flor de piel. Por suerte, la farmacia más cercana solo está a dos manzanas, así que llegamos en un abrir y cerrar de ojos. Abre la puerta y sale del vehículo.

—Vuelvo enseguida —dice, asomando la cara por la ventanilla entreabierta—. No tienes que hacer nada más que orinar.

Me quedo en el aparcamiento, abrumada por mil pensamientos, la mayoría de ellos relacionados con el pánico en estado puro. No puedo creer que estemos haciendo esto. Es como si fuéramos novios y estuviéramos entusiasmados con nuestros planes de futuro. Pero esa no es mi vida, y tampoco es la vida de Lucky. Solo somos amigos. Compañeros del equipo. Dos personas que crecieron juntas. Él no es mi novio ni yo soy su novia. Y si estoy embarazada, será una auténtica pesadilla, así que, ¿por qué está tan emocionado? Tal vez simplemente espera que la prueba dé negativo para así poder tomarnos una copa y luego irnos a casa y enrollarnos otra vez. Supongo que no es algo tan malo. No me importaría volver a echar un polvo con él, siempre y cuando esta vez se ponga protección...

Vuelve al automóvil al cabo de un instante y me arroja una bolsa de plástico blanca al regazo mientras se sube. Está llena de cajas.

Abro la bolsa.

—¿Qué hay aquí?

—No podía comprar solo un test de embarazo, habría sido demasiado incómodo. —Hace una pausa un momento y me mira, sonriendo—. También he comprado pastillas de regaliz. Y condones.

Me río.

—El dependiente de la farmacia habrá pensado que estás loco.

—Me miró un poco raro. Me dio la impresión de que quería darme una charla sobre la reproducción de los pájaros y las abejas. —Imita una voz de viejo—: «Hijo, creo que estás un poco confundido... Si usas una cosa, no necesitas la otra...».

Pese a lo mucho que me preocupa el resultado de la prueba, no puedo evitar reírme. Lucky siempre ha sido esa persona para mí, el chico capaz de hacerme reír incluso cuando no me apetecía.

—Entonces, ¿dónde deberíamos hacer la prueba? —pregunto, mirando a mi alrededor. Parece que estemos deshaciendo el camino hacia el pub.

—«La» prueba, no: «las» pruebas, en plural. He comprado varias, solo para estar seguros.

Abro la bolsa de nuevo y veo que hay tres cajas diferentes. Le doy la vuelta a una. Dentro de esta caja en particular hay dos *sticks* de prueba. Compruebo que ocurre lo mismo con las otras cajas antes de hablar.

—Pero es que aquí hay nada menos que seis pruebas...

—Toda precaución es poca: hay que estar seguros.

—Pero es imposible tener tanto pis acumulado en la vejiga.

—Mmm... Tal vez lleves razón en eso. Puede que tengamos que beber unos cuantos vasos de zumo de naranja para que mi plan funcione.

El corazón me da un vuelco cuando lo veo detenerse en el aparcamiento del pub; siento que algo parecido al pánico se apodera de mí.

—¿En serio?

Se dirige a una plaza, aparca y apaga el motor.

—¿Qué quieres decir? ¿Es una pregunta con trampa?

Levanto la bolsa y me pongo a gesticular hacia el pub.

—¿De verdad quieres que haga una prueba de embarazo dentro del pub?

—¿Por qué no? Es un lugar privado. Hay retretes separados en el baño de mujeres, ¿verdad?

—Sí, pero...

—Además, podríamos necesitar más zumo de naranja, ¿no?

Niego con la cabeza, sabiendo que discutir es inútil.

—Como quieras. Acabemos con esto de una vez.

Estoy casi segura de que no estoy embarazada. La probabilidad es muy baja, ¿no? Solo lo hicimos una vez sin protección, y si las tablas de fertilidad que circulan por internet son correctas, esa vez ni siquiera era muy fértil. Tal vez solo un poco. Dios, por favor, que solo haya sido un poco...

—Vamos, será divertido. —Se baja del coche y acude a mi lado. ¿Divertido? Este hombre no está en sus cabales. No me puedo mover; es como si tuviera el trasero pegado al asiento. Lucky me abre la puerta y se inclina, tendiéndome la mano—. Tranquila, yo te ayudaré.

Le doy la mano.

—No, señor, definitivamente no pienso dejar que me ayudes. —Ya me lo imagino en el baño, a mi lado, guiándome mientras orino en un palo. Agarro la palanca de la puerta para salir del coche—. Iré al baño sola.

—Está bien, lo que tú digas. Tú eres la jefa. —Sonríe.

Me quedo allí y lo miro fijamente, sujetando la bolsa con ambas manos.

—No me hagas enfadar, Lucky.

Se inclina al instante y me da un beso en la nariz.

—Ni se me ocurriría.

Se acerca para caminar a mi lado y apoya la mano en la parte baja de mi espalda, animándome a seguir adelante.

En lugar de clavar los talones en el suelo —mi reacción instintiva—, lo sigo. Con cada paso que doy, siento que camino hacia mi perdición. Nunca había vivido esta situación, pero en todas las historias que he oído de otras mujeres que sí han pasado por esto, nunca he visto nada parecido. A ellas nunca las llevó uno de sus mejores amigos a un bar con una bolsa llena de pruebas de embarazo. Empiezo a preguntarme si no será otra parte de mi castigo, si no será una forma de hacer justicia por los errores que cometí, por lo que le hice a Charlie. Esa idea y su lógica me golpea con toda su fuerza, como un mazo, en mitad del pecho. Tiene que ser eso.

Me resigno a mi destino, bajando la cabeza mientras entro en el pub y me dirijo al baño, preparándome mentalmente para atenerme a las consecuencias. Si Dios hace justicia, estaré embarazada, porque ese sería el peor castigo para mí que podría imaginar.

Capítulo 17

No me lo puedo creer. Pensaba que me había resignado a aceptar la posibilidad y, con ello, mi destino, pero al mirar el palito número cuatro y ver otra débil rayita rosada más en el recuadro, me doy cuenta de que era imposible estar preparada para esto. Ahora sé que Dios puede ser justo y que sabe impartir justicia, pero también tiene un sentido del humor muy retorcido.

Apoyo la frente en la pared que separa mi retrete del inodoro contiguo, vacío. Ya no me queda una sola gota de orina, pero no importa. Dos pruebas más o cuatro pruebas más o diez pruebas más no van a cambiar en nada las cosas. Estoy embarazada. Lo hecho, hecho está. De acuerdo con el calendario, podría estar de diez días. Es imposible saberlo con seguridad sin acudir al médico. Un pensamiento fugaz desfila por mi mente: no es demasiado tarde para hacer algo al respecto.

El corazón deja de latirme y luego sufre un doloroso espasmo. Puede que no vaya a la iglesia todas las semanas, pero eso no significa que me resbalen las cosas que allí se predican, y aprendí lo preciosa que es la vida cuando le arrebaté la suya a Charlie. No puedo acabar con otra vida; simplemente, no puedo. Tal vez Dios me esté dando una segunda oportunidad y esto sea una prueba. De todos modos, lo cierto es que no tengo otra opción. Esto es lo que me depara el futuro. A menos que ocurra alguna barbaridad en los próximos ocho meses y medio, voy a ser madre. Empiezo a llorar y no puedo parar.

Alguien da unos golpes en la puerta del lavabo, golpes que apenas oigo. No respondo. Simplemente coloco los *sticks* usados en la bolsa de plástico a mis pies y me levanto muy despacio. Me abrocho y me subo la cremallera de los pantalones mientras siguen cayéndome las lágrimas.

La puerta se abre con un chirrido.

—¿Estás bien? —Es Lucky, maldito sea.

—No, no estoy bien.

La puerta se abre un poco más.

—¿Ha salido negativo?

¿Por qué iba a estar llorando si el resultado fuera negativo? Si no fuera por lo jodida que estoy ahora mismo, saldría de este baño y lo reduciría con una llave de yudo solo por ser tan estúpido.

Oigo su voz cada vez más cerca, justo al otro lado de la puerta de mi retrete.

—Háblame, nena. Dime qué está pasando.

Me ha llamado «nena» otra vez, y eso no lo aguanto. Ya se está comportando de forma rara. Esto va a acabar con todo entre nosotros.

—No puedo hablar en este momento, Lucky. Vete.

Apoyo la mano en la puerta, a la altura de su cara tal vez, pero dejo que mis dedos se deslicen hacia abajo. Lo amo y lo odio a la vez. Siento ambas cosas con la misma intensidad. ¿Siempre lo he amado? Lo pienso durante unos segundos y me doy cuenta de que sí. He intentado quererlo como a un hermano durante diez años, pero eso ya no va a funcionar. Si es que ha funcionado alguna vez. Tal vez por eso Charlie siempre sintió celos de él. Tal vez en el fondo, Charlie sabía que él no era el hombre al que yo quería de verdad.

—¿Te han entrado ganas de ir de vientre? —pregunta Lucky con delicadeza.

Abro la mandíbula y cierro el puño a la vez. Esto es exasperante y delirante a la vez. Una risa se me escapa de la garganta antes de que pueda detenerla.

—¡No! ¡No digas tonterías!

Y yo que creía que el día de hoy no podía ir a peor. Me pongo roja como un tomate al pensar que Lucky pueda pillarme cagando en el baño de mujeres.

Oigo la sonrisa en la voz de ese cabrón.

—Escucha, no pasa nada. No es nada de lo que avergonzarse. Si estás concentrada haciendo aguas mayores, solo tienes que decirlo. Puedo volver luego.

Juro que lo mataré. Corro a prepararme y recoger la bolsa que he dejado a mis pies.

—No, espera. He cambiado de idea. No vayas a ningún lado. Quédate donde estás para poder darte una patada en el culo. .

Me doy media vuelta y acciono el botón del inodoro para tirar de la cadena. Luego, deslizo el pestillo y abro la puerta de golpe. Me muero de ganas de hacerle daño a alguien ahora mismo.

Lucky está sonriendo y tiene los brazos abiertos de par en par. Nunca lo había visto tan guapo ni tan feliz.

—Ven con papá —dice.

Veo tanta esperanza en sus ojos, tanta bondad y tanto... *amor*, me atrevería a decir, que es insoportable. Siento que la cabeza y el corazón me van a estallar ahí mismo, en el baño del pub. Doy un paso hacia él y luego me desplomo en sus brazos, hecha un mar de lágrimas.

Se mueve rápido como un rayo, estrechándome contra su pecho. Me abraza con fuerza mientras lloro a moco tendido en sus brazos.

—Chist, chist, todo va a ir bien. —Me frota y me acaricia la espalda frenéticamente; luego desplaza la mano hacia mi cabeza, donde hace lo mismo, de manera que me enreda el pelo en un montón de nudos—. Yo me encargaré de todo. No tendrás que hacer nada más que poner las piernas en alto y comer chocolate todo el día.

—¡Esto no es ninguna broma! —grito—. Esta es mi vida. Mi vida se ha acabado.

Lucky me aparta para poder mirarme a los ojos.

—Esta no es solo tu vida; también es mi vida. —Me aprieta los hombros con fuerza—. Es nuestra vida.

Mis sollozos se apaciguan lo bastante para dejarme hablar.

—Nuestras vidas.

Él niega con la cabeza.

—No. Nuestra vida. En singular. Somos tú y yo, juntos, como un equipo. No eres tú sola ni yo solo, los dos siguiendo caminos paralelos. Ahora estamos fusionados en uno solo, nos guste o no.

Lo fulmino con la mirada, apartándome de él.

—No.

Esboza una expresión petulante y se encoge de hombros.

—Pues lo tienes difícil. Jugaste con fuego y ahora vas a pagar el precio.

Siento sus palabras como un cuchillo desgarrándome el corazón. Sin pensarlo, alargo el brazo y le doy una bofetada en la cara.

No se mueve más que para llevarse la mano a la mejilla, de un rojo llameante. Habla con voz asombrosamente tranquila.

—No tengo ni idea de por qué has hecho eso, pero voy a pasarlo por alto porque estás embarazada. Seguramente es por culpa de las hormonas.

Unas lágrimas de ira me humedecen los ojos.

—No vuelvas a hablar de Charlie.

Su expresión pasa del enojo a la confusión.

—¿Charlie? ¿Quién ha dicho nada sobre Charlie?

—Tú, acabas de hacerlo —le digo con amargura, sintiéndome traicionada—. Esa gilipollez de «jugaste con fuego».

Todavía parece confundido un par de segundos más, pero luego abre mucho los ojos.

—No es eso lo que he querido decir. No me refería a Charlie; me refería a... mi pene.

Ahora me toca a mí sentirme confusa. Desplazo la mirada hacia el bulto que tiene en la entrepierna.

—¿Llamas a tu polla «jugar con fuego»?

Parece avergonzado.

—Se suponía que tenía que sonar poético. «Jugar con fuego»... Por acostarte conmigo... ¿Lo pillas?

En todos los años que hace que lo conozco, no sabía que Lucky podía llegar a ser tan payaso. Me pongo a reír y no puedo parar.

Lanza un largo suspiro.

—La verdad, no le veo la gracia.

—Huy, pues sí que la tiene... —digo entre jadeos, y luego me entra otro ataque de risa histérica. Casi no puedo ni pronunciar las siguientes palabras—. ¡Ay, Dios! ¡Es para morirse de la risa! ¡No me puedo creer que hayas dicho que jugar con tu polla sea jugar con fuego!

—¡Silencio! —exclama, tratando de no sonreír—. Nunca he dicho que jugar con mi polla sea jugar con fuego...

De repente, se abre la puerta del baño y entran dos chicas. Se detienen cuando nos ven allí. Las últimas palabras de Lucky aún resuenan en las paredes del baño. Me callo, consigo contener mi histeria momentáneamente, pero cuando veo que ambas miran la entrepierna de Lucky, me echo a reír de nuevo.

—Perdón. Lo sentimos —dicen. Lucky me agarra del hombro y me saca del baño—. No era nuestra intención interrumpir...

Sigo riéndome hasta que Lucky se dirige a las dos chicas mientras cierra la puerta muy despacio.

—Es que estaba muy estreñida y he tenido que entrar para ayudarla a combatir su problemilla.

Antes de que pueda reaccionar, se lanza corriendo a la otra punta de la barra, alejándose de mí. Sin embargo, en lugar de perseguirlo, me dirijo a la barra y me siento en mi taburete de antes. Dejo la estúpida bolsa de pruebas de embarazo en el tablero, a mi lado, y exhalo un largo suspiro. Fui al baño siendo una persona, con una vida, y he salido siendo alguien completamente diferente, con una vida absolutamente desconocida e imprevista por delante. Es casi como lo que experimenté justo después de matar a Charlie: la vida me cambió en un instante, transformándose en algo que nunca había imaginado para mí. Increíble. Buen trabajo, Dios. Has vuelto a darme una patada en el trasero. Asiento con respeto. Su poder es innegable.

Danny se acerca arqueando las cejas.

—¿Lista para tomarte una cerveza?

Niego con la cabeza.

—No, se acabó el alcohol para mí. Tomaré un zumo de naranja con hielo y con una guinda, por favor.

Me siento como si acabara de meterme un cóctel de drogas en el cuerpo. Es como si tuviera el corazón lleno de helio. Debería estar absolutamente destrozada por esta noticia, de la que acabo de enterarme en el baño del pub al que llevo yendo más de diez años, pero no lo estoy. Ahora que he reconocido la falta de control que tengo sobre mi futuro, es como si alguien me hubiera abierto la puerta a un mundo nuevo y yo estuviera justo en el umbral. Estoy ahí plantada, tratando de decidir si debo dar un paso al frente, y es una sensación horrible pero estimulante al mismo tiempo.

Y entonces Lucky aparece detrás de mí y me roza el hombro con el suyo mientras se sienta en el taburete que tengo al lado. Me doy cuenta de que los dos estamos de pie ante el mismo umbral, mirando hacia una extensión inmensa, los dos juntos. Me espera un mundo misterioso del que nunca soñé que formaría parte. Me siento un poco mejor sabiendo que no estoy sola.

—Que sean dos zumos de naranja —dice Lucky.

Danny nos observa con curiosidad unos segundos antes de irse. Me vuelvo para mirar a Lucky al mismo tiempo que él se vuelve hacia mí.

—¿Te importa si me siento aquí y me tomo un zumo de naranja contigo? —me pregunta.

—¿Podría impedírtelo?

Se encoge de hombros.

—Podrías, pero la verdad es que me gustaría que no lo hicieras.

—No lo haré. —Experimento una cálida sensación al admitirlo.

Su sonrisa ha vuelto, esta vez suave y lenta, amable y dulce. Se inclina y me besa en la mejilla.

—Eres una mamá muy sexy. ¿Te lo he dicho alguna vez?

—No. Pero dímelo otra vez dentro de ocho meses, ¿quieres? Tengo la sensación de que necesitaré oírlo más a menudo entonces.

Me doy media vuelta y miro hacia delante mientras Lucky me desliza el brazo por la espalda para apoyarlo en mi cintura.

—Y todos los días hasta entonces —me promete.

Capítulo 18

Cuando Lucky me deja en casa, me tomo mi tiempo para prepararme antes de irme a la cama. Ahora que sé que estoy embarazada, me estoy imaginando toda clase de tonterías, como que estoy agotada cuando todavía deberían quedarme unas cuatro horas de energía. Es psicológico, lo sé, pero saberlo no me sirve de nada. Me siento como si no hubiera dormido en veinticuatro horas.

Apenas hace una hora que he apoyado la cabeza en la almohada cuando suena el timbre de la puerta.

Salgo del dormitorio al otro lado del pasillo y miro por la ventana para asomarme al jardín delantero. Lo único que veo es el coche de Lucky en la entrada.

Salgo corriendo de la habitación y bajo las escaleras. Aparto la cortina de la ventana lateral de la puerta y veo la espalda de Lucky. Se dirige a su coche, y hay dos maletas en el porche.

Apago la alarma y abro la puerta.

—¿Qué demonios...?

Lucky aparece por el sendero de entrada con dos maletas más. No respira con dificultad, por lo que deduzco que están vacías.

—¿Qué estás haciendo?

Me planto en la puerta con los brazos en jarras.

Ni siquiera me mira mientras deja las dos maletas en el suelo.

—¿Qué crees tú que estoy haciendo?

—Parece que traes un montón de maletas vacías a mi casa. ¿Te has quedado sin espacio de almacenamiento la tuya de repente?

—No están vacías. —Levanta la vista y me dedica una sonrisa—. Están llenas, nena.

Se da la vuelta y baja los escalones otra vez para dirigirse al coche.

—¿Llenas de qué? —¿Ha ido a comprar ropa de bebé? Ni siquiera sabemos todavía si es niño o niña, y además, he leído en internet que muchos embarazos no superan los tres primeros meses. Podría ser una falsa alarma.

—Llenas con mi ropa y esas cosas. ¿De qué iban a estar llenas, si no?

—¿Por qué has traído tu ropa?

Sube las escaleras y suelta las dos últimas maletas. Luego se acerca y se para delante de mí, apoyando las manos sobre mis hombros. Me mira fijamente a los ojos mientras habla.

—¿Qué pasa? ¿Ya has empezado a perder la memoria por el embarazo? ¿No es un poco pronto para eso?

Le aparto las manos de mis hombros.

—Pero ¡qué dices! ¿Eso existe? ¿Qué es eso de perder la memoria por el embarazo? —Vuelvo a sentir pánico. Necesito mi memoria y mi cerebro intactos para trabajar.

Busca en el bolsillo lateral de una maleta y saca un libro.

—Te he señalado la página. —Indica una esquina doblada—. Deberías leerlo. No tienes ni idea de cuánto va a cambiar tu cuerpo y tu cerebro en los próximos nueve meses.

Mi pánico aumenta cuando le quito el libro y miro el título.

—*Qué esperar cuando se está esperando.* —Lo miro—. ¿En serio? ¿De verdad has comprado esto?

—Sí. En cuanto te dejé en casa, me fui a la librería. Y entonces me puse a leer y me di cuenta de que me necesitabas aquí. —Resopla y continúa—. Sé que no está bien que me presente así en tu vida, pero escúchame...

Hace una pausa, esperando tal vez alguna objeción por mi parte, pero estoy demasiado aturdida para encontrar una. ¿Se ha puesto a leer libros sobre el embarazo justo después de dejarme en casa?

—Toni, eres una mujer independiente, y lo respeto. De verdad. Y te conozco lo suficiente como para saber que no importa lo duro que sea el embarazo, lo superarás. Lo llevarás estupendamente y no pedirás ayuda, ni siquiera cuando la necesites.

—Eso no es...

Levanta la mano, interrumpiendo mi protesta.

—Déjame terminar... Como iba diciendo, eres una mujer muy independiente y estás acostumbrada a hacer las cosas tú sola, pero creo que esta vez sería un error hacer eso.

—¿Ser yo misma?

—No, hacer las cosas tú sola. Este embarazo se va a apoderar de todo tu cuerpo. Y de tu cabeza. Sentirás náuseas y te cansarás, y necesitarás ayuda. —Mira a nuestro alrededor—. Tu casa es enorme. Ya supone mucho trabajo para una persona sola, pero ¿para una embarazada? Es demasiado. Imposible. Toda la casa se te caerá encima y luego llegará el bebé y será imposible del todo.

Miro sus maletas y el libro que sujeto en la mano.

—¿Así que me dejaste aquí, fuiste a la librería, hojeaste unos libros y luego te fuiste a casa a hacer las maletas? —Y habrá batido algún récord de velocidad terrestre haciendo todo eso en poco más de una hora.

—Sí, eso hice. Empecé a leer el libro y me di cuenta... No es justo para ti que te encargues de todo tú sola. Me necesitas aquí. En parte, soy responsable de que estés en esta situación.

Es entonces cuando me doy cuenta de que yo no siento ni la mitad del pánico que, por lo visto, está sintiendo él ante la situación. Pongo los ojos en blanco.

—Estoy segura de que puedo encargarme de todo yo sola. Y no se me va a caer la casa encima.

—De acuerdo, tal vez puedas llevarlo todo tú sola, pero no deberías. —Levanta dos maletas, prácticamente apartándome de un empujón para entrar en el vestíbulo—. Solo lee el primer capítulo. Ya verás lo que quiero decir.

Me voy a la sala de estar mientras hojeo las páginas. Distintas palabras llaman mi atención: feto, placenta, preeclampsia, tapón mucoso... Las fotos son horribles. Me desplomo en el sofá, olvidando que he arrancado los cojines. Me golpeo el trasero con una tabla cubierta de tela y lanzo un gemido mientras me pongo de lado para frotarme el cóccix.

Lucky aparece de la nada.

—¿Estás bien? ¿Eran contracciones?

Lo miro, frunciendo el ceño.

—No, no eran contracciones, tonto. Me he dado con el sofá.

Asiente con la cabeza.

—Sí, vas a perder el equilibrio. Pero es completamente normal, así que no te preocupes.

—¿El equilibrio? —Empiezo a hojear las páginas del libro otra vez. Toda esta historia suena más aterradora por momentos. Y yo que creía que lo único que tenía que preocuparme eran las estrías y un poco de aumento de peso...

—No te preocupes, he comprado muchos otros libros —dice desde el porche delantero—. Nos los estudiaremos. Lo leeremos todo y estaré completamente preparado para cuando llegue el gran día. Nada de sorpresas.

Suelto el libro a mi lado, en el sofá.

—¿No crees que te estás pasando de la raya?

Trae sus últimas dos maletas y las deja al pie de las escaleras. Luego cierra la puerta. Echa la llave e introduce el código de la alarma.

—Vas a traer a un ser humano al mundo. —Se reúne conmigo en la sala de estar y se sienta en la mesa frente a mí, rozándome las rodillas con las suyas—. ¿Creías que trabajar para los Bourbon Street Boys era un trabajo difícil? Error. Olvídalo. Crear una vida y ser madre no será nada comparado con eso. Mejor dicho, lo será todo comparado con eso. Necesitamos estar preparados.

Se frota las manos, como si fuera un científico loco.

Tengo los oídos ardiendo.

—Empiezas a asustarme.

—Bien. —Me da una palmadita en la rodilla y se levanta—. Voy a prepararte una infusión de hierbas bien caliente. Ya no necesitas más cafeína. —Luego grita desde el pasillo—: ¡Un pijama muy bonito, por cierto!

Sacudo la cabeza mientras el ruido de sus pasos se desvanece. ¿Dónde diablos me he metido?

Capítulo 19

Me siento en el sofá sola un rato mientras oigo a Lucky preparar la infusión en la cocina. Estoy un poco superada por su reacción tan drástica. Sí, es verdad, ahora mismo parece que vamos a traer a un ser humano a este mundo, y entiendo que eso es algo muy bestia, pero ¿en serio considera que tiene que venirse a vivir aquí? ¿Y de verdad cree que puede hacerlo sin hablarlo primero conmigo?

Sí... Definitivamente, le ha entrado el pánico. Sé reconocer cuándo los hombres hacen eso: cuando las situaciones les vienen grandes. He visto a Thibault ponerse histérico más de una vez, casi siempre a raíz de las reacciones confusas de las mujeres ante distintas situaciones. Hay una razón por la que todavía está soltero, y no es porque entienda a las mujeres.

Me pongo de pie, sabiendo que necesito solucionar esto ahora mismo y con la mayor delicadeza posible. Obviamente, tendré que canalizar la personalidad de otra mujer o algo así, porque hacer algo con delicadeza no es mi estilo, la verdad.

Al entrar en la cocina, me sorprende la ternura que siento cuando veo a Lucky junto a la encimera sacando tazas y azúcar de los armarios. Es como si ya viviera aquí; como si tuviera el derecho de estar aquí.

Cuando ese pensamiento se materializa en mi mente, siento un poso de amargura. No me gusta que la gente me presione y tome decisiones por mí. Lucky no tiene más derecho a vivir conmigo que Dev.

Siento una punzada de culpa. Sí, de acuerdo, puede que tenga algún derecho a participar en mi vida. Pero no tanto. Suspiro ante mis emociones. Pensé que sería el embarazo lo que iba a ser difícil, pero al parecer, todo va a ser un reto, incluida mi extraña e indefinida relación con el padre del niño.

Lucky lleva en mi vida mucho tiempo, y no se me hace raro tenerlo aquí haciendo lo que está haciendo. Si soy sincera conmigo misma, tengo que admitir que más de una vez he imaginado cómo sería compartir mi espacio vital con él. Por supuesto, siempre rechazaba esas fantasías cuando pensaba en cómo afectaría a nuestra relación en el equipo, pero eso no significa que no estuvieran ahí. Supongo que ahora voy a saber cómo sería la vida con Lucky, aunque solo sea por una noche. La idea me emociona mucho más de lo que debería.

Me mira por encima del hombro, con expresión seria.

—Creo que no deberías tomar azúcar...

Mantengo la calma, a pesar de que me dan ganas de decirle que se meta sus consejos por donde le quepan. Está tratando de cuidar de mí durante el embarazo y no puedo culparlo por eso.

—De acuerdo. De todos modos, no me gusta el azúcar en las infusiones.

Me acerco a la mesa y me siento en la cabecera, en mi sitio habitual.

—No he tenido ocasión de leer mucho sobre ese tema, pero he visto algunas cosas sobre la dieta. —Vierte el agua humeante de la tetera en dos tazas—. Se supone que debes limitar la ingesta de azúcar y cafeína, y no puedes consumir alcohol.

Lanzo un suspiro.

—No te preocupes, lo entiendo. Se acabó la diversión. Mi vida se ha acabado.

Levanto la mirada al techo y pienso en las estrías que seguramente me saldrán en los próximos nueve meses. Increíble. Lo que me faltaba.

Toma las tazas, se dirige a la mesa y coloca una delante de mí antes de sentarse a mi lado. Se acomoda en la silla y me mira, dando unos golpecitos con el dedo en su taza.

—Tu vida no ha acabado. De hecho, acaba de empezar. — Sonríe como si fuera lo más normal del mundo, los dos aquí sentados hablando del niño que crece en mi vientre.

Niego con la cabeza.

—Me encanta que te tomes todo esto con tanta naturalidad. Espero que te des cuenta de que no es solo mi vida la que va a cambiar por completo.

Se inclina y me pone la mano en la rodilla.

—Créeme, me doy cuenta. Lo he estado pensando desde la última vez que estuvimos aquí, en la cocina.

Mi mente retrocede hasta el momento en que estábamos rodando por el suelo, justo antes de darnos cuenta del error colosal que habíamos cometido. Asiento con aire ausente. No alcanzo a entender cómo ha podido cambiar tanto mi vida en tan poco tiempo. Y eso que nadie lo sabe aún. No puedo ni imaginar lo que van a decir Thibault, Dev y Ozzie. Pero sí me imagino perfectamente lo que van a hacer May y Jenny: van a dar saltos de alegría. No sé si me apetece ser testigo de tanto entusiasmo. La sola idea me da escalofríos.

—¿En qué piensas? —me pregunta Lucky.

—Estoy pensando en cómo va a afectar esto al equipo.

Lucky asiente antes de tomar un sorbo de su infusión, haciendo una mueca porque está muy caliente.

—Las cosas van a cambiar, eso seguro. Pero no tiene por qué ser malo.

—Para ti es fácil decirlo. Tu vida con el equipo no va a cambiar para nada. —Mi voz está teñida de amargura, sé que lo está, pero ¿quién puede culparme?—. No quiero que le digas nada a nadie sobre esto.

Me mira frunciendo el ceño.

—¿A qué te refieres?

—A que no quiero que digas nada. Esto es asunto mío, y seré yo quien decida cuándo informar al equipo sobre la situación, no tú.

Veo por la forma en que yergue la espalda y echa los hombros hacia atrás que no está de acuerdo.

—Eso ya lo veremos.

Sacudo la cabeza y me siento más erguida.

—No, no lo veremos. Es decisión mía, no tuya.

Ladea la cabeza hacia mí.

—¿Eso crees? También es mi hijo.

No voy a jugar sucio y fingir que podría ser de otro hombre, pero eso no significa que él pueda decidir lo que hago con mi vida.

—Tenemos que dejar algo muy claro, Lucky... Solo porque no te pusiste un condón, no significa que de repente vayas a tomar decisiones sobre cómo vivo mi vida.

Dos círculos rojos y brillantes aparecen en sus mejillas y el músculo de la mandíbula le tiembla un par de veces mientras trata de controlar su ira. Habla con voz muy calmada.

—No me gusta la forma que has elegido para decir eso, porque creo que eres injusta.

Él ha elegido sus palabras con mucho cuidado, pero no me importa. Esta es una conversación que debemos tener ahora, para aclarar las cosas de una vez por todas. No quiero que se meta en esto engañado. Intento mantener un tono de voz civilizado.

—Lamento que no te guste mi forma de expresarme en este momento, pero eso no cambia nada. Este es mi cuerpo. Y mi trabajo es asunto mío y solo mío. Yo decidiré cuándo, dónde y cómo se informa a alguien del equipo sobre mi estado; no tú.

Despacio, toma un sorbo de té y espera casi un minuto antes de responder. La tensión en la habitación se palpa en el aire.

—Estoy de acuerdo en que es en tu cuerpo donde crece nuestro hijo; sin embargo, la vida que hay dentro es responsabilidad de los dos, y haré lo que sea necesario para mantener a mi hijo a salvo.

Entrecierro los ojos para mirarlo y mis fosas nasales se ensanchan. Está pidiendo guerra.

—¿Estás sugiriendo que yo no quiero lo mismo? ¿Que arriesgaría la seguridad de mi hijo?

Niega con la cabeza y adelanta la barbilla.

—No estoy sugiriendo nada, pero creo que ambos sabemos que, por tu personalidad, tienes cierta inclinación a correr riesgos y que es posible que no te des cuenta de los peligros que asumes hasta que es demasiado tarde.

Hago otro gran esfuerzo por mantener la calma, pero mi voz me delata al subir de volumen.

—No, no estoy para nada de acuerdo con eso. Sé exactamente de lo que soy capaz y sé exactamente el riesgo que corro cada vez que salgo por la puerta.

—Por favor, no te enfades conmigo por decir lo que voy a decir —suplica, acercándose más—, pero a veces, tal vez muchas veces, eres impulsiva e imprudente, Toni. Incluso cuando te pones al volante de un coche, te arriesgas. Tienes más multas por exceso de velocidad que cualquier otro miembro del equipo.

Ahora está jugando sucio, y no pienso tolerar ninguna de estas tonterías.

—Vete a la mierda, Lucky. —Me levanto y la silla se desliza detrás de mí con un fuerte chirrido. Señalo el pasillo—. Fuera de mi casa.

Niega con la cabeza despacio, mirándome, con la mandíbula firme y sosteniéndome la mirada.

—No pienso irme a ninguna parte. Estás aquí atrapada conmigo por lo menos durante los próximos nueve meses y probablemente más tiempo.

Me pone tan furiosa toda esta mierda típica de macho alfa, que no sé qué decir. Ha venido aquí y me ha avasallado como si tuviera todo el derecho, como si no me conociera desde siempre y hubiera olvidado lo que les hago a los tipos que me cabrean.

Inhalo y exhalo profundamente, tratando de apaciguar mi respiración y de calmarme. En pocas palabras, me ha acusado de ser una imprudente y una descerebrada, así que es probable que atacarlo precisamente ahora, embarazada, no sea la mejor manera de argumentar que está equivocado. Cuando por fin puedo hablar, me enorgullece que el tono de mi voz sea neutro y controlado.

—Te agradezco que pienses que haces lo correcto viniéndote a vivir conmigo, pero lo siento; no estoy lista para eso. No te quiero aquí. Tienes que llevarte tus maletas al coche y volver a tu casa. Ya te llamaré cuando esté lista para hablar contigo de nuevo.

Me doy media vuelta para salir de la cocina, pero su voz me persigue.

—Podemos volver a hablarlo mañana, pero me preocupo por ti y quiero participar en esto. ¡Lo necesito!

Me detengo en mitad del pasillo, tratando de decidir cómo manejar la situación. Alguien toma la decisión por mí cuando llaman a la puerta principal y oigo el ruido de una llave en la cerradura.

Cierro los ojos y vuelvo a respirar hondo.. ¿Qué demonios es esto? Dios, ¿no me has castigado lo suficiente?

La puerta se abre y Thibault asoma la cabeza.

—Hola, hermanita. Me alegro de pillarte despierta.

Levanto la mano y luego la bajo hasta el muslo, dándome una palmada.

—Sí, venga, entra. Total, ya no viene de uno más.

Thibault entra y arquea las cejas al ver todas las maletas.

—¿Vas a alguna parte?

Lo único que puedo hacer es negar con la cabeza. Estoy demasiado furiosa para hablar. Un ruido detrás de mí me dice que Lucky ha salido de la cocina para reunirse con nosotros.

—Hola, Thibault. —Lucky está justo a mi lado, con las manos metidas en los bolsillos.

Mi hermano le dedica una media sonrisa.

—Hola. ¿Qué pasa? —Mira a Lucky, luego a mí y luego las maletas. Casi estoy viendo los engranajes girando en su cerebro.

Me vuelvo hacia Lucky, tratando de advertirle con los ojos que es mejor que no le diga nada a Thibault sobre la situación.

—Me he venido a vivir aquí —dice Lucky.

Tengo que hacer copio de todas mis fuerzas para reprimirme y no darle un puñetazo en el estómago y dejarlo sin aliento. Creo que se ha dado cuenta, porque me rodea y se acerca para saludar a Thibault con un apretón de manos.

—Es que tu hermana va a necesitar un poco de ayuda.

Thibault agarra la mano de su amigo, pero es obvio que no tiene ni idea de lo que está pasando.

—¿Ayuda? —Dirige la mirada hacia mí—. ¿Es que vas a hacer reformas o algo así?

Me limito a negar con la cabeza. Estoy tan enfadada que no confío en poder hablar con normalidad, pero no importa, porque Lucky está lanzado, el muy idiota. No me mira, sino que centra toda su atención en mi hermano.

—No, no va a hacer reformas. Es que está... —Se calla, acaso dándose cuenta por fin de que ha ido demasiado lejos.

Más vale tarde que nunca.

—¿Está qué? —pregunta Thibault. Dirige su atención hacia mí—. ¿Estás enferma?

—No, no estoy enferma. No exactamente. Estoy embarazada.

Ahora el único ruido que se oye es el tictac del reloj de pared que heredé de mi abuelo. Y luego se abre la portezuela de delante y sale un pequeño pájaro azul que comienza a burlarse de mí. Cucú, cucú, cucú... Se ríe de mí como diez veces, y no puedo decir que no me lo merezca.

Cuando el pájaro termina de burlarse de mí, Thibault responde.

—Mmm... Lo siento... Creo que no te he oído bien. Juraría que has dicho que estás embarazada... —Mira a Lucky y luego me mira a mí.

Antes de que Lucky pueda decir algo más, levanto las manos hacia el techo, para que se callen todos.

—¡Ya basta! ¡No pienso hablar de esto ahora! —Me vuelvo hacia Lucky—. Te dije que te llevaras tus cosas y te fueras de mi casa, y lo decía en serio. —Señalo sus maletas—. Llévate tus trastos o juro que te lo tiraré todo al jardín.

Thibault se mueve para interponerse entre nosotros y coloca una mano sobre el hombro de Lucky y otra sobre la mía. Mi intento de zafarme de él es inútil: las manos de Thibault son de acero.

—No sé qué pasa aquí exactamente, pero creo que necesitáis un árbitro. —Nos empuja a los dos hacia la cocina—. Vamos, sentaos.

Normalmente, cuando mi hermano empieza a comportarse como si fuera mi padre, le digo que se vaya a la mierda, pero esta vez una pequeña parte de mí quiere que se haga cargo de la situación. Quiero que mire a Lucky a los ojos y le diga que se largue. Necesito a alguien de mi parte, sobre todo ahora que parece que tengo a Lucky de frente, como mi enemigo, y Lucky nunca había ocupado ese lugar antes.

—Puedes decir lo que quieras, pero no pienso ir a ningún lado —asegura él mientras se dirige a la cocina.

Thibault no dice nada y yo tampoco, y eso hace que me sienta aún más unida a mi hermano que hace dos segundos. Me da confianza y me llena de esperanza. No pienso dejar que me avasallen solo porque estoy embarazada. Según mi compañera May, soy Toni la Bestia. Soy perfectamente capaz de hacer todas las cosas que siempre he hecho y no necesito el permiso de nadie para hacerlas. Lo que May dijo sobre mí hace que me sienta orgullosa de mí misma. Seguramente debería agradecerle tener tanta fe en mi fortaleza cuando parece que nadie más lo hace.

Thibault saca otra silla y me siento de nuevo frente a mi taza. La infusión está fría, pero da igual, porque ya no la quiero. La hizo Lucky.

—Entonces, ¿es verdad? —Thibault centra toda su atención en mí—. ¿Estás segura?

Me remuevo en el asiento, incómoda bajo su escrutinio.

—Puede ser. Sí. Supongo.

Arquea la ceja derecha.

—Debería ser una pregunta fácil de responder: ¿estás embarazada o no?

Aprieto los dientes para evitar gruñirle.

—Sí. Está bien. Estoy embarazada.

Su expresión se dulcifica.

—¿Estás segura? ¿Te has hecho la prueba?

Lucky habla cuando abro la boca para responder.

—Se ha hecho cuatro pruebas diferentes. Estamos seguros. Está embarazada.

Muevo la cabeza hacia él.

—No hables por mí. Soy perfectamente capaz de responder a las preguntas de mi hermano sin tu ayuda.

Lucky mira a Thibault.

—He venido para apoyarla, pero es evidente que ella no está contenta.

Thibault mira a Lucky con la expresión más dura que le he visto jamás.

—Tal vez el problema sea tu enfoque, tío.

Salta a la vista que a Lucky le sorprende su actitud. Siento una inmensa alegría.

—Toni sabe que la quiero, Thibault. —Me mira. —Sabes que sí, Toni. Sabes que solo pienso en tu bienestar.

Siento que se me acelera el corazón: ha dicho que me quiere. Probablemente ni siquiera se ha dado cuenta de lo que ha dicho, el muy idiota.

—Tú no decides lo que es mejor para mí. —Me señalo el pecho con el pulgar—. Eso lo decido yo.

Thibault levanta las manos como si tratara de detenernos.

—Está bien, entiendo que es una situación muy estresante, pero creo que podemos solucionar esto juntos sin que llegue la sangre al río.

A mí no me importa nada que la sangre de Lucky llegue al río, llegados a este punto.

Thibault entrelaza las manos y las apoya sobre la mesa.

—Toni, todos en el equipo saben que eres cien por cien capaz de cuidar de ti misma.

Asiento con la cabeza.

—Gracias. —Miro a Lucky con aire burlón: «Ya te lo dije, idiota».

—Sin embargo, creo que cualquiera que esté un poco informado sobre el embarazo y el parto sabe que es mucho más fácil cuando tienes un compañero a tu lado que te ayude durante el proceso.

Miro a mi hermano. Traidor.

—No necesito a nadie.

Thibault se acerca para tomarme la mano, pero se la aparto y apoyo las mías en mi regazo. No pienso dejar que me manipule con sus buenas palabras.

—Todo el mundo necesita a alguien, y tú no eres ninguna excepción, señorita.

Arqueo las cejas.

—Será mejor que tengas cuidado, hermano. No puedes llamarme «señorita» y quedarte tan ancho.

Sonríe, el muy cabrón.

—Lo siento. Solo estaba imitando a nuestro padre.

—Pues mal hecho.

Asiente con la cabeza.

—Sí. Me ha salido así, sin más. Lo siento.

Miro a los dos hombres tremendamente equivocados que tengo sentados frente a mí y niego con la cabeza.

—No sé por qué de repente me veis como a una niña pequeña que necesita ayuda de todo el mundo. Solo porque esté embarazada, no cambia lo que soy. ¿Qué os pasa?

Lucky parece dudar un poco.

—No sé. Por supuesto, sé que eres la misma mujer dura de siempre. —Se encoge de hombros—. No sé decirte por qué, pero definitivamente ahora te miro de una forma distinta. Supongo que solo soy un cerdo sexista o algo así.

Baja la mirada con expresión confusa.

Golpeo la mesa con la mano.

—¡Bueno, pues no seas esa persona! Nunca has sido un cerdo sexista, así que no empieces ahora. Sigo siendo la misma chica de hace dos semanas. Nada ha cambiado.

Thibault sacude la cabeza con expresión preocupada.

Me vuelvo hacia él.

—¿Qué pasa? ¿Qué problema tienes?

Me mira otra vez como si fuera nuestro padre.

—Sabes que eso no es del todo cierto, Toni. Las cosas han cambiado. Estás embarazada, y no puedes pasar por alto ese hecho. Tienes que asumirlo.

No son sus palabras las que me expresan su apoyo, sino su tono.

—¿Qué se supone que significa eso?

—Significa que, en el trabajo, tus tareas van a tener que cambiar. —Thibault mira a Lucky y este asiente. Ambos parecen tristes, pero no tanto como yo. Estoy luchando para contener las lágrimas.

—¿Por qué? Nada tiene por qué cambiar.

Thibault se recuesta hacia atrás y suspira.

—Olvidas que soy yo quien se encarga de la seguridad del equipo. Tengo que calcular los riesgos en la medida de lo posible. Enviarte a trabajar sobre el terreno, a los barrios a los que vamos, ahora está descartado. Tendrás que trabajar dentro de la nave industrial. Necesitamos reducir tu riesgo personal prácticamente a cero, si es posible.

Thibault es mi hermano, pero también es como si fuera mi jefe. Si ahora pierdo los nervios, sabrá que no podrá confiar en mí cuando las cosas se pongan difíciles de verdad.

—Entiendo que pienses eso, pero sabes que cuando salgo a las calles, no corro riesgos. Salimos, echamos un vistazo al entorno, volvemos y hablamos de lo que hemos hecho. Nada más.

Thibault arquea las cejas.

—He leído el informe de May sobre lo que ha pasado hoy. Yo no llamaría a eso una situación exenta de riesgo.

Me dan ganas de estallar, de lo furiosa que estoy.

—¿Qué informe? Soy yo la que debía redactar el informe, y aún no lo he enviado.

—En realidad, se suponía que debíais redactarlo las dos juntas, pero como te fuiste del trabajo temprano, lo hizo May. Y me alegra que lo haya hecho, porque su contenido es muy relevante para esta conversación.

Inspiro hondo cinco segundos y exhalo el aire durante seis. Inhalar cinco, exhalar seis. Es la única manera para no levantarme ahora mismo y abrir un boquete en la pared.

Lucky se inclina y pone la mano sobre mi rodilla.

—Oye, entiendo que estés enfadada, pero tienes que escuchar a tu hermano un minuto.

No me muevo ni un solo milímetro. Solo lo miro, con expresión ausente.

—Estoy escuchando todo lo que decís los dos, créeme.

Es evidente que este embarazo los ha convertido a los dos en verdaderos trogloditas, pero tengo una noticia para ambos: yo no soy ninguna troglodita.

Lucky pasa a las súplicas.

—Sé que escuchas lo que decimos, pero no estoy seguro de que entiendas de dónde salen. Nos importas muchísimo a los dos, y nos preocupa que, en un esfuerzo por demostrar tu valía, te arriesgues demasiado y acabes haciéndote daño. Podrías hacer daño también al bebé.

Las lágrimas me afloran a los ojos y lucho por evitar que me resbalen por las mejillas.

—¿Estás diciendo que soy la clase de madre que haría daño deliberadamente a su hijo? —Creo que no puedo culparlo por pensar eso; después de todo, soy una asesina. Pero me duele de todos modos.

Me agarra la rodilla con fuerza.

—No, nunca diría eso. Ni siquiera lo pensaría. Me estás malinterpretando.

—Toni, vamos, ya sabes que no ha querido decir eso. —Thibault parece decepcionado, y su decepción es como una cuchillada en el estómago—. Deja de regodearte en la autocompasión.

Me levanto despacio, incapaz de seguir aguantando a estos idiotas ni un minuto más.

—Ya es tarde. Y, como habéis señalado muchas veces, estoy embarazada. Supongo que eso significa que estoy más cansada de lo que suelo estar a estas horas, así que voy a subir a mi dormitorio y dejaros a vosotros, par de trogloditas, aquí abajo para que fantaseéis sobre cómo vais a dirigir mi vida por mí. Pero... —Los observo a los dos, alternando la mirada—. Que os quede claro: esta es mi vida y este es mi cuerpo, y voy a hacer lo que quiera con ellos. Y si intentáis controlarme o decirme cómo tengo que vivir, lo vais a lamentar.

Me doy media vuelta y salgo de la habitación, subiendo despacio los escalones mientras mi corazón se rompe en pedacitos. Ahora mismo estoy tan enfadada con ellos que estaría dispuesta a abandonar los Bourbon Street Boys para siempre. Esto es insoportable.

Antes, cada vez que pensaba vagamente en la idea de un embarazo, siempre me imaginaba que era algo bastante malo, pero nunca me figuré que sería tan horrible. Básicamente, dos de los cuatro hombres que hay en mi vida, dos hombres a los que respeto más que a nada en el mundo, se han vuelto contra mí. Me tratan como a una idiota, como a una posesión. Como si no me conocieran en absoluto. Me siento tan sola... ¿Dónde están los hombres que me respetaban?

Entonces me acuerdo: no solo tengo a Thibault y Lucky. No son los únicos que respetan quién soy y cómo soy. Ese pensamiento me procura un alivio instantáneo y me permite trazar un plan. Mañana a primera hora me levantaré y hablaré con Ozzie de esto. Ozzie lo arreglará. Ozzie sabrá qué hacer. Sé que puedo contar con él.

Entro en el dormitorio y me desplomo en la cama. Al instante me quedo dormida en un sueño inquieto. No me sorprende nada cuando el fantasma de Charlie aparece para atormentarme una vez más. Esta vez no opongo resistencia y dejo que venga a visitarme. ¿Qué importa que haya un hombre más tratando de destruir quién soy? La oscuridad que representa el amor que sentía por el hombre al que asesiné me envuelve por completo y escucho una vez más a Charlie enumerar todas las razones por las que no debería ser madre.

Capítulo 20

Voy al trabajo con el objetivo de sentarme con Ozzie y hablar con él sobre los problemas que tengo con Lucky y Thibault. Estoy segura de que él me apoyará. Sabrá que mi embarazo no afectará en nada a mis capacidades. Me ha dicho muchas veces cuánto valora mi contribución al equipo, y sé que no quiere tenerme detrás de un escritorio cuando podría ser útil en otro lado.

Por desgracia, enseguida descubro que hoy el objetivo de Ozzie es hablar con el jefe de policía. Primero, ha pasado toda la mañana con reuniones en comisaría, y luego me he enterado por May de que iba a almorzar con el jefe y con un par de inspectores con quienes trabajamos a menudo.

Doy golpecitos con el bolígrafo en un bloc de notas una y otra vez mientras reviso horas y horas de grabaciones de vídeo, frustrada por no poder mejorar mi vida personal.

—¿Qué te pasa?

May se inclina hacia atrás con un chirrido en la silla del cubículo contiguo, con los auriculares colgando. Mientras yo reviso las grabaciones de vídeo, ella hace lo mismo con los archivos de sonido. Nos hemos intercambiado nuestras tareas del día para no aburrirnos.

No me molesto en mirarla más de dos segundos antes de volver a centrar mi atención en el vídeo.

—Nada.

Se quita los auriculares y me da en el brazo con uno de ellos.

—Mentirosa. No digas mentiras, que te va a crecer la nariz.

Paro el vídeo y lanzo un fuerte suspiro con la esperanza de que capte la indirecta.

—Solo intento trabajar.

—Llevas trabajando tres horas seguidas. Tómate un descanso. Ya sabes lo que suele decirse: solo trabajo y nada de diversión hacen que Toni sea un tostón.

Me vuelvo para mirarla y la veo sonriendo como una posesa.

—¿No te cansas de hacer el tonto todo el tiempo?

—¿No te cansas de estar de mal humor todo el tiempo?

Frunzo el ceño.

—No estoy de mal humor. Estoy... —Por poco se me escapa decir que estoy estresada por lo del embarazo. Joder. Lo último que me faltaba, alimentar su fuego dándole más chismes como combustible.

Acerca su silla a la mía.

—¿Y eso? ¿Qué ocurre? Puedes contármelo. Te prometo que no se lo diré a nadie.

—Salvo a tu hermana y a Ozzie, por supuesto.

Se encoge de hombros.

—Bueno, eso por descontado. Pero creo que a nadie le importa que esos dos sepan lo que yo sé.

Probablemente tenga razón. Ninguno de los dos usaría jamás uno de mis secretos en mi contra, pero eso no significa que quiera compartirlo con nadie en este momento.

—Estoy bien. Solo quiero hablar con Ozzie de una cosa.

—Ah, ¿por eso no dejas de preguntar dónde está?

Pongo los ojos en blanco.

—¿Por qué iba a preguntarlo si no?

May se encoge de hombros.

—No lo sé.

El tono de su voz me hace sospechar. Examino más detenidamente su expresión y detecto cierta preocupación.

—¿Cuántas veces tengo que decírtelo? No tengo ningún interés en tu novio.

Me guiña un ojo.

—Prometido. Ahora es mi prometido. Pero sí, ya sé que no estás interesada en él.

Estoy a punto de preguntarle cuál es el problema, porque salta a la vista que en esa cabeza loca suya está pasando algo, pero la verdad es que no me apetece nada empezar una conversación sobre mi jefe con su prometida. Solo Dios sabe qué detalles íntimos sería capaz de compartir conmigo, información que nunca podría borrar de mi cerebro.

Vuelvo a mi vídeo y presiono el botón de reproducción para poder ver más imágenes de una puerta que casi nunca se abre. Vimos a Marc salir de esa casa el otro día, pero no ha habido rastro de él desde entonces.

—¿Puedo preguntarte de qué quieres hablar con Ozzie? ¿Es personal?

Niego con la cabeza.

—No, no puedes preguntármelo.

—Bien, entonces, daré por sentado que es algo personal. Así que, ¿de qué podría querer hablar Toni con Ozzie que es tan personal que no quiere compartirlo conmigo?

Me niego a morder el anzuelo, pero su siguiente afirmación me pilla por sorpresa.

—Podrías hablar con él luego, en la noche de pizza.

Presiono de nuevo el botón de pausa del vídeo y me vuelvo para mirarla.

—¿Qué noche de pizza?

Pone cara de exasperación y niega con la cabeza.

173

—¿Es que no lees mis correos electrónicos? Te envié la información ayer.

Suelo guardar sus correos para leerlos todos de golpe cuando tengo suficientes reservas de paciencia acumulada. Envía más mensajes que ningún otro miembro del equipo, y la mitad de ellos, en mi opinión, no son más que boberías absurdas e inútiles.

Abro el programa de correo electrónico e inicio la sesión con mis datos personales. Aparecen ocho mensajes que aún no he leído. Los examino buscando alguna mención de una noche de pizza y la encuentro.

—Lo siento —digo distraídamente—. He estado ocupada.

May masculla algo en voz baja.

—Ocupada filtrando mis mensajes.

Escaneo la información del mensaje. Al parecer, hoy va a haber noche de pizza en casa de Jenny y todo el equipo está invitado. Me muerdo el labio mientras sopeso mis opciones. Lucky durmió en casa de mi hermano anoche, ahorrándome así el mal trago de tener que sacarlo a patadas de la mía esta mañana. Si lo hubiera visto sentado en mi cocina después de despertarme de todas esas pesadillas con Charlie, seguro que habría perdido los estribos. Por suerte, Thibault me conoce lo suficiente como para darse cuenta de que Lucky estaba mejor con él que conmigo.

Necesito hablar con Ozzie antes de que lo hagan ellos. No quiero que le metan en la cabeza ideas absurdas de que soy una pobre embarazada indefensa. También quiero oír sus consejos sobre qué debería hacer con Lucky. Ozzie nos conoce a ambos mejor que nadie, incluso mejor que Thibault, y confío en su juicio más que en el mío. Tengo la costumbre de abordar las cosas de la forma más dura posible, pero esta situación exige un poco más de delicadeza. Hasta yo me doy cuenta.

—¿Adónde irá Ozzie después de almorzar con el jefe de policía? —pregunto.

May lleva los auriculares puestos, así que tengo que inclinarme y arrancarle uno. Me mira con expresión de inocencia, tratando de disimular que he herido sus sentimientos al pasar de sus mensajes de correo.

Reprimo el impulso de gruñirle.

—Acabo de leer tus correos electrónicos. Perdón por no haberlos leído hasta ahora. Si eso te hace sentir mejor, tampoco había leído los de los demás.

Sonríe un poco.

—Pues la verdad es que sí me hace sentir mejor. —Su sonrisa desaparece—. ¿Me convierte eso en mala persona?

—¿Has oído mi pregunta? ¿Adónde irá Ozzie después del almuerzo?

Se encoge de hombros.

—No tengo ni idea, pero me dijo que me vería en la fiesta, así que deduzco que no pasará por aquí antes, porque sabía que iba a estar metida en este maldito cubículo toda la tarde.

Miro el vídeo congelado en mi pantalla, dando golpecitos con el bolígrafo mientras pienso: si quiero hablar con Ozzie, no tengo más remedio que ir a la dichosa noche de pizza, porque no quiero mantener esta conversación por teléfono. Por desgracia, las noches de pizza podrían ser las veladas que más aborrezco del mundo, sobre todo cuando incluyen a todo el equipo y a su familia; hay demasiado ruido y caos para mí. Pero si ahí es donde voy a encontrar a Ozzie, es ahí donde tengo que estar.

—Supongo que te veré en la noche de pizza, entonces.

—¡Bien! ¡Cuánto me alegro! Le enviaré un correo a Jenny ahora mismo y le diré que vienes.

—Estoy segura de que a ella le da igual.

—Bueno, pues te equivocas respecto a eso, doña Gruñona. A Jenny y a mí nos encanta cuando vienes a nuestras fiestas y reuniones familiares.

Vuelvo a concentrarme en las imágenes de vídeo, absolutamente escéptica ante tal afirmación. Aunque, ¿a que sería bonito que hubiese un grupo de personas esperando que apareciera?

No sé de dónde ha salido ese pensamiento, pero es de lo más inquietante. Puaj. Nunca en mi vida he querido pertenecer a otra cosa que no sea el equipo de los Bourbon Street Boys. Me tiemblan los dedos al acercarlos al teclado. Me temo que este embarazo ya me está causando daños cerebrales.

Capítulo 21

Estoy delante del porche de la casa de Jenny y ya oigo el barullo procedente del interior, aun con la puerta cerrada. He esperado deliberadamente hasta que la fiesta ya se hubiese animado antes de aparecer, con la esperanza de que Ozzie se alegrase de hablar conmigo por ser una interrupción muy bienvenida entre tanto caos.

Me detengo en la puerta principal y dejo los dedos apoyados un momento en el tirador. Siento un cosquilleo de nervios en el estómago mientras me imagino a mí misma exponiéndole a Ozzie mi situación. Hasta ahora, solo era una idea abstracta, hablar con Ozzie para que me aconsejase, pero ahora, momentos antes de la hora de la verdad, me veo a mí misma mirando a mi amigo y consejero y diciéndole que estoy embarazada, y me muero de nervios al pensar en cuál va a ser su reacción. Tal vez debería dar media vuelta y salir corriendo. Es una posibilidad muy tentadora, pero sé que no puedo hacerlo.

Tengo que decirle a la persona que más respeto en el mundo que me falta el autocontrol necesario para detenerme en el momento cumbre y decirle a un hombre que se ponga un condón. La humillación es muy grande, pero ahora ya no hay nada que hacer. Lo hecho, hecho está, y solo me queda afrontar las consecuencias. Llamo, empujo la puerta para abrirla y el ruido me golpea como si fuera una pesada manta de lana, áspera y sofocante.

—¡Toni! ¡Has venido! —May viene corriendo de puntillas, con un trozo de pizza en una mano y una copa de vino en la otra—. ¡Cuánto me alegro de verte! —Me envuelve en un abrazo con los codos.

Miro primero a mi izquierda, y me encuentro una copa de vino inclinada peligrosamente sobre mi cabeza, y luego a mi derecha, donde una porción de pizza está a punto de golpearme en el ojo. Me pongo tensa y espero a que termine la exhibición de amor unilateral.

May retrocede unos pasos y me mira, sonriendo.

—Tienes pepperoni en los dientes.

Parpadeo sin dejar de mirarla, esperando que reaccione.

—¿De verdad? ¿Dónde? —Sonríe más aún.

Jenny se acerca y aparta a su hermana a un lado.

—Hola, Toni. Qué alegría verte. Hacía tiempo que no coincidíamos. —Me abraza, sin vino ni comida esta vez.

Le rodeo el cuerpo con la mano y le doy una palmadita en la espalda.

—Gracias por invitarme.

May está ocupada quitándose un trozo de pizza de los dientes mientras Jenny se echa hacia atrás y me sonríe.

—He oído que quieres hablar con Ozzie. Está fuera con Lucky y Thibault. ¿Te traigo una copa de vino o una cerveza?

Aprieto los labios y niego con la cabeza. Por mi cerebro desfilan los pensamientos más horribles imaginables. ¿Qué estarán haciendo los tres ahí fuera? ¿Estarán hablando de mí? ¿Estarán planeando mantenerme alejada de la empresa? ¿Me van a echar del equipo? ¿Me van a encerrar en casa para hacerme beber bebidas sin cafeína y comer frutas y verduras frescas hasta que esté a punto de explotar? Estoy ansiosa por ver a Ozzie, pero no quiero que Jenny o su hermana lo sepan.

Me encojo de hombros.

—Tomaré un poco de agua, si puede ser.

Jenny me mira con gesto divertido.

—¿Agua? Muy bien. Pues te traeré agua.

Se da media vuelta y camina hacia la cocina, agarrando a su hermana de la manga para llevársela. May trata de decidir si seguir a la anfitriona o continuar interrogándome, pero cuando Jenny la llama, deja de dudar. May se vuelve y echa a andar por el pasillo detrás de su hermana, mientras come otro bocado de pizza.

Cuando las dos se alejan por el pasillo, miro a la izquierda y veo a Dev sentado en el suelo con un montón de niños. Tiene a Sammy en el regazo, y la silla de ruedas de Jacob, su hijo, está al lado del pequeño. Este apoya la mano en el pie de Jacob mientras el hijo de Dev se inclina para ponerle una figurita de acción en la cabeza. Sammy sonríe ante la ofensiva.

Niños... Siento la extraña necesidad de desplazar la mano y acariciarme la parte inferior del vientre, pero me resisto. Puede que este embarazo no prospere. Uno de los libros que Lucky dejó en mi casa dice que más del treinta por ciento de los primeros embarazos terminan en un aborto espontáneo. Tal vez mi error se solucione sin mi intervención. De repente siento ganas de llorar.

—Hola, Toni —dice Dev, mirándome con una cara rara.

Todos los niños levantan la vista y me ven en el pasillo. El corazón me da un vuelco al ver todos esos ojos inocentes mirándome. Siento como si pudieran ver a través de mí, en el fondo de mi alma. Temo que allí solo encuentren amargura, y no quiero que se contagie. Me recuerda la madre tan horrible que voy a ser. Tal vez debería pensar en la adopción.

—¡Señorita Toni! —exclama Sammy—. Has venido a la noche de pizza... —Se levanta del regazo de Dev de un salto y corre hacia mí extendiendo la mano.

Ya he visto a ese niño unas cien veces, pero siempre me saluda con un apretón de manos. Si mi hijo sale como él, tal vez no sea tan malo.

Me inclino y extiendo la mano, tomando sus deditos en los míos.

—Hola, Sammy. ¿Cómo estás?

—De maravilla. ¿Notas algo distinto en mí? —Se balancea un poco sobre los pies con las manos detrás del cuerpo y un aire especialmente adorable.

Apoyo las manos en los muslos, agachada todavía, para examinarlo de cerca.

—¿Te ha salido una peca nueva en la nariz? —Le señalo la cara—. Creo que veo una nueva ahí.

Niega con la cabeza.

—No. No es eso. Prueba otra vez.

Me paro un momento para examinarlo con más detenimiento aún, pero yo lo veo igual que siempre. No entiendo estos juegos suyos. Me encojo de hombros.

—Lo siento, pequeño, pero no te veo nada distinto.

Sammy asiente.

—Muy bien, señorita Toni. Eres muy observadora. Pero la diferencia que verás en mí no se nota con los ojos.

Lo que dice es tan raro que por poco no caigo, pero entonces me doy cuenta de que Sammy me está dando la mayor pista posible sin revelar su secreto. Todos los demás niños están en completo silencio, esperando mientras aguantan la respiración para ver si resuelvo el misterio.

No sé por qué, siento una cálida sensación en todo el cuerpo cuando lo miro a los ojos y le guiño un ojo.

—¿Tal vez pueda notar la diferencia con los oídos, en vez de con los ojos...?

Sammy se pone a dar saltos arriba y abajo y aplaude, recordándome inquietantemente a su tía May.

—¡Sí! ¡Muy bien! He ido al logopeda para hacer terapia.

—Me he dado cuenta. Ahora hablas distinto.

Apoya las manitas en sus caderas y asiente con la cabeza.

—Sí, hablo distinto. Gracias por notarlo. Tengo que esforzarme mucho, pero dice la señorita Mansell que si lo sigo intentando y si soy paciente conmigo mismo y no me enfado demasiado cuando meto la pata, llegaré lejos.

Me levanto y asiento, dándole unas palmaditas en la cabeza.

—Estoy segura de que tiene razón.

Miro y veo a Dev levantándome el pulgar. Su hijo imita el gesto. Me despido de ellos y continúo andando por el pasillo.

—Tengo que ir a hablar con Ozzie. Luego os veo.

Toda la habitación responde en un fuerte coro.

—¡Hasta luego, señorita Toni!

Tengo que acariciarme el pecho a la altura del corazón para aliviar la punzada. Siento cosas tan contradictorias en estos momentos... No me gustan los niños, y yo no les gusto a ellos, pero estos pequeños de aquí no están tan mal... ¿Será posible que mi hijo no esté tan mal? ¿Será posible que no me odie? No quiero ni pensar en eso.

Ir paso a paso parece una buena idea. Creo que lo mejor es tomarse las cosas con calma, a su tiempo. Casi como enfrentarse al alcoholismo. La analogía no me parece tan descabelladla. Después de que todo lo que pasó con Charlie, me di cuenta de que soy adicta a la oscuridad, pero tener un hijo es lo opuesto a eso. Nunca hubiera elegido esto por voluntad propia, pero es una elección ajena a mí o, mejor dicho, producto de mi irresponsabilidad y mi falta de previsión. En cualquier caso, sé que no hay lugar en mi vida para la oscuridad y la luz, todo a la vez. Una de las dos cosas tendrá que ganar la batalla, y rezo para que sea esta última; pero si sigue la historia de mi vida, ganará la primera.

¿Qué significará eso para mi hijo? La respuesta inevitable aparece en mi cabeza, y me dan ganas de llorar. Pero tal vez no sería tan horrible que mi hijo creciera en un hogar monoparental a cargo de

Lucky. Quizá los dos estarían mejor sin mí. La idea hace que me sienta muy, muy triste. Cuando salgo al porche y veo que los tres hombres dejan de hablar al instante, la sensación de tristeza solo hace que agrandarse.

Capítulo 22

Thibault, Ozzie y Lucky se separan en cuanto me acerco. Siento como si acabara de interrumpir una conversación privada, y eso me molesta. Lucky no es uno de mis jefes; no hay ninguna razón para que participe en una conversación privada con Ozzie y Thibault sin que yo esté presente, a menos que, por supuesto, estén hablando de mí y no quieran que me entere de lo que dicen.

Me acerco y ocupo el espacio que me han dejado, saludando a Thibault y Ozzie con la cabeza, pero sin hacer caso a Lucky. Ni siquiera puedo mirarlo; tengo miedo de que me traicionen mis emociones.

—Hola —dice Ozzie.

—Hola.

Miro a Thibault y él me saluda con la cabeza.

—¿Qué pasa? —La expresión de Ozzie solo muestra curiosidad. Tengo la esperanza de que no hayan estado hablando de mí.

—¿Puedo hablar contigo un segundo? ¿En privado?

Ozzie se encoge de hombros.

—Por supuesto. —Mira a los chicos—. ¿Nos dais un minuto?

—Claro —dice Thibault.

Lucky niega con la cabeza.

—Yo preferiría quedarme. —Se cruza de brazos.

Me vuelvo hacia él.

—No estás invitado a la conversación.

Abre la boca para decir algo, pero Ozzie interviene y casi le tapa la boca con la mano.

—No quiero oírlo. Toni me ha pedido hablar en privado y es lo que vamos a hacer.

Por un instante, un destello de desafío asoma a los ojos de Lucky, pero luego mira hacia otro lado y cede.

—Estaré dentro.

Thibault se dirige a la puerta de atrás y empuja a Lucky con el hombro para que vaya delante de él. Lucky lo aparta, demostrando su ira con el lenguaje corporal.

Arrugo la frente mientras lo veo marcharse. ¿Cómo se atreve a pensar que puede decidir con quién hablo y qué digo? Ha perdido la cabeza por completo, y definitivamente, voy a asegurarme de que Ozzie sepa que no me gusta nada lo que pasa.

Espero hasta que están dentro y han cerrado la puerta antes de volverme hacia mi jefe.

—Bien. Bueno, ¿qué te ha parecido esa escenita?

Ozzie hunde los pulgares en las esquinas de los bolsillos delanteros del pantalón. Le sobresalen los pectorales y los bíceps cuando echa los hombros hacia atrás. Ya estoy acostumbrada a esa imagen; siempre ha sido un tipo muy grande y nunca se salta un entrenamiento. Me hace sentir segura saber que este hombre me apoya y defiende mis intereses por encima de todo.

—Deduzco que ha pasado algo.

Lo miro.

—¿Te has dado cuenta? —intento bromear, pero no tiene gracia. Renuncio a buscarle algún ángulo humorístico a la situación y vuelvo a la sinceridad pura y dura—. Lucky me está volviendo loca y necesito que pare.

Ozzie frunce el ceño e inclina la cabeza, confundido.

—Creo que me he perdido algo.

Bien, así que, decididamente, los chicos no le han contado a Ozzie lo de mi embarazo. Acaban de ganar varios puntos. Me siento un poco culpable por haberlos acusado de eso para mis adentros.

Intento pensar en la mejor manera de explicar la situación, preguntándome si podría decirle a Ozzie que Lucky me molesta sin revelar que estoy embarazada, pero me siento incómoda de inmediato ante esa estrategia. Eso sería una falta de sinceridad por mi parte, así que desecho la idea dos segundos después de que se me ocurra.

Miro al suelo y abro la boca para hablar, con la esperanza de que me salgan las palabras adecuadas, ya que mi cerebro no ha concebido todavía ningún plan magistral.

—Bueno, ahora mismo están sucediendo muchas cosas, y entiendo que Lucky esté un poco enfadado conmigo, pero, al mismo tiempo, no me parece bien que se enfade. —Hago una pausa, mirando a Ozzie con expresión de disculpa—. No estoy siendo muy clara, ¿verdad?

Ozzie niega con la cabeza.

—No.

No va a echarme ningún cable. Bueno, supongo que es lo justo. Ambos somos mayorcitos, así que debería ser capaz de comunicarme como una mujer adulta. Inspiro hondo para poder empezar de nuevo, asegurándome de mirarlo a la cara esta vez mientras hablo.

—Hace mucho, mucho tiempo, pasó algo entre Lucky y yo, y hace un par de semanas, todos quedamos en el bar el viernes por la noche. ¿Te acuerdas?

Ozzie se limita a asentir con la cabeza.

—Así que, más o menos, repetimos el error que cometimos cuando teníamos quince años, solo que esta vez fuimos mucho más allá. Se suponía que debíamos comportarnos como adultos al respecto, pero no lo hicimos.

—¿Estás mareando la perdiz porque piensas que no voy a reaccionar bien o porque estás avergonzada?

Sé que ir directo a la yugular es su sello personal, pero la verdad es que supone un verdadero tormento para mí ahora mismo.

—Está bien, está bien. Seré franca contigo. Iré directa al grano.

Me dedica una leve sonrisa.

—Eso estaría bien.

No puedo mirarlo al hablar. Siento un temor inmenso a que me juzgue. Bajo la vista hacia la plataforma de madera sobre la que estamos de pie.

—Cuando teníamos quince años, fuimos a un baile del instituto con Thibault, y Lucky y yo nos enrollamos. No llegamos hasta el final, pero... Bueno, eso no es importante. El caso es que esa noche en el bar, ese viernes cuando fuimos todos juntos, nos enrollamos de nuevo, y él me siguió a casa. Yo estaba muy borracha, como bien sabes, y los dos hicimos algo realmente estúpido, y una cosa llevó a la otra, y...

—Os acostasteis.

Levanto la vista y lo miro a la cara.

—¿Ya lo sabes?

Se ríe.

—No, no lo sabía, pero es obvio, ¿no?

Se encoge de hombros, como si se estuviera disculpando por haberme descubierto tan fácilmente.

Niego con la cabeza y lanzo un suspiro de frustración.

—Lo sé. Lo siento. Esto me ha dejado hecha polvo.

—Pues sinceramente, no veo cuál es el problema. ¿O fuisteis a la cama? ¿Y qué? Pasa página.

Le dedico una sonrisa exenta de humor.

—Eso sería genial, ¿verdad? —Mi sonrisa triste empieza a desvanecerse y siento que unas estúpidas lágrimas me humedecen los ojos—. Por desgracia, los dos estábamos borrachos y nos comunicamos fatal, así que acabamos manteniendo relaciones sexuales sin usar protección.

Ozzie palidece por completo. Las manos se le caen de los bolsillos y deja los brazos colgando inertes a los lados, de manera que parece un gorila gigante.

Siento que se me revuelve el estómago y empiezo a sufrir espasmos. Me estoy mareando, literalmente, por la forma en que me mira, con ojos acusadores.

—¿Qué es lo que me estás diciendo exactamente? —pregunta, con voz carente de emoción.

Abro la boca para responderle, pero entonces me doy cuenta de que hay algo más urgente que las palabras que pugna por salir de mi boca. Corro hacia el borde de la plataforma de madera, me inclino sobre una maceta y vomito sobre las flores que contiene.

No puedo ver a Ozzie, pero lo oigo. Se da media vuelta y capto el sonido de sus botas deslizándose sobre los tablones de madera.

—Supongo que eso responde a mi pregunta —dice con voz de cansancio.

Escupo el sabor agrio de mi boca y me echo el pelo sobre el hombro, secándome los labios y la barbilla con el dorso de la mano. Por suerte, no he comido nada en todo el día, así que no hay mucho que limpiar. Lo siento, plantas.

Joder, qué vergüenza... ¿Ahora respondo a las preguntas vomitando? ¿Qué narices me pasa? Me vuelvo para mirarlo a la cara.

—Sí. Así que... estoy embarazada.

Su rostro pasa por tantas expresiones diferentes que es imposible saber lo que está pensando.

—¿Quieres decir algo, por favor? —insisto.

Levanta una mano, se pasa los dedos por el pelo y se rasca la cabeza. Inclina la cara hacia el suelo mientras se masajea el cuello, por lo que no puedo leer su expresión. Pero luego alza la vista y me mira con una sonrisa triste.

—¿Enhorabuena?

Sus palabras son como un cuchillo directo al corazón. Se abren las compuertas y las lágrimas salen sin control.

—Respuesta incorrecta —digo con voz ahogada, antes de dar media vuelta para regresar al interior de la casa.

Él es más rápido que yo. Me agarra de la muñeca y tira de mí hacia atrás con tanta fuerza que salgo disparada hacia su pecho. Envuelve sus poderosos brazos a mi alrededor y me estrecha en ellos, besándome en la parte superior de la cabeza, como haría un padre con su hija.

—No vas a ir a ninguna parte.

Trato de zafarme de él.

—Suéltame, Ozzie. No quiero estar aquí.

—Mala suerte. Aquí es donde estás y aquí es donde te vas a quedar hasta que yo lo diga.

No me gustan las palabras que ha elegido; desencadenan algo dentro en mí y empiezo a gritar y a forcejear, golpeándolo en la espalda para que me suelte.

Me empuja inmediatamente, pero sigue sujetándome con fuerza de los hombros. Se inclina y me mira a los ojos, con la cara a escasos centímetros de distancia.

—Déjalo. Para ahora mismo.

Me quedo inmóvil, sabiendo en ese preciso instante qué siente un ciervo ante los faros de un coche. Tengo miedo, pero no sé de qué. ¿Es Ozzie o soy yo? Estoy demasiado confundida para estar segura.

Me mira fijamente.

—Necesitas dominar tus emociones ahora mismo.

Hablo con los labios temblorosos, con una especie de gruñido.

—No me digas lo que tengo que hacer. Tú no eres mi dueño.

Su expresión se suaviza, al igual que la fuerza con que me sujeta.

—Eso ya lo sé. Ya sabes que lo sé. —Sacude la cabeza y exhala un largo suspiro—. Toni, tienes que hablar conmigo. —Me suelta y nos quedamos ahí, el uno frente al otro—. Sabes que estoy aquí para lo que necesites, pero no puedo hacer nada para ayudarte si no te calmas y hablas conmigo.

No puedo evitar que me tiemble la estúpida barbilla o los labios, ni que las lágrimas se empeñen en seguir cayendo. Tiene que ser el embarazo, adueñándose de mi cuerpo otra vez, porque la Toni normal, la no embarazada, nunca sería tan blandengue. Odio estar embarazada; ahora ya es oficial.

—He venido aquí para hablar contigo, pero por lo visto, no puedo.

Parece dolido.

—¿Por qué no?

—¡No lo sé! —Miro a la izquierda y a la derecha, con unas ganas irreprimibles de salir corriendo—. ¡Ya no sé lo que pasa en mi vida! ¡Todo está cambiando y no puedo soportarlo!

Alarga las manos y me acaricia los brazos, con mucha más delicadeza esta vez.

—Lo entiendo. Entiendo que esto te asuste. Joder, me da miedo hasta a mí... —Esboza una sonrisa burlona y se ríe—. Pero todo irá bien. Te va a ir genial. —Se inclina un poco—. Bueno, y dime... ¿Qué pasa con Lucky?

Levanto los brazos, apartándole las manos.

—¡No lo sé! Descubrió que estaba embarazada y se ha venido a vivir conmigo.

Tengo unas ganas insoportables de darle una patada a algo, pero lo único que tengo a mano son las espinillas de Ozzie, y no se lo merece.

Él frunce el ceño.

—¿Que se ha ido a vivir contigo? ¿A tu casa?

—¡Sí! —Los ojos prácticamente se me salen de las órbitas—. Se presentó en casa, así, de golpe, con todas sus cosas, y exigió entrar. Dijo que se venía a vivir conmigo, pero yo no estoy de acuerdo.

Ozzie asiente.

—Lo entiendo. Yo tampoco lo estaría.

—¡Gracias! —Dejo escapar un largo y tembloroso suspiro, sintiendo al fin algo de paz sosegándome por dentro—. Eso es lo que le dije yo. Es que ¡esto no es la Edad Media! Un hombre no puede decidir cómo he de vivir mi vida ni con quién debo vivir.

Ozzie sigue asintiendo.

—Lo entiendo. Tienes toda la razón. ¿Quieres que hable con él?

Estoy a punto de decir que sí, pero me callo. ¿Realmente necesito que Ozzie plante cara por mí? Me muerdo el labio.

—Si no quieres que lo haga, solo tienes que decirlo, pero si quieres que dé el paso, lo haré. —Ozzie levanta las manos como si se estuviera rindiendo—. Estoy aquí para ayudarte, sin más.

—Este embarazo me está desquiciando. Ya no puedo pensar con claridad.

Ozzie se mueve despacio y vuelve a abrazarme. Esta vez no lo hace para controlarme, sino para consolarme, así que lo acepto.

—Tengo entendido que es algo que les suele pasar a las embarazadas. Solo hazme un favor, ¿de acuerdo?

Lo miro y apoyo la barbilla en su pecho.

—¿Qué?

—Sé benévola contigo misma. Nunca he conocido a nadie más duro consigo mismo que tú. Ahora mismo creo que vas a necesitar tener un poco de paciencia extra con todo el mundo, incluida tú.

Aparto la mirada y veo por la puerta trasera que May viene en nuestra dirección desde la cocina. Me aparto, poniendo cierta distancia entre Ozzie y yo. A esa loca solo le hace falta sospechar que pasa algo entre nosotros y no habrá quien me la quite de encima. Otro quebradero de cabeza más.

—Lo intentaré —le digo, sin estar segura.

La puerta se abre y May aparece con su alegría habitual.

—¿Estáis listos para la pizza? Se está enfriando...

Ozzie levanta una mano.

—Enseguida vamos. Danos solo un minuto.

May nos mira con aire inseguro. Creo que no esperaba esa respuesta.

—Bueno. Os veo dentro. Con la pizza fría.

Se aleja despacio y cierra la puerta tras ella, pero nos mira unos segundos a través del ventanal antes de irse.

Sonrío a su novio.

—Cree que estoy loca por ti.

Él sonríe y niega con la cabeza.

—Lo sé. No dejo de decirle que no estoy interesado en ti, pero no quiere hacerme caso.

—Creo que es muy melodramática.

Ozzie me lanza una mirada burlona.

—Cuando descubra tu pequeño secreto, todas sus necesidades de vivir un melodrama quedarán cubiertas para un año entero, así que tal vez debería darte las gracias por quitarme esa presión de encima.

Pongo los ojos en blanco y me vuelvo hacia la puerta.

—No me lo recuerdes. Estoy pensando en esperar a decírselo hasta que me hayan dado el alta en el hospital...

Ozzie se ríe.

—No estoy seguro de que eso vaya a funcionar: es una de las mujeres más observadoras que conozco.

Alcanza la puerta antes que yo y me la abre. Lo miro y frunzo el ceño.

—Por favor, no empieces a aguantarme la puerta tú también.

—¿También?

Entro por la puerta.

—Lucky me trata como si fuera frágil como el cristal.

Ozzie cruza el umbral, pero me detiene apoyando una mano en mi hombro para impedir que siga andando hacia la cocina. Me doy media vuelta y lo miro.

—No seas demasiado dura con Lucky. Le importas de verdad. Estoy seguro de que solo intenta hacer lo correcto, y no puedes culparlo por eso.

—Necesita que alguien le dé lecciones de cómo tratar a las mujeres.

Ozzie niega con la cabeza.

—Esas lecciones no funcionarán contigo, Toni.

—¿Qué se supone que significa eso?

Ozzie me pasa el brazo por encima del hombro mientras camina conmigo por la casa.

—Tú no eres como las demás mujeres. Contigo rompieron el molde, y él lo sabe. Has venido a pedirme un consejo y te lo voy a dar: concédele a Lucky una oportunidad. Creo que podría hacerte feliz.

Me inunda una sensación de calidez cuando llegamos a la sala de estar. Tal vez sea esperanza lo que siento, no lo sé. No estoy lista para analizarlo con detenimiento en este momento. Aparta el brazo y May se acerca a nosotros con una porción de pizza y una sonrisa para cada uno. Intento devolverle la misma emoción, pero en cuanto percibo el olor a salchicha, sé que no hay esperanza para mí.

Le tiro el plato a la cara y me doy media vuelta antes de salir corriendo al baño. Lo hago justo a tiempo de vomitar todo el contenido de mi estómago en el inodoro. Cuando termino de dar arcadas y de desear estar muerta, me incorporo y me miro en el espejo. Jenny y May están plantadas como estatuas en la entrada del baño, mirándome con los ojos desorbitados.

Cierro los ojos y suspiro.

—Ay, Dios...

Capítulo 23

Jenny y May entran en el baño y cierran la puerta. Tiro de la cadena y me niego a mirarlas a la cara.

—Bueno, ¿se puede saber qué pasa? —pregunta May.

—Chist, déjala hablar. —Jenny intenta razonar con su hermana, pero yo sé bien lo que ocurre en realidad: siente la misma curiosidad que May, así que seguro que me retiene aquí prisionera hasta que cante como un pajarito.

No me vuelvo todavía, temiendo que usen sus artimañas para engañarme y hacer que se lo suelte todo.

—No pasa nada. Tengo un virus estomacal. Me parece que esa salchicha me habría sentado fatal.

—Hoy te he visto en el trabajo, y estabas perfectamente —señala May.

Extraigo un poco de papel higiénico y lo uso para limpiarme la boca antes de darme la vuelta. Tratando de actuar con naturalidad, me encojo de hombros.

—Es que hace poco que lo he notado. Antes también he vomitado en la parte de atrás de la casa. Estoy segura de que es uno de esos virus que duran veinticuatro horas, pero es mejor que no os acerquéis demasiado a mí.

Extiendo una mano con la esperanza de que retrocedan, pero por desgracia ninguna de las dos se toma en serio mi amenaza. Las dos se acercan más aún.

Inclino la columna vertebral hacia atrás tanto como puedo.

—Lo digo en serio, chicas... Lo mío es muy contagioso...

Jenny me mira entrecerrando los ojos y luego clava la mirada en mi pecho.

—Te han crecido las tetas y estás vomitando. —Sonríe con aire malicioso—. Estoy casi segura de que lo que tienes no es contagioso.

Bajo la mirada a mi pecho. Ya me había fijado en que el sujetador me apretaba un poco más de la cuenta, pero lo había achacado a algún error al programar la lavadora. Son lapsus que tengo más a menudo de lo que me gustaría. Las miro a los dos, tratando de insuflar tanta seguridad en mi voz como sea posible.

—Es que he cambiado de sujetador. Este es un *push-up*. Con extra de relleno.

May alarga la mano a la velocidad del rayo y me toca la parte inferior de la teta izquierda.

—¡Ja! ¡Mentirosa! Te va a crecer la nariz... ¡otra vez! No llevas un sujetador *push-up*.

Mira a su hermana y asiente con la cabeza. Se entrechocan la mano rápidamente antes de volver a centrar su atención sobre mí.

Me agarro la parte del cuerpo motivo de ofensa y le lanzo una mirada asesina.

—¿Se puede saber qué haces? ¡No me toques la teta!

May se encoge de hombros.

—Oye, sé reconocer un sujetador *push-up* cuando lo veo. Soy fotógrafa, ¿sabes? Fotógrafa profesional.

No puedo evitarlo; imito su voz, poniendo énfasis en la forma en que llega a mis oídos, con la entonación más infantil y molesta que he oído en mi vida.

—«Soy fotógrafa profesionaaal».

Las dos hermanas comparten una mirada elocuente. Luego vuelven a asentir con la cabeza.

Jenny es la primera en observarme de arriba abajo.

—Estás más temperamental que de costumbre, ¿no? —Se lleva el dedo al labio inferior y mira hacia el techo—. Vamos a ver... ¿Sientes náuseas? ¿Tienes las tetas cada vez más grandes? ¿Estás especialmente sensible? ¿Y todos los hombres que te rodean se comportan como idiotas? ¿A qué suele atribuirse eso?

Hace una pausa y mira a su hermana.

May asiente y luego me mira con una sonrisa triunfante.

—A que está embarazada.

Las dos me miran y se callan, esperando. Y siguen esperando. Y esperan un poco más.

Adelanto la barbilla.

—¿Sabéis qué os digo? Que estáis locas.

May imita mi expresión.

—Puede que estemos locas, pero no estamos embarazadas. —Arrastra un poco las vocales en la última palabra.

Jenny se da la vuelta para mirar a su hermana y le apoya la mano en el hombro.

—¿Qué te pasa, hermanita? ¿Estás triste?

May niega con la cabeza con mucho ímpetu.

—No. Estoy bien.

Jenny se cruza de brazos y mira fijamente a su hermana.

—¿Y ahora a quién le va a crecer la nariz?

May empuja a su hermana en el hombro con suavidad.

—Cállate.

Veo mi oportunidad y la aprovecho.

—¿Os pasa algo a Ozzie y a ti?

May abre los ojos como platos, acaso con un destello de miedo.

—¿Por qué dices eso?

Me encojo de hombros, tal vez exageradamente melodramática, pero casi llorando de felicidad por apartar de mí la presión del momento.

—Pues no sé. Es que estábamos hablando ahí detrás y... —Dejo que saque sus propias conclusiones y no tarda más de un par de segundos en llegar a las equivocadas.

—¿Te ha dicho algo?

Me agarra del antebrazo y lo aprieta.

Me encojo de hombros.

—No mucho. Pero creo que deberías tener una conversación con él.

May se vuelve para mirar a Jenny.

—Ya te dije que pasaba algo.

Trata de abrir el pestillo de la puerta con dificultad y sale del baño, dejándome con una sola entrometida con la que lidiar. Vemos a May desaparecer en la oscuridad del pasillo. Entonces Jenny se vuelve hacia mí y asiente despacio.

—Tienes mi máximo respeto.

—¿Qué? —Finjo una inocencia que, definitivamente, no siento. La verdad es que ahora mismo me dan ganas de ponerme a bailar de alegría por mi victoria.

—Ha sido una de las formas de reconducir una situación más impresionantes que he visto en mi vida. Bien por ti. Pero espero que te des cuenta de que esto va a multiplicar nuestra curiosidad por diez.

La rodeo para dirigirme hacia la puerta, maldiciendo estar sudando tanto.

—No hay nada por lo que sentir curiosidad.

Me voy acompañada de la respuesta de Jenny con voz cantarina.

—Mentirosa... Te va a crecer la nariz... ¡y las tetas...!

Me escabullo por la puerta principal antes de que ella salga del baño y sin ver a nadie más. Como la pizza me está dando arcadas y ya he hablado con Ozzie, no hay razón para que me quede. Siento un alivio inmenso al abandonar este lugar tan ruidoso.

Estoy a medio camino de mi coche cuando oigo que la puerta se abre y se cierra detrás de mí. Me doy media vuelta y veo la silueta de Lucky recortada en la luz del porche. Genial. Y yo que quería escaparme sin que me viera nadie...

—¿Adónde vas? —pregunta, con las manos metidas en los bolsillos de los vaqueros. Los voluminosos músculos de sus brazos hacen que se me acelere el corazón. Corazón traidor... ¿Cuándo aprenderás?

—A casa.

Llego a la puerta de mi coche y la abro para largarme antes de que se empeñe en seguirme.

—¿Quieres que te traiga un trozo de pizza?

Lo que me faltaba... Me meto en el coche y me asomo por la ventanilla para responderle a gritos:

—¡No! No quiero que me traigas nada, ¡y no te quiero en mi casa!

Arranco y dejo las huellas de los neumáticos en la calzada cuando salgo disparada.

Estoy furiosa durante todo el trayecto de vuelta, esperando ver aparecer el coche de Lucky en mi retrovisor en cualquier momento. No sabe la bronca que le espera como le vea acercarse a menos de cien metros de distancia. Sin embargo, llego a casa sana, salva y sola. Me detengo al llegar a lo alto de los escalones del porche, aguzando el oído por si percibo el ruido del motor de su coche, pero no oigo nada.

Me acuesto en la cama rodeada de un silencio absoluto. Eso era justo lo que creía que quería, pero ahora descubro que estoy triste porque Lucky no haya insistido en venir aquí conmigo. El mundo al revés... Las cosas no tienen ningún sentido. Me viene a la cabeza el consejo de Ozzie: «Concédele una oportunidad a Lucky». No entiendo cómo he podido enfadarme tanto con él cuando lo único que hacía era ofrecerse a traerme la cena.

Apoyo la mano en la parte inferior del vientre y hablo con la persona que, por lo visto, se ha adueñado de mi cerebro, y no precisamente para bien.

—Tú y yo tenemos que trabajar en equipo, renacuajo. No creo que pueda soportar nueve meses de tanta confusión mental.

No siento nada como respuesta, así que me quedo dormida presa de una leve sensación de pánico, preocupada por dar a luz a un niño que no quiere tener nada que ver conmigo.

Capítulo 24

Después de pasarme prácticamente toda la noche sin dormir, estoy encantada de ir a trabajar, aunque eso signifique tener que sentarme delante de Lucky, justo al otro lado de la mesa. Mi ira por su comportamiento insistente se ha aplacado un poco, pero todavía no estoy preparada para hablar con él de la situación. Sé que tarde o temprano encontraremos una solución, pero no hace falta precipitarse, sobre todo cuando aún tengo las emociones a flor de piel. Por suerte, Ozzie reaccionó con mucha calma y sensatez, y eso hace que me resulte más fácil perdonar a los hombres empeñados en presionarme.

Cuando llego a la sala de reuniones, Ozzie ya está hablando. Miro rápidamente la hora y veo que llego dos minutos tarde. Corro a ocupar el único asiento vacío, justo al lado de Lucky. Lo miro y lo saludo ligeramente con la cabeza antes de dirigir mi atención a Ozzie. Me concentro en calmar los latidos acelerados de mi corazón. Sentarme al lado de Lucky nunca ha supuesto ningún problema, pero hoy sí lo es. ¿Siempre ha sido así de sexy? Me parece que el embarazo me está revolucionando totalmente las hormonas.

—Hasta ahora, la revisión de las cintas de vigilancia y las grabaciones de voz ha sido muy productiva. —Ozzie revisa sus notas antes de continuar—. Tenemos una lista de posibles palabras clave que Jenny y Lucky han sacado a partir de algunas cuentas en redes sociales de presuntos miembros de las pandillas que habrá que cotejar con las grabaciones y la información que me proporcionó el inspector Adams, para ver si coinciden. —El jefe me mira—. Toni, necesito que sigas con lo que estabas haciendo y que intentes terminarlo hoy. Luego, toma esta lista de códigos y los registros, y señala dónde aparecieron en Facebook y Twitter. Comprueba si toda la actividad que ocurrió al mismo tiempo nos da alguna pista sobre el significado de esos códigos.

A continuación, mira a su novia.

—May, quiero que acompañes a Thibault y que montéis un nuevo dispositivo de vigilancia en otro punto que hemos localizado después de recibir la información de los inspectores que trabajaban en el caso.

Me empiezan a arder las orejas ante este nuevo giro de los acontecimientos: May y Thibault nunca han salido los dos solos. Si la misión de Thibault es montar un dispositivo de vigilancia, soy yo quien debería acompañarlo, y no ella.

Levanto la mano para que Ozzie sepa que quiero decir algo, pero él niega con la cabeza y continúa hablando, mirando a mi derecha.

—Lucky, ¿cómo vais Jenny y tú con los *hackeos* de redes sociales? ¿Ya lo tenemos todo o hay posibilidades de conseguir algo más?

Lucky se aclara la garganta, pero no me digno a mirarlo. Fijo la vista en Ozzie, esperando llamar su atención. Puede que esté paranoica, pero tengo la sensación de que evita mirarme.

—Me parece que ahora mismo Jenny controla unas cinco cuentas diferentes, si no me equivoco. Tendré que volver a leer su último correo electrónico para estar seguro. Creo que todavía nos falta acceder a un par más, pero podemos entrar y conseguir transcripciones bastante rápido si es necesario.

Ozzie asiente.

—Sí. Hazlo y dale las transcripciones a Toni. Buen trabajo. Continuad así. Y seguid informándome en tiempo real. Tengo otra reunión con el jefe de policía dentro de un par de días, así que sería genial poder darle más información.

—Entendido.

Levanto la mano de nuevo, pero Ozzie dirige su atención a Thibault.

—¿Tenéis todo lo necesario para la misión de hoy?

Tal vez sea mi imaginación otra vez, pero creo ver a Thibault mirarme de reojo con gesto de preocupación antes de responder.

—Sí, estamos preparados.

—Bien, eso es todo. —Ozzie junta las manos—. Una reunión muy breve. Si lograrais preparar los informes a tiempo para que yo pudiera transmitírselo todo al jefe, os lo agradecería.

Ozzie me mira por fin e interpreto su expresión como una reprimenda.

Sí, es verdad... La última vez no hice mi informe antes de que May doña Perfecta se ocupara de ello por mí. Y qué más da...

Me siento furiosa por dentro. Siento como si hubieran pasado de mí por completo, y además, estoy segura de saber por qué. Espero hasta que todos salen de la habitación, incluido Lucky, antes de levantarme. Ozzie ha dado media vuelta y se dirige a sus dependencias privadas, pero lo detengo con una palabra. Me sale con más brusquedad de lo que pretendía.

—Ozzie.

Hace una pausa y se vuelve a medias.

—¿Sí?

—¿Puedo hablar contigo un momento?

Abro y cierro los puños a los lados del cuerpo, tratando de controlar mi mal genio.

Deja escapar un largo suspiro y se da la vuelta por completo para mirarme.

—Claro. ¿Qué pasa?

Me pongo de pie delante de la mesa, esperando no parecer tan agresiva como me siento. Ozzie no responde bien ante las amenazas.

—No entiendo por qué me has puesto a trabajar en un escritorio cuando debería estar trabajando sobre el terreno con Thibault.

Ozzie arquea las cejas con asombro. Nunca había cuestionado sus decisiones relacionadas con el trabajo o la empresa, y tal vez no debería hacerlo ahora, pero no puede esconder esta mierda barriéndola debajo de la alfombra. Me merezco una explicación.

—¿Estás segura de que quieres mantener esta conversación?

El corazón empieza a latirme demasiado rápido. No, la verdad es que no estoy segura de querer mantener esta conversación ahora mismo, pero ya la he empezado, y no soy de las que dejan algo a medias.

—Sí, estoy segura. Ya te lo dije ayer, no quiero que nadie me trate de forma diferente solo porque estoy embarazada.

—¿Qué te hace pensar que alguien te está tratando de forma diferente?

—Pues... Como te he dicho, yo tendría que ir en esa furgoneta con Thibault. May no debería estar en la calle: su sitio no está ahí.

Solo es un destello, pero lo veo contraer la mandíbula. Es entonces cuando sé que he ido demasiado lejos. Flexiona los bíceps un par de veces, sellando mi destino.

—La verdad es que no creo que te corresponda a ti tomar esa decisión, ¿no crees?

Miro al suelo un segundo antes de mirar fijamente su hombro mientras respondo.

—Puede que no, pero eso no impide que sea verdad.

—Creo que deberías prestar más atención a las personas que te rodean y dejar de concentrarte tanto en lo que ves en el espejo.

Me quedo boquiabierta, pero no sé qué decir ante eso. ¿Me está llamando egocéntrica?

—Ya sé que tu vida es complicada ahora mismo y que tienes muchas cosas en la cabeza, así que voy a pasar por alto tus comentarios sobre tu compañera, May. También voy a pasar por alto el hecho de que pienses que sabes mejor que yo lo que es bueno para mi equipo, pero solo te voy a hacer un pequeño recordatorio amistoso, por si se te ha olvidado: aquí el jefe soy yo, y soy yo quien decide quién trabaja y dónde. Eso no ha cambiado, aunque tu situación sí lo haya hecho. —Se vuelve hacia la puerta antes de lanzar su último disparo de despedida—. Ahora hazme un favor... Haz tu trabajo, y antes de irte a casa, asegúrate de redactar un informe y dejarlo en la mesa.

Y dicho eso, me deja en mitad de la sala sintiéndome como una completa idiota.

—Genial —murmuro para mí—. Buen trabajo, Toni. Bonita forma de convertir en enemigo a la única persona en el mundo que te apoya.

Camino hacia la puerta con el rabo entre las piernas y el corazón hundido. Ozzie tenía toda la razón: mi protesta estaba fuera de lugar, y lo supe dos segundos después de abrir la boca, pero, cómo no, tenía que seguir insistiendo. Tenía que seguir cavando mi tumba más profunda, como de costumbre. ¿Cuándo voy a aprender?

Justo cuando estiro la mano, la puerta se abre y me da un golpe en los nudillos.

—¡Ay! ¡Maldita sea! —Me llevo el dedo herido a la boca haciendo una mueca de dolor.

Dev asoma la cabeza por la puerta.

—Vaya, lo siento. ¿Te he dado?

Sacudo la mano.

—Sí, pero no ha sido culpa tuya. Debería haberte oído venir.

Normalmente todo el mundo sabe cuándo se acerca Dev desde varios metros de distancia porque cada paso suyo retumba como si caminara una bestia gigante. El hecho de que mida más de dos metros hace que le sea casi imposible moverse con sigilo, incluso cuando pisa una alfombra.

Pasa el resto de su cuerpo de coloso por la puerta y sonríe.

—Oye, hace mucho que no entrenas. ¿Tienes tiempo para una sesión?

Niego con la cabeza.

—No, tengo tarea para todo el día con la revisión de grabaciones de vigilancia y me han dicho que he de redactar el informe antes de irme.

Debe de haber notado algo raro en mi tono de voz, porque Dev me mira con más detenimiento.

—¿Has tenido problemas o algo así?

Me encojo de hombros.

—Puede ser. Me parece que no entregué el informe lo bastante rápido la última vez.

Dev asiente con la cabeza.

—May me comentó algo, pero yo que tú no le daría importancia. Todos nos tomamos un poco más de tiempo aquí y allá cuando lo necesitamos.

Mira hacia abajo, a mi barriga.

Lo observo fijamente hasta que empieza a sudar, cada vez más mosqueado.

—¿Qué pasa? —Vuelve la vista a izquierda y derecha—. ¿Es que tengo algo en la cara?

Se toca la nariz y las mejillas con cautela. Niego con la cabeza.

—No. Solo me pregunto por qué me miras raro.

Retrocede un paso y se golpea el talón con la puerta abierta, lo que lo hace tropezarse y tambalearse un poco. Endereza el cuerpo y luego me sonríe exageradamente.

—¿Qué? ¿Yo? No te estoy mirando raro. Nunca haría eso. Me gusta demasiado mi integridad física como para arriesgarla.

Vuelve a fijar los ojos en mi vientre. Le señalo la cara.

—¡Ajá! Lo has vuelto a hacer. Jenny te ha dicho algo, ¿verdad?

—Estoy tan furiosa ahora mismo... Seguro que fue corriendo a Dev con la noticia antes incluso de que yo saliera de su casa, la muy zorra.

Extiende las manos como si se rindiera ante alguien que amenaza con dispararle. Tiene suerte de que no vaya armada.

—¿Qué? Oye, a mí no me metas en eso... No sé de qué me hablas. —Tiene que hacer un gran esfuerzo, literalmente, para no volver a mirarme la barriga; su lucha interna se refleja en su estúpida cara.

Resoplo con irritación mientras sacudo la cabeza.

—Esas dos son incapaces de guardarse nada. Ni una maldita cosa.

Dev deja escapar todo el aire de sus pulmones y hunde los hombros, con los brazos colgando a los lados como dos péndulos gigantes.

—Se suponía que no iba a decir nada. Juré que no lo haría. Por favor, no digas que te lo he dicho. Jenny me matará.

Lo aparto de mi camino para dirigirme a la puerta.

—No te preocupes por eso.

Atravieso la habitación con paso decidido, resuelta a hacerle daño a alguien o a algo. Alguien tiene que pagar por esto. Sé que no es culpa de Dev que esté liado con una bocazas.

—¡No voy a decir ni una sola palabra! —grita a mi espalda—. ¡Y te estaría muy agradecido si guardaras nuestro pequeño secreto!

Guardo silencio, porque no confío en seguir siendo civilizada.

—¡En serio, Toni! ¡Puedes contar conmigo! ¡No le contaré a nadie que estás embarazada! ¡Ni una sola palabra! Aunque tampoco es que sea un secreto...

Me detengo un instante con el pulgar sobre el teclado de la puerta. No puedo creer que bromee sobre esto. Como si no estuviera hablando de mi vida, que está completamente patas arriba.

Presiono el código PIN y abro la puerta cuando se desactiva el bloqueo. Al pasar, miro hacia la planta baja de la nave industrial. May y Thibault están cargando la furgoneta con el equipo de fotografía y de vídeo. May se dispone a salir a hacer el trabajo que me corresponde a mí, Dev está ahí detrás burlándose del caos de mi vida, y mi jefe y mentor me está castigando, obligándome a hacer tareas de oficina solo porque estoy embarazada. Ozzie, el único con el que creía que podía contar, hace como si todo fuera completamente normal, como si no me estuviera apuñalando por la espalda. No sé a quién pretende engañar, pero a mí no, desde luego.

Bajo los escalones a toda prisa y por poco me caigo. Me dirijo a mi coche y entro. Luego cierro de un portazo. Thibault me mira con cara rara y May se despide de mí con la mano mientras frunce el ceño. No hago caso a ninguno de los dos y salgo de la nave industrial haciendo chirriar los neumáticos. Me importa un comino salir derrapando sobre el asfalto. A la mierda este sitio. No pienso trabajar en una mesa de oficina cuando debería estar en la calle.

Salgo del puerto sin ningún rumbo concreto, pero en el fondo no me sorprende cuando, al cabo de veinte minutos, me encuentro en el lugar donde todo comenzó, el lugar que antes era un solar vacío donde un niño que acabaría convirtiéndose en un hombre muy guapo jugaba a disparar a las latas con una pistola de aire comprimido.

Ahora esto es un parking para coches. Localizo una plaza libre en el rincón más alejado y aparco allí. Apago el motor. Apoyo los brazos en el volante y bajo la cabeza hacia el centro, dejando que las lágrimas me arrasen los ojos.

Antes, yo siempre tenía un plan. Sabía exactamente quién era y qué quería. Ahora no tengo ni idea de qué voy a hacer con el resto de mi vida. Joder, ni siquiera sé lo que voy a hacer la siguiente media hora... Así que, simplemente, lloro. Y sigo llorando, más y más...

Capítulo 25

Ahora ya solo me queda el hipo. Todas las lágrimas que mi cuerpo era capaz de fabricar ya han caído sobre el volante. Un golpecito en el cristal en mi oreja izquierda me despierta de mi estupor. Vuelvo la cabeza ligeramente a la izquierda para ver quién está ahí. La bonita cara de Chance «Lucky» Larieux me está mirando. Frunce el ceño, como si estuviera preocupado por mí.

—Vete —le digo con voz áspera y anegada en lágrimas.

—No pienso hacer eso. Ábreme.

Oigo el crujido de la arena y la grava bajo sus pies. Cuando me vuelvo para mirar otra vez, ha desaparecido, pero entonces percibo un ruido a mi derecha. Lucky está de pie en la ventanilla del asiento del copiloto.

Señala la esquina de la puerta, indicando el lugar donde estaría el seguro si hubieran fabricado este coche una década antes.

—Déjame entrar. Solo quiero hablar.

Me recuesto en el asiento y miro hacia el techo, exhausta por la casi media hora de llanto. Palpo con las manos hasta encontrar el botón automático que acciona la puerta para que pueda montar. Segundos más tarde, está sentado junto a mí, mirándome con tanta preocupación en sus ojos que casi me dan ganas de llorar otra vez.

—Nena... ¿Por qué estás tan triste?

Me tiemblan los labios mientras lucho para no llorar más.

—No me puedo creer que me estés preguntando eso.

Esboza una sonrisa triste.

—Sí, seguramente es la pregunta más estúpida que he hecho en mi vida, ¿verdad? —Se lleva el dedo a la sien y aprieta un gatillo imaginario.

Asiento con la cabeza. No tengo ganas de sonreír, pero su *mea culpa* me hace sentir un poco mejor.

—Sabía que te encontraría aquí. —Se inclina un poco para mirar por la ventanilla al aparcamiento—. ¿Te acuerdas de este lugar? Pasaba mucho tiempo aquí.

—Yo también. —Lanzo un suspiro—. Siempre quería usar tu pistola de aire comprimido.

Me sonríe, esta vez sin rastro de la tristeza de antes.

—Cuánto me gustaba ese trasto. La habría llevado siempre conmigo en una pistolera si hubiera podido, pero era demasiado larga. Créeme, lo intenté.

—¿Por qué?

—Porque cada vez que la llevaba encima, aparecía una chica muy guapa y me preguntaba si podía prestársela. —Se encoge de hombros—. Aquello era como un imán para chicas que funcionaba con la única chica con la que quería ligar.

Lo miro negando con la cabeza.

—Qué historia tan conmovedora... —Es toda una sorpresa para mí descubrir que cuando éramos aún unos críos, yo ya le gustaba. Nunca lo imaginé, ni siquiera vi una sola señal. Eso me hace sospechar que podría habérselo inventado ahora en un intento por hacerme sentir mejor.

Se encoge de hombros.

—Si tú lo dices...

Nos miramos el uno al otro hasta que ya no puedo soportarlo más. Bajo la vista a su pierna.

—No tenías por qué venir aquí.

Responde con delicadeza.

—Ya sé que no tenía ninguna obligación, pero quería hacerlo.

Aparto los ojos para mirar por el parabrisas delantero, sin saber qué decir. No tengo palabras.

—Ya sé que no quieres hablar conmigo, ni siquiera quieres verme ahora mismo, pero tenía que asegurarme de que estabas bien. Sé que estás enfadada por lo que ha pasado en la reunión.

Ni siquiera tengo energía para encogerme de hombros.

—No ha pasado nada. Son cosas del trabajo.

—Y una mierda. No son solo cosas del trabajo, y los dos lo sabemos. Te has tenido que quedar haciendo tareas de oficina porque estás embarazada, y eso no está bien.

Lo miro, sorprendida por su reacción.

—Pero si tú eres el que piensa que necesito una niñera que viva en casa conmigo. Creía que te alegrarías de la decisión de Ozzie.

Lucky niega con la cabeza y se agacha, tomándome de la mano y sosteniéndola entre las suyas.

—Lo has entendido todo mal, Toni. No estoy ahí para ser la niñera de nadie. Quiero estar contigo para ser tu compañero en esto. No creo que sea justo que tengas que hacerlo todo tú sola. Fui yo quien te dejó embarazada, así que debería asumir la mitad de la carga. —Me suelta la mano y se recuesta contra la puerta—. Me equivoqué al ponerme en plan troglodita y presionarte y avasallarte de esa manera. Solo estaba... No sé... Me sentía muy abrumado después de leer todo aquello en esos libros. —Hay una disculpa en sus ojos—. Estoy preocupado, pero eso no es una excusa. Todos tenemos que dejar de actuar como si nos hubiéramos vuelto locos por esta situación y simplemente dejar que tú seas tú. Ozzie se ha pasado de la raya, y pienso decirle algo al respecto.

Tensa la mandíbula a medida que la ira se apodera de él.

Niego con la cabeza.

—No lo hagas. Yo ya protesté, y no le sentó bien. No quiero que se enfade contigo también.

Lucky arquea las cejas.

—¿Qué le dijiste?

Me encojo de hombros.

—Más o menos lo que acabas de decir tú. Es posible que también mencionara que May no debería salir a la calle porque su sitio no está ahí.

Lucky hace una mueca.

—Ufff... Seguro que eso no le gustó.

Me río con tristeza.

—No. No le gustó nada. Me cantó las cuarenta por cuestionar su autoridad.

—Bueno, no pasa nada. Lo superará. Pero deberías poder salir a la calle a trabajar sobre el terreno, como solías hacer.

—¿No te inquieta que cometa errores porque estoy embarazada?

Niega con la cabeza, mirándome a la cara.

—Sé que eres igual de capaz estando embarazada que no estándolo, pero mentiría si dijera que no estoy preocupado por tu seguridad.

—¿Por qué ahora, si antes no lo estabas?

—¿Quién dice eso?

—Bueno, nunca me comentaste nada.

—Eso no quiere decir que no estuviera preocupado. —Me mira y le devuelvo la mirada. En el interior del coche, la temperatura aumenta varios grados.

—De verdad, me gustaría mucho que me dejaras irme a vivir contigo. Prometo que no me meteré donde no me llaman. —Parece tan esperanzado que resulta casi doloroso.

—Creo que necesito mi espacio. —Escojo esas palabras como disculpa, pero él las interpreta como una posibilidad.

Endereza la espalda, inclinándose un poco hacia mí.

—Te prometo que te dejaré espacio, todo el que necesites. Dormiré en una habitación separada, comeré a distintas horas... Casi ni te darás cuenta de que estoy allí.

No puedo contener una sonrisa.

—¿Y qué sentido tendría entonces que estés ahí, si vas a ser un fantasma?

Sonríe.

—Eh, que si quieres que duerma contigo, por mí encantado. Solo quiero que estés contenta. Haré lo que haga falta.

Siento que una sensación de calidez se apodera de mi rostro al oír sus palabras, tan consideradas y amables. Se está esforzando mucho; seguir negándolo sería cruel. A una parte de mí no le importa, pero a la otra parte de mí, la que engendró un hijo con él, sí le importa un poco.

Lanzo un suspiro para confirmar mi derrota.

—Creo que podríamos intentarlo. Tal vez por un tiempo.

—Podríamos considerarlo un período de prueba —sugiere—. Me instalaré en la habitación al fondo del pasillo, y ni siquiera te enterarás de que estoy allí, a menos que tú quieras.

—No voy a vestirme ni a maquillarme solo porque vivas conmigo —le digo. Él no lo sabe, pero puedo estar muy fea cuando no me empeño en lo contrario.

—¿Y qué? Te he visto sin maquillaje cien veces.

—Pero nunca me has visto en mis peores momentos.

Deja escapar un suspiro.

—A ti te da igual mi aspecto físico; ¿por qué debería ser distinto en tu caso?

—Tal vez sí me importa tu aspecto. —Se lo digo de broma, pero me sorprende ver que le cambia la cara. No dice nada, así que le doy un codazo—. Estoy bromeando.

Niega con la cabeza y adopta su expresión arrogante de nuevo.

—Ya está. Decidido. Me voy a dejar barba.

Me río.

—No creo que sea buena idea; estarás muy feo y tendré que echarte de mi casa.

—Bueno. Así descubriré si realmente me quieres por quien soy o si es solo mi cara bonita lo que buscas. No pienso ser un hombre trofeo del brazo de ninguna chica.

Me río entre dientes.

—Estás muy mal de la cabeza.

Miro por la ventanilla y veo desaparecer el aparcamiento. En su lugar hay un montón de tierra, y un barril en un rincón con una hilera de latas encima, todas alienadas. Casi me parece estar oyendo la voz de un joven Lucky a mi lado.

—Mira —dice, sonriéndome con esos dientes de conejo—. Le voy a dar justo en el centro, ya lo verás.

—Me apuesto lo que quieras a que no puedes —lo reto.

Me encanta verlo concentrarse, entrecerrando los ojos y enfocando la mirada con el dedo en el gatillo. Siempre se pone muy serio cuando dispara. Cuando no está disparando, en cambio, siempre está sonriendo o riendo. Me gusta la alternancia de una personalidad con la otra: es como si dentro de él convivieran dos personas, lo que lo convierte en un absoluto misterio.

He pasado todo este tiempo convencida de que Lucky solo quería hacer prácticas de tiro, cuando probablemente trataba de impresionarme. Me lo imagino metiendo la pistola en una funda casera y me vuelvo a enternecer.

—¿En qué piensas? —me pregunta el Lucky adulto. El aparcamiento vuelve a materializarse ante mis ojos.

—Solo pensaba en lo fácil que era la vida cuando éramos niños.

—Apuesto a que nunca imaginaste que tendrías un hijo con el chico que tenía la pistola de aire comprimido. —Habla con voz sentida, casi vulnerable.

—No. Nunca imaginé que tendría un hijo con nadie.

—Me alegro de haber sido yo.

—Yo también. —Me cuesta horrores tener que admitirlo, pero es verdad. No quería hacer esto, pero si tenía que hacerlo con alguien, Lucky era la mejor opción.

Me toma la mano y la sostiene entre las suyas. Ahora, lo único que se oye en el interior del coche son los latidos de mi corazón. Me pregunto si él también los oye.

—Todo va a ir bien —dice—. Pase lo que pase.

—No, si te dejas esa barba —respondo, mirándolo y conteniendo la respiración mientras espero su respuesta.

Me da un golpecito en el costado y me hace reír. Entonces vuelve a darme más golpecitos y tengo que empujarle para defenderme. Logra desviar mi atención del solar de mi infancia mientras nos ponemos a pelear. Le doy un par de golpes certeros en las costillas antes de que me atrape las manos y me atraiga hacia él.

Nuestras caras están a apenas unos centímetros de distancia, y capto el olor del café en su aliento.

—¿Qué pasa? —pregunta, frunciendo el ceño—. ¿Es mi aliento?

—No. Sí. Tal vez.

Sonríe.

—¡Ajajá! Acabas de intentar ser diplomática conmigo, ¿verdad?

Intento arrancar mis manos de las suyas.

—No. —Es increíble que sea capaz de acelerarme el corazón de esta manera.

—Sí, lo has hecho. —Se inclina hacia delante—. Dame un beso.

—Pero ¡qué dices! No. —Actúo como si quisiera que me dejase en paz, pero no sueno muy convincente. Incluso con su apestoso aliento a café, me parece irresistible.

—Venga. Solo uno. Cerraré los ojos. —Hace justo eso, deslizando los párpados hacia abajo mientras arquea las cejas y frunce los labios.

No puedo resistirme. Me inclino y le lamo la mejilla antes de apartarlo de un empujón.

Abre un ojo y me suelta las manos.

—Guau. Eso sí que ha estado bien. Un montón de lengua. Como a mí me gusta.

—Estás muy enfermo.

Hago girar la llave de contacto y pongo la marcha atrás.

—Eh, que tienes que dejarme salir. —Apoya la mano en la puerta.

—Solo una cosa, antes. —Salgo hacia atrás de la plaza del aparcamiento a toda velocidad y luego acciono la palanca de cambios para meter primera.

—Ay, mierda... —dice, a la par que se abrocha el cinturón de seguridad y se sujeta contra la puerta y el salpicadero.

—¡Agárrate fuerte, que allá vamos! —grito mientras empiezo a hacer un trompo con el coche, haciendo chirriar las llantas de los neumáticos y derrapando sobre el asfalto. Al otro lado de la ventanilla, el paisaje gira dando vueltas y más vueltas mientras freno y acelero simultáneamente, moviendo el volante para dar un giro perfecto de trescientos sesenta grados.

—¡Aaah...! ¡Estás loca...!

Lucky grita como una niña y yo me río como una posesa.

El sonido de las sirenas de la policía es lo que me detiene por fin, pero no sin antes dejar unas fuertes marcas sobre el asfalto.

—¡Larguémonos! —grita Lucky, señalando la calle.

—¡Sí, señor! —exclamo, tomando una curva con el coche en dirección a la salida. Poco a poco nos incorporamos a la carretera, respetando el límite de velocidad. Estamos doblando tranquilamente a la derecha en el primer semáforo cuando un coche patrulla aparece por la esquina opuesta, en dirección a la escena del crimen.

Extiendo la mano para chocar los cinco y Lucky no me defrauda; nuestras palmas se tocan con una fuerte palmada. Avanzamos por la avenida, sonriendo como un par de idiotas.

—Por favor, no vuelvas a hacer eso nunca —dice, tosiendo como si se estuviera muriendo de bronquitis.

—Es que tenía que hacerlo una vez más, sacármelo de encima.

—¿Estás lista para ser una embarazada aburrida a partir de ahora? —me pregunta.

Me encojo de hombros.

—Puede ser. Después de todo, estoy embarazada.

—Sí, pero nunca podrías ser aburrida.

Lo miro, preguntándome si lo lamenta.

—Podría intentarlo.

Hace una mueca de dolor.

—Por favor, no.

Cuando estamos seguros de haber despistado a la policía, volvemos al aparcamiento para que Lucky pueda recuperar su coche y seguirme hasta la nave industrial. Durante todo el trayecto, no puedo dejar de sonreír.

Capítulo 26

Lucky me deja para que termine mis labores de oficina yo sola. Me alegra que me esté dando espacio. El momento que acabamos de compartir ha sido bastante intenso, y no me irá nada mal dedicar un tiempo a analizar e interpretar los datos de las grabaciones de vigilancia para dejar de pensar en eso. No es que no me haya gustado, pero han sido más emociones de las que suelo manejar en un día normal.

No tardo en concentrarme por completo en el proceso, absorta en el trabajo. Va pasando una imagen de vídeo tras otra, y tomo notas de todo aquello que considero significativo. La mayor parte del día parece una pérdida de tiempo, pero hacia el final del vídeo, cuando ya se ha puesto el sol y se activa la función de infrarrojos, la actividad se reanuda en la casa del objetivo y extraigo información útil. Al cotejarla con los datos que ha recopilado Jenny y con lo que veo en los informes del departamento de policía, empieza a perfilarse el esquema de cómo funcionan a nivel operativo. Es un sistema bastante hábil, en mi opinión.

Ahora puedo confirmar con relativa seguridad que cada vez que alguien de la banda tuitea que hay luna llena, a los cinco minutos, una o varias personas salen de la casa donde vimos a Marc y se van con el coche. Cuando tuitean que los lobos están aullando, tiene lugar algo así como un encuentro en territorio enemigo. Y cuando sus mensajes dicen que el cazador se ha cobrado su pieza, eso significa que el grupo de Marc ha hecho algún daño a su enemigo, ya sea en un tiroteo o en un atraco o algo así. El único problema es que no he podido identificar a Marc ninguna de las veces. No puedo estar segura de que esté controlando todo el tinglado.

En cualquier caso, todos los mensajes de las redes sociales concuerdan con el contenido de las grabaciones y con los informes que recibimos del inspector encargado del caso. Con esa información, es posible que la policía consiga cazarlos in fraganti y llevar a cabo algunas detenciones. Tal vez no atrapen al propio Marc, pero pueden hacer mucho daño a sus operaciones, y esa sí es una gran noticia. A pesar de que hoy Ozzie me ha echado una buena reprimenda, me complace saber que mi informe no va a decepcionarlo. Estamos cada vez más cerca de cerrar este caso, y he sido yo quien ha atado todos los cabos. Casi me alegro de no haber salido hoy con Thibault.

Cuando cierro la sesión del ordenador, suena el teléfono en la mesa del cubículo. Me lo quedo mirando unos segundos tratando de deducir qué puede estar pasando. Nadie usa nunca estos teléfonos.

Me agacho y levanto el auricular.

—Hola, soy Toni.

—¡Toni! ¡Hola, soy yo!

No le hace falta decir nada más. Reconocería el entusiasmo de May en cualquier parte.

—¿Ya has terminado?

—Estaba acabando ahora mismo. —¿Está controlándome? ¿Acaso se cree que ahora es la mano derecha de Ozzie, que tiene que supervisar todo lo que hago?

—Está bien, genial. Cuando hayas terminado, ¿podrías subir?

Me tomo unos segundos para calmarme antes de responder.

—Ozzie ya me dijo que tenía que subir el informe y dejárselo encima de la mesa. No necesito un recordatorio.

—Mmm... Muy bien. —Parece confusa.

Ahora me siento fatal. Tal vez no me estaba dando órdenes.

—Iré dentro de unos minutos. Déjame escribir el informe.

—Bien. Adiós.

Está dolida. Maldita sea. Vuelvo a abrir la sesión en el ordenador. La verdad es que había olvidado que Ozzie quería el informe encima de la mesa. Normalmente, le parece bien que haga el trabajo desde casa y se lo envíe por correo electrónico, pero no quiero buscarle más la cosquillas por hoy. No estoy segura de si sabe que me fui de la oficina después de que me dijera que me pusiera a trabajar, pero si me vio marcharme, no hace falta que le dé más motivos para estar enojado conmigo.

Empleando nuestra plantilla estándar, redacto rápidamente el informe y relleno la sección de notas con todos los minutos exactos que muestran una actividad significativa. Describo mis impresiones de lo que he visto en las imágenes y termino con un resumen de la cantidad de tiempo y los días que he revisado en total.

—Con esto debería estar satisfecho.

Apago el ordenador por segunda vez hoy y me levanto. Me paro de camino a la salida del cubículo para extraer una copia de mi informe de la impresora. Solo he imprimido una, pero estoy segura de que será suficiente. Si Ozzie quiere enseñárselo a alguien más, lo compartirá él mismo; hay una copia del archivo en la red accesible para cualquier miembro del equipo.

Cuando paso por la zona de entrenamiento hacia las escaleras, una voz surge de la oscuridad, a mi izquierda.

—¡Eh, Toni! ¡Rápido, reacciona!

He oído esas mismas palabras en esta nave industrial cientos de veces, así que no me toman por sorpresa. Me doy media vuelta con la mano en alto, poniéndome en posición justo a tiempo para agarrar al vuelo un bastón de combate. El impacto en la palma de mi mano me produce una punzada de dolor. Suelto los papeles y me cambio el arma a la otra mano.

—Adelante, mequetrefe —le digo, flexionando las rodillas y poniéndome en posición de combate.

El gigante Dev emerge de entre las sombras, armado con su propio bastón.

Ni se imagina las ganas que tengo de esto. He estado intentando pensar en formas de exteriorizar toda la ansiedad de estos días, y ahora, como por arte de magia, se me acaba de presentar la oportunidad. Sí, colega. Balanceo mi bastón con torpeza, actuando como si se me hubiera olvidado de todo mi entrenamiento. He visto a May poner a Dev de rodillas suficientes veces como para haber detectado ya cuál es su punto débil. Tengo que hacer que me subestime: así es como voy a ganar.

Apenas percibo el ruido detrás de mí, de lo decidida que estoy a derrotar a Dev, pero después de repetírmelo dos veces, la voz interrumpe al fin mi maniobra asesina y pone fin a nuestro combate antes de que llegue a comenzar siquiera.

—¿Qué creéis que estáis haciendo? —reclama Thibault.

Dev endereza la espalda y deja caer el brazo, con el arma a la altura del muslo.

—¿Qué te parece que estamos haciendo? Entrenar.

—Ozzie te quiere arriba. Enseguida.

Dev está demasiado ocupado mirando a mi hermano para prestarme atención, así que aprovecho la situación.

—¡Rápido, reacciona!

Le arrojo el bastón.

Por desgracia, Dev no es tan rápido para recoger el arma como cuando es él quien la lanza: el bastón le da en los genitales y se dobla de dolor inmediatamente.

—¡Ay...! ¡Maldita sea...! Justo en las pelotas.

—¡Mierda! Lo siento mucho... —No puedo evitarlo: me echo a reír. La expresión de su cara es la del típico machito muerto de dolor.

Suelta el bastón y se despide de mí débilmente con la mano.

—No te preocupes por mí. Ve a lo tuyo. Estaré bien.

—¿Necesitas hielo? —le pregunta Thibault.

Dev se aleja con las manos entre las piernas.

—No... —gime, desapareciendo en las sombras—. Creo que me voy a ahorrar las molestias y esta vez pediré que me los amputen.

Recojo mis papeles y subo las escaleras con una sonrisa radiante. No ha resultado muy elegante, pero he sido la ganadora en este desafío. Seguro que Dev estará preparado esperándome para la revancha, pero al menos esta vez me he llevado yo los puntos.

Al llegar a lo alto de las escaleras, Thibault me mira sacudiendo la cabeza.

—¿Qué?

—Juegas sucio.

—Ha sido él el que ha venido a por mí. Las reglas dicen que podemos defendernos como sea necesario. —Lo rodeo, haciendo caso omiso a sus palabras. A estas alturas, ya debería conocerme lo suficiente para saber que yo siempre juego para ganar: de forma sucia o limpia, lo que sea necesario.

—¿Has escrito el informe?

Su pregunta me agota la paciencia.

—Sí. —Sostengo los papeles por encima de mi cabeza para enseñárselos mientras atravieso la habitación y me dirijo hacia la zona de la cocina—. Lo tengo aquí.

Thibault me sigue en silencio. Menos mal, porque si se atreve a decirme algo más sobre mi trabajo, no sé lo que le voy a hacer. No estoy de humor para aguantar más tonterías de nadie. No tengo ni idea de lo que va a decirme May cuando la vea, pero como se le ocurra sermonearme sobre cómo debería redactar mis informes o en qué debería emplear mi tiempo, va a vérselas conmigo. Y será mejor que Ozzie no se ponga de su parte, o me largaré de aquí.

Llevo en este equipo mucho más tiempo que ella, y todos saben que estoy muchísimo más capacitada para hacer el trabajo. Ella y Ozzie deberían respetar eso.

Entro en la sala e inmediatamente tengo la sensación de estar interrumpiendo algo. Ozzie y May están abrazados junto a la encimera, pero se separan en cuanto me ven.

—¡Toni, estás aquí!

May se acerca y me abraza, sin molestarse en averiguar primero si quiero devolverle la muestra de cariño, como de costumbre. Se comporta como si hiciera meses que no me ve.

Cuando deja de abrazarme, se aparta, pero no me suelta los brazos.

—Estás muy guapa. Estás realmente radiante.

Pongo los ojos en blanco.

—Déjame, anda.

Me aparto de ella y la rodeo con la intención de dejar el informe en la mesa para poder largarme de aquí. Necesito irme a casa y meterme en la bañera o algo. Cualquier cosa menos quedarme aquí a interrumpirles en su idílico nidito de amor.

—Aquí tienes el informe.

Lo dejo sobre la mesa y me quedo inmóvil al ver que hay dos regalos. Son muy bonitos, envueltos con papel de regalo y lazos y todo. Cada uno lleva una tarjetita, pero no puedo leer lo que dicen.

Me vuelvo para mirar a Ozzie.

—¿He olvidado el cumpleaños de alguien o un bautizo o algo así?

De repente, estoy preocupada. ¿El embarazo ya me está jugando una mala pasada con mi memoria? El libro que leí anoche dice que es normal sufrir pérdida de memoria durante el embarazo, tal como me advirtió Lucky.

Se limita a mirarme y negar con la cabeza, con expresión neutra.

May se acerca a mí y toma uno de los regalos para ofrecérmelo.

—¡Es para ti! Ábrelo.

La miro, confusa.

—¿Para mí? Todavía faltan dos meses para mi cumpleaños...

Se ríe.

—No es por tu cumpleaños, tonta. Ábrelo.

Levanto las manos despacio sin formular ningún pensamiento consciente. O acepto el regalo o pasaré los próximos cinco minutos viendo cómo lo agita delante de mi cara. Creo que May está dispuesta a metérmelo por la nariz si es necesario.

Utilizo el dedo para abrir la tarjeta y ver lo que dice. Lo leo en voz alta en cuanto enfoco la vista.

—«Para mi compañera de fechorías. Felicidades. Sigue igual de dura y no cambies nunca. Con cariño, M.»

Miro a May y luego a Ozzie.

—No lo entiendo.

May lanza un suspiro de frustración.

—Es de mi parte, por supuesto. Tú ábrelo. Ya verás.

Rompo el papel, pues nunca he sido de las que lo guardan para otro regalo. Debajo de las flores y los lazos hay una caja de cartón.

May empieza a aplaudir y a dar saltitos.

—Ábrelo, ábrelo. Te va a encantar... Lo sé.

Arranco la cinta y levanto las solapas de la caja. Envuelto en un papel anodino hay algo pesado y negro. Lo saco de la caja, pero sigo sin estar segura de qué es lo que tengo delante. Al final, May me lo quita de las manos, le da la vuelta y me señala con una sonrisa desquiciada el objeto. Entonces reconozco por fin lo que es.

—¿Me has comprado una Taser?

—¡Sí! ¡Te he comprado una Taser! ¿A que es genial? —Se mueve para ponerse a mi lado y apuntar a Ozzie con el arma—. Ahora puedes enfrentarte a los malos desde lejos. No necesitas pegarles directamente a la cara ni destrozarlos a patadas con tus botas, cosa que podría ser incómoda a medida que te vaya creciendo la barriga. Puedes dispararles desde una distancia de hasta cinco metros.

Apunta con el arma a su prometido y hace como que le dispara los dardos electrificados.

—¡Pum! ¡Pum! ¡Pum! ¡Te he dado! ¡Te he dado!

Ozzie se lleva las manos al corazón y finge caerse hacia atrás. Luego se pone de pie y vuelve a ser el mismo hombre serio de siempre.

No sé qué decir. ¿De verdad me ha comprado un arma? ¿Cómo sabía que me gustan tanto las armas?

Se da media vuelta, deposita la Taser en mi mano y me quita la caja.

—Aquí dentro también hay varios cartuchos, así que ya estás lista para cargar y disparar. —Los saca y arroja la caja vacía sobre la mesa, enseñándome los cartuchos—. Ten. Son tuyos.

Estoy tan sorprendida por el hecho de que me haya hecho un regalo que no sé qué decir.

Empieza a cambiarle la cara.

—¿No te gusta? —Mira por encima del hombro a Ozzie y luego me mira a mí—. No te gusta nada, ¿verdad?

Juro que veo asomarle unas lágrimas a los ojos. Me asusto y la agarro del brazo.

—¡No! ¡Me encanta! En serio. Es genial.

—¿Estás segura? Es que he pensado que, si estás embarazada, el combate cuerpo a cuerpo seguramente será peligroso para ti, pero si tienes una Taser, puedes seguir atizando a los malos, como siempre, solo que de lejos.

Por alguna extraña razón, siento que me atraganto. Es como si tuviera un nudo gigante en la garganta que no me deja hablar. Levanto la mano y le doy una palmada en el hombro hasta que por fin puedo hablar de nuevo.

—Es genial. Me encanta. La llevaré siempre en el bolso.

May parece recuperar la alegría. Se agacha un momento y recoge la segunda caja de la mesa. Está envuelta en un papel a rayas gris y negro.

—Este es de Ozzie —dice—. Te lo ha comprado él solo. Ni siquiera me dijo que lo iba a comprar.

Se da media vuelta y le dedica una sonrisa bobalicona.

Dejo la Taser y los cartuchos en la mesa con cuidado y tomo el otro paquete. Apenas puedo mirar a Ozzie de lo fuerte que me late el corazón en este momento. Hoy he sido muy borde con él, y no ha dicho ni una sola palabra al respecto. ¿Y ahora resulta que me ha comprado un regalo, cuando yo solo pensaba en cuánto lo odio y en lo poco que me gusta su comportamiento?

—No sé qué te ha comprado. No quiere decírmelo. —Lo mira y hace pucheros.

Rompo el papel despacio y saco una caja larga y delgada. Parece que me ha comprado una pluma cara o algo así. ¿Será otra reveladora pista del trabajo que me espera los próximos nueve meses, sentada en un escritorio? Saco la caja deslizándola de su estuche y abro la tapa.

Sobre un forro de terciopelo azul oscuro hay una cuchara de plata. La miro detenidamente durante un buen rato, tratando de adivinar para qué demonios me regala una cuchara.

May reacciona con un tono de voz exageradamente ridículo.

—Aaay... ¡Te ha comprado una cuchara de plata para el bebé! ¿Sabes lo que significa eso?

Levanto la vista y niego con la cabeza.

—Significa que va a asegurarse de que tu hijo tenga siempre lo mejor. Que tu hijo se merece una cuchara de plata. Es la primera cuchara de plata del bebé. —Mira a Ozzie—. Es increíble, cariño. Eres tan tierno...

Corre hacia su prometido y se arroja en sus brazos.

Él la envuelve en un abrazo pero me mira a mí.

—Enhorabuena —dice—. Me alegro por ti.

Se separa de May y ella lo suelta. Avanza unos pasos y se detiene frente a mí.

Lo miro, con la cuchara de plata en las manos. Hablo en voz baja porque no quiero que May oiga lo que estoy diciendo.

—Siento haberme comportado como una imbécil contigo antes.

Él niega con la cabeza.

—No digas ni una palabra más sobre eso. No te preocupes. Es agua pasada. Pero no creas que vas a ir a ningún lado, porque no voy a dejarte. Eres parte del equipo para siempre. «Hasta que la muerte nos separe».

No puedo decir ni una palabra porque temo que, si lo hago, me echaré a llorar como una niña. Lo rodeo con los brazos y lo estrecho con fuerza, feliz de que no me odie ni quiera que me busque un empleo en otro sitio.

—Puedes seguir trabajando en la calle, como has hecho siempre, durante el tiempo que quieras. Voy a dejar que tú misma decidas qué puedes y qué no puedes hacer.

Asiento con la cabeza.

—Gracias. Aunque lo de hoy no ha estado tan mal. —Lo digo con sinceridad, no solo para quedar bien. No ha sido nada del otro mundo ni demasiado divertido, pero tampoco ha sido peligroso—. He descubierto un montón de información útil. Está todo en el informe. Creo que deberías leerlo y llamar al jefe de policía.

Asiente.

—Buen trabajo.

Siento un enorme alivio. Lucky tenía razón. No puedo seguir viviendo mi vida como si no hubiera cambiado. Ahora ya no es solo de mí de quien tengo que preocuparme; dentro de mí hay un pequeñín en quien debo pensar también. No puedo hacer estupideces, como hacía antes.

Suelto a Ozzie y retrocedo unos pasos, recogiendo mis regalos para meterlos en el bolso.

—Gracias, chicos. De verdad. Lo digo en serio, no teníais por qué hacerlo. Pero ha sido muy, muy bonito.

Thibault está de pie en la puerta.

—Me siento como un imbécil —dice—. No te he comprado nada.

Le sonrío mientras camino.

—No te preocupes por eso. Puedes compensarlo haciéndome de niñera.

Suelta un resoplido burlón, pero luego oigo su voz detrás de mí, con una pizca de preocupación.

—¿En serio? ¿Estás seguro de que estoy capacitado?

Lanzo mi frase de despedida al cruzar la puerta.

—Estás tan capacitado como yo. Espero que con eso baste.

Capítulo 27

Ahora ya estoy de ocho semanas y Lucky me ha convencido de que tengo que ir a ver a un médico. Me he resistido todo lo que he podido, pero después de leer más cosas en los libros que me compró, me he dado cuenta de que tiene razón. Necesito que un profesional le eche un vistazo a este embarazo, porque no tengo ni idea de lo que estoy haciendo. Por suerte, el Departamento de Policía de Nueva Orleans ha hecho algunas detenciones importantes basándose en el material que les proporcionamos con nuestros informes de anoche, así que tenemos un par de días de respiro mientras llevan a cabo los interrogatorios y tratan de reunir más datos para nuestro equipo.

Conduce Lucky, pues sigue convencido de que corro demasiados riesgos cuando voy al volante. Es un tema que no me importa lo suficiente para empezar a discutir con él por eso. Puede ser porque tenía razón en una cosa: me han puesto más multas por exceso de velocidad que a cualquier otro miembro del equipo, pero en mi propia defensa diré que siempre he tenido una especie de imán con la policía. Comprar un monovolumen podría resolver ese problema, pero no pienso hacerlo, ni por todo el oro del mundo. Mi hijo va a salir a la carretera con estilo, igual que yo.

Llegamos a la consulta del médico diez minutos antes de lo previsto porque Lucky insiste en salir temprano de casa. Aparca el coche y apaga el motor, pero no se quita el cinturón de seguridad.

Me mira con una sonrisa nerviosa.

—¿Estás preparada?

—Todo lo preparada que puedo llegar a estar.

Me quito el cinturón de seguridad y apoyo la mano en la puerta, pero la mano de Lucky en mi muñeca me detiene. Miro hacia abajo y luego lo miro a él.

—¿Qué pasa?

—Solo quería decirte que te agradezco mucho que me dejes quedarte en tu casa, de verdad.

Me encojo de hombros.

—Ni siquiera me entero de que estás.

Trato de no imprimir amargura a mis palabras. Cuando acepté que se viniera a vivir conmigo, me aseguró que no me molestaría y que desaparecería de mi vista, pero se ha mantenido demasiado fiel a su palabra. Solo lo he visto dos veces en las últimas semanas, literalmente. Trabaja un montón de horas, va al gimnasio a entrenar y después hace la compra para los dos. No le pregunto dónde más pasa el tiempo, pero no es en mi casa.

—Te dije que no te molestaría. Solo quiero estar ahí por si me necesitas.

Las siguientes palabras se me escapan de la boca antes de que pueda detenerlas.

—¿Cómo sabrás si te necesito si nunca estás allí?

Me mira a los ojos muy fijamente, tal vez tratando de leerme el pensamiento.

—¿Insinúas que quieres verme más a menudo?

Me encojo de hombros, mirando por el parabrisas.

—No insinúo nada. Solo era un comentario.

Probablemente, admitir ante él que en el fondo es posible que quiera tenerlo cerca a todas horas es mucho más difícil de lo que debería, pero me cuesta mucho mostrar debilidad, y eso es lo que siento.

Percibo el amago de sonrisa en su voz.

—Puedo estar en casa más tiempo si quieres. Si necesitas que alguien te haga masajes en los pies o en la espalda...

Aparto la muñeca de su mano y abro la puerta.

—Anda, cállate. —Sé que solo está bromeando. No me lo imagino a mis pies, masajeándolos. No creo que me haya visto los pies siquiera.

Lucky cierra la puerta y se reúne conmigo en la acera. Desplaza la mano a la parte baja de mi espalda mientras caminamos juntos hacia la puerta principal. Las mujeres que pasan por nuestro lado no despegan la mirada de él. Aun con esa estúpida barba que se ha dejado, sigue siendo escandalosamente guapo.

Me sujeta la puerta y pongo cara de exasperación cuando paso.

—¿Qué ocurre? —Se acaricia la barbilla—. ¿No te gusta mi barba?

—Pues claro que me gusta. ¿A quién no le gusta ver auténticas matas de vello púbico en la cara de un hombre?

Lo dejo ahí plantado en la entrada, encantada por haber tenido la última palabra sobre su absurdo intento de ser feo. Como si pudiera dejar de ser guapo alguna vez.

Me acerco a la recepción, digo mi nombre y me piden que me siente, rellene unos formularios y espere.

—Por supuesto —digo mientras tomo asiento y abro una revista, dándole a Lucky los documentos.

Él se sienta a mi lado.

—Por supuesto ¿qué? —Empieza a rellenar los formularios. Sabe mucho más sobre mí de lo que creía.

—Por supuesto que tengo que esperar. No puedes tener visita a las diez en punto y esperar que el médico te vea realmente a las diez en punto. No, eso tendría demasiado sentido. Sería demasiado fácil. Las diez seguramente significa las once.

Lucky mira alrededor en la sala y baja la voz.

—Creo que sería un milagro que un médico siguiese a rajatabla las horas programadas teniendo en cuenta los asuntos con los que lidian todos los días.

Me río para mí mientras hojeo la revista. Probablemente tiene razón. No hay nada como un buen embarazo de los de antes para que a una mujer le entre el pánico. Normalmente suelo tener sangre fría, pero incluso yo me estoy empezando a preocupar por las cosas tan raras que estoy leyendo en los libros sobre el embarazo. Ni siquiera quiero pensar en la fase del parto. La verdad es que he estado bloqueando esa parte en mi mente por completo.

Oigo mi nombre cinco minutos después y, al levantar la vista, veo a una chica con un uniforme de color rosa sonriéndome y haciéndome una seña para que entre en el sanctasanctórum. Me levanto y Lucky me sigue.

Hablo con él en voz baja.

—¿Estás seguro de que quieres hacer esto?

—Sí. Absolutamente.

Seguimos a la chica a una sala en cuyo rincón hay una máquina de gran tamaño. Las luces son muy tenues.

—Quítate toda la ropa de cintura para abajo y luego túmbate en la camilla. Puedes cubrirte con esta tela.

Sonríe una vez más y desaparece. Miro la puerta cerrada, luego a Lucky y, finalmente, la camilla.

—¿Habla en serio?

Lucky se frota las manos y sonríe. Los dientes prácticamente le brillan en la oscuridad.

—Esto era justo lo que yo quería. Visitas al médico clasificadas como X.

Lanzo un suspiro de irritación.

—No digas tonterías. Si sigues comportándote como si tuvieras doce años, te echaré de aquí a patadas.

Deja de imitar a un adolescente de inmediato.

—Está bien. ¿Quieres que actúe como alguien maduro? Puedo ser maduro. —Flexiona los brazos—. Desnúdate y túmbate en esa cama, mujer. No tengo todo el día.

Intento no reírme mientras dejo el bolso en una silla y comienzo a desnudarme. No me preocupa que Lucky me vea. En primer lugar, llevo mi mejor conjunto de ropa interior y, en segundo lugar, no es como si no me hubiera visto desnuda antes. Al menos no se me nota la barriga todavía. Seguiré siendo una mujer sexy otro mes o dos antes de parecer un buque gigante.

Lucky se pone a silbar como si estuviera paseando tranquilamente por la calle. Me doy media vuelta y lo encuentro dándome la espalda mientras mira el techo. Me hace sonreír pensar que me está dando un poco de intimidad o que le da vergüenza que lo pille mirando. Por alguna razón disparatada, me entran ganas de desnudarme con él, pero desecho la idea al instante. Ya me he creado suficientes problemas por desnudarme con él.

Estoy tumbada en la camilla con la tela desechable encima de mí cuando entra una chica.

—Hola —dice—. Soy Amanda, y voy a hacerte una ecografía.

No acabo de entender por qué tengo que someterme a esta prueba cuando ni siquiera me ha visto un médico todavía, pero ¿yo qué voy a saber? Solo soy una paciente.

—Está bien.

Examina la carpeta que lleva en la mano.

—Eres Antoinette Delacourte, ¿verdad?

—Toni. Puedes llamarme Toni.

—Estupendo —dice—. Adelante, túmbate hacia atrás. Veo que, de acuerdo con el formulario que has rellenado, estás de ocho semanas de embarazo, así que tendré que usar un tipo de transductor distinto de los que habrás oído hablar para poder examinar tu útero.

Sea lo que sea eso, no suena nada bien, así que me incorporo en la camilla.

—¿Qué significa eso?

Me enseña lo que parece un vibrador gigante.

—Voy a introducirte esto en la vagina para poder mirar dentro de tu útero, básicamente, a través del ángulo del cuello uterino.

Abro la mandíbula.

—Mmm... No, no vas a hacer eso.

Frunce el ceño.

—¿Cómo dices?

Niego con la cabeza y la miro con determinación.

—No. No me vas a meter eso por ningún sitio.

Lucky se acerca y apoya la mano en mi hombro, empujándome hacia atrás.

—No le hagas caso, por favor. Solo está un poco nerviosa. —Me mira—. Cariño, todas las mujeres pasan por esto. Relájate.

Lo fulmino con la mirada.

—Para ti es fácil decirlo. Tú no tienes que meterte un vibrador gigante por el chichi.

La chica suelta una carcajada antes de contenerse.

—Lo siento. Eso no ha sido muy profesional.

Lucky y yo la miramos y le decimos exactamente lo mismo al mismo tiempo:

—No te preocupes por eso.

Lucky se inclina y me mira, su nariz a solo unos centímetros de la mía.

—Cariño, ¿puedes hacer esto, por favor? ¿Por mí?

Lanzo un suspiro.

—No vas a poder usar eso conmigo cada vez que quieras que haga algo que no tenga ganas de hacer, ¿sabes?

—¿Por qué no?

—Pues porque irá perdiendo su poder de tanto gastarlo y entonces no lo tendrás cuando lo necesites. Además, como te dejes la barba más larga aún, empezaré a llevar mi Taser encima en una funda a todas horas.

Habla en voz baja, con mucha delicadeza.

—Pero es que tengo muchas ganas de ver a nuestro hijo...

No se me ocurre ninguna otra cosa que pudiera haber dicho capaz de influirme más que eso. Dejo escapar un largo suspiro de derrota.

—Está bien. Adelante, hurga en mí con ese maldito vibrador.

Salta a la vista que la chica está intentando no reírse otra vez. Le tiembla un poco la voz al hablar.

—Bueno... Voy a poner un poco de gel en el... mmm... transductor, y luego voy a introducirlo muy despacio. Prometo hacerte sentir lo más cómoda posible.

La sonrisa de Lucky se ensancha en sus labios.

—No digas una palabra, Lucky. O te juro por Dios... —Me dan ganas de agarrarlo por el pescuezo.

Sacude la cabeza y hace un esfuerzo por mantener una expresión seria en el rostro. Al mismo tiempo, la chica empieza a introducir el cacharro. Tengo que mirar el techo y rehuir la mirada de Lucky. No me puedo creer que esté haciendo esto con él de pie junto a mí. Eso sí que da vergüenza...

Oigo unos ruidos y el sonido de unos botones haciendo clic, así que miro hacia la máquina. Al principio, en la pantalla todo está oscuro, y luego aparecen una especie de interferencias, pero al final vemos unos círculos y otras cosas moviéndose. Cada vez que desplaza el ángulo del aparato, las cosas raras de la pantalla cambian de forma.

—¿Qué estamos mirando? —pregunta Lucky. Me sujeta la mano, pero se inclina hacia la máquina, entrecerrando los ojos.

—Bueno, ahora estoy revisando el cuello uterino primero, para asegurarme de que todo está bien... y lo está. —Sigue un largo silencio antes de que vuelva a hablar—. Y ahora vamos a seguir adelante y echar un vistazo al útero y ver qué hay dentro.

—Tal vez no haya nada —digo, esperando a medias tener razón. Aunque hay una pequeña parte de mí que espera que haya un embrión ahí dentro. Supongo que me he acostumbrado a la idea.

—Pues... Definitivamente, aquí veo algo...

Lo dice con una entonación muy, muy extraña en la voz.

Levanto la cabeza y la miro fijamente.

—¿Qué ocurre?

Me mira y me sonríe.

—No pasa nada, salvo por el hecho de que tengo una sorpresa para vosotros.

—Ya sabemos que estoy embarazada.

Me guiña un ojo.

—Ya, pero ¿sabíais que estás embarazada de... gemelos?

—¿Qué?

Lucky se inclina tanto hacia la pantalla por encima de mi cuerpo que solo veo la parte de atrás de su cabeza.

—¡¿Qué has dicho?! —Parece a punto de abofetear a la chica.

Ella hace clic en un montón de botones en su máquina y mueve la sonda un poco más.

—Voy a sacar algunas fotos para que os las llevéis a casa y se las enseñéis a la familia.

—Pero, espera un momento... —dice Lucky—. Me ha parecido oírte decir que había dos bebés ahí dentro. Eso es lo que significa la palabra «gemelos», ¿verdad?

Le perdono la estúpida pregunta, porque se está haciendo eco justamente de lo que yo misma tengo en la cabeza. Gemelos significa dos, ¿verdad? ¿O es algún extraño término médico que significa algo totalmente diferente? ¡Por favor, que sea eso!

—Voy a dejar que sea el doctor quien hable de eso con vosotros. Me parece que ya he dicho demasiado. Pero no os preocupéis, todo se ve genial.

Mi corazón se está volviendo loco, como si quisiera salirse de mi pecho. Es como si estuviera delante de la pantalla de un cine, viendo la vida de otra persona desmoronarse ante a mis ojos.

—No puede ser verdad —digo, mirando al techo.

La cara de Lucky aparece sobre la mía.

—Estoy seguro de que solo es un problema con la máquina —declara, aunque la expresión de su rostro me indica que no está tan seguro.

Niego con la cabeza, sin dejar de mirar al techo ni hacer caso de la cara de Lucky.

—Esto es imposible. Esta no es mi vida. Esta es la vida de otra persona.

Estoy tan aturdida que ni siquiera me doy cuenta de que la auxiliar se ha ido de la sala y ya me estoy vistiendo. De algún modo, hago todos los movimientos como si fuera un robot, pero en realidad no me estoy enterando de nada. Lucky tiene que ayudarme a abrocharme los pantalones; yo estoy demasiado ocupada tratando de descubrir qué demonios sucede aquí para centrarme en la parte mecánica.

—Vamos —dice—. Vamos a buscar a ese doctor.

Lo sigo por la puerta, tomándolo de la mano. Por una vez, me alegro de que esté aquí y de tener a alguien a quien aferrarme.

—Si me acompañan, los llevaré a la consulta del doctor —dice una chica joven muy educada, reuniéndose con nosotros en el pasillo.

No es la misma que me ha examinado y que me ha sacado fotos del útero para imprimirlas en papel brillante en blanco y negro. Lucky lleva en la mano una de ellas, pero yo no puedo mirarla. Ver una imagen así lo convertiría en algo demasiado real.

Lucky me guía y entramos en una consulta cuyas paredes están cubiertas de placas. Los estantes que hay detrás del escritorio están llenos de libros. Un hombre se levanta para saludarnos y veo que es dos o tres dedos más bajo que yo, lo cual no es algo que suela ver en un hombre adulto.

Extiendo la mano.

—Toni. Soy Toni. —La chica a la que se le ha olvidado hablar, por lo que parece.

Me estrecha la mano.

—Yo soy el doctor Ramadi. —Dirige su atención a Lucky—. ¿Y usted es...? —pregunta, mientras le estrecha la mano.

—Soy el padre del niño. Puede llamarme Lucky. —Asiente con la cabeza y sonríe, guiándome hacia una silla antes de sentarse en otra junto a mí.

El médico se sienta con las manos cruzadas sobre el escritorio frente a él. Nos sonríe a los dos antes de empezar a hablar.

—Enhorabuena. He oído que está embarazada de gemelos.

Niego con la cabeza.

—Creo que será mejor que revise la cinta. Estoy segura de que se trata de un error.

Levanta un papel y me lo enseña.

—Ya la tengo. Definitivamente, veo dos embriones implantados en la pared uterina y todo parece estar estupendamente. Son del tamaño que esperaría que tuvieran con ocho semanas.

Niego con la cabeza, negándome a creer que sea cierto. Un hijo ya es un tormento, pero ¿dos? Mi mundo se desmorona a mi alrededor.

—¿Cuáles son las probabilidades de que pueda llevar adelante un embarazo gemelar? —pregunta Lucky.

Lo miro como si estuviera loco. ¿Qué demonios...? ¿Es que fue a la facultad de medicina y yo no me he enterado?

—Bueno, es una joven sana, no bebe ni fuma, así que en mi opinión hay muchas posibilidades de que el embarazo salga adelante. Es cierto que a veces, en los embarazos gemelares, uno de los embriones desaparece, pero lo vigilaremos de cerca, y si algo así sucede, por supuesto, sepan que estaremos aquí para responder cualquier duda. Pero vamos a suponer que ambos estarán sanos y que la gestación seguirá adelante sin problemas, y lo planearemos todo de acuerdo con eso. ¿Qué les parece?

—A mí me parece perfecto. —Lucky me mira—. ¿Qué piensas tú, cariño? ¿Es una buena idea?

Me encojo de hombros.

—Bueno. —Estoy en piloto automático. No estoy asimilando nada de lo que ocurre. Siento que dentro de una hora voy a despertarme y descubriré que he tenido una pesadilla horrible sobre un embarazo doble. Lo único que falta ahora mismo es que aparezca Charlie y diga que va a ser mi doula.

El médico farfulla algo sobre nutrición, vitaminas y aumento de peso, y Lucky responde con lo que parecen ser preguntas normales. Sin embargo, yo no tengo nada que decir, y lo cierto es que tampoco presto mucha atención a lo que dicen ellos. En lo único que puedo pensar es en mi vida con dos niños. ¿Cómo se llama eso, un dúo de niños? ¿Una manada? ¿Un rebaño? Debería. Parece demasiado. ¿Cómo ha podido pasarme esto a mí? Estoy empezando a pensar que Dios me ha abandonado en las manos del diablo. Definitivamente, parece cosa del diablo, seguro que disfrutaría de lo lindo jugando así con la vida de alguien.

Lucky se levanta y tira de mí con suavidad.

—Gracias, doctor. Le agradezco mucho toda la información que nos ha dado.

El hombrecillo extiende la mano y estrecha la de Lucky.

—De nada. Ya tienen nuestro número, así que si surge algo, llamen a la consulta y una de mis enfermeras o una comadrona se pondrá en contacto con ustedes. Tendrá que volver a la consulta dentro de un mes para una revisión rutinaria, y si quieren saber el sexo de los embriones, pueden conocerlo entre las dieciocho y las veinte semanas de gestación. Pidan hora para otra ecografía hoy mismo para eso. ¿Qué les parece? —Nos sonríe a los dos.

Asiento distraídamente, incapaz de conversar con otro ser humano en este momento. Mi cerebro ha dejado de funcionar.

—Estupendo. Hasta luego, doctor.

Lucky me saca de la consulta y recorremos el pasillo hacia la recepción. Incluso hurga en mi bolso y saca la tarjeta de mi seguro para encargarse de la parte administrativa de la visita. Cuando intento darle el dinero para el copago, se niega y saca dinero de su billetera.

No tengo energías para lidiar con eso ahora mismo, pero desde luego, tenemos pendiente una conversación al respecto. No quiero estar en deuda con él porque me ha ayudado económicamente. Ya dejaré que pague su parte de los pañales.

Nos dirigimos al coche y Lucky me abre la puerta. Cuando ocupo el asiento, llega al extremo de agacharse para ponerme el cinturón de seguridad. Lo miro, escudriñando esos ojos tan bonitos con gesto confuso.

—¿Qué estás haciendo?

Me besa en la frente.

—Cuidar a la madre de mis hijos. —Luego se inclina más aún y me mira tan de cerca que me bizquean los ojos—. «Hijos», en plural. Vamos a tener dos. —Se agacha y me caricia el vientre delicadamente dos veces—. Uno y dos. Rómulo y Remo. —Aparta la mano y me sonríe como un tonto.

Me pitan los oídos cuando me doy cuenta de lo que significa todo esto. Voy a tener gemelos con Lucky. ¡Con Lucky! No sé si reír, llorar o gritar. Me conformaré con discutir.

—No pienso llamar a nuestros hijos Rómulo y Remo.

Se encoge de hombros.

—Está bien. Los llamaremos Yin y Yang.

Hago un esfuerzo por no sonreír, pero no lo consigo.

—No. Eso no va a pasar.

Cierra la puerta y sigue hablando mientras rodea el coche por delante.

—Está bien, ¿y qué te parece Caín y Abel?

Ahora sí que tengo que reírme.

—Con la suerte que tengo, seguro que acaban igual que ellos.

Lucky se sube al automóvil, me toma la mano y la besa.

—No digas eso. Yo soy su padre, lo que significa que van a tener suerte. Van a ser un par de angelitos. Los llamaremos Milli y Vanilli.

Pongo cara de exasperación y lanzo un suspiro.

—Como intentes ponerles Milli y Vanilli a mis hijos, te pego un tiro.

Se ríe.

—Esa es mi Toni. Hasta hace un momento, creía que te había perdido...

Arranca el motor del automóvil.

Aparto la mano de la suya y miro por el parabrisas.

—No. Aún estoy aquí, por desgracia.

Sale del aparcamiento y me da unas palmaditas en la pierna.

—No te preocupes, cariño, yo también estoy aquí todavía. Aún no me has hecho salir huyendo.

Suspiro, tratando de no sentirme triste ante lo que parece un romance incipiente entre el hombre perfecto y yo, un romance que sin duda acabará como el rosario de la aurora, en un infierno de llamas ardiente y doloroso.

—Tú dame tiempo; estoy segura de que tarde o temprano conseguiré que lo hagas.

—Eso no va a pasar nunca.

Parece completamente seguro de sí mismo. Ojalá yo tuviera la misma confianza que él tanto en mí como en nosotros, porque no se me ocurre cómo me las voy a arreglar para criar a dos hijos yo sola.

Capítulo 28

Tal vez sea porque no hemos anunciado oficialmente el embarazo, pero lo cierto es que hoy estoy muy, muy nerviosa por ir al trabajo. Lucky y yo vamos juntos en el mismo coche, algo que no solemos hacer. Siento una enorme necesidad de tenerlo cerca. Me siento abrumada, y eso que aún no he tenido ni un niño...

—Tengo la cabeza embotada —dice—. Me he tomado dos tazas de café con la esperanza de despejarme un poco, pero nada, todavía estoy igual.

Me mira desde el asiento del conductor con una sonrisa débil que me indica que, en efecto, está un poco nervioso, igual que yo.

—Sé cómo te sientes, créeme.

El paisaje desfila ante mis ojos por el parabrisas. He recorrido este mismo camino tantas veces para ir al trabajo que he perdido la cuenta, pero el trayecto de hoy es completamente distinto. Hoy estoy pasando por delante de todos estos árboles, estas casas y estas empresas como madre de dos gemelos. Sí. Increíble.

—¿Qué crees que van a decir? —me pregunta Lucky.

—Creo que lo más probable es que recen por nosotros.

—Eso es bueno. A nosotros tampoco nos vendría nada mal rezar un poco.

—No creo que nadie pueda rezar lo suficiente en esta ciudad para conseguir toda la ayuda que vamos a necesitar.

Lucky se acerca y me aprieta el muslo.

—No seas tan negativa. Va a ser divertido.

Lo miro como si hubiera perdido la cabeza, cosa que es evidente.

—A ti te va la marcha.

Se encoge de hombros.

—Todo va a ir bien. Somos un equipo, ¿recuerdas? —Me guiña un ojo.

Aparto su mano de mi pierna. No estoy enfadada, pero sí me siento un poco frustrada ante su despreocupación.

—Creo que será mejor que leas algunos de esos libros que compraste.

—Ya lo he hecho. El otro día también vi otro en internet que quiero encargar.

—Ah, ¿en serio?

Lo miro de reojo. Su barba parece más larga y más tupida, y eso que solo ha pasado un día. Muy pronto parecerá un hombre de las montañas. Por desgracia, no ha logrado su objetivo de volverse más feo. De algún modo, ha conseguido hacer que el vello púbico en la cara de un hombre me resulte atractivo.

—Sí. Es un libro sobre cómo organizarse. Creo que esa va a ser la clave para nosotros. Si pudiéramos tenerlo todo bien organizado...

Me río.

—Sí, claro; porque todos esos otros libros que has comprado hablan de que los niños simplemente se amoldan a los planes de los padres...

Su barba se mueve mientras se muerde el labio.

—Puede que lleves algo de razón. Recuerdo que alguien me dijo que, cuando hay más de un niño, organizarse es como intentar poner orden en un gallinero.

—Fue Jenny. Lo ha dicho muchas veces, y eso que hace tiempo que todos sus hijos dejaron de ser bebés. Y que no ha tenido gemelos... —Cuanto más hablo, más miedo tengo. Necesito cambiar de tema—. ¿Haces algo especial este fin de semana?

Niega con la cabeza mientras frunce el ceño.

—No. Haré algo tranquilo, supongo.

Intento actuar con naturalidad mientras le sonsaco información. Espero poder conseguirlo.

—No tienes que quedarte en mi casa todo el tiempo si no quieres. Quiero decir, si te apetece salir por ahí o lo que sea, puedes hacerlo. No te sientas obligado a pasar tiempo conmigo solo porque me has dejado embarazada.

Se le ensombrece el semblante.

—Gracias.

Intento leerle el pensamiento, pero es como si hubiera corrido un tupido velo entre nosotros.

—¿Qué pasa? ¿Te ha molestado eso?

Se encoge de hombros.

—No.

Levanto la mano y le doy un golpecito en el brazo.

—Sí, sí te ha molestado. Reconozco esa expresión.

Se acaricia la barba.

—Ya no puedes verme la cara. Ahora voy de incógnito.

—No, no es verdad. Ahora vas de feo. —Me río de mi broma. Como si fuera verdad.

Él sonríe y hace que los pelos de su cara se desplacen hacia arriba con su sonrisa.

—Eso es, nena. Ahora solo espero que alguien me llame Yeti.

—Eso no va a pasar nunca.

—Uy, ya lo creo que sí. —Se tira de la parte inferior de la barba—. Tú espera hasta que esta preciosidad de barba me llegue al pecho.

—Lo que tú digas.

Me imagino a Lucky sosteniendo a sus hijos, uno en cada brazo. Eso significa que habrá cuatro manitas levantadas para agarrar esa barba y tirar de ella. Estoy segura de que, no mucho después de que nazcan los niños, se desprenderá de ese vello facial, pero ya lo veremos. Tal vez sea un hombre más fuerte de lo que imagino.

—La verdad es que estaba pensando en hacerte la cena —dice.

Lo miro arqueando una ceja.

—¿Por qué? ¿No te gusta cómo cocino?

Hemos comido unas cuantas veces juntos desde que se mudó a mi casa. Nada especial, básicamente cosas enlatadas, congeladas y envasadas... Mi especialidad.

Me mira con expresión dolorida.

—No es que no me guste el carbón en sí, pero quizá te apetezca probar mis dotes culinarias, para variar.

Le doy otro golpe en el brazo, más fuerte esta vez.

—¿Carbón? Pero ¿qué dices?

Sonríe de oreja a oreja.

—Eres la única persona que conozco capaz de quemar toda la superficie de un trozo de pan hasta carbonizarlo. —Se inclina hacia mí y estira los labios, enseñándome todos sus dientes—. ¿Tengo carbón en los dientes?

Lo aparto de un empujón y miro por la ventanilla para que no me vea sonriendo.

—No seas bobo. No había carbón en esa tostada.

—Querrás decir que no había pan tostado en esa tostada... Estaba completamente negra. —Levanta un dedo—. La buena noticia es que, ahora, si alguien intenta envenenarme, no surtirá efecto.

Lo miro con gesto confundido.

—¿Ah, no? ¿Y cómo es eso?

—Porque hay carbón suficiente en mi organismo para absorber las toxinas que ingiera.

Me cruzo de brazos y miro por el parabrisas. No se me quemó tanto la tostada.

—Será mejor que a partir de ahora pidas que alguien pruebe tus comidas antes que tú. No sabes lo que podría echarles...

Se encoge de hombros.

—Eso no me asusta. —Se da unas palmaditas y se frota el estómago—. Como te dije... Estoy inmunizado por el carbón.

El interior del coche se queda en silencio un momento hasta que lo sorprendo comiéndome con los ojos mientras estamos parados en un semáforo.

—¿Qué estás mirando?

—Tus tetas —dice, como hipnotizado—. Son enormes.

Aparto los brazos del pecho y los dejo a los lados, resistiendo el impulso de taparme los pechos con ellos.

—¿Por qué las miras? —Tengo la cara caliente y estoy sudando.

—¿Por qué no? Tienes la delantera más bonita que he visto en mi vida.

—¿Delantera? ¿No podrías ser más grosero? —Hago un esfuerzo por no sonreír.

Tamborilea con los pulgares sobre el volante al ritmo de la música.

—La llamo tal como la veo.

Lo único que puedo decir es que tiene suerte de ser tan guapo y el padre de mis hijos. Son las únicas cosas que me impiden darle un puñetazo en el estómago. Sigo con la cara igual de caliente durante las siguientes manzanas mientras me lo imagino comiéndome con los ojos y disfrutando de lo que ve. Resisto la tentación de echarme el pelo sobre el hombro.

Llegamos al puerto y a la nave industrial. Se oye el runrún del motor mientras esperamos a que se abra la gigantesca puerta.

—Así que, ¿cuál es el plan? —me pregunta.

—¿El plan para qué?

Me mira con aire divertido.

—Para decirle a la gente lo de los gemelos, por supuesto. ¿No te importa lo que van a decir?

Me encojo de hombros.

—¿Y qué más da? Sigo estando embarazada de todos modos. No creo que vaya a ser un *shock* para nadie.

Lanza un silbido mientras niega con la cabeza.

—Creo que subestimas a tus compañeros de trabajo.

Intento ignorar la punzada que siento en el pecho. Ni siquiera sé qué emoción estoy experimentando. ¿Estoy preocupada? ¿Asustada? No es propio de mí rehuir las situaciones complicadas.

—No tengo ningún plan. Si quieres decírselo a todos, puedes hacerlo.

Sonríe.

—Muy bien, te tomo la palabra.

Su entusiasmo me preocupa.

—¿Cuándo vas a hacerlo?

Se detiene en el interior de la nave industrial y aparca.

—No lo sé. Creo que me dejaré guiar por la inspiración.

Apaga el motor y salimos del coche. Dev y Ozzie están en la zona de entrenamiento viendo a sus novias hacer una especie de competición de flexiones en el suelo, frente a ellos. Thibault está al pie de las escaleras aplaudiendo despacio y animándolas. Salgo del coche y me dirijo a ellos. Lucky se acerca y me pasa el brazo por encima de los hombros. Luego se aclara la garganta.

—Atención todo el mundo... ¿podéis escucharme un momento, por favor?

Lo miro, asombrada por el volumen de su voz y sin saber muy bien qué pretende.

—¡Solo quiero que todos sepáis que Toni, mi chica, está embarazada de gemelos!

En su rostro aflora una sonrisa enorme y radiante.

Vuelvo a quedarme boquiabierta. Lo miro fijamente, sin decir una palabra. Me ha llamado su chica delante de todo el equipo y ha contado nuestro gran secreto como si estuviera orgulloso de ello. ¿Está loco? ¿Lo ha dicho en serio?

May es la primera en gritar y luego Jenny la imita. Actúan como si acabaran de ver a los Beatles entrar por la puerta. Las dos se han caído rodando una encima de la otra y están luchando por levantarse.

—¿Ha dicho gemelos? —exclama Jenny. Se levanta y echa a correr hacia mí.

May la sigue a toda velocidad, apartándola a empujones.

—¡Yo primero!

Parece dispuesta a abalanzarse sobre mí.

Levanto las manos arriba para disuadirla, pero eso no la detiene. Me agarra en un abrazo y me levanta en el aire. Está cubierta de sudor y huele que apesta.

—¡Enhorabuena! ¡Eso es genial! —chilla.

Jenny se une a nosotras, rodeándonos a las dos en un abrazo, mientras May sigue gritándome al oído.

—¡Gemelos! ¡No me lo puedo creer! ¡La suerte de Lucky se te está pegando!

Jenny se aparta un poco y me mira a los ojos, con nuestras narices casi tocándose.

—No vas a dormir del tirón en los próximos dos años.

Ahora es May quien me mira, sonriendo con ojos chispeantes.

—Jenny y yo vamos a tener un bebé cada una con quien jugar. Es genial.

Arrugo la nariz. Empiezo a marearme.

—Puaj... Apestáis las dos. Quitaos de encima...

Las dos hermanas chocan los cinco y me sueltan. Entonces May me agarra de nuevo, chillando y diciéndome tonterías en el pelo. No entiendo una sola palabra de lo que farfulla. Quiero quitármela de encima como sea, pero eso sería muy desconsiderado, y no quiero hacer estallar su burbuja de felicidad. Por lo visto, mi embarazo gemelar es lo mejor desde la invención del pan de molde.

Jenny me está mirando la barriga.

—Creo que ya se te nota. Tiene sentido que vayas a tener gemelos. Por eso lo supiste tan pronto.

May me suelta y me mira la barriga.

—Oh, Dios mío... Qué barriga tan adorable... Digna de una actriz de Hollywood. Todavía no me lo puedo creer. —Me mira—. Seguro que por eso te pasas el día vomitando. Tienes el doble de hormonas circulando por tus venas.

Me siento palidecer al oír eso. No me gusta la idea de tener el doble de hormonas en ninguna parte, y mucho menos en mis venas.

Lucky aparece y me rodea con el brazo, alejándome un poco de ellas.

—Démosle un poco de espacio, chicas. No queremos que vomite encima de nadie.

Le doy un golpe en las costillas con el codo, pero él no me hace ningún caso, sino que me acerca a él para besarme en la sien. Luego me suelta y se va para recibir las felicitaciones de los chicos. Me quedo sola, atónita por lo irreal que es esta escena. Y yo estoy en medio de todo esto.

Ozzie me mira y asiente con la cabeza. Me alegra muchísimo saber que no está disgustado. No sé por qué creía que iba a estarlo, aunque supongo que esto significa que, irremediablemente, me voy a pasar el resto del embarazo sentada ante un escritorio. Hasta yo sé que no puedo poner en riesgo mi salud ahora. Supongo que mi cuerpo va a tener que trabajar el doble con estos niños, así que más vale que me acostumbre a la idea de sentar el culo en una silla.

—Es un poco temprano, pero ¿por qué no subimos y tomamos una copa para celebrarlo? —sugiere Thibault.

May levanta la mano y todos la miran.

—Tengo zumo de naranja recién exprimido —dice alegremente.

Ozzie la abraza y la besa en la boca delante de todos.

—Buen trabajo, cariño. —Nos mira a todos—. Venga, suba-
mos. Vamos a tomar una copa mientras hablamos del día que tenemos por delante.

Todo el mundo espera que yo suba las escaleras primero. Sé que
es completamente absurdo, pero eso me hace sentir especial, como
si fuera una especie de aristócrata en este lugar. Es la primera vez
desde que descubrí que estaba embarazada que siento que tal vez no
vaya a ser algo tan terrible.

Capítulo 29

La verdad es que el trabajo de oficina no es tan horrible como esperaba. Durante las últimas semanas, May me ha acompañado casi todo el tiempo y poco a poco ha ido perdiendo parte de su desquiciante entusiasmo para comportarse como una persona casi normal. De hecho, hoy está muy tranquila, cosa que me da que pensar. Estoy un poco paranoica.

Seguramente debería dejar las cosas como están, pero una vida sin conflictos nunca ha sido mi punto fuerte.

—¿Qué te pasa? —Estoy recostada en el brazo de la silla, mirándola mientras revisa sus imágenes de vídeo. Sé que me ha oído, pero no observo ningún cambio en su expresión—. ¿Hola? ¿Hay alguien ahí?

Niega con la cabeza.

—No me pasa nada. Estoy bien.

La miro unos segundos más, casi segura de ver unas lágrimas asomar a sus ojos. Me quito uno de los auriculares y se lo tiro, de modo que aterriza en su brazo.

Lo aparta de un manotazo.

Ahí es cuando sé que de verdad pasa ocurre y que probablemente es algo importante. ¿Quiero involucrarme? No. Esa es una pregunta fácil de responder. ¿Debería involucrarme? Esa es la pregunta más difícil. Me quedo pensativa y en silencio durante un rato, meditándolo y sabiendo que una vez que abra esta caja de truenos en particular, las cosas podrían alborotarse mucho. En fin.

—A ti te pasa algo. ¿Qué es? Quizá pueda ayudarte.

May niega con la cabeza.

—No, definitivamente no puedes ayudarme.

La verdad es que eso me parece un poco ofensivo, pero intento no perder los estribos porque estoy en plan buena samaritana.

—Tal vez podría. Ponme a prueba.

May sacude la cabeza.

—No. Tengo que resolver esto yo sola.

—¡Ajá! Así que sí te pasa algo.

May me mira con un amago de rebeldía en los ojos, además de algunas lágrimas.

—No lo entenderías.

Dulcifico mi voz sin pretenderlo.

—Deberías darme un voto de confianza. En el fondo soy una persona bastante comprensiva cuando me lo propongo. —No tengo ni idea de dónde ha salido eso. Estas hormonas del embarazo me están fastidiando de lo lindo.

Niega con la cabeza y una lágrima le resbala del ojo.

—Esta vez no. Eres demasiado guapa.

¿Está enfadada porque piensa que soy guapa? Eso no tiene ni pies ni cabeza.

—No creo que debas preocuparte por eso —le digo—. Estoy a punto de ponerme como una vaca y seguramente me van a salir un montón de manchas y de granos.

Ya he leído unos cuantos libros sobre el embarazo.

—No importa cuántos granos ni cuántas manchas te salgas; tus niños van a ser preciosos. ¿Cómo no iban a serlo, si Lucky y tú sois los padres?

Sonrío, sabiendo que esa no puede ser la causa de su enfado, pero me distraigo pensando en Lucky.

—Ya, ¿verdad? Cree que puede dejarse una estúpida barba y que por eso, de repente, ya va a ser feo. —Niego con la cabeza—. Hombres...

Miro a May, esperando verla más calmada, pero parece más enfadada todavía.

—¿Qué? ¿Qué he dicho? ¿Qué problema hay con la barba de Lucky?

May da un golpe en el escritorio con la mano.

—¡No tiene nada que ver con la barba de Lucky!

Arqueo las cejas, esperando que se calme.

La expresión de mi cara debe de provocar algo en ella, porque suelta un largo suspiro y se echa hacia atrás en el asiento.

Espero unos minutos para serenarme e intentarlo de nuevo.

—Ahora en serio, May, eres mi compañera de fatigas en esta tierra de nadie. No puedes ocultarme ningún secreto porque si no, me volveré loca pensando todo el día y luego no haré mi trabajo y Ozzie volverá a darme una reprimenda.

Ladea la cabeza hacia mí.

—¿Desde cuándo te importa que la gente te oculte secretos? Normalmente no quieres que la gente comparta nada contigo.

Me encojo de hombros. En eso lleva razón.

—No lo sé. Le echo la culpa al embarazo.

Asiente con la cabeza.

—Puede afectarte seriamente al cerebro.

La extraña forma en que formula esa frase hace que se me activen todas las alarmas.

—¿Hay algo que quieras decirme? —pregunto.

Niega con la cabeza tan exageradamente que sé que me está mintiendo.

—Sí que hay algo que quieres decirme.

—No.

Me pongo muy erguida y la fulmino con mi mirada más asesina.

—Es hora de que «confieses». ¿Qué está pasando? Sé que tiene algo que ver conmigo.

Por un segundo parece confundida, pero luego niega con la cabeza otra vez.

—No. Directamente, no.

Me pongo de pie.

—Si Lucky y tú habéis hablado de mí a mis espaldas...

Se pone de pie y extiende las manos hacia mí.

—No. No, no y no. No es eso, para nada. Ni siquiera le he dicho nada de esto a Lucky ni a nadie.

Se tapa la boca con la mano y mira a su alrededor.

La miro entrecerrando los ojos.

—Vamos a ver, hay algo que te molesta mucho y que tiene que ver con lo guapo que es Lucky, y no le has dicho nada de eso a Ozzie...

Mi cerebro trabaja a toda velocidad, tratando de encontrar respuestas a la pregunta que flota en el aire.

—¿Estás colada por Lucky?

Levanta las manos y se agarra dos mechones de pelo para tirar de ellos mientras gruñe:

—¡Brrr... no! ¿Por qué iba a estar colada por Lucky?

Me encojo de hombros.

—¿Porque es el hombre más guapo del mundo?

Suelta el pelo y deja caer los brazos a los lados.

—Sí, es el hombre más guapo del mundo. Y ese es el problema.

Extiendo la mano y le acaricio el hombro.

—Ah, ya lo entiendo. Es un amor no correspondido. Eso es una mierda. No te preocupes, se te pasará. Yo también estaba enamorada de Lucky cuando era niña, pero pude olvidarlo durante... unos diez años, así que estoy segura de que tú también podrás.

En realidad, no creo que esté enamorada de Lucky, ni mucho menos, pero sé que, si lo digo, puede que sirva para destapar su pequeño secreto. Casi estoy disfrutando con esto.

—Ya te lo he dicho —insiste—: no tengo esa clase de sentimientos hacia Lucky. Es un buen tipo, pero no quiero acostarme con él.

—¿Pero quieres tener un hijo con él? —Me temo que me estoy acercando cada vez más a la verdad.

Esta vez reacciona gritándome con verdadera vehemencia.

—¡No! ¿Por qué iba a querer eso cuando ya estoy embarazada?

De pronto, la habitación se queda en silencio y me mira con ojos desorbitados. Estoy segura de que los míos también la miran igual.

Se tapa la boca primero con una mano y luego con la otra y niega con la cabeza. Las lágrimas le brotan de los ojos.

Me acerco a ella y la sujeto de las muñecas para apartarle las manos de la boca.

—¿Acabas de decir que estás embarazada? —Ahora hablo en voz baja, porque estoy segura de que no quiere que toda la nave industrial se entere, a pesar de que ella misma se ha puesto a gritar como una posesa.

Asiente con la cabeza.

Levanto la mano y le limpio las lágrimas como puedo. No es fácil, porque siguen resbalándole por las mejillas.

—¿Lo sabe Ozzie?

Dice que no con la cabeza.

—¿Hay alguna razón para que no se lo hayas dicho? —No se me ocurre otra reacción por parte de Ozzie más que la de estar entusiasmado con la noticia.

Asiente, pero no añade nada más.

La zarandeo con suavidad.

—No me vas a obligar a hacer conjeturas, ¿verdad que no? Estás llorando a mares. Voy a necesitar una toalla dentro de poco. Vamos, dímelo, por favor.

Deja caer la barbilla sobre el pecho.

—No quiero decirlo en voz alta. Ya es bastante malo que esté en mi cabeza.

La empujo con suavidad para que se apoye en el respaldo y luego acerco rodando mi silla hasta quedar frente a ella. Me siento y le sujeto las manos entre las mías. Francamente, no sé lo que estoy haciendo; solo me imagino qué haría Jenny si estuviera aquí en mi lugar. Según Lucky, es muy buena dando consejos y escuchando a la gente.

—Cuéntamelo todo. —Casi me atraganto al pronunciar estas palabras. La verdad es que no quiero que me lo cuente todo, pero sé que es lo que haría Jenny.

Se queda con la vista fija al frente un momento antes de mirarme.

—Me preocupa que mi hijo me salga feo.

Suelto una carcajada antes de darme cuenta de que habla en serio.

—¿Qué? Creo que no te he entendido.

Aparta las manos de las mías y gesticula señalando mi cara.

—¡Mírate! Eres muy guapa y Lucky es un auténtico adonis. Estás a punto de dar a luz a los dos niños más guapos sobre la faz de Tierra, y luego vendré yo con mi bebé normalito y nadie querrá decirme la verdad sobre él, pero todos sentirán lástima por mí, y luego Ozzie ya no me querrá porque le habré dado lo que parecerá un niño feo en comparación con los tuyos, cuando en realidad puede que salga hasta mono.

Tengo que apartarme un poco con la silla y fingir que estoy tosiendo para disimular mi risa. No puede estar hablando en serio, ¿verdad que no? Está diciendo un montón de tonterías. Joder, si May es capaz de querer a ese chihuahua suyo más feo que un pecado, puede querer a cualquier cosa. Ese bicho tiene unas orejas que parecen un par de palas plantadas en el cráneo, su cabeza es del tamaño de una pelota de béisbol, dos veces más grande de lo que debería, y es como si los ojos se le fueran a salir y a caer al suelo en cualquier momento. El amor de May es sordo, tonto y ciego.

Y al pensar eso, recuerdo un par de párrafos de mi libro sobre el embarazo que dicen lo extremadamente sensibles y emotivas que podemos estar las mujeres durante la gestación y en lo poco razonables que nos consideran algunas personas. Se me ilumina la bombilla: May ya ha empezado a perder neuronas por culpa del embarazo. Si eso me sucediera a mí, me gustaría estar rodeada de gente comprensiva, así que ahora mismo tengo serlo con ella. Me imagino a mí misma como Jenny otra vez; es una de las personas más comprensivas que conozco.

Me vuelvo hacia ella.

—May, escúchame. Ahora mismo tienes infinidad de hormonas del embarazo en tu organismo que te están produciendo alucinaciones. Unas alucinaciones tremendas. Así que lo que tienes que hacer es escucharme, porque te hablo desde la razón. —Espero a que asienta con la cabeza antes de continuar—. En primer lugar, es imposible que un niño que hayas concebido tú sea feo. —Le señalo la cabeza, esperando encontrar inspiración ahí arriba—. Tienes un pelo precioso, y muy fuerte. No lo tienes rizado, ni fino, no es ninguna de esas cosas que odian las chicas. Así que tanto si tienes una niña como un niño, tendrá el pelo genial.

Se limpia una lágrima de debajo del ojo.

—Tengo el pelo bastante recio. En eso llevas razón.

Le doy un golpe en la rodilla con el puño.

—¿Lo ves? Y tu cara... Tu cara es increíble, con un cutis precioso, sin marcas ni cicatrices. —Me acerco más y me señalo la sien, donde Charlie me clavó un tenedor una vez—. ¿Ves eso? Es una cicatriz. No tengo la cara tan bonita como tú crees. Solo has de mirarme más de cerca.

Aparta mi frente de ella con la mano.

—Cállate. Sabes perfectamente que eres muy guapa y que tus hijos no van a heredar tus cicatrices.

Gracias a Dios, eso es verdad. Le señalo la barbilla.

—Pero mira tu mandíbula. Es muy femenina. Podrías haber sido una de esas chicas con una mandíbula muy varonil, pero no lo eres. Toda tú eres muy femenina. Eres como... la princesa de un cuento de hadas o algo así. —Acabo de sacarme eso totalmente de la manga, así que encojo el cuerpo, esperando que arrugue la frente y se ponga a gritarme.

Sin embargo, esboza una sonrisa tímida que empieza a iluminarle el rostro.

—¿La princesa de un cuento de hadas? Nadie me había llamado princesa de cuento de hadas, y tú nunca mientes, Toni... Nunca dirías eso solo para hacer que alguien se sienta mejor.

Asiento con entusiasmo.

—Exacto. Si fueras fea, te lo diría. ¡Toma! Eres más fea que un demonio. Pero yo nunca te diría eso, porque no es verdad. —Puede que no sea del todo correcto decir que siempre digo la verdad, pero no hace falta compartir eso con ella. No hace falta que le diga que los dos niños que están creciendo dentro de mí me han convertido las entrañas en mantequilla y que ahora me resulta muy difícil ser dura con la gente.

—Pero, aunque me parezca un poco a una princesa de cuento de hadas y Ozzie sea guapo, eso no significa que nuestros hijos vayan a ser tan guapos como los tuyos.

La miro frunciendo el ceño.

—¿Estás loca? Cuando nazca tu hijo, será la criatura más hermosa que hayas visto jamás. Y para Ozzie también. Es imposible que mire a mis hijos, que los compare con su recién nacido y que le encuentre alguna falta.

No acaba de decidir si creerme o no.

Sigo adelante, sabiendo que la tengo contra las cuerdas.

—Te lo digo muy en serio. Además, en mi libro sobre el embarazo dice que hay algún tipo de hormona o algo que se dispara cuando un padre ve su propia cara reflejada en su hijo. Eso les hace pensar que su bebé es superguapo, incluso aunque no lo sea. Por eso la madre naturaleza ha hecho que los hijos se parezcan al padre cuando nacen. Es pura supervivencia.

Me mira entornando los ojos.

—¿De verdad? ¿Me estás diciendo la verdad?

Extiendo los brazos.

—Tal como has señalado... yo nunca digo las cosas por decir, solo para que la gente se sienta mejor. Puedes confiar en mí. —Esta vez sí soy sincera del todo. Y sé con toda seguridad que, si May mira a su hijo y hay algún rastro de Ozzie en la cara de ese bebé, estará convencida de que ese niño es capaz de caminar por la Luna sin traje espacial.

—Necesito que me digas cómo se llama ese libro.

Se seca el resto de las lágrimas y se sorbe la nariz.

—Claro, ningún problema. Tengo un montón de libros. Ya los he leído casi todos, así que puedo prestártelos.

Me sonríe.

—Nunca te tomé por alguien que se pondría a leer libros para informarse de todo cuando descubriera que estaba embarazada.

—No fue idea mía. —Sonrío—. Me los compró Lucky. Se ha tomado muy en serio la documentación. Está haciendo una biblioteca completa. Ahora mismo está leyendo sobre la educación de los niños pequeños.

—Ay... Qué tierno... —May ha recuperado su sonrisa habitual, lo que me produce una enorme sensación de alivio. Ya me imagino lo que diría Ozzie si su prometida saliera de aquí enfurruñada. Seguro que me echaría la culpa a mí.

May vuelve a girar la silla hacia su cubículo y actúa como si fuera a reanudar el trabajo que había interrumpido. Me quedo mirándola hasta que ella también me mira.

—¿Qué pasa? —me pregunta.

—No irás a quedarte ahí sentada, ¿no?

—Tengo que terminar mi trabajo.

—¡Pero ni siquiera le has dicho a Ozzie que estás embarazada!

—Tal vez tenga un magnífico plan que no ha compartido conmigo.

May se encoge de hombros, mirando a la pantalla del ordenador.

—He de elegir el momento adecuado. La verdad es que no nos esperábamos esto. Se suponía que tenía que planear una boda, no un nacimiento.

Bajo la voz.

—¿Jenny lo sabe?

May me mira con aire de culpabilidad.

—No. Me va a matar.

—¿Por qué? ¿No se va a alegrar?

May suspira y gira la silla para mirarme de nuevo.

—Es todo muy complicado. Estamos organizando toda la boda, y tenemos todos los vestidos elegidos; pero si conozco bien a Ozzie, no querrá esperar. Va a querer casarse antes para que el niño nazca dentro del matrimonio. —Pone los ojos en blanco—. Es un tradicional para eso.

Lanzo un resoplido.

—No tan tradicional... —Le señalo la barriga.

Ella se la acaricia y sonríe.

—Sí, de acuerdo, no es tan tradicional para todo. En cualquier caso, lo conozco: va a querer casarse enseguida.

Me encojo de hombros.

—¿Y qué? Pues casaos. Todos podemos cambiar la agenda. No será problema.

Lanza un suspiro.

—Obviamente, nunca has planeado una boda. Mi hermana ya ha contratado el servicio de *catering*, las flores, a la modista para los ajustes en los vestidos... Va a ser una pesadilla.

Me niego a aceptar esa tontería.

—No. Va a ser muy fácil. Cambiaremos el lugar de celebración de la boda al jardín de Jenny, iremos todos a la tienda y compraremos vestidos de fiesta, y cualquier restaurante de la zona puede organizar un pequeño convite con tan solo unos días de antelación. No hace falta que sea un bodorrio por todo lo alto.

Hace pucheros.

—Pero yo esperaba que fuera una celebración a lo grande, algo un poco más sofisticado...

—Está bien. ¿No tenías que hacer unos pequeños obsequios para los invitados o lo que sea de lo que hablaras el otro día? Pues que sean un poco más sofisticados...

Sonríe.

—Conque sí me estabas escuchando.

Me encojo de hombros.

—A veces capto alguna cosa aquí y allá.

Se queda con la mirada fija hacia delante otra vez, asintiendo con la cabeza despacio mientras entrecierra los ojos con aire concentrado.

—Sí, podría funcionar...

—No sin ayuda. Será mejor que vayas a decirle a tu prometido que estás embarazada para que así los demás también podamos enterarnos y ponernos manos a la obra con todos los preparativos.

Me levanto y le giro la silla de forma que mire hacia la salida del cubículo. Intento levantar la silla para echarla de ahí, pero apenas se mueve, solo se inclina un poco.

Se levanta de un salto y se da media vuelta, frunciendo el ceño.

—¡Ten cuidado! ¡Estoy embarazada!

Sonrío y señalo la puerta.

—Vete. Vete y dile a tu hombre que te ha dejado preñada.

May se da media vuelta para irse, pero cuando lleva un par de zancadas, se detiene. Se vuelve y viene corriendo hacia mí para rodearme con los brazos y estrecharme con todas sus fuerzas.

—Muchas gracias, Toni. No tenía ni idea de que se te diera tan bien dar consejos.

Su pelo me tapa toda la cara y estoy completamente rígida, esperando que la demostración de afecto termine.

—Pues claro. Aquí estoy para lo que necesites. —Me estremezco al oír mis palabras, esperando que no acepte la promesa que encierran. Lo cierto es que en general se me da fatal dar consejos, pero esta vez no me ha ido tan mal.

Doy una palmadita a May en la espalda y luego la aparto.

—Vete. No soporto guardarle un secreto a Ozzie.

Se para y me mira, sonriendo.

—Probablemente eres su mejor amiga, ¿lo sabías? —Ladea la cabeza.

Siento que la luz de la alegría me ilumina el corazón.

—Pues no, no lo sabía.

Asiente con la cabeza.

—Créeme. Sé muchas cosas.

Se despide de mí con la mano y se da la vuelta para irse, con su bonita y abundante melena ondeando detrás de ella en una cola de caballo.

Sonrío al verla irse y luego me río. Esa chica está completamente loca. Pero tengo que admitir que cuando está conmigo en el cubículo, la oficina parece mucho más luminosa que cuando estoy sola.

Capítulo 30

Llego a casa y percibo el olor a ajo que sale de la cocina. Inhalo el aire con cautela, esperando que mi estómago no se rebele. Ahora que estoy en la decimosexta semana de embarazo, parece que las náuseas han remitido casi por completo. Solo me incomoda algún que otro olor, como el del humo del tabaco o el brócoli.

Cuando llego a la cocina, encuentro a Lucky allí, removiendo algo en una sartén. Ahora es una práctica casi normal. Él es mucho mejor cocinero que yo, y por regla general, es el primero en llegar a casa. El hecho de que se encargue de la cocina me da tiempo para sentarme y descansar un rato después de la jornada laboral antes de cenar. Me gusta sentarme con él mientras se pone el sol; es relajante. Nunca pensé que fuera de la clase de personas que disfrutan con ese tipo de cosas, pero aquí estoy, haciendo exactamente eso.

—Huele muy bien.

Dejo el bolso en una silla y me acerco a su lado.

Mantiene la vista fija en la sartén, pero alarga la mano que tiene libre y me rodea el cuello, acercándome a él para poder besarme en la cabeza. Me encanta cuando hace eso; me hace sentir casi como su novia, a pesar de que aún no hemos hablado en serio sobre nuestra situación. Tampoco tengo prisa por hacerlo. Me gusta nuestra relación tal como es ahora; es cómoda para los dos, creo.

Me restriega la barba por la cara, haciéndome cosquillas en la piel cuando vuelve la cabeza hacia la cena y me suelta.

—He pensado que tal vez te apetecerían unos tallarines con salsa de almejas. Como ya no pareces tan sensible a los olores...

—¿Cómo sabías que era mi plato favorito? —Le estoy sonriendo, tal vez un poco sorprendida de que este hombre me conozca tan bien. Ya llevamos viviendo juntos algunos meses, pero a veces todavía me sorprende.

—Es lo que pides cada vez que salimos a un restaurante italiano. —Me mira y me guiña un ojo—. A mí también me gusta, así que ha sido fácil.

Se ha encargado de cocinar desde mi desastre con el pan carbonizado, y no he tenido una sola queja desde entonces. Ni siquiera le hace falta descongelar cosas para preparar la cena.

—¿Puedo hacer algo para ayudar?

—Puedes preparar la mesa.

Canturreo una melodía al azar mientras pongo los cubiertos y las servilletas, colocándolos junto a los platos. Dudo al mirar la vitrina que contiene las copas.

—¿Quieres vino esta noche?

Niega con la cabeza.

—No. He dejado de beber, ¿recuerdas?

—No tienes que dejar de beber solo por mí.

Aparta la sartén del fuego y la coloca en uno de los quemadores apagados. Se da media vuelta y me mira, apoyado en la encimera.

—Sé que no tengo que hacerlo, pero quiero hacerlo.

Me encojo de hombros, saco dos vasos y los lleno de agua antes de llevarlos a la mesa. Lo noto mirándome la espalda. Me siento y lo miro.

—¿Qué pasa?

—Nada. Solo te miraba. Ya se te ve la barriga, ¿lo sabes?

Miro hacia abajo y me la acaricio. Desde luego, todo apunta a que voy a tener un buen barrigón, debo admitirlo. Creí que lo odiaría, pero no es así.

—La verdad es que he empezado a notarlo. Los vaqueros cada vez me aprietan más.

—Pueden decirnos el sexo de los bebés dentro de un par de semanas. ¿Quieres saberlo?

Me encojo de hombros.

—A veces creo que sí, y otras veces creo que no. ¿Y tú?

Intento leer su expresión, porque sé que muchas veces dice lo que cree que deseo que diga y no lo que piensa realmente. Quiero estar segura de oír la verdad cuando me responda a esa pregunta. Poco a poco he aceptado el hecho de que, a pesar de que este es mi cuerpo y soy yo la que tiene a estos bebés dentro, son suyos tanto como míos, y él tiene que tomar las decisiones conmigo. Es un reparto al cincuenta por ciento.

—Al principio pensé que me gustaría que fuera una sorpresa, pero luego he pensado que estaría bien saberlo para poder preparar lo necesario —dice.

—Eso es lo que estaba pensando yo también, pero siempre podemos elegir cosas neutras al principio y luego ir comprando más.

Lucky se da media vuelta y pone a hervir una olla de agua.

—¿Has leído lo que pone en uno de los libros sobre los horarios? Me preocupa que no tengamos tiempo para ir de compras cuando nazcan los niños.

—Sí, lo he leído, pero también he leído ese otro libro que dice que no deberíamos dejar que nuestra vida cambie demasiado. Deberíamos seguir saliendo y hacer cosas. Simplemente nos llevaremos a los niños y ya está. O podemos dejarlos alguna vez con una niñera. —En cuanto esas palabras me salen de la boca, me preocupa haber ido demasiado lejos, que me mire con cara rara y me pregunte por qué creo que va a salir por ahí conmigo después de que nazcan los bebés. Hablo demasiadas veces en plural para ser alguien que no ha decidido todavía si aquí hay realmente un «nosotros».

—Sí. —Asiente con la cabeza, sin darme a entender que lo que acabo de decir ha sido demasiado presuntuoso por mi parte—. Yo también lo leí. Hay tanta información que es difícil digerirlo todo...

Sé exactamente a qué se refiere. Llegados a este punto, siento como si tuviera un exceso de información.

—Ahora lo único que leo es ese libro con la actualización semanal de lo que ocurre con los niños y su desarrollo.

—Esa es una buena idea. Puedes leerme la información sobre esta semana por la noche, después de la cena.

Normalmente, después de cenar, sube a su habitación o se va de la casa para volver a trabajar o salir un rato con Thibault, cumpliendo su promesa de no estar todo el rato encima de mí ni presionarme sobre nuestra situación. Aunque eso está empezando a hacer mella en mí: a medida que pasan las semanas, me siento cada vez más apegada a él.

Anoche, mientras estaba en la cama, sola, mirando al techo, decidí que quiero más atención de la que me presta ahora, pero es imposible expresar ese deseo sin parecer débil, y detesto perder mi fortaleza, aunque solo sea por un segundo. Este embarazo ya me hace sentir como si fuera otra persona. Estoy muy cansada y, últimamente, fatal de la memoria. He empezado a poner pósits en todas partes para acordarme de las citas y de otras cosas que se supone que debo recordar.

No hace falta decir que la idea de que estemos juntos después de la cena me hace muy feliz.

—Tal vez podríamos jugar a las cartas o algo así —propongo—. Después de leer el libro o lo que sea.

Asiente.

—Sí, eso sería genial. —Imposible saber si habla en serio o si solo está siendo cortés—. O podríamos jugar a un juego de mesa

—dice, mirando por encima del hombro—. Soy bastante bueno en el Scrabble.

No puedo evitar sonreír. Estoy casi segura de que habla en serio. Parece entusiasmado.

—Está bien. Pues jugaremos al Scrabble.

Si alguien me hubiese dicho hace unos meses que iba a estar encantada de quedarme en casa para disfrutar de una partida de Scrabble con un hombre, me habría reído de esa persona, o incluso le habría dado un buen golpe en el brazo.

Sin embargo, ahora la idea me entusiasma. Eso, más que nada, es lo que me demuestra cuánto me ha cambiado este embarazo.

¿Habríamos llegado Lucky y yo a este punto sin un empujoncito por parte de estos dos niños? No lo creo. Conociéndome, lo habría alejado de mí y las cosas habrían vuelto a ser como eran. Me entristezco al pensarlo.

Hace un tiempo le dije a Lucky que no lo quería aquí, y me prometió dejar de comportarse como un troglodita, pero me siento cómoda empezando una nueva vida juntos. Me siento bien teniéndolo cerca. En lugar de que él siga su camino y yo me vaya por el mío, podemos recorrer juntos el mismo camino, para variar. A veces tengo la sensación de que él piensa exactamente lo mismo, pero nunca lo dice en voz alta. Aunque la verdad es que tampoco puedo culparlo: lo cierto es que lo amenacé muy seriamente al respecto.

—¿Sabes? No tienes que esforzarte tanto por mantenerte alejado de mí para no agobiarme.

No puedo creer que lo haya dicho en voz alta, pero en cuanto me salen las palabras, me alegro de haberlo hecho. Por desgracia, se me hace un nudo en el estómago mientras aguardo su respuesta. Tarda en llegar.

Arroja la pasta en el agua hirviendo y tapa a medias la parte superior de la olla, por encima del líquido burbujeante. Arruga la caja de los tallarines y la tira a la papelera de reciclaje antes de acercarse y sentarse frente a mí.

—¿Estás segura? —me pregunta con voz delicada y suave.

Me encojo de hombros, nerviosa.

—Tampoco es tan importante...

—Es muy importante. No estás acostumbrada a tener a alguien invadiendo tu espacio personal. Me parece que no te das cuenta de lo mucho que cambiaría eso tus rutinas.

Me encojo de hombros, tratando de actuar fría y despreocupadamente cuando siento todo lo contrario.

—Viví con Thibault y con mi familia muchísimos años antes de establecerme sola. Estoy casi segura de que puedo manejar la situación.

Lucky sonríe.

—Ha sido muy duro guardar las distancias contigo, tengo que admitirlo.

—¿De verdad? —Sonrío como una idiota.

No me puedo creer lo mucho que esto significa para mí. ¿Estoy enamorada de Lucky, o qué? La respuesta me sorprende cuando se materializa en mi cerebro: creo que sí. Me arden las orejas solo de pensarlo, y estoy segura de que se me están tiñendo de rojo. Miro a la pared, al techo y al suelo, a cualquier sitio menos a él.

—Sí —dice—. Muy duro. Espero que esto no signifique que me pasa algo raro, pero cada vez que te veo a ti con esa barriguita, me entran ganas de desnudarte.

Mi cara imita a mis orejas y se me calienta hasta que siento como si la tuviera en llamas. Normalmente no soy ninguna mojigata ni alguien que se avergüence de su cuerpo, pero la idea de que desee verme desnuda durante el embarazo me deja estupefacta. ¿Quiero que me vea desnuda? Sí. Definitivamente, sí quiero.

Ahora ya puedo mirar a Lucky cuando hablo con él.

—No creo que te pase nada raro. Si así fuera, entonces a mí también me pasa. —Mis emociones se transforman en una sensación más urgente: me muero de ganas de acostarme con él ahora mismo.

Se le ensombrece el rostro y está diez veces más sexy.

—¿Qué quieres decir?

Dibujo unos círculos invisibles sobre la mesa con la yema del dedo porque no puedo mirarlo a los ojos otra vez.

—No lo sé. Quizá sea difícil vivir contigo y no estar contigo. —Me encojo de hombros. No me resulta sencillo revelar mis pensamientos más íntimos a nadie, ni siquiera al hombre que me ha hecho dos hijos.

—Tal vez podríamos intentar dormir juntos.

Su sugerencia permanece suspendida en el aire entre nosotros. ¿Es esto lo que quiero? ¿Es este el siguiente paso lógico en nuestra vida juntos o es un error? ¿Es el comienzo de una verdadera relación o el final de todo? Imposible saber la respuesta a mis preguntas a menos que me arriesgue y lo intente. En el pasado nunca me ha costado asumir riesgos, pero ahora parece un gran problema.

—Podríamos establecer un período de prueba —le digo.

Lucky me dedica una sonrisa vacilante.

—Claro que podríamos. Establecimos un período de prueba cuando me vine a vivir aquí y ha funcionado, ¿verdad?

Asiento, esperanzada.

—Sí. Ha funcionado.

Lucky se levanta.

—¿Te apetece cenar ya?

—Por supuesto. —Trato de tomarme con naturalidad el brusco cambio de tema; en un momento estamos hablando de sexo y de dormir juntos, de pasar a lo que parece una relación de verdad, y al minuto siguiente, estamos hablando de tallarines—. ¿Ya está lista la pasta?

—He comprado pasta fresca, así que debería estar lista enseguida. Iré a ver. —Se dirige a la encimera de gas, desenvolviéndose como si supiera perfectamente lo que está haciendo.

Por primera vez en mi vida, no me siento una persona desafortunada del todo. Tal vez toda la buena suerte que acompaña a Lucky se me esté contagiando.

Una imagen de Charlie se inmiscuye en mis pensamientos. Es un recordatorio muy eficaz de que da lo mismo el tiempo que lleve saliendo con alguien llamado Lucky: mi pasado siempre está ahí, recordándome que tengo la dichosa manía de estropearlo todo.

Soy un mar de dudas. Quiero creer que todo lo que ha pasado con Lucky no es mala suerte, que olvidarme de usar protección y quedarme embarazada de gemelos, que todo esto, en definitiva, es una prueba de que por fin me ha tocado un poco de buena suerte en la vida. Sin embargo, parece demasiado bonito para ser verdad. Algo malo va a pasar.

Siento que me invade el pánico cuando me doy cuenta de que lo más terrible que podría pasarme ahora sería algo relacionado con mis hijos. Siento un movimiento en el estómago y me lo acaricio con la mano. Genial. Ahora tengo gases.

Eso es algo que Lucky aún no ha compartido conmigo. Hasta ahora ha dormido en su habitación y yo he dormido en la mía, así que he podido ocultarle el hecho de que estos bebés me están causando problemas intestinales graves. Siento que empiezo a palidecer cuando me doy cuenta de que no podré mantener ese secreto si compartimos la cama. Ay, Dios...

Lucky se da media vuelta y me mira unos segundos.

—¿Qué pasa?

Sacudo la cabeza para ahuyentar esos extraños pensamientos.

—Nada. Solo estaba pensando... en nosotros dos en la misma cama.

Me dedica una sonrisa maliciosa.

—Conque estabas pensando en eso, ¿eh? ¿Alguna petición especial?

No puedo evitar reírme de él.

—No.

Ahora que mi memoria ha vuelto a evocar a Charlie y mis problemas digestivos, todas esas ideas calenturientas de antes han dado paso a los aspectos más prácticos de mi vida. Cuando me meto en la cama por las noches, estoy tan cansada que me siento como un zombi, y me duermo antes incluso de tocar la almohada con la cabeza. Si Lucky se va a acostar conmigo, vamos a tener que ser responsables y realistas sobre todo esto. No quiero que se haga ilusiones, porque eso solo lo conducirá a la frustración. Lo último que quiero es decepcionar a Lucky.

—Y no creas que vas a conseguir sexo con este trato —digo, tratando de parecer firme—. Necesito dormir. Cuando he dicho que dormiríamos juntos, me refería única y exclusivamente a dormir.

Me lanza una mirada misteriosa.

—Eso ya lo veremos.

Me resulta imposible contener una sonrisa al oírlo. Una parte bastante importante de mí espera que saque ese tema esta noche. Tal vez no hace falta que sea taaan responsable. Tal vez no necesito dormir tanto...

Me cuesta mucho concentrarme en la conversación y en el sabor de la comida. Lucky y yo dormiremos juntos esta noche y, aunque le he dicho que no voy a tener relaciones sexuales con él, mi cuerpo piensa lo contrario. Estoy hipersensible, y todo mi cuerpo siente un hormigueo de anticipación.

Todo.

Capítulo 31

Apenas he probado la cena. En lo único en que podía pensar era en que esta noche iba a dormir con Lucky. Pero aún tenemos un asunto pendiente antes de eso...

—¿Estás lista? —Me mira desde el otro lado de la mesa con sus hermosos ojos azules y la promesa de un rato emocionante.

—Ya lo creo que estoy lista. Lista para darte una paliza. —Rebusco en el interior de la bolsa de tela y saco siete fichas de letras para colocarlas en el soporte de plástico que tengo delante—. Ahora te vas a enterar, payaso.

Lucky se ríe y escoge sus propias fichas, sacudiendo la cabeza y sonriendo mientras las ordena.

—No me llaman Lucky por casualidad, nena. Eres tú la que se va a enterar, payasa.

Lo que sigue es la partida más emocionante de Scrabble que he jugado en mi vida. Lucky alterna entre implorar misericordia, empujarme a correr riesgos que no debería aceptar, llorar cuando pierde y gritar de alegría cuando gana. No estoy segura de que gane gracias a su capacidad real de formar palabras, pero está claro que me saca ventaja con los puntos. Estoy segura de que, desde el principio, su estrategia ha consistido en distraer mi atención: me toca aquí y allá, me guiña un ojo, me lanza piropos... Una hora más tarde, tengo un charco de baba a los pies y él va cien puntos por delante cuando sitúa la última ficha en el tablero.

Se recuesta hacia atrás en la silla, entrelazando los dedos y colocándolos por detrás de la cabeza.

—Ya te lo advertí: soy muy bueno jugando al Scrabble.

—Has hecho trampas.

Recojo todas las fichas y las vuelvo a guardar en la bolsa, antes de doblar el tablero y meterlo en la caja. El juego todavía parece nuevo, pero tengo la sensación de que en los próximos meses lo vamos a dejar muy desgastado. Es el rato más divertido que he pasado en mi vida quedándome en casa.

—Voy a prepararme una infusión —dice Lucky—. ¿Te apetece?

—No, gracias. —Quiero ir arriba, lavarme los dientes y depilarme las piernas antes de acostarme con él. No es que espere que pase algo, pero si ocurre, quiero estar preparada. Tal como May le dijo a Marc... a ningún hombre le gusta que le pinchen como un cactus cuando se acuesta con una mujer...

Mientras Lucky se entretiene con el hervidor de agua en la cocina, corro escaleras arriba y me meto en el baño. Ni me acuerdo de la última vez que estuve tan nerviosa ni tan entusiasmada por un hombre. Es casi como si tuviéramos una cita, pero en casa, y él es mi compañero de cuarto y el padre de mis gemelos. Dios, puede que hasta sea mi novio algún día...

No es propio de mí preocuparme por mi aspecto ante un hombre. Voy a echarles la culpa a los niños, que me han revolucionado las hormonas.

Naturalmente, con las prisas, me corto al depilarme. Lanzo un resoplido de dolor. Maldita sea, ya sabía yo que no debería haber usado una cuchilla nueva.

Llaman a la puerta.

—¿Va todo bien por ahí?

—Sí. Me he cortado depilándome.

Hace una pausa antes de responder.

—¿Siempre te depilas antes de irte a la cama?

—Sí. —Contengo la respiración, preguntándome si se ha tragado mi mentira.

—Bueno. Estaré en la cama esperándote.

Se me acelera el corazón. ¿Estará desnudo? Ya no me acuerdo de qué aspecto tiene sin la ropa puesta. Creo que estaba demasiado ocupada rodando por el suelo y sudando con él para prestar atención a su cuerpo. Sé que tiene unos pectorales increíbles y unos maravilloso abdominales, pero el resto... No tengo ni idea. Solo sé que encajamos como dos piezas de un rompecabezas muy complicado.

Me cepillo el pelo, sorprendida al ver lo mucho que me está creciendo. Supongo que las vitaminas para el embarazo hacen que todo crezca. Me cepillo los dientes, uso el hilo dental y luego vuelvo a cepillármelos por segunda vez. A continuación, uso una fuerte dosis de enjuague bucal que mantengo en la boca el doble de tiempo de lo que dice el prospecto, dejándome las encías en carne viva.

Abro un cajón del ropero y saco mi camisón más sexy. Es rojo oscuro y de seda, con ribetes de encaje negro. Espero no tener que llevarlo puesto mucho tiempo, porque no es muy cómodo para dormir. Además, definitivamente, quiero sexo. A la mierda eso de dormir y nada más. Si vamos a vivir juntos, también podemos disfrutar de algunas de las ventajas más evidentes, ¿no?

Me pongo el camisón y lo dejo caer deslizándose en su sitio. El dobladillo termina justo debajo de mi trasero. Es lo bastante holgado como para que Lucky no me vea la barriga, lo cual me parece algo positivo en estos momentos. No hace falta recordarle que hay dos bebés flotando por ahí. Eso sí que es un antídoto contra la lujuria...

Me miro en el espejo, buscando defectos. May dice que soy muy guapa, pero yo no lo veo. Mi cara me parece de lo más normalita. Juraría que me están empezando a salir arrugas alrededor de la boca. May diría que es porque frunzo el ceño demasiado a menudo. Le saco la lengua a mi reflejo. A mí me parece que frunzo el ceño justo lo necesario, gracias.

Cuando al fin estoy satisfecha con lo que ven mis ojos, atravieso la puerta del baño hacia la habitación. Dejo escapar el aire que he estado conteniendo y miro a la cama.

Todo despatarrado, Lucky ocupa el lado izquierdo. Está de espaldas, tiene los ojos cerrados y la boca abierta. De sus cavidades nasales sale un profundo ronquido.

Me acerco y lo observo atentamente. Se ha quitado la camisa y se ha desbrochado los pantalones, pero los lleva puestos. No tiene mucho vello en el pecho, pero el que tiene le dibuja una línea en el centro de los pectorales, le baja por el vientre y desaparece en la parte superior de sus calzoncillos Calvin Klein. Sin duda, tiene un cuerpo muy apetecible. Se me acelera el pulso al imaginarlo sin los pantalones.

Se libra una guerra en mi interior. ¿Debería despertarlo y hacer que empiece la fiesta o quedarme aquí y mirarlo un rato más? Tiene que estar muy cansado, con la cantidad de horas que está trabajando. No puede llevar dormido más de diez minutos. Hay una taza con una infusión en la mesita de noche, y todavía está medio llena.

Rodeo la cama y me acuesto a su lado, despacio y con cuidado, tratando de no molestarlo demasiado. Ahora lo tengo lo bastante cerca como para percibir el calor que emana de su cuerpo. También puedo olerlo. Lucky tiene un olor que soy incapaz de describir de forma adecuada, pero sí sé qué es lo que me recuerda: todas las veces que lo he mirado y le he sonreído, todas las veces que se ha acercado a mí y me ha rodeado con sus brazos, durante todas las horas, días, semanas, meses y años que hemos pasado juntos, primero como amigos y ahora como amantes y futuros compañeros en la crianza de nuestros hijos. Lucky huele a hogar.

Se mueve un poco en sus sueños y luego abre un ojo.

273

—Hola —dice con aire de cansancio.

Sonrío.

—Hola, dormilón. —Levanto la mano y le empujo la nariz—. Roncas.

Frunce el ceño, con voz soñolienta y sexy.

—No, yo no ronco. La que ha roncado eres tú.

Me río, me encanta su sentido del humor y la intimidad que estamos compartiendo.

—Eso sería bastante difícil, porque yo estaba despierta cuando he oído el ronquido.

—Eso no son más que mentiras y calumnias. Yo no he roncado en mi vida. —Se da media vuelta, me da la espalda y suelta un largo ronquido, esta vez falso.

Me acurruco detrás de él, lo abrazo y entierro la cara en la parte posterior de su cuello. Sé que es un movimiento atrevido por mi parte, pero siento como si fuera lo más natural del mundo, estar haciendo esto con él. Inspiro hondo para inhalar el olor de Lucky, sonrío cuando activa el centro del placer en mi cerebro. Me alegro en el alma de haber sido una bocazas y haberle confesado al fin que no quería que desapareciera todas las noches.

—Podría acostumbrarme a esto —murmura en la almohada.

—Me alegro. Yo también. —Lo digo en serio. Me gusta esta paz que hallo entre nosotros. Estamos completamente solos y nada puede inmiscuirse. Me siento segura, rodeada de calidez. Tal vez incluso amada. Respetada al menos. No es algo que haya experimentado muy a menudo en mi vida.

—¿Quieres que juguemos un poco? —murmura.

Sonrío, y mis dientes rozan su piel.

—Tal vez.

Aparta mi brazo de su cintura y se da media vuelta para mirarme cara a cara.

—Creo que vas a tener que dar el primer paso.

—¿Por qué? ¿No te atreves?

Asiente con mucha seriedad.

—Nunca he mantenido relaciones con una embarazada.

—Yo tampoco.

Me lanza una carcajada directamente a la cara.

Alargo la mano y hago como si me limpiara algo del párpado.

—Gracias por eso.

Me toma la mano en la suya y besa el dorso de mis dedos.

—Me gustas de verdad. Mucho.

Intento contener una sonrisa, pero sé que es imposible. No ha dicho que me quiere, pero lo prefiero así. Me siento más segura. Que nos gustemos el uno al otro es un buen punto de partida.

—Tú también me gustas mucho.

—Quiero quitarte la ropa.

—No dejes que te detenga.

El suave tejido de mi camisón me hace cosquillas en la piel mientras me lo sube despacio. Me muevo para ayudarlo a quitármelo, y enseguida me lo retira por la cabeza y lo arroja al otro lado de la habitación. La prenda atraviesa el aire como atrapada por la corriente antes de caer con delicadeza al suelo.

Mira mi cuerpo completamente desnudo.

—Dios mío... Eres una obra de arte.

Le doy un golpecito en el hombro.

—No digas tonterías. Eres tan bobo... —Noto que me arde la cara por su piropo.

—No, en serio. Lo digo muy serio.

Desliza la mano por mi brazo hasta la cintura y luego lo lleva a la parte delantera, deteniéndose en mi vientre. Me rodea el ombligo con el dedo y luego desciende hacia el triángulo de vello púbico.

Tengo que hacer un esfuerzo por no moverme, a pesar de que sus caricias hacen que una descarga eléctrica me recorra el cuerpo.

—No quiero hacerte daño —dice.

—No hay nada que puedas hacer para hacerme daño, excepto... —Me detengo antes de estropearlo todo con demasiadas palabras y demasiada información.

—¿Excepto qué?

Niego con la cabeza.

—No importa. No es nada.

Sube la mano y la deja al lado de mi mejilla. Me mira a los ojos.

—Dime lo que ibas a decir. Te prometo que no te voy a juzgar.

Me paro un momento a decidir si quiero decir algo. Mi primer instinto es inventarme una excusa, mentir. Pero ahora voy a ser madre: tengo que hacer lo correcto y decirle lo que estaba pensando. ¿Qué es lo peor que puede pasar? Sí, podría dejarme, y entonces estaría sola, que es como he pasado la mayor parte de mi vida, así que puedo asimilarlo.

—Iba a decir que la única forma de hacerme daño sería dejándome. Pero si necesitas dejarme, lo entiendo. No quiero que sigas conmigo porque te sientes obligado, eso nunca.

Su sonrisa parece casi triste.

—¿Por qué crees que querría dejarte?

Me encojo de hombros.

—No lo sé. La gente se separa. Son cosas que pasan.

El dolor en mi corazón es intenso. No digo las palabras que pienso realmente: que no creo ser una persona digna de estar con nadie mucho tiempo, o al menos no con un hombre como Lucky.

—Llevo contigo más de la mitad de nuestras vidas. ¿Qué te hace pensar que me gustaría dejarte ahora? Somos parte del mismo equipo. Estamos formando una familia. —Parece como si quisiera decir algo más, pero se calla.

Por alguna razón, sus palabras y la vacilación de después hacen que sienta ganas de llorar. Hago un gran esfuerzo para acallar esa emoción.

—Pero a veces las relaciones se rompen, son cosas que pasan. Y yo lo entiendo.

—Pensaba que me conocías un poco mejor, Toni. No desaparezco cuando las cosas se ponen feas. Me quedo al pie del cañón. Aprendí mi lección.

Su última frase me deja perpleja.

—¿Tu lección?

—Sí. Con mi hermana. No estuve allí, a su lado, cuando me necesitaba, y mira lo que pasó.

—No te estarás culpando otra vez por lo que hizo, espero...

—No, no exactamente. He hablado mucho con Jenny de eso, y me ha ayudado a ver muchas cosas con más claridad. Igual que tú cuando conversamos del tema hace algún tiempo. Pero el hecho es que mi hermana necesitaba hablar con alguien, y yo no estaba allí. Y puede que de todos modos no hubiese querido hablar conmigo, pero si hubiera estado con ella, más cerca, si hubiera dado prioridad a nuestra relación, tal vez habría podido llevarla a que la viera alguien con quien sí habría podido hablar. Al menos ayudarla a encontrar un poco de paz.

—Eso es imposible de saber ahora. No tiene sentido que te martirices por eso.

—Pero ¿y si soy un mal padre? Fui un hermano terrible. No hace falta ser muy listo para pensar que podría ser pésimo. Mi padre no era ningún padrazo, eso seguro.

—¿Me estás tomando el pelo? Eso es de locos. Eras un hermano estupendo, ¿recuerdas? Yo estaba ahí. Te llevabas a tu hermana a todas partes hasta que tuvo la edad suficiente para decidir que no le interesaba. ¿Y a quién le importa lo que hiciera o dejara de hacer tu padre? Vas a ser un gran padre. Eres amable, considerado, divertido, paciente... No puedes dejar que las cosas que te ocurrieron en el pasado sin que tú pudieras controlarlas determinen quién vas a ser en el futuro.

Me acaricia el brazo.

—Podría decirte lo mismo sobre Charlie, ¿sabes?

La sangre se me hiela en las venas al instante.

—¿Qué tiene eso que ver con lo que estamos hablando?

Me aparto un poco y el espacio entre nosotros se vuelve casi glacial.

—Nada. Solo digo... que te pareces mucho a mí. Te culpas por cosas que no son culpa tuya.

Lanzo un resoplido de disgusto. Aunque no sé por quién, si por mí o por él.

—Yo maté a Charlie. No hay forma de quitarle hierro a eso. Voy a pagar por ese error el resto de mi vida.

—Pero él te hizo daño. Te hizo mucho daño. Lo único que hiciste fue protegerte.

—Una bala sí fue para protegerme. Las otras cuatro... no tanto.

—No, no me lo creo. Sé que crees que el juez creía eso y tú también te has convencido a ti misma, pero no es cierto. No importa el entrenamiento que hayas recibido, Toni. —Me aparta el pelo de la frente y continúa hablando—. Sabes que cuando te encuentras en esa clase de situación, donde los niveles de estrés alcanzan cotas máximas, no tienes la presencia de ánimo para decir: «Bah, solo necesito una bala. Toma, ahí va eso. ¡Pum!». Lo único que sabes es que te enfrentas a una amenaza y tienes que acabar con ella. Tienes que neutralizarla.

—Ojalá fuera así de simple.

—Es así de simple. Mira todos los tiroteos policiales que hemos tenido en la ciudad en los últimos cinco años. He leído los informes, ¿y tú? —Espera a que niegue con la cabeza antes de continuar—. En todos los casos, los agentes de policía, posiblemente los individuos mejor entrenados en el uso de armas de fuego bajo situaciones de estrés, usaron más de una bala para reducir a sus sospechosos.

—Seguramente porque tenían que disparar desde mucha distancia. No estaban seguros de haberle dado al sospechoso, así que tuvieron que seguir disparando. —Ya no puedo mirar a Lucky a los ojos, así que le miro la barbilla—. Charlie recibió un disparo prácticamente a quemarropa.

—No, eso no es verdad. Por lo que he leído, en algunos casos los agentes estaban a menos de dos metros de distancia de los sospechosos. Nadie dispara nunca una sola bala. Tiene que ver con la cantidad de adrenalina, y también con que hay demasiado en juego.

¿Por qué habrá leído esos informes? No recuerdo nada de eso en ninguno de los casos en que hemos trabajado. ¿Lo hizo por mí? Una parte de mí realmente quiere creer lo que dice, pero sé lo que está haciendo: solo intenta que me sienta mejor a pesar de lo que hice.

—No quiero seguir hablando de esto. Y tampoco estoy de humor para hacer lo que íbamos a hacer. —La placentera sensación de calidez ha desaparecido entre nosotros. Ahora solo siento un vacío de emoción. No sé para qué me he depilado las piernas...

Me acaricia el brazo, deslizando la mano arriba y abajo, y luego me atrae hacia sí, abrazándome con fuerza.

—Siento haber sacado el tema. Eso sí que es matar el deseo...

Me aparto y me doy la vuelta, dándole la espalda. Odio sentirme vulnerable, pero eso es justo lo que siento ahora mismo.

—Podrías simplemente... ¿abrazarme esta noche?

—Por supuesto —dice mientras se acerca—. Me encantaría.

Los recuerdos de Charlie se entremezclan con los pensamientos sobre Lucky, sobre nuestro pasado y sobre el futuro que podríamos compartir. Es evidente que estoy profundamente marcada por mi última relación y por la forma en que la viví. Siento que no podré avanzar hasta que arregle lo que sucedió en el pasado, pero también sé que es imposible deshacer lo que hice. Sigo dándole vueltas y más vueltas en mi cabeza... Si al menos hubiera alguna manera de arreglar las cosas...

De pronto, se me enciende la bombilla y siento una lucidez inmediata. Me golpea como un rayo, justo en el centro del cerebro. Ahora ya sé cuál es mi problema, y por qué siento que todo en mi vida está condenado a fracasar y a ser horrible, sin que importe lo que haga para tratar de solucionarlo. Mi problema con Charlie es como una herida abierta por una razón. Me parece increíble no haberme dado cuenta antes. Por eso sentí esa necesidad, cuando estaba borracha, de llamar a un tipo que había intentado secuestrar a una amiga para vengarse de mí. Incluso borracha como una cuba, sabía qué necesita mi corazón: necesita hacer las paces con el pasado, cerrar esta herida para siempre.

No puedo deshacer lo que hice y nunca me arrepentiré ni me sentiré terriblemente culpable por lo que le hice a Charlie, pero tal vez si encontrara una manera de dejar algunas cosas atrás, podría seguir adelante con mi vida con Lucky y los niños rodeada de luz, y no inmersa en esta abrumadora oscuridad que amenaza con engullirme todo el tiempo.

El destello de esperanza que ilumina mi corazón es como una droga, y ahora me siento como si quisiera una sobredosis. Mi mente trabaja a toda velocidad mientras sopeso mis opciones. ¿Cómo puedo hacer las paces con el hecho de haberle quitado la vida a un hombre que aseguraba amarme? No me cuesta mucho llegar a la conclusión de que solo hay una forma de hacerlo: si pudiera conseguir que alguien que quería a Charlie me perdonase, alguien que fuese importante para él, podría empezar a perdonarme a mí misma. Y ese es el camino para hacer las paces con mi pasado, el esquivo elixir que estoy convencida de que hará posible la curación definitiva.

Repaso mentalmente la lista de sus familiares y me concentro en la persona más lógica. Por supuesto. Ahora es tan obvio... Deslizo la mano hacia mi vientre y noto un discreto golpecito. Sonrío al darme cuenta de que uno de mis hijos me está hablando.

Buena señal. Voy por el buen camino. Es una locura, sí, pero es la única forma que conozco de hacer las cosas bien, pensando en el futuro. Nunca me ha dado miedo cometer locuras. Puedo hacer esto. Además, ahora hay alguien más en quien debo pensar, y no solo en mí: tengo a los niños y tal vez a Lucky también, si quiere quedarse conmigo y que pasemos a la siguiente fase en nuestra relación. Les debo este esfuerzo. Mi cuerpo entero reacciona con alegría ante la idea de volver a empezar de cero.

—¿Lucky?

—Sí.

—Uno de los bebés está dando pataditas.

Desliza la mano y la apoya en mi barriga. Coloco mis dedos sobre los suyos, tratando de predecir el siguiente punto donde va a haber una patada. Ahí está de nuevo. Una especie de culebreo.

—¿Lo has notado? —pregunto.

—Oh, Dios... Creo que sí. Ha sido como una especie de burbujeo.

—Bueno, o son gases, o es uno de los niños.

—Es genial... —me susurra contra el cuello—. Vas a ser mamá.

—Sí, y tú vas a ser papá.

Ahora estoy segura de qué es lo que tengo que hacer: necesito hablar con la madre de Charlie. Necesito pedirle perdón por lo que le hice a su hijo, a su familia y a ella. Estaba allí, en la sala del tribunal, cuando me condenaron. Seguro que se ha propuesto odiarme hasta que muera, pero tal vez si hablo con ella, de madre a madre, encuentre algo en su corazón que le permita escucharme al menos. Eso podría ser suficiente.

La esperanza hace que se me acelere el corazón.

Capítulo 32

Estoy contenta por cómo van las cosas en casa con Lucky y en el trabajo con todos mis compañeros de equipo. Nunca pensé que disfrutaría con esta clase de rutina, pero me siento muy cómoda. Todas las noches, Lucky y yo cenamos juntos y luego jugamos a las cartas o a un juego de mesa, y después subimos a mi habitación juntos. Hasta ahora, en la cama solo ha habido abrazos clasificados «para todos los públicos», pero tengo otros planes para nosotros.

Ha estado dejándome llevar la iniciativa, y normalmente sería la primera en lanzarme de cabeza a mantener relaciones sexuales con él, pero he descubierto que mi actitud hacia esa clase de cosas está cambiando. Todavía me gusta el sexo, por supuesto, pero ahora significa más para mí. Quería averiguar qué somos el uno para el otro antes de complicarlo con una relación más íntima. Lucky no es simplemente un chico al que conocí en un bar o un capricho de juventud con el que tener un rollo de una noche: es el padre de mis hijos y el hombre con el que vivo, el hombre con el que juego por las noches y de cuya barba me burlo porque no consigue afearle la cara ni de lejos. Cuando volvamos a tener relaciones sexuales, va a ser muy diferente a la última vez: estaremos haciendo el amor. No estoy segura de haber hecho eso antes. Ni siquiera con Charlie.

—¿Vendrás de compras conmigo esta tarde?

La pregunta de May me saca de mi ensoñación. Me está mirando desde el cubículo contiguo. Las dos bromeamos ahora que somos el «equipo cubículo». Ozzie nos ha dado libertad para decidir nosotras mismas si queremos salir a hacer trabajo de campo a la calle o decantarnos por cosas más tranquilas como labores de oficina, y ambas nos hemos ofrecido como voluntarias para el cubículo. Dejando de lado las náuseas matutinas, parece la opción más segura e inteligente. Cada vez que pienso en salir a la calle con May, me viene a la cabeza la imagen de Marc el pandillero metiéndose la mano en la cintura para sacar el arma; entonces no me cuesta mucho decidir quedarme en el despacho. Con todas las detenciones derivadas de nuestro trabajo, ya no nos queda mucho por examinar, pero seguimos adelante con la esperanza de encontrar una última pieza del rompecabezas; Marc Doucet todavía anda suelto, y aunque hemos podido rastrear algunos de sus movimientos a través del teléfono —gracias a la rápida intervención de Alice Inwonderland Guckenberger—, todavía no hemos conseguido probar su implicación en ningún delito.

Niego con la cabeza.

—No, gracias. —No se me ocurre una mejor manera de torturarme a mí misma. ¿Salir a comprar ropa con May? No, ni hablar. La maternidad no me ha cambiado tanto.

—Pero tienes que hacerlo... —protesta—. Estamos acabando los preparativos de la boda y necesito tu opinión.

—Ya fui la autora intelectual del plan de adelantar tu boda y me ocupé de buscarte esa empresa de *catering*. Creo que he cumplido con mi deber.

Me mira y frunce el ceño.

—No me hagas reducirte de nuevo con una de mis maniobras.

No tengo más remedio que sonreír al oír eso. Sí, me redujo una vez, pero dudo que pueda hacerlo de nuevo. Ahora estoy lista para ella, además de que ya no siento náuseas.

La señalo mientras hago clic en un botón en mi teclado para rebobinar un poco la grabación que estoy revisando.

—Oye, Pastorcilla... Como intentes hacerme una maniobra de las tuyas, te dejaré maniatada con los cables de tus auriculares y tendrás que llamar a un grupo de rescate para que te libere.

Se acerca y susurra en voz alta:

—Si lo haces, me chivaré. Les diré que has sido tú y que has hecho demasiado esfuerzo. Seguro que Lucky te echa una bronca de campeonato.

—Yo que tú no haría eso.

Intento mantener una expresión seria, pero es imposible. No sé cómo, pero cada vez que hablo con May, acabo sintiéndome como si tuviera diez años otra vez. Creo que en esa época también me sentía mucho menos amargada, porque ahora la encuentro más divertida que molesta. Malditas hormonas... me están ablandando. Cuando nazcan los niños me apuntaré a realizar entrenamientos dobles con Dev.

—Por favor... —me suplica—. Les compraré a tus bebés unas botitas a juego.

Es una tontería, pero sus absurdos sobornos siempre acaban doblegando mi voluntad. ¿A quién le importan las botitas? Pues por lo visto, a mí.

—Está bien. Iré de compras contigo, pero no pienso estar más de una hora.

—Ningún problema. Tengo energía para llevarme medio centro comercial en ese tiempo. La pregunta es... ¿la tienes tú?

Mueve las cejas arriba y abajo.

Lanzo un resoplido.

—Por favor... Tengo energía para cualquier cosa, incluso para una de tus absurdas tardes de compras.

—Pues será mejor que lleves las zapatillas de correr —dice en voz baja, poniéndose los auriculares y tecleando en su ordenador.

Capítulo 33

Cuando May ha dicho que era capaz de llevarse medio centro comercial en una sola hora de compras, lo decía en serio. Jenny tiene la misma energía que ella, pero yo voy rezagada detrás, lloriqueando de lo mucho que me duelen los pies. May tenía razón: debería haberme calzado unas zapatillas de correr, pero he ido con mis botas, con unos tacones que ahora mismo están matándome. Solo llevamos aquí cuarenta y cinco minutos, pero juro por Dios que ya hemos visitado la mitad de las tiendas del centro comercial y recorrido casi diez kilómetros andando.

—Vamos, no te quedes atrás. Todavía nos faltan otras cuatro tiendas en las que entrar antes de que se nos acabe el tiempo. —May chasquea los dedos en el aire, mirando hacia mí.

—¿Podemos parar para tomar un café o algo? —Siento como si tuviera la lengua pegada al paladar.

Jenny me responde cuando algo brillante en el escaparate llama la atención de May.

—Puedes tomar un poco de agua, eso es todo. En este centro comercial, todo lo demás lleva mucha cafeína o azúcar.

Pongo los ojos en blanco y juro no volver a salir de compras nunca más con ninguna de estas dos. Son agotadoras e incansables, y de la opinión de que es necesario tocar e inspeccionar cada pedazo de tela en cada tienda antes de poder pasar a la siguiente. No digo nada más, decidiendo que atraer la atención hacia mí es una mala idea. Necesito que se centren en su misión y acaben de una vez con esto.

Veinte minutos más tarde, estamos terminando de visitar la última tienda, el lugar donde se supone que debemos elegir nuestros vestidos como damas de honor. Jenny sostiene un vestido de cóctel negro.

—Este es precioso —dice, mientras me lo enseña.

Arrugo la frente.

—Claro, si no te importa verme el barrigón sobresaliendo por delante. Esa cosa es muy ceñida.

Jenny hace un mohín de irritación mientras aparta el vestido. Apoya la mano sobre mi vientre y lo acaricia.

—Cómo puedes decir una cosa así... Esto no es un barrigón, es una barriguita de embarazada...

Miro hacia abajo, un poco sorprendida de que me esté tocando la barriga de verdad. Se me hace extraño que otra mujer ponga sus manos ahí sin previo aviso, pero al mismo tiempo, no es del todo desagradable. Al fin y al cabo, los bebés están ahí dentro, y ella es prácticamente como una tía para ellos.

Abre los ojos como platos.

—¿Ha sido una patada lo que acabo de notar?

Sonrío.

—Sí. Ese bebé te está diciendo que apartes las manos de la mercancía.

Jenny retira la mano.

—Oh, Dios mío... Lo siento mucho. Ha sido muy impertinente por mi parte.

Niego con la cabeza, sintiéndome mal por haberla avergonzado.

—No, no te preocupes. No pasa nada, de verdad.

May se acerca a nosotras.

—¿Habéis encontrado algún vestido?

Agarro la percha de la mano de Jenny y sostengo el vestido delante.

—Sí. ¿A que es precioso?

Esta es mi oportunidad de acabar con esto.

—Pero tienes que probártelo —dice Jenny.

Miro el reloj.

—No tengo tiempo. Me lo probaré en casa. Si no me cabe, lo devolveré y buscaré otra talla.

May me señala con el dedo.

—Será mejor que lo hagas rápido. Casi no hay tiempo; la boda es la semana que viene.

Asiento con la cabeza.

—Ya lo sé. Soy una de las damas de honor, ¿recuerdas? Una pieza fundamental en todo este montaje.

May me sorprende con un abrazo. Entonces Jenny se suma a nosotras y lo convierte en una expresión grupal de afecto. Suspiro, dejando que el vestido cuelgue a un lado.

—¡Dentro de una semana vas a ser mi hermana! —chilla May.

Arrugo la frente en medio del abrazo.

—¿Cómo?

Ambas se apartan y me sonríen. Nunca pensé que se parecieran tanto, pero al verlas ahora, las dos tan juntas, con esas sonrisas tan tontas en la cara, veo perfectamente el parecido. Eso me hace preguntarme si mis niños van a ser gemelos idénticos o mellizos.

Jenny responde a mi pregunta.

—Eres como una hermana para Ozzie, así que eso te convierte prácticamente en cuñada de May cuando se case, lo que te convertirá prácticamente en mi cuñada también.

—No estoy segura de que esa genealogía familiar se sostenga ante un tribunal. —Cito las palabras que le he oído a mi hermano cuando habla de pruebas. «¿Se sostendría ante un tribunal?» siempre es la pregunta que hace cuando entregamos nuestros informes.

May agita la mano en el aire, desechando mis comentarios negativos.

—No importa lo que diga la ley; solo importa lo que dice el corazón. —Apoya la mano sobre mi hombro y me mira—. Vas a ser mi hermana en menos de una semana, así que será mejor que te acostumbres. Te aconsejo que lo aceptes sin más y no opongas resistencia.

Me río.

—Créeme, te conozco lo suficiente como para saber que no tiene sentido oponer resistencia contra ti cuando se te mete algo en la cabeza.

Aparta la mano de mi hombro y sonríe.

—¿Lo ves? Tú me entiendes. Sabía que al final llegaríamos a un acuerdo. —Dirige su atención a su verdadera hermana—. ¿Lo tenemos todo listo para la despedida de soltera?

—¿Qué despedida de soltera? —pregunto.

—Almuerzo en mi casa el día de antes —dice Jenny—. No va a haber una gran fiesta para esta novia. —Señala con el pulgar en dirección a May—. Está embarazada, así que no podemos divertirnos demasiado, a diferencia de los hombres.

—¿Los hombres? —pregunto. Esto es toda una novedad para mí.

—Sí. Los chicos van a ir a un bar esta noche. Pensé que lo sabías —responde May.

Me encojo de hombros.

—Lucky no me ha dicho nada. —La verdad es que no hay ninguna razón por la que tuviera que hacerlo; no estamos comprometidos ni nada de eso, a pesar de que hemos pasado todas las noches de las últimas tres semanas juntos en casa.

Tengo que hacer un gran esfuerzo para que no me afecte. Cambio de táctica y me concentro en la fiesta de May en casa de Jenny.

—Todavía puedes contratar a un *stripper*, aunque estés embarazada.

Las dos hermanas abren la boca, pero no dicen nada.

—Solo era una broma, tranquilas.

Más o menos.

Jenny se lleva el dedo a la barbilla y mira hacia el techo, con los ojos chispeantes de malicia.

—No sé... Tal vez podríamos hacerlo...

—No te atrevas. —May ha bajado la voz hasta hablar casi en un susurro y mira a su alrededor como para asegurarse de que no nos ha oído nadie.

No puedo resistirme; levanto la voz para que me oigan en toda la tienda.

—¡Creo que un *stripper* es una gran idea, May! ¡Qué magnífica sugerencia! ¿Quieres el mismo grupo de Village People que contratamos para tu fiesta de cumpleaños?

May se abalanza sobre mí como dispuesta a pegarme, agitando los brazos a toda velocidad mientras extiende la mano para hacer contacto con mi cuerpo. Levanto los antebrazos para repeler su ataque, riéndome tan fuerte que me duele el estómago. Esto es mucho mejor que preocuparme por que Lucky ligue con una chica cualquiera en un bar en una despedida de soltero mientras yo me quedo en casa, embarazada.

—¡No he dicho eso! —exclama, mirando por encima del hombro a las dependientas, que nos están mirando—. ¡No me gustan los *strippers*!

Jenny se ríe conmigo. Las dos corremos hacia la caja registradora. May decide no seguirnos y sale de la tienda. Jenny y yo nos quedamos en el mostrador sonriendo como un par de bobas, sin aliento.

Ella levanta la mano y le choco esos cinco.

—Muy bueno —dice.

—Sí, eso he pensado yo.

Es como si la droga de la felicidad me bombeara por las venas. Supongo que, en el fondo, ir de compras con May y Jenny puede ser divertido. Vaya... Quién lo iba a imaginar...

Tengo la tentación de enviarle un mensaje a Lucky y preguntarle cuáles son sus planes para esta noche, pero la reprimo. Es su vida y puede hacer lo que quiera, y si quiere salir de fiesta, debería salir de fiesta. Yo me acostaré temprano.

Capítulo 34

Estoy en mi cama, profundamente dormida, cuando me despierta un ruido procedente del piso de abajo. Luego oigo una serie de pitidos extraños cuando Lucky intenta desactivar la alarma. Recibí un mensaje de texto cuando salía del centro comercial en el que me decía que no volvería hasta tarde, después de la despedida de soltero, así que no esperaba verlo hasta que se pusiera el sol, pero todo está oscuro y al mirar al despertador, veo que son las tres de la mañana. Aguzo el oído cuando oigo más pitidos de los que debería oír.

Ay, mierda... Se ha equivocado al teclear el código. Salgo corriendo de mi habitación, pero la alarma salta sin que me dé tiempo de desactivarla. Mientras corro por las escaleras, escucho una palabrota tras otra mezclada con la sirena de la alarma, y percibo el olor a alcohol que emana de él antes de llegar al último escalón.

Me acerco y lo aparto del camino para poder marcar el código correcto y apagar la alarma. La sirena deja de ensordecernos los oídos, pero ahora tengo que llegar al teléfono de la cocina para poder hablar con el operador, cuyo trabajo es comprobar lo que pasa cada vez que se activa una alarma. Suena al cabo de treinta segundos y yo ya estoy al lado del teléfono, esperando. Levanto el auricular y le digo mi código secreto a la operadora para que no envíe a la poli.

Después de agradecerle su eficiencia, cuelgo el teléfono y me vuelvo para mirar a Lucky.

Está justo detrás de mí, pasándose las manos por el pelo. Lo lleva todo alborotado y, junto con la ropa arrugada y la espeluznante barba, da la impresión de haber pasado la noche en una cuneta. Debería verlo muy feo, pero no puedo. Está tan atractivo como siempre, aunque me ha despertado de un sueño profundo después de salir de fiesta con los otros hombres del equipo, así que no me siento muy generosa.

Me cruzo de brazos y lo miro.

—Hola, nena. —Me dedica una sonrisa tímida.

—Estaba durmiendo.

—Lo sé. He intentado no hacer ruido. —Arrastra las palabras.

No recuerdo haberlo visto nunca tan borracho. Empieza a perder parte de su atractivo cuando me doy cuenta de a quién me recuerda: a Charlie.

Paso por su lado para subir las escaleras, pero me agarra de la muñeca y me atrae hacia sí.

Retiro la mano y retrocedo un paso.

—No. —Me sale una voz muy aguda, con un dejo de miedo.

El corazón me late con fuerza y la adrenalina me fluye por las venas. Tengo una especie de *flashback*. En lo único que puedo pensar es en Charlie y en lo que solía hacer conmigo.

Eso siempre marcaba el comienzo de los malos momentos entre nosotros, cuando salía a emborracharse y luego volvía a casa e intentaba entablar conversación conmigo. Nadie es capaz de controlarse del todo cuando ha bebido tanto, me da igual quién sea. Lucky no es distinto.

Frunce el ceño y trata débilmente de alcanzarme.

—Vamos, nena. No seas así...

Estoy furiosa. ¿Cómo se atreve a presentarse así en mi casa? Sabe perfectamente que eso es lo que solía hacer Charlie y lo mal que terminaba siempre.

Le aparto la mano y lo miro con furia mientras se tambalea.

—¿Que no sea cómo? ¿Como una embarazada a la que no le hace ni pizca de gracia que un idiota borracho la despierte de madrugada?

Hinca la barbilla barbuda contra el pecho y casi pierde el equilibrio.

—Guau. Eso ha sido un golpe bajo. ¿Se puede saber qué te he hecho?

Lo miro negando con la cabeza, pues me doy cuenta de que esta conversación es completamente inútil. Está demasiado borracho para saber lo que dice o hace. Lo más probable es que mañana no recuerde nada de esto.

—No importa. Me voy a la cama. Puedes dormir en la otra habitación.

No pienso dejar que se acerque a mí con ese aliento apestoso a alcohol. Y está tan borracho que seguramente intentará tocarme, y luego tendré que romperle algún hueso. No vale la pena correr el riesgo.

Intento pasar junto a él, pero vuelve a agarrarme. Cuando trato de librarme de él, me agarra con más fuerza.

Freno el impulso de huir en un intento por controlar mis emociones. Si no voy con cuidado, ahora podría hacer algo horrible. Respiro profundamente antes de volverme a mirarlo. Mi muñeca queda atrapada entre los dos.

—Lucky... Tienes que soltarme. Estás borracho y te estás comportando de forma muy estúpida, y ahora mismo no estoy de humor para esas cosas.

Suaviza la voz.

—Pero es que necesito hablar contigo de algo. Es superimportante.

Lanzo un fuerte suspiro, para que sepa lo molesto que me resulta.

—Está bien. ¿Qué es? Date prisa, porque es tarde y mañana tengo que ir a trabajar.

—¿A trabajar? —Arruga la frente, confuso—. Pero si es fin de semana...

Niego con la cabeza, dándome cuenta de que he estado a punto de revelar mi secreto. Mañana pienso investigar un poco más sobre la madre de Charlie. Durante las últimas tres semanas, he estado recorriendo en coche su vecindario cada vez que tenía tiempo, a solas, después del trabajo, para asegurarme de que sigue viviendo allí, ver con quién está por las noches y familiarizarme con sus rutinas. La última vez que supe de ella estaba soltera, pero ha pasado bastante tiempo. Hasta ahora no he visto nada que me diga lo contrario, pero necesito estar segura. No quiero abrir mi corazón delante de un montón de gente. Esto tiene que ser solo entre nosotras.

—Quería decir ir de compras. Tengo que ir de compras para la boda. —Esa mentira piadosa hará que pueda salir sola. A Lucky los preparativos de esta boda le hacen tan poca gracia como a mí.

—Ah. Bueno, está bien. Seguramente estaré durmiendo y luego con una resaca de campeonato. —Sonríe y tiene un ataque de hipo; se lleva el dorso de la mano a la boca y se limpia los labios.

Lo miro arqueando una ceja.

—¿Tenías algo que decirme?

—Sí.

Ahora está animado otra vez, con los ojos brillantes. Se inclina hacia mí y me toma la otra mano. Estamos cara a cara y no hay suficiente espacio entre nosotros. El aliento le huele a rayos, olor a alcohol puro que me llega en oleadas.

Mi primer impulso es forcejear con él y tratar de escapar, pero no lo hago. Tranquila... Este no es Charlie, sino Lucky. No te va a hacer daño.

Las palabras le salen atropelladamente.

—Esta noche he estado pensando, mientras estaba fuera. Sobre cosas... Sobre nosotros... Y veía bailar a todas esas chicas y bromear a los chicos y eso... pero la verdad es que no me he divertido.

Lo miro y niego con la cabeza.

—Pues, la verdad, me cuesta creerlo. Es el alcohol hablando por ti.

Se acerca un poco, y veo perfectamente sus ojos inyectados en sangre.

—No, te lo juro. Antes me gustaban esas cosas, pero ahora que he estado aquí contigo, y que los guisantes están de camino...

—¿Guisantes?

Mira hacia abajo, a mi barriga.

—Guisantitos. Dos. —Levanta la vista y me sonríe antes de continuar—. En fin, que no me gustan las mismas cosas que antes. En realidad no las soporto. —Sacude la cabeza y parece confundido, como si no se entendiera a sí mismo.

Me encojo de hombros. Entiendo lo que trata de expresar, a pesar de que está borracho como una cuba y probablemente no sabe lo que dice.

—Te comprendo. Antes siempre estaba ahí con vosotros, pero ahora solo quiero quedarme en casa y ganarte en los juegos de mesa. —Le lanzo una sonrisa triste—. Creo que este es el principio de mi nueva y aburrida vida.

Me aprieta las manos y me mira con tanta seriedad que casi me pone triste.

—¿Lo ves? A eso me refería. Los dos estamos avanzando en la misma dirección. Los dos queremos las mismas cosas. Aunque a mí no me ganas en los juegos de mesa: siempre pierdes, pero no pasa nada. Te quiero igualmente. Y vamos a formar una familia juntos. ¿Sabes lo que significa eso?

Olvido el hecho de que acaba de decirme otra vez que me quiere; puedo achacarlo a un efecto secundario natural del exceso de alcohol. Me temo que algo peor está a punto de suceder. Sacudo la cabeza, preocupada por el derrotero que está tomando esto. Debería decirle que se calle, pero no lo hago. Algo dentro de mí quiere ver adónde pretende llegar.

—No —digo—. ¿Por qué no me explicas lo que significa eso, señor borracho filósofo?

Sonríe, extendiendo sobre mí toda su felicidad inducida por el alcohol.

—Eso significa que nos amamos y que deberíamos casarnos. En serio, deberíamos hacerlo, igual que Ozzie y May.

Se inclina con aire vacilante sobre una rodilla mientras me mira, tambaleándose un poco antes de recobrar el equilibrio.

El miedo y la rabia se apoderan de mi corazón. Antes de que pueda recuperarse lo suficiente para hablar, hago mi movimiento; tengo que actuar rápido para evitar que lo destruya todo. Me inclino y lo empujo por los hombros, haciéndolo caer al suelo.

Se cae de costado en el pasillo y se golpea la cabeza con la pared.

—¡Eh! ¿Qué estás haciendo? —exclama—. Iba a proponerte matrimonio...

Paso por su lado y le doy una patada en las costillas al pasar.

—No te atrevas.

Estoy tan furiosa ahora mismo que me entran ganas de dispararle, y en mi caso, eso nunca es el presagio de nada bueno. Corro escaleras arriba hasta mi habitación y me encierro, echando el pestillo de la puerta para asegurarme de que no pueda seguirme. Sabía que estaba borracho, pero no me imaginaba que lo estuviera tanto. Joder...

Me paseo arriba y abajo por el dormitorio, preguntándome qué debería hacer ahora. Me caen lágrimas de furia y me las seco. Está borracho como una cuba, en un estado catastrófico e irracional, así que me da miedo dejarlo solo. Pero tampoco quiero verlo.

Toda esta situación me hace sentir despreciable, como alguien que no es digno de una vida normal, de un amor puro, sin adulterar. Todo lo malo que he pensado siempre sobre mí se confirma porque a Lucky le ha parecido una buena idea emborracharse y luego declararme su amor. ¿De verdad soy la clase de chica a quien un hombre solo es capaz de declararse después de una noche de borrachera y de juerga en un club de estriptís? Pues por lo visto, así es. Nunca me había sentido tan mal estando con Lucky.

Tomo el teléfono de la mesita de noche para enviar un mensaje de texto a Thibault.

Yo: Lucky está borracho como una cuba. Ven a buscarlo.

Espero hasta recibir una respuesta, aliviada cuando mi hermano me responde diciendo que viene de camino para recoger al idiota que ha tenido la audacia de proponerme matrimonio con un pestilente aliento a alcohol.

Oigo que alguien llama a la puerta del dormitorio mientras respira entre jadeos.

—Toni. Nena... Necesito hablar contigo.

Grito para que pueda oírme a través de la puerta.

—¡Vete! ¡No quiero saber nada de ti! ¡Eres un idiota!

—¿Por qué estás tan enfadada? Iba a decir algo bueno. —Recorre la puerta con los dedos, arrancándole el ruido de un arañazo.

—¿Que por qué estoy tan enfadada? No seas idiota, Lucky. Lo sabes perfectamente. No puedes decirme algo así estando borracho, ¿lo entiendes? Si quieres hablar conmigo en serio, si quieres hacer planes conmigo sobre nuestro futuro juntos, tienes que hacerlo cuando estés sobrio.

Oigo el ruido que hace su ropa arrastrándose por la puerta y me doy cuenta de que se ha apoyado en ella. Es posible que esté sentado en el pasillo y babeando en mi puerta.

—Lo siento. Quería decírtelo estando sobrio, pero no tenía agallas.

Levanto la barbilla y apoyo la mano en mi vientre.

—Entonces tampoco tienes agallas para estar conmigo. Thibault va a venir a buscarte. No quiero que duermas aquí esta noche.

Empiezo a llorar y mi debilidad solo me pone más furiosa. ¿Cómo se atreve a ser tan cobarde? Me preocupa que no sea capaz de ser un buen padre, y mucho menos un compañero.

Toda esta mierda no es solo por nosotros; también está relacionada con su hermana. Lucky es como yo porque no lo ha superado. Todavía no ha hecho las paces con su pasado, y está abrumado por la culpa. Sin embargo, hay una diferencia, y es que él se siente mal por algo de lo que no tuvo ninguna culpa. Su hermana estuvo deprimida durante mucho tiempo, y nadie podría haber hecho o dicho nada para cambiar eso. Todos lo intentamos, muchas veces. Incluso Lucky lo intentó, pero lo ha olvidado muy oportunamente para poder culparse a sí mismo.

Tal vez debería ser más indulgente con su actitud, pero ahora mismo no puedo. Esta es mi vida, y necesito aclararla. La urgencia de la situación es como un puñetazo en el estómago. Tengo una boda dentro de unos pocos días, y luego mi embarazo estará demasiado avanzado para hacer algo con respecto a Charlie. No sería seguro ni inteligente llevar cabo mi plan con un embarazo tan obvio; de hecho, ahora mismo apenas si puedo disimularlo con un blusón. Esta es mi última oportunidad para arreglar las cosas.

Tal vez si consiguiera hacer las paces con mi pasado, mi mala suerte dejaría de contagiarse al padre de mis hijos y él también encontraría la manera de solucionar sus malos rollos. Cada vez aumenta más mi temor a que solo podamos alcanzar la felicidad si encuentro una forma de demostrar a la madre de Charlie cuánto lo siento. El tiempo se acaba. Tengo que hacerlo ya.

Capítulo 35

Mi labor de investigación y vigilancia ha dado sus frutos: sé dónde vive Eunice, la madre de Charlie, a qué hora llega a casa del trabajo, y también sé que está sola la mayor parte del tiempo. El domingo la vi sentada cenando frente al televisor a las seis en punto. Sería muy oportuno que cenase a esa misma hora todas las noches; así podría pillarla antes de que Lucky terminase de preparar nuestra cena. Supongo que volveremos a nuestra rutina normal a partir del lunes por la noche.

No lo veo en todo el fin de semana ni antes de irme al trabajo el lunes, pero sabe que no lo odio. Hice caso omiso de sus mensajes de texto pidiéndome que saliera y hablara con él durante el fin de semana, pero esta mañana le dejé una nota en la encimera que decía: «Ya no estoy enfadada. Hablaremos después del trabajo».

Lucky quiere disculparse conmigo, pero aún no estoy lista para escucharlo ni para hablar de su propuesta, absolutamente disparatada. Necesito tiempo para sacar al fantasma de Charlie de la casa y de mi cabeza. Cuando Lucky llegó borracho, trajo consigo muchos malos recuerdos, pero ahora estoy bien. Tengo un plan y pronto todo se arreglará. Siento que, mientras eso no ocurra, no podré seguir adelante con mi vida y aceptar lo que sea que Lucky me esté ofreciendo.

Tras un largo fin de semana holgazaneando y pensando hasta dónde hemos llegado Lucky y yo, estoy convencida de que se merece un respiro. Todo el mundo puede cometer errores en una relación, sobre todo en una tan complicada como la nuestra. Joder, si ni siquiera sabemos en qué clase de relación nos hemos metido. Dios sabe que no soy perfecta, y tengo una marcada tendencia a estropear un montón de cosas. Voy a querer su perdón cuando eso suceda.

Paso parte del domingo en el centro comercial, devolviendo el vestido, que no me cabía. El otro día, Jenny se pasó un poco con su entusiasmo por mi figura y, por lo visto, no se dio cuenta de lo grande que era mi barriga, a pesar de que tenía su mano encima. Supongo que debería tomármelo como un cumplido, pero ahora lo único que hago es llorar la pérdida de mi cintura. Antes dibujaba una curva a ambos lados, pero esta mañana en el espejo me he percatado de que traza una línea recta de mis axilas a las caderas. Y la barrigota que tengo delante parece crecer día a día.

El domingo, un blog escrito por una madre de gemelos me mantiene ocupada leyendo durante varias horas. Con él me informo de muchas cosas que debería saber, como el rápido crecimiento de mi cintura. A la mayoría de las mujeres apenas se les nota su primer embarazo a las veinticuatro semanas, pero en mi caso, parece que me falten un par de meses para dar a luz, cuando en realidad me quedan cuatro.

En el centro comercial, me compro unos pantalones vaqueros que tienen una parte elástica en la parte delantera en lugar de una cremallera y un botón. Llevo varias semanas cerrándome los vaqueros normales con una goma, pero empieza a resultarme incómodo. Dejo escapar un suspiro de alivio cuando me pongo mis vaqueros premamá el lunes por la mañana.

Me levanto temprano para ir al trabajo, pero en lugar de conducir directamente a la zona del puerto, me dirijo al cementerio para visitar la tumba de Charlie. Van a pasarme muchas cosas esta semana, pero parece que ninguna de ellas tendrá ningún significado si no hago esto primero.

Llevo mucho tiempo sin visitar su tumba, pero me parece apropiado, ya que voy a visitar a su madre esta noche, y pronto voy a ver mi vida transformarse en algo que nunca habría podido ser si Charlie siguiera en ella. Tengo la sensación de que por fin estoy lista para decirle adiós definitivamente.

Me siento al lado de su lápida y arranco pequeñas briznas de hierba, haciendo acopio del valor que necesito para decir las cosas que al fin han quedado claras en mi mente. Una leve brisa me arroja mechones de pelo a la cara mientras hablo.

—Hola, Charlie. Espero que estés bien. Estoy segura de que lo estás.

Siempre di por sentado que Charlie iría al cielo. Aunque a veces se portaba como un mierda conmigo (está bien, tal vez muchas veces), no era del todo malo. Compartimos algunos buenos momentos. No hubiera estado con él cinco años si no hubiera sido así. Nunca llegó a caer tan bajo como para matar a alguien, a diferencia de mí.

Arranco más briznas de hierba.

—No sé si te molestas en seguir mi vida, pero últimamente es de locos. —Hago una pausa para analizar el hecho de que estoy hablando con un fantasma que probablemente quiere atormentarme para el resto de mis días. Espero a ver si percibo algo o siento su presencia. Nada, aparte de unas patatitas de los bebés. Parece que les gusta cuando hablo, así que continúo—. Estoy embarazada de gemelos. Seguramente no te sorprenderá demasiado saber que Lucky es el padre. Sé que siempre sentiste celos de él y que me acusabas de tener una aventura con él, pero estabas equivocado. Nunca hice nada con él hasta que te fuiste. Hasta que pasó mucho tiempo de eso.

Suspiro. Me siento como si estuviera en un confesionario. No es la peor sensación que he tenido.

—Ya que estoy siendo sincera, probablemente debería admitir que tengo sentimientos por Lucky desde hace mucho tiempo. Desde antes de que tú y yo empezásemos. —Me entristezco al pensar en cómo fueron las cosas. Tal vez no debería haberme alejado de Lucky hace tantos años, pero es demasiado tarde para cambiar eso ahora—. Él es el motivo por el que me fui contigo. Tenía que quitármelo de la cabeza, a él y ese beso que compartimos, y tú fuiste la respuesta. Eras lo único lo bastante fuerte como para apagar ese fuego. Supongo que era algo que se te daba muy bien. —Lanzo un suspiro—. Lamento haberte utilizado de esa manera, Charlie. No fue en absoluto justo.

Mi cerebro trata de decidir qué decir a continuación. Creo que las personas que ya no están en este mundo pueden cuidar de nosotros y comunicarse a veces, pero no sé si me está escuchando. ¿Por qué iba a hacerlo? Yo soy la razón por la que está aquí enterrado en el suelo.

—Tengo un plan, Charlie. Voy a ir a visitar a tu madre. —El mero hecho de decir las palabras en voz alta hace que el corazón se me acelere de anticipación y miedo—. Sé que nunca llegué a gustarle mientras estabas vivo, y que después de lo que hice, me odia, pero de todos modos siento de veras que necesito hablar con ella. —Me llega el destello de un recuerdo: la noche que llamé a Rowdy desde el bar—. Podría pedirle perdón a uno de tus hermanos, pero no sería lo mismo. Pronto voy a ser madre, y creo que ahora lo entiendo. Eras parte de ella y yo le arrebaté eso. Le robé a su hijo, como un ladrón. No importa lo que me hicieras a mí, eso es un hecho indiscutible. Nuestra relación abusiva no tiene nada que ver con lo que le hice a ella. Estoy enfadada conmigo misma por haber tardado tanto en resolver esto. Fuese o no en defensa propia, eso no supone ninguna diferencia para Eunice; su hijo está muerto y yo soy la que le quitó la vida. Necesito pedirle perdón.

»Si puedo mirarla a los ojos y decirle que lo siento, demostrarle cuánto lamento lo que hice y que entiendo de dónde viene su dolor, siento que tal vez al fin podría hacer las paces con mi pasado y encontrar la paz en mi futuro. Sé que no me va a perdonar, porque, ¿cómo podría hacerlo, verdad? Pero tal vez le ayude saber que lo entiendo y que me gustaría poder deshacer lo que hice. —Sonrío con tristeza—. O tal vez solo la enfurecerá. No lo sé. Pero no puedo saberlo a menos que lo intente. Y si ella me escupe en la cara y me dice que me vaya al infierno, me iré. Prometo que lo haré. No reaccionaré de forma física contra ella, ni aunque me diga lo que piensa, ni siquiera si me da una bofetada.

Me llevo la mano al vientre. Todavía no he visto a estos bebés, pero casi me imagino cómo reaccionaría si alguien me quitara a uno de ellos con violencia. Lo mataría, simple y llanamente. Con un poco de suerte, la madre de Charlie tendrá más capacidad de perdonar que yo. Ella siempre iba a la iglesia, y seguramente le perdonó a su propio marido los malos tratos a lo largo de los años. Tal vez no esté de acuerdo con el dicho de «ojo por ojo, diente por diente».

Un movimiento atrapa mi atención, así que miro hacia arriba. Al otro lado del cementerio hay un grupo de personas reunidas alrededor de una fosa. Su lenguaje corporal es rígido, con la cabeza inclinada hacia abajo. La mayoría de ellos viste de negro. Algunas de las mujeres más mayores llevan unos elegantes sombreros con velo.

No fui al funeral de Charlie; estaba en la cárcel del condado, pero puedo imaginarme cómo fue. Tenía muchos amigos y familiares. Ahora la mayoría de ellos está en la cárcel. Leí en las noticias que su madre estaba allí y que se arrojó sobre su ataúd, gritando su nombre. Cuando le pregunté a mi hermano por los detalles, se negó a dármelos. Me dijo que tenía que olvidarlo y superarlo.

Lo siento, Thibault. No puedo hacerlo.

Me levanto del suelo y coloco en la lápida de Charlie el puñado de hierba que había recogido. Me quedo allí hasta que el viento se lleva la última brizna.

—Lo siento mucho, siento lo que te hice, Charlie. No merecías la muerte. Había otras cien formas mejores de enfrentarse al desastre de nuestra relación, pero fallé. Perdí los nervios, y nunca dejaré de sentirme mal por eso. Pero voy a intentar hacer algo por tu madre. Quiero que sepa cuánto lo siento. Se merece escucharlo de mí, al menos. Tal vez eso signifique algo para ella.

Me alejo y me voy al trabajo. Voy a llevar a cabo mi plan esta misma noche, cuando salga de la nave industrial y antes de irme a casa para hacer las paces con Lucky. Por primera vez en demasiados años, siento que estoy a punto de avanzar en lugar de retroceder o caer en el mismo sitio.

Capítulo 36

May llega tarde y está muy pálida cuando se sienta en el cubículo a mi lado. Detengo la grabación que estoy escuchando y la miro.

—Tienes muy mala cara.

Desenvuelve una piruleta y se la mete en la boca antes de soltar el bolso en el suelo, junto a su silla.

—Gracias. De hecho, me encuentro fatal, así que no me extraña que tenga mala cara.

—¿Y una piruleta va a ayudarte a sentirte mejor?

Asiente con la cabeza, se la saca de la boca y me la enseña.

—Es una piruleta de jengibre. Jenny me ha comprado una bolsa enorme; dijo que me aliviarían las náuseas matutinas.

—A mí me ayudaba tomar *ginger ale*, así que supongo que tiene sentido.

May asiente con la cabeza y se mete la piruleta en la boca mientras enciende el ordenador.

—No consigo retener nada en el estómago, y tampoco tengo apetito. Además, todo huele fatal.

—Sí. He pasado por todo eso.

May me mira.

—¿Cuándo se van a acabar? Me refiero a las náuseas.

—Muy pronto. ¿De cuánto estás ahora?

—De dieciséis semanas.

Me encojo de hombros.

—De un momento a otro te encontrarás bien. Al menos eso es lo que dicen mis libros.

May vuelve a concentrarse en el ordenador.

—Creo que debería dar gracias por no estar embarazada de gemelos.

Nada que objetar a eso. Es verdad: tiene suerte.

—Lo siento. No debería haber dicho eso. —May se inclina y apoya la mano en mi brazo. Se cuelga la piruleta de la comisura de la boca como si fuera un cigarrillo—. Ha sido insensible por mi parte. Soy una idiota.

Niego con la cabeza y me vuelvo a poner los auriculares.

—No pasa nada. Lo entiendo perfectamente. Créeme.

May me toca el brazo y me dice que me quite los auriculares. Me retiro uno de la oreja.

—¿Qué le pasa a Lucky? Jenny no ha podido hablar con él en todo el fin de semana.

Me encojo de hombros, volviendo a centrar mi atención en la pantalla de mi ordenador, a pesar de que no hay nada que ver. Hoy lo único que estoy revisando son archivos de sonido.

—Llegó a casa borracho después de la despedida de soltero y le dije que se fuera a dormir con Thibault. No lo he visto desde entonces.

—Oh, vaya... ¿Y todavía está metido en un lío?

Niego con la cabeza. Tal vez si no tuviera un plan para dejar atrás el pasado, las estupideces que dijo Lucky estando borracho me molestarían más, pero ahora mismo esa es la última de mis preocupaciones.

—No. Hablaremos de eso esta noche. Lo arreglaremos.

No voy a contarle lo de su proposición de matrimonio fallida. Aunque los chismes que podría generar podrían ser una buena cura para sus náuseas, no estoy dispuesta a sacrificar mi intimidad para aliviar su malestar.

—Le enviaré un mensaje de texto a Jenny y le diré que puede comunicarse con Lucky a través de Thibault —dice May.

—Me parece bien.

Repaso los archivos de voz y escribo el informe en tiempo récord. Estamos a punto de atrapar a Marc Doucet. Acabo de identificarlo casi con toda seguridad en una conversación en la que reclutó a un miembro de una pandilla rival para encargarse de alguien a quien llaman con el nombre en código de Wolfman. Me levanto a las cinco en punto y dejo los auriculares sobre el escritorio con un ruido sordo. He subido mi informe al servidor y he creado una alerta en la bandeja de entrada de Ozzie para que sepa que tiene que leerlo.

May me mira.

—¿Ya has terminado?

Apago el ordenador y me echo el bolso sobre el hombro.

—Sí. Te veo mañana.

—No te olvides de la fiesta de despedida de soltera mañana.

—¡No me la perdería por nada del mundo! —Eso no es del todo cierto, pero bueno. Es un sentimiento bastante aproximado. Sé que May y Jenny están muy emocionadas con la idea, y a lo mejor que no está tan mal. Las dos hermanas juntas pueden ser realmente divertidas cuando se lo proponen.

Salgo de la zona del cubículo cuando May me grita:

—¿Adónde vas?

—¡A casa! ¡Nos vemos!

Aprieto el paso, pues no quiero darle pie a que me haga más preguntas. Cuanto menos sepa May de mis planes, mucho mejor.

Capítulo 37

Mi cerebro funciona a toda velocidad mientras conduzco hasta la casa de Eunice. ¿Qué va a pasar? ¿Me dará una bofetada? ¿Me dirá simplemente que me vaya? No importa; solo quiero que Eunice sepa cuánto siento lo que le hice.

La madre de Charlie no vive en un barrio demasiado bueno, pero pasé gran parte de mi juventud aquí, así que no me molesta. Hay grupos de chicos y de hombres en las esquinas de las calles principales, algunos de ellos con latas de cerveza metidas en bolsas de papel. Sienten una emoción absurda por poder beber en público justo delante de las narices de los policías locales. Siempre y cuando no enseñen la lata que hay dentro de la bolsa, legalmente no pueden impedírselo ni detenerlos. Muchas veces, la gente de estos barrios se siente a merced de las fuerzas del orden público, así que se divierten cuando pueden.

Tamborileo con los dedos en el volante al ritmo de la canción que suena en la radio y pienso en varios escenarios. Todavía estoy tratando de adivinar cómo reaccionará Eunice al verme en la puerta de su casa. Yo no me imagino lo que haría si la asesina de mi hijo se presentara en mi casa años más tarde para disculparse. Intento mantener una actitud positiva, pero me preocupa que Eunice sea como yo, incapaz de aceptar una disculpa.

Me suena el teléfono y miro la pantalla. Lucky me está llamando. No quiero responder, porque me preguntará dónde estoy y tendré que mentir. No quiero mentirle a Lucky, nunca. Además, todavía tenemos que resolver el problema de su proposición estando borracho, y eso no va a suceder por teléfono. Puede esperar.

Estoy a unas pocas manzanas y ya he empezado a sudar. Esta noche es especialmente húmeda, cosa que no ayuda. Los niños están en pleno combate de boxeo, dándome patadas sin parar. Mi teléfono emite un pitido mientras me acaricio la barriga. Lo miro, esperando ver la indicación de que me ha llegado un mensaje de voz, pero en su lugar aparece uno de texto. Cuando me detengo en un stop, agarro el teléfono y me lo pongo delante.

Lucky: ¿Dónde estás? Tenemos que hablar. Lo siento.

Maldita sea. Esperaba poder evitar esto. Podría hacer caso omiso del mensaje, pero no quiero que se preocupe y se ponga a buscarme. Podrían rastrear mi teléfono fácilmente; todos tenemos la aplicación instalada por razones de seguridad. Escribo una respuesta rápidamente antes de arrancar después del stop.

Yo: Voy a parar un momento en la tienda. Volveré a casa pronto. Hablaremos entonces.

Creo que estoy a punto de vomitar de nervios. Enfrentarme a la madre del hombre al que maté no va a ser fácil: esto es sin duda lo más difícil que he hecho en mi vida, pero Eunice se lo merece. Se lo debo a ella.

Cuando llego a los límites del barrio de Eunice, se me acelera el pulso. No me estoy dejando dominar por el pánico, pero tampoco diría que estoy tranquila. La idea de hablar con Eunice y pedirle perdón sonaba genial cuando la imaginé en mi cabeza, pero ahora que estoy a unos pocos pasos de la puerta de su casa, todo se ve más grande y más aterrador en mi mente. Estoy a punto de dar media vuelta y salir corriendo cuando veo que un automóvil se acerca desde la otra dirección y luego se detiene en la entrada de la casa.

Es ella. Eunice está de regreso. He llegado en el momento preciso, o eso parece. Acelero antes de que las dudas acaben de disuadirme y me acerco con el coche a la acera frente al edificio.

Hace una pausa mientras sube los escalones del porche y mira mi coche entrecerrando los ojos, por encima del hombro. No es el mismo vehículo que conducía cuando conocí a Charlie, así que aún no sabe que soy yo.

Apago el motor, me desabrocho el cinturón de seguridad e inspiro hondo un par de veces antes de abrir la puerta. Verla allí parada me recuerda mucho a Charlie... más de lo que imaginaba. Puede que Charlie nunca se haya ido del todo para mí, pero para Eunice, siempre estará muerto. Y por eso estoy aquí.

Me bajo del automóvil y me aliso los pantalones, resistiendo el impulso de subirme la faja elástica por encima de los bebés. Hoy me he puesto una camisola holgada para que no se dé cuenta de que estoy embarazada. Lo último que quiero es restregarle la idea de un niño en la cara. Ya le he hecho suficiente daño.

Cuando me acerco a través del césped, veo en sus ojos que acaba de reconocerme. Primero ensancha los párpados y luego los estrecha. Se da la vuelta para mirarme más detenidamente, y su bolso se le desliza desde el hombro hasta la curva del codo. Lleva pantalones de poliéster de color morado y una blusa naranja, morada y negra.

Me detengo a tres metros de distancia, con el césped grueso y de olor terroso que me llega hasta los tobillos.

—¿Qué haces aquí? —pregunta, con voz áspera y ronca por el humo de cigarrillo que ha inhalado a lo largo de los años.

Es una buena pregunta. No me ofendo al oír su tono de disgusto. Al menos ahora sé cómo reaccionará al hecho de verme. Mal.

—He venido a hablar contigo.

—No tengo nada que decirte —me responde con aspereza.

Doy otro paso vacilante hacia delante.

—Ya sé que no, y no espero que me digas nada. Solo esperaba que me escucharas, eso es todo.

Mueve la cadera y levanta un dedo admonitorio.

—Tienes muy poca vergüenza, desgraciada. ¡Cómo te atreves a venir a mi casa después de lo que hiciste!

Asiento con la cabeza.

—Lo sé. Sé que esto es una osadía por mi parte y probablemente también una estupidez, pero tenía que hacerlo.

—¿Por qué?

Ya no puedo mirarla a la cara. El odio en estado puro en su expresión me hace sentir como si algo se arrugara en mi interior. Los bebés patalean como si estuvieran haciendo gimnasia. Me concentro en su hombro mientras hablo.

—Durante mucho tiempo me he sentido fatal por lo que hice, pero me he dado cuenta de que nunca llegué a hacer lo que debería haber hecho después: nunca llegué a pedirte perdón directamente a ti. Debería haberlo hecho mucho antes, y lamento de verdad haber esperado tanto. Perdón por todo... por haberte arrebatado a Charlie y por no entender lo que eso significaba para ti como madre.

—Charlie está muerto porque tú lo mataste —dice casi en un gruñido—. Eso no puedes cambiarlo, no importa lo que digas.

—Lo sé. Desearía poder deshacer lo que hice, pero no puedo. Pero de todos modos lo siento, y quería que lo supieras. Y quería que supieras que lo entiendo. Sé por qué no puedes perdonarme. Te arranqué un pedazo de ti misma, y eso tampoco fue justo para ti, ni para Charlie ni para el resto de la familia.

—Bueno, tienes razón sobre una cosa: no puedes cambiar nada. ¿Y ahora dices que lo sientes? —Escupe en el suelo—. Lárgate de aquí antes de que lo que sientas sea estar viva.

La miro, sorprendida por su tono de voz y por lo inquietantemente familiar que me resulta. Charlie me hablaba de esa manera a veces, justo antes de darme un puñetazo en la cara. Una punzada de miedo me atenaza el corazón.

—Solo he venido a disculparme, Eunice. Lamento haberte molestado; no era esa mi intención, lo siento. Ahora me iré. —Doy un paso atrás.

Ella reduce la distancia entre nosotras a apenas un metro y medio.

—Ah, eso también lo sientes, ¿eh? ¿Lo sientes? —Da un paso más—. Déjame decirte lo que me importan a mí tus «lo siento». —Hace una pausa antes de continuar con un gruñido—. Nada. Menos que nada. Me gustaría agarrar todos esos «lo siento» y destrozarte los dientes con ellos.

El odio que le sacude todo el cuerpo es tan fuerte que tengo que alejarme de él. Levanto las manos en un gesto de rendición.

—No quiero tener ningún problema contigo, Eunice. Solo he venido a pedirte perdón y ahora me iré de aquí.

Niega con la cabeza, apretando sus labios ya delgados de por sí hasta que desaparecen del todo. La doble papada se le mueve sobre el cuello mientras la saliva se le acumula en las comisuras de la boca. Rebusca en su bolso y saca algo.

—No, qué va. Tú no te vas todavía. Tengo algo especial para ti, aquí en mi bolso. —Pronuncia las últimas palabras en un murmullo—. A la mierda con tus «lo siento».

Siento que el corazón se me estremece de dolor cuando imagino que se está preparando para apuntarme con un arma. Sin embargo, cuando saca la mano del bolso, lo único que veo es un palo negro y corto.

Sacude el puño una vez y la barra se extiende.

Mierda... Mi cerebro sufre un cortocircuito. Lleva un bastón de acero extensible en la mano, y parece que va a disfrutar usándolo.

Esto no formaba parte de mi plan. Esto no debería pasar. Estoy metida en un buen lío. Le juré al fantasma de Charlie y a mí misma que no haría daño a esta mujer. Vine a disculparme, eso es todo. No puedo defenderme.

Abro la mandíbula sin poder creer que esté a punto de sufrir una paliza a manos de una abuela con papada doble. En todas mis sesiones de entrenamiento con Dev y los chicos, siempre me enfrentaba a un hombre. Nunca, ni una sola vez, me plantearon la posibilidad de tener a alguien de la tercera edad como oponente, ni una situación en la que tuviera que contener mi fuerza. La parte más desquiciada de mi cerebro me dice que ella es la madre del hombre al que maté y, en consecuencia, le debo mi vida a cambio de la que le quité. Mantengo los pies pegados al suelo cuando probablemente debería salir zumbando de aquí, corriendo hacia el próximo condado.

Levanta el bastón por encima de su cabeza al tiempo que deja caer el bolso en el suelo.

—Llevo años soñando con este día. Ahora vas a probar la misma medicina que le diste a mi niño. ¿Creías que te sentías fatal antes? Pues ahora espera. No has visto nada todavía.

Acorta la distancia entre nosotras mucho más rápido de lo que esperaba. En un momento dado está a un metro de distancia y, al minuto siguiente, se ha abalanzado sobre mí.

Antes de estar embarazada de dos niños era más ágil. Intento agacharme, pero no soy lo bastante rápida. El bastón de acero se mueve rápidamente y me golpea en un lado de la cabeza.

Grito y me doblo sobre mí misma de dolor, al tiempo que me llevo la mano a la oreja. Es como si dentro tuvieran una campana gigante, sonando sin cesar. Algo cálido y pegajoso se cuela entre mis dedos. Sangre. Nunca me había dado miedo sangrar, pero ahora sí. Comparto esta sangre con mis hijos; no puedo permitirme perder ni una sola gota.

Intento salir corriendo y volver a mi automóvil, desesperada por llegar a un lugar seguro, pero antes de que pueda dar más de dos pasos, me da un golpe en mitad de la columna vertebral con su pesado bastón. Me arqueo hacia atrás cuando el dolor me parte la espalda; tropiezo y me caigo al suelo.

Estoy aturdida, mi cerebro trata de encontrar la manera de salvar la situación y a mí misma. No puedo defenderme. No estaría bien. Le prometí a Charlie que no vendría aquí a hacer daño. Y además, yo le quité a su hijo. ¿Está mal dejar que me quite algo? No sé la respuesta a estas preguntas, y todo mi cuerpo chilla de dolor.

De repente, oigo la voz de Dev en mi cabeza, gritándome: «¡Bloquea, bloquea, bloquea!».

Me giro de lado y pongo los antebrazos delante de mí, dando unas débiles patadas con las piernas, con la esperanza de darle en la espinilla y frenarla tal vez. Mientras recibo más y más golpes, la voz de Dev se apaga y oigo otra distinta: «Los niños, no —dice Lucky—. No dejes que haga daño a nuestros bebés».

No puedo bloquear sus golpes y protegerlos a ellos también, así que solo puedo hacer una cosa: me acurruco y formo un ovillo con todas mis fuerzas para proteger a los bebés, rezando para que todo termine pronto.

Hace una pausa y luego me grita, su voz sale como un chillido desesperado.

—¿Qué es eso...? ¿Estás embarazada? ¡Maldita zorra! ¡Mi hijo nunca tuvo hijos! ¡Yo nunca tendré nietos de Charlie por tu culpa!

Ahora el pánico se ha apoderado de todo mi cuerpo, pensando que el diablo le ha dejado leerme la mente. Lo sabe. Ahora va a intenta matar a los niños, a Milli y Vanilli... a arrebatármelos como yo le arrebaté a Charlie.

Intento mirar hacia arriba para poder bloquear los siguientes golpes, pero tengo sangre en los ojos y me escuece, cegándome. Grito con todas mis fuerzas, con la esperanza de que alguien me oiga y acuda al rescate de mis hijos. Tengo las piernas entumecidas y parece como si no quisieran funcionar, lo que me hace temer que me haya producido daños en la columna vertebral.

Generalmente, este no es el tipo de barrio por el que pasan los buenos samaritanos, pero después de cinco o seis golpes más con el bastón, la mayoría de ellos en las costillas y el brazo, oigo voces y luego a alguien gritar.

—¡Déjalo, Eunice, déjalo ya! —Es un hombre, pero no sé quién es.

—¡Voy a matar a esta zorra! —grita mientras me asesta otro golpe, esta vez en la cabeza.

Estoy mareada; pierdo y recupero el sentido por momentos. Sin embargo, me siento eufórica por el hecho de que, a pesar de los golpes por todo mi cuerpo, todavía no he recibido ninguno en el abdomen, y ahora además hay testigos. Hay esperanzas de que mis niños sobrevivan a esto.

No confío en que Eunice deje de intentar darme golpes en la barriga, ni siquiera con testigos delante, así que me quedo en posición fetal y rezo para que los ruidos que oigo alrededor de mi cabeza sean de mis salvadores, que la están apartando de mí.

Un aliento a cebolla me golpea en la cara.

—¿Estás bien? ¿Qué pasa? ¿Por qué te está pegando de esa manera?

Intento responder, pero parece que mi mandíbula no quiere moverse. Lo único que me sale es una sola sílaba ininteligible.

—Uuuh...

Alguien grita por encima de mi cabeza.

—Ve a mirar en su coche. A ver si tiene un teléfono o algo así. Alguien a quien podamos llamar.

—Creo que es mejor que llames a Urgencias —dice una voz femenina.

Eunice está gritando. No entiendo lo que dice... algo sobre una perra asesina. Ah. Creo que habla de mí. Espero que sus vecinos no tomen el bastón y acaben el trabajo por ella. Estoy demasiado preocupada por los niños como para pensar en levantarme. Continúo encogida sobre mí misma, esperando que el sonido de las sirenas anuncie mi rescate. Desde luego, se están tomando su tiempo para venir.

Entre la bruma del dolor que siento y durante el largo trayecto en la ambulancia, pienso en mis amigos y en mi familia. Lucky se va a poner furioso. Ozzie va a sentirse decepcionado. Thibault se va a enfadar muchísimo. May y Jenny nunca lo entenderán.

Joder, nadie lo va a entender, porque lo que he hecho desafía cualquier pensamiento racional. Sin embargo, yo sí entiendo por qué me había parecido una buena idea antes, e independientemente de cómo haya terminado, no pienso creer lo contrario. A veces, una persona solo tiene que hacer lo que considera correcto y vivir con las consecuencias.

Capítulo 38

Estoy bajo los efectos de una especie de analgésico suave que no sirve de gran cosa para aliviar el dolor. La enfermera me ha dicho que existe el riesgo de que algunos fármacos atraviesen la barrera placentaria y resulten dañinos para los bebés, así que tengo que conformarme con algo equivalente al paracetamol.

Miro el reloj, rezando para que el tiempo no pase tan deprisa. Tengo el teléfono en la cama de hospital, al lado de la mano. Hay unos diez mensajes de texto, todos del equipo. Todos quieren verme, pero los he estado evitando, diciéndoles que el médico todavía no quiere que reciba visitas. Ahora que la euforia que me produjo la misión se ha desvanecido, me siento avergonzada por lo que hice. No puedo enfrentarme a ellos y a las recriminaciones y las reprimendas que sin duda van a caerme encima. Corrí un riesgo que no debería haber corrido con los bebés. Debería haberlo hablado con Lucky antes de ir a casa de Eunice y haberle dado la oportunidad de convencerme de que no lo hiciera.

Oigo un ruido de gente gritando desde el pasillo. Por un momento me entra el pánico, pensando que Eunice me ha seguido hasta aquí y ha venido a terminar lo que empezó, pero luego la puerta se abre de golpe y aparece Lucky. Un enfermero lo sujeta por la parte delantera de la camisa e intenta sacarlo de la habitación.

—¡Suéltame! ¡Necesito verla! ¡Y lo que lleva dentro son mis hijos!

Intenta pegarse a la pared y empuja con todas sus fuerzas para quitarse de encima al tipo grandullón.

Me incorporo en la cama, haciendo una mueca por la incomodidad que me produce. Me duele todo el cuerpo.

—Está bien. Déjelo entrar.

Tengo que sujetarme las costillas cuando unas punzadas de dolor me atraviesan el pecho.

El enfermero alivia la presión sobre Lucky, pero lo sacude una vez, con fuerza, antes de dejarlo ir.

—Tiene que hacernos caso cuando le decimos que espere. —Aparta a Lucky y me mira, alisándose el uniforme—. Hable con él sobre cómo debe comportarse en un hospital. No tenemos tiempo para esta clase de actitud.

Asiento con la cabeza.

—Lo haré. Lo siento. Es culpa mía.

Lucky me mira y frunce el ceño. Se arregla la cazadora de cuero y se acerca, deteniéndose a los pies de mi cama con los puños cerrados.

—¿Cuándo vas a dejar de culparte a ti misma por cómo se comportan los demás?

Lo miro, confundida por su actitud. No es lo que esperaba.

—¿Y tú cuándo vas a dejar de actuar así? —replico.

—¿Actuar cómo?

Me quedo callada, sin saber muy bien qué quería decirle exactamente.

—No lo sé. Ahora mismo estoy hecha un lío. —Alargo la mano y me toco la frente con cautela, descubriendo de inmediato las magulladuras—. Lo siento. Me han dado analgésicos, pero la verdad es que no están surtiendo efecto.

Lucky se acerca y abre los puños para apoyar las manos en la barandilla que hay a los pies de la cama.

—¿Y eso no es perjudicial para los bebés?

Me encojo de hombros.

—No es peor que sufrir una paliza, supongo.

Su expresión se dulcifica y se acerca. Se sienta en una esquina de la cama, a mi lado.

—Cariño, ¿en qué estabas pensando cuando fuiste allí?

En contra de mi voluntad, las lágrimas me humedecen los ojos.

—No lo sé. Creo que pensaba que si podía pedirle perdón a su madre y ella veía que lo decía en serio, conseguiría hacer las paces con mi pasado y mirar por fin hacia delante. —Lo miro, con los labios y la barbilla temblorosos. Tengo toda la cara crispada por la emoción—. Por los niños. Por nosotros.

Lucky niega con la cabeza, también le tiembla la barbilla de emoción. Me toma la mano y la levanta para besarme los dedos.

—No necesitas su perdón para mirar hacia delante, cariño. Solo necesitas perdonarte a ti misma.

—Lo sé. —Se me quiebra la voz—. Pero es muy difícil. Yo lo maté. No puedo deshacer eso.

Las lágrimas me resbalan por la cara sin parar.

Lucky asiente con la cabeza, tragando saliva varias veces y luchando contra la emoción antes de responder.

—Sí, lo mataste, y sin duda fue algo horrible, muy lamentable, pero Charlie no era ni mucho menos inocente. También tuvo su parte de culpa, y eso lo ve todo el mundo menos tú.

—Eso no importa. No hay excusa para lo que hice.

Suspira, mirándome y sacudiendo la cabeza.

—Es un caso muy claro.

—¿El qué es un caso muy claro?

Utilizo el dorso de la mano para secarme las lágrimas, con cuidado de no tirar de la vía intravenosa.

—He olvidado el nombre técnico. Es cuando la víctima se culpa a sí misma por los abusos sufridos. Lo haces todo el tiempo.

Me pongo a la defensiva.

—No, yo no hago eso.

—Sí, sí lo haces. Yo estaba ahí fuera armando bronca con ese enfermero y tú te has echado la culpa a ti misma.

—Pues claro que es culpa mía: no he hecho caso de tus mensajes de texto. Les he dicho que no te dejaran entrar, que te mantuvieran lejos, y tus hijos están aquí. Lo entiendo. Yo habría hecho lo mismo que tú.

Me señala con el dedo.

—Exactamente. A eso me refiero: permites que otras personas reaccionen con violencia en una situación en la que es natural que reaccionen con violencia, pero no te lo permites a ti misma.

—Una cosa es culparme a mí misma porque alguien se ponga furioso con un enfermero y otra muy distinta es matar a alguien.

Lanza un suspiro.

—No hay nada que pueda decir para que lo entiendas, ¿verdad?

Niego con la cabeza.

—Lo siento, pero no. No lo creo. Muchas otras personas lo han intentado ya, créeme.

Lucky pone las manos junto a mi cuerpo y se inclina para acercarse aún más. Me mira a los ojos.

—¿Puedes hacerme solo un favor?

Asiento con la cabeza.

—Creo que puedo. Tal vez. ¿Qué es?

—¿Podrías intentar perdonarte a ti misma?

—Lo he intentado, pero no puedo.

Lucky me mira la barriga y alarga el brazo para acariciarla a través de mi bata de hospital.

—¿Puedes intentar hacerlo por los guisantitos?

—¿Te refieres a Milli y Vanilli?

Los ojos de Lucky le brillan cuando me mira.

—¿De verdad? ¿Podemos llamarlos Milli y Vanilli?

Me río, apoyando la mano en su brazo.

—Solo mientras estén en el útero. Cuando nazcan, de ninguna manera.

Lucky extiende una mano.

—Acuerdo.

Se la estrecho, dejando que tire de mis dedos para besarlos de nuevo.

Dejo escapar un largo suspiro antes de pronunciar las palabras que tengo en la cabeza y en el corazón.

—Voy a tratar de perdonarme, pero solo si tú también haces lo mismo. Los dos necesitamos encontrar una forma de vivir con las tragedias de nuestro pasado para poder caminar hacia nuestro futuro.

Me mira durante un buen rato antes de asentir.

—Puedo hacerlo. Por ti y por los bebés. Milli y Vanilli.

Sonrío, sintiendo por primera vez que cabe una posibilidad real de aprender a vivir con mis errores. Quizá nunca pueda perdonarme por completo, pero con el apoyo de Lucky, ¿quién sabe?

—¿Qué vamos a hacer ahora? —pregunta, con voz y expresión más ligeras.

—No sé lo que vas a hacer tú, pero yo tengo que enfrentarme a la situación.

—¿Qué situación?

—Tengo que hablar con May sobre su boda y la despedida de soltera a la que no voy a asistir.

Lucky se encoge de hombros.

—Sí... no vas a ser una dama de honor muy guapa.

—¿Tan mala pinta tengo? Me daba miedo mirarme en el espejo.

Esboza una sonrisa de dolor.

—Bueno, digamos que quizá tengas que recurrir al maquillaje.

—¿Están muy enfadadas? Jenny y May, quiero decir... —La expresión de Lucky no cambia.

—No estoy seguro.

—Estás mintiendo.

Suspira y mira nuestras manos entrelazadas.

—Todos están preocupados, por supuesto. Y no acaban de entender por qué fuiste a ver a la madre de Charlie. —Me mira—. Pero yo lo entiendo. De verdad.

Tal vez no debería importar tanto, pero significa mucho para mí que él lo entienda. Me da la sensación de que no estoy sola en esta pesadilla en la que vivo desde hace ya cinco años.

—Gracias por decir eso. Incluso aunque no lo digas de corazón.

—Claro que lo digo de corazón. Lo digo muy en serio. ¿Sabes? Tú y yo no somos tan diferentes...

—¿Qué quieres decir?

—Ambos cargamos con unos enormes remordimientos a raíz de cosas que sucedieron en el pasado, y nos gustaría poder deshacernos de ellos para volver a empezar, con una «repetición de la jugada», por así decirlo, pero, claro, eso es imposible. Así que tenemos que aprender a seguir adelante con esa carga.

—Pero no creo que lo que hiciste tú tenga nada que ver con lo que hice yo.

—Me parece que, en términos de equilibrio cósmico, es difícil decir si una cosa es peor que la otra. Sí, mataste a Charlie, pero él iba a matarte a ti. Si no hubiera podido hacerlo entonces, lo habría conseguido otro día. Lo vuestro era cada vez más violento, y lo sabes. Y no, yo no disparé a mi hermana, pero tal vez mi pasividad o mi incapacidad para darme cuenta de lo que estaba pasando y hacer algo al respecto resultó igual de nociva. —Se encoge de hombros—. Ya me he torturado bastante con eso. Tú me lo demostraste. Eres tú la que me ha hecho ver la verdad. Creo que también te has torturado suficiente con Charlie. Es hora de que los dos intentemos dejar nuestros remordimientos en el pasado, en el lugar donde deben estar, y miremos hacia el futuro.

—Me encantaría poder hacer eso.

Aprieto su mano, y toda mi desesperación encuentra una vía de salida en la fuerza con que lo hago. Aunque me duelen los brazos y los hombros, y noto que me arden los moretones, aguanto. Me siento como si Lucky estuviera salvándome de ahogarme.

—Apártate un poco —me dice.

Hago un esfuerzo por hacerle un espacio en el estrecho colchón.

Se acuesta a mi lado, colocando la mano con delicadeza sobre mi vientre.

—Nadie dijo que la vida iba a ser fácil, pero creo que juntos podemos hacerla más plácida.

—Yo también lo creo.

Siento que se me revuelve el estómago cuando digo eso, pero es solo porque esas emociones son muy intensas, y absolutamente ajenas para mí. Nunca me he sentido cómoda dependiendo de otra persona, de modo que me supone un gran sacrificio concebir siquiera la idea de que Lucky vaya a formar parte de mi vida, y vaya a influir en las decisiones que tome.

—Me comporté como un verdadero imbécil la otra noche cuando llegué borracho a casa.

Me tiembla la boca mientras lucho por no llorar otra vez. Es tan maravilloso oírle decir eso... Charlie nunca se disculpaba conmigo por lo que hacía.

—Pues sí, la verdad.

—No debería haberte dicho todo eso. Fue muy poco delicado y egoísta por mi parte.

—Sí.

—Hiciste bien en no dejarme volver a casa después. Necesitaba pensar sobre lo que te había hecho a ti y a nosotros, y decidir qué es lo que quería de nuestra relación.

—¿Y lo has decidido?

—Sí. Lo he decidido. —Me sostiene la mano y me la acaricia con el pulgar—. Quiero que estemos juntos. Como una pareja de verdad.

Sonrío, aliviada y sintiendo una inmensa alegría. También siento un poco de miedo. Es un compromiso serio.

—¿Te ha costado mucho decirlo?

Me besa los dedos.

—En realidad, no. Creía que iba a ser difícil. Por eso me emborraché esa noche; quería decirte todos esto y expresar cómo me sentía, pero no estaba seguro de poder hacerlo sobrio. Fue una estupidez por mi parte. Tenías razón cuando dijiste que debía ser un hombre fuerte para merecerte. Puedo ser ese hombre, Toni, si tú me dejas.

—La verdad es que heriste mis sentimientos. —Tengo que luchar contra las lágrimas. Me arde el corazón—. Me hiciste sentir que conmigo no merecía la pena el esfuerzo de hacerlo como es debido.

—Dios, eso es horrible —dice, con voz temblorosa—. Lo lamento mucho. Por favor, déjame compensarte... Por favor... Prometo que lo haré bien esta vez. Yo no pienso eso de ti, ¡en absoluto!

El ardor de mi corazón se transforma en una plácida calidez. Ya he acabado de castigarlo por un error estúpido que yo misma podría cometido. Tampoco soy la persona más valiente del mundo.

—¿Qué tienes pensado?

—Déjame sorprenderte.

Le aprieto la mano.

—Bueno. Me muero de ganas de oírlo.

Se inclina y me da un beso tierno en la mejilla.

—No te arrepentirás de dejarme entrar en tu vida, te lo prometo.

—Sé que no me arrepentiré.

Los bebés se mueven bajo su mano mientras me acaricia el vientre con delicadeza.

—Ahora, a dormir, Milli y Vanilli. Vuestra mami necesita descansar.

Minutos después, cierro los ojos y me quedo dormida. No sé si son los fármacos o la presencia de Lucky, pero esta noche en el hospital no me visita ninguna pesadilla con la imagen de Charlie.

Capítulo 39

Consigo posponer todas las demás visitas hasta que esté de vuelta en casa, pero tengo ganas de terminar con los múltiples encuentros cara a cara. He de disculparme ante algunas personas.

Ir a hablar con la madre de Charlie de esa manera fue un disparate, ahora lo sé. Por desgracia, cuando se trata de mi vida, muchas veces solo veo las cosas claras de manera retroactiva. Pero ahora tengo a Lucky, y estoy segura de que estando los dos juntos, podremos tomar mejores decisiones. Y eso es fabuloso, porque estos niños se comportan como si estuvieran a punto de querer salir en cualquier momento, a pesar de que aún tienen que crecer mucho antes de la fecha prevista para el parto.

Mientras estoy sentada en el sofá esperando que llegue Ozzie, veo un pequeño bulto que me sale de la barriga. Lo presiono con el dedo, preguntándome si Milli o Vanilli pueden sentirme. Tecleo con código Morse en el talón del bebé: TE QUIERO. La idea de que podamos comunicarnos me hace sonreír.

La puerta se abre y se cierra, y luego oigo los pesados pasos de Ozzie atravesar el vestíbulo.

—Estoy aquí.

Me dispongo a levantarme del sofá, pero cambio de idea cuando me doy cuenta de que va a ser demasiado esfuerzo y demasiado doloroso. Me duele todo el cuerpo. Eunice me propinó una buena paliza. Como estaba tan decidida a proteger a los bebés, acabé con una herida en el cráneo, un pómulo fracturado, dos costillas rotas y una vértebra magullada. Tengo hematomas en distintas zonas, pero al menos no hay nada más roto. Solo puedo tomar paracetamol, pero me alegra poder tragarlo. De hecho, estoy loca de alegría por seguir con vida. Si Eunice se hubiera salido con la suya, ahora mismo estaría bajo tierra.

—Hola —dice Ozzie al entrar en la habitación.

—Hola.

Se sienta en una silla junto al sofá y se inclina hacia delante, apoyando los codos en las rodillas y juntando las manos frente a él.

—¿Quieres tomar algo? —le ofrezco.

Niega con la cabeza.

—No, estoy bien. No me quedaré mucho rato. Sé que necesitas descansar.

Me recuesto en el sofá.

—Quédate el tiempo que quieras. Lucky se ocupa de cuidarme a todas horas, así que la verdad es que no tengo ni que moverme. Llevo durmiendo la mitad del día.

Ozzie asiente.

—Es un buen tipo.

Mi voz se suaviza solo de pensar en él.

—Lo sé.

—¿Sí?

Ozzie no tiene que decir nada más. Sé lo que está preguntando.

—Sí, lo sé. Sé que es bueno para mí y ya no tengo ningún problema con eso. —Me froto las costillas—. Soy demasiado vieja para estas palizas.

Su sonrisa es triste.

—Me encantaría poder creerte.

Me inclino hacia delante, deseosa de que lo entienda, y hago caso omiso del dolor que siento en el costado.

—Lo digo en serio, Oz. —Pongo la mano sobre la de él y la aprieto—. Créeme. He tenido mucho tiempo para reflexionar, y el montón de moretones que llevo en todo el cuerpo sirven para recordarme mi incapacidad para tomar buenas decisiones. Además, ahora tengo a Lucky. Hemos estado hablando mucho. Nos ayudaremos el uno al otro. Nos vamos a brindar apoyo mutuo. Nos vamos a comprometer con nuestra familia y entre nosotros.

—¿Qué significa eso exactamente?

Me encojo de hombros, sintiéndome un poco tonta hablando de esto con Ozzie, pero contenta al mismo tiempo de estar expresándolo en voz alta.

—No lo hemos definido con palabras. Quiero decir, me propuso matrimonio, pero en ese momento se estaba comportando como un auténtico gilipollas, así que le dije que lo olvidara.

Ozzie me mira con una media sonrisa.

—¿Y has reclamado una «repetición de la jugada»?

Le devuelvo la sonrisa, mientras recupero los recuerdos de nuestros días de juventud.

—Sí. Los dos hemos pedido una repetición de la jugada. Él ha dicho que me va a sorprender, y a mí me parece bien.

Ozzie asiente con la cabeza, con expresión más esperanzada.

—Eso es bueno. Os necesitáis el uno al otro. No quiero que ninguno de los dos estropee lo vuestro.

Niego con la cabeza.

—No lo haremos. Además, ahora no estamos solo nosotros: tenemos que pensar en los bebés. Creo que nos ayuda tener una preocupación más allá de nosotros mismos.

Asiente.

—Lo entiendo.

Lo miro con una débil sonrisa.

—¿Cómo va todo con May?

No parece muy contento.

—Bien, supongo. Está un poco enfadada contigo.

Me estremezco.

—Lo sé. Tiene todo el derecho a estarlo. Ahora solo tiene una dama de honor.

Él arquea las cejas.

—No, no: sigue teniendo dos damas de honor. Ella espera que vayas.

Me señalo la cara.

—¿Has visto esto?

Se encoge de hombros.

—Pues será mejor que te compres algo de maquillaje. Lo digo en serio. Si no apareces, le vas a dar el disgusto del siglo.

Asiento, aceptando mi destino.

—Está bien. Allí estaré.

Suspira profundamente y se reclina en el asiento, apoyando los codos en los brazos del sillón.

—Lo siento. He intentado hacerla entrar en razón, pero ahora mismo está un poco fuera de sí. Está de los nervios por la boda.

Me echo a reír mientras me la imagino volviéndolos locos a todos. Al parecer, alguna ventaja tiene que una abuela con doble papada te pegue una paliza.

—Es el embarazo. Ten paciencia con ella.

—Lo sé, pero no es solo eso. Realmente le importas mucho. Se preocupó una barbaridad al pensar que tu vida corría peligro. No quería creer a nadie cuando le dijeron que te ibas a poner bien. Tuve que darle un sedante.

Me río, pero sin alegría.

—Lo siento mucho. Ya me imagino por lo que habréis tenido que pasar.

Echa la cabeza hacia atrás y mira el techo mientras se frota el cuero cabelludo.

—Quiero mucho a esa mujer.

—Lo sé. Estáis hechos el uno para el otro. Prometo que no voy a estropear nada: iré a la boda.

Ozzie vuelve a mover la cabeza para mirarme.

—Siento haber sido duro contigo el otro día en el trabajo. No te lo merecías. Solo estaba preocupado por ti. Me pillaste en un mal día. Este caso lleva de cabeza al jefe de policía, y me ha caído toda la mierda encima.

—Lo entiendo. De verdad. No me pidas disculpas. Se me hace raro.

Sonríe, y esta vez la sonrisa es auténtica.

—¿Te veo el jueves? —Han retrasado la boda un día en deferencia a mis costillas rotas. Yo habría preferido que la retrasaran más tiempo, pero un problema con la floristería lo hizo imposible.

Él asiente.

—Hasta el jueves.

Se pone de pie y mira hacia la cocina antes de volverse hacia mí, con la mano derecha abierta en el pecho.

—¿Te traigo algo antes de irme?

Señalo la puerta justo cuando Lucky entra con una bandeja.

—No. Creo que estoy servida.

—Té, galletas caseras, tostadas y mermelada del mercado —dice Lucky, caminando con cuidado para que no se le caiga nada de la bandeja de plata.

Sonrío a mi chico. Me guiña un ojo y deja la comida y la infusión sobre la mesa.

—¿Quieres quedarte a tomar un té? —le pregunta Lucky a Ozzie.

Ozzie responde desde la entrada principal.

—¿Un té? No, gracias. No quiero que nadie cuestione mi virilidad.

Agarro la mano de Lucky y lo arrastro hacia el sofá conmigo, tratando de disimular una mueca de dolor.

—No le hagas caso. Eres el hombre más varonil que he conocido en mi vida.

—Tú lo sabes perfectamente, cariño. Tienes el superesperma fabricante de gemelos aquí mismo.

Se inclina y me besa los labios y luego el vientre, y me dejo arrastrar por la vorágine de felicidad. La puerta de entrada se abre y se cierra cuando Ozzie se va.

Capítulo 40

Ya ha llegado el gran día para May. Me he puesto medio bote de maquillaje en la cara, y estoy muy contenta del resultado. La hinchazón de mi mejilla sigue siendo de pena, pero las extrañas marcas azules y verdes que me rodean el ojo izquierdo ya casi no se ven. El pelo me tapa los puntos que llevo en el cuero cabelludo.

Por desgracia, el vestido que se supone que debería llevar no tiene mangas, pero encuentro un suéter negro lo bastante fino para lucirlo un día como hoy. Lo deslizo sobre los moretones de mis brazos. Las medias oscuras casi consiguen enmascarar las marcas de mis piernas. Cuando me planto frente al espejo de cuerpo entero, sonrío. Casi parezco normal.

Lucky se acerca por detrás, ajustándose la corbata.

—Joder... —murmura—. Más guapa, imposible.

Miro su reflejo en el espejo.

—¿Te gusta? —me pregunta

Sonríe, extendiendo los brazos. Se ha peinado la barba y la lleva moldeada en punta justo por debajo de la barbilla.

Hago caso omiso de la parte de la barba.

—Me encanta. Cuando tenga mejor las costillas, te prometo que habrá sexo.

Se inclina para acercarse, hablando con gesto serio.

—Podríamos hacerlo ahora mismo. Sería muy delicado.

Lo empujo con un dedo y me río.

—Apártate de mí. Tengo las costillas rotas. —Todavía me cuesta respirar profundamente, pero los vendajes apretados me procuran la sujeción que necesitan mis costillas. Las vendas y el paracetamol conseguirán que aguante toda la noche.

Ahora solo tengo que sobrevivir a la bronca que sin duda me van a echar May y Jenny. Estoy preparada. No espero que Eunice aparezca con la intención de darme otra paliza, así que estoy tranquila. Consiguió darme una buena tunda, pero solo porque fui una idiota y me presenté allí sirviéndome a mí misma en bandeja de plata. Desde luego, no volveré a hacer eso nunca más.

Todavía no he visto a Jenny ni a May. Cada vez que han venido a verme, estaba dormida y Lucky se toma muy en serio su trabajo como cuidador: no deja que nadie perturbe mi sueño. Cada vez que ponían alguna objeción, él sacaba el armamento pesado, es decir, a Milli y Vanilli. No es motivo de orgullo usar a nuestros hijos como armas, pero le estoy agradecida por ello. He dormido unas dieciocho horas al día, y estoy segura de que mi cuerpo lo necesitaba.

Todo el jardín de Jenny está repleto de flores; es como si hubieran traído un camión entero. Al fondo, en un rincón, hay un cenador con unas hileras de sillas delante y un pasillo en el centro. Los asientos ya están llenos de gente y un altavoz reproduce música clásica, lo cual confiere un ambiente muy agradable a todo el lugar. Estoy en el comedor mirando por la ventana y noto un golpecito en el hombro.

—Hola —me saluda Jenny cuando me doy la vuelta. Extiende los brazos y me estrecha en un delicado abrazo—. ¿Cómo te encuentras?

Me encojo de hombros cuando me suelta.

—Todo lo bien que cabría esperar. Feliz de estar aquí.

Jenny inclina la cabeza.

—¿De verdad?

Asiento con la cabeza.

—Definitivamente.

No lo digo por quedar bien. Después de mi episodio con Eunice y su bastón, me he dado cuenta de la suerte que tengo de contar con estas personas. ¿Así que he de resignarme a trabajar con un par de locas que hablan por los codos y a las que les gusta hacer el ganso? Seguro que es mejor que morir a manos de una vieja a golpes de bastón. Y si digo la verdad, tampoco lo pasé tan mal yendo de compras, y May es la mitad del «equipo cubículo».

Jenny sonríe.

—Qué bien. A May le preocupaba que vinieras obligada.

Me río.

—Bueno, un poco sí me obligó, pero lo superé. —Extiendo el brazo para enseñarle mi suéter—. Siento haber tenido que ponerme esto, pero mis moretones tienen un aspecto realmente horrible.

Jenny se acerca al respaldo de una silla y recoge una chaqueta negra.

—No te preocupes. Yo también he traído algo. Sabía que tendrías que taparte.

Se la pone y me guiña un ojo. Mira hacia atrás antes de volverse hacia mí.

—¿Quieres subir a ver a May?

—Me gustaría, pero me cuesta mucho subir escaleras. Hacen que me duelan las costillas.

—Ah, es verdad. Qué despistada. Déjame ir a buscarla.

Sale corriendo, taconeando por el suelo de la cocina y luego por el pasillo.

Me quedo junto a la ventana otros cinco minutos, cada vez más nerviosa. Quizá May no quiera venir a verme. Quizá todavía esté enfadada. No la culpo. He estado a punto de estropearle el día más importante de su vida. Puede que a la Toni de antes le diera igual, pero a la Toni que soy ahora le importa mucho.

Oigo la voz de May detrás de mí, impidiéndome seguir regodeándome en la autocompasión. Me doy la vuelta para saludarla. Es absurdo, pero los ojos se me llenan de lágrimas al verla con su bonito vestido blanco.

No me puedo creer que se lo haya hecho pasar tan mal a Ozzie y a ella. La verdad es que son perfectos el uno para el otro. La frivolidad de May es un contraste genial para la actitud seria de él. Ella lo ayuda a relajarse, aportando humor y ligereza a su vida. Igual que Lucky está haciendo conmigo.

—Siento haberlo estropeado todo, de verdad —digo—. Soy una imbécil.

May no dice nada. Se detiene a escasa distancia y cruza las manos por delante.

—Estás guapísima. —Señalo el vestido—. Es perfecto. Realmente perfecto. Como los que salen en las revistas esas que siempre lees.

May se mira a sí misma y luego me dedica una sonrisa serena.

—Gracias.

Suspiro con irritación. No estoy enfadada con ella, lo estoy conmigo misma.

—En serio. Lo siento muchísimo. Este día debería ser todo sonrisas y felicidad, pero en cambio, has tenido que preocuparte de si tu dama de honor salía o no del hospital y de si lo estropearía todo. Si quieres que me vaya, me iré. No herirás mis sentimientos en absoluto.

Se queda mirando el suelo durante largo rato y casi me preparo para irme cuando me mira con los ojos brillantes por las lágrimas.

—No quiero que te vayas. Pero sí quiero que entiendas que me preocupo por ti y que no quiero que hagas nada que pueda poneros en peligro a ti o a los bebés. Es muy estresante para mí, y es muy estresante para Ozzie. Y no me gusta cuando Ozzie se estresa.

—Lo entiendo. A mí tampoco me gusta cuando se estresa. Y no me gusta cuando no me sonríes. Si te digo la verdad, se me revuelve el estómago.

Una sonrisa muy débil empieza a asomar a su rostro.

—Creía que decías que yo era demasiado alegre. Que sonreía demasiado.

—No me hagas caso cuando digo cosas así. Soy gruñona por defecto, pero no es como quiero ser. Ya no.

Asiente con la cabeza.

—Lucky es una buena influencia para ti.

—Sí que lo es. Lo amo.

Me mira casi con perplejidad.

—¿Y él lo sabe?

—Supongo que sí.

—¿Se lo has dicho?

Me retuerzo dentro de mi vestido bajo su mirada severa.

—No exactamente.

—¿Qué significa eso? ¿«No exactamente»?

Tengo que responderle, pese a lo incómoda que me siento con la conversación. Ella ha sido una buena amiga para mí y esto es lo que hacen los amigos; hablan de cosas que hacen que a las personas como yo les entren ganas de llorar de lo confusas que están.

Me arde la cara de vergüenza.

—Significa que esta es la primera vez que lo reconozco en voz alta.

—¿Por qué?

Da un paso hacia mí, con la voz llena de lástima o de tristeza, tal vez.

Me encojo de hombros.

—No me lo he permitido. No sé por qué. Tal vez porque no me parecía bien enamorarme de alguien tan bueno.

Tengo que mirar fijamente al suelo en lugar de mirarla a ella. De lo contrario, temo echarme a llorar.

Su sonrisa se ensancha.

—Deberías decírselo. Aquí, en mi boda. Ahora.

Controlar mis emociones desbocadas como respuesta a su repentino entusiasmo por mi probable humillación me resulta sorprendentemente fácil. Conociendo a May, seguro que espera que anuncie mi amor por Lucky con un megáfono en el jardín o con algo igual de ruidoso y obvio.

—Claro, podemos hacer eso. Pero más tarde, tal vez —digo—. Ahora mismo tenemos que centrarnos en vosotros dos.

Aplaude con entusiasmo antes de quedarse quieta.

—Lo sé, ¿a que es genial? —Se acerca y baja la voz—. Tengo una sorpresa muy emocionante para él. Uno de mis mejores amigos es un fotógrafo increíble y está aquí para encargarse de las fotos. Y he reservado un crucero para nuestra luna de miel. ¡Él no tiene ni idea!

—Sin duda, se va a llevar una buena sorpresa. —Me río para mis adentros al imaginar la expresión de su rostro. Ozzie odia los cruceros.

Pero, ¿y qué narices sé yo? Tal vez con May cambie de opinión sobre los cruceros, igual que ha cambiado de opinión sobre muchas otras cosas. A lo mejor le encanta la idea. Probablemente ni siquiera se dé cuenta de que está en el agua, porque estará demasiado ocupado mirando a May todo el tiempo. Estará preciosa en traje de baño luciendo la barriga de embarazada. Ya se le empieza a notar, pero me da miedo decírselo, porque me preocupa que no quiera pensar en eso justo el día de su boda.

—Ya es casi la hora —digo—. ¿Estás lista?

Alarga la mano hacia atrás y saca un pequeño ramo de flores de una larga caja blanca que hay sobre la mesa.

—Estas son para ti.

Las tomo y las examino, admirando todos los colores.

—Son muy bonitas. ¿Cómo es tu ramo?

Saca una versión más grande del ramillete que tengo en las manos.

—Este es el mío. Jenny me ayudó a elegirlo.

—Precioso. Jenny ha hecho un muy buen trabajo.

May asiente, secándose una lágrima del ojo.

—Sí... Es la mejor hermana del mundo. —Apoya la mano en mi brazo y lo aprieta suavemente—. Y ahora tú eres mi otra hermana. Sé que eres una loca impetuosa y que a veces eres muy temeraria, pero te quiero de todos modos.

Apenas puedo pronunciar las palabras por culpa de las lágrimas.

—Yo también te quiero, May. —Esperaba sentir dolor al admitirlo porque el amor a menudo me ha causado esa sensación, pero no es así. Me siento... más ligera.

Me abraza y me estrecha con fuerza, y jadeo por el dolor, pero cuando trata de soltarme, no lo permito.

—Estoy tan contenta de que te hayas unido al equipo... —le digo.

—Yo también —responde—. Y ahora, deja de llorar antes de que me estropees el maquillaje.

Se aparta y yo sonrío, tratando de enjugarme las lágrimas.

—Estropear mi maquillaje sería peor, créeme.

Su sonrisa vacila. Me señala la cara.

—Oh, Dios mío... Tienes que ir a retocártelo. ¡Ahora mismo!

—¿Dónde está Jenny? —pregunto mientras me desplazo alrededor de su vestido gigantesco, tratando de no tropezarme con la cola. Es como si midiera dos kilómetros de largo.

—En el salón. Ve a buscarla y que te arregle el maquillaje, rápido. Tengo una boda que celebrar y no puedo consentir que parezca que a una de mis damas de honor acaba de arrollarla un camión.

Camino tan rápido como puedo, a pesar del dolor de las costillas, hasta la sala de estar y le enseño a Jenny el poema que es mi cara ahora mismo. Se pone manos a la obra inmediatamente. Mientras me aplica la última capa de polvos en la mejilla, se inclina y me mira a los ojos.

—Ya está. ¿Estamos listas para hacer esto?

Asiento con la cabeza.

—Estamos listas.

Capítulo 41

Suena la música mientras espero al final del pasillo, con Jenny. Cuando la melodía cambia y da paso a las primeras notas de la marcha nupcial, Jenny insta a los cuatro niños pequeños a que ocupen sus puestos. Según May, se supone que quienes llevan los anillos y quienes arrojan los pétalos de flores deben ir al final del cortejo nupcial, pero ni ella ni su hermana se fiaban de que los niños pudieran llevar a cabo su tarea correctamente sin supervisión, así que aquí estamos, dejando que pasen primero.

Sammy empuja la silla de Jacob por el pasillo mientras este sostiene un cojín con las alianzas de boda. Los dos niños mantienen una expresión sobria, concentrados en su importante misión. Jenny está radiante.

A continuación, vienen las niñas, arrojando alegremente pétalos de flores por todas partes. No solo los tiran en el pasillo, sino que también rocían con ellos a los invitados sentados más cerca. Me acerco el ramo a la cara para ocultar mi sonrisa. Lucky y Ozzie bajan la cabeza, mirándose las manos, para contener las carcajadas: es como si las niñas estuvieran tirando bombas de flores y los invitados recibieran la metralla.

Jenny es la siguiente. Avanza con aire tranquilo y se detiene de vez en cuando para quitar los pétalos de la cabeza y los hombros de los invitados. Me parece una buena decisión por su parte, porque lo más probable es que May tuviera un ataque de pánico si llegara a enterarse de que sus sobrinas están atacando con flores a los invitados. De hecho, ahora las niñas se han puesto a pelear por el cesto de las flores, y parece que la mayor va ganando. Jenny llega al altar improvisado bajo el cenador lleno de flores justo a tiempo para hacer de árbitro.

Miro un momento por encima del hombro hacia la puerta trasera de la casa, esperando ver a May cruzar el umbral, cuando algo extraño llama mi atención. Uno de los invitados, de pie junto al personal de *catering*, se aparta del grupo y se hace visible. No debería reconocerlo porque, decididamente, no es un policía ni un familiar, pero lo reconozco.

El corazón se me sube a la garganta cuando miro al hombre con más atención y distingo la cicatriz en la mejilla. ¡Mierda, es Marc Doucet! Miro a izquierda y derecha, con el cerebro trabajando a toda velocidad. ¿Por qué está aquí? Nadie lo ha invitado, eso seguro. ¿Lo acompaña algún miembro de su banda?

Sigo inspeccionando el terreno... Miro a todos lados, lo más disimuladamente posible, y todo parece en orden, pero yo no descartaría que hubiese decidido vengarse justo en esta boda por haber visto que le cerraban el negocio.

No hay tiempo para pensar sobre el posible peligro que estoy a punto de correr: tengo que solucionar esta situación antes de que todo explote.

—Voy a ver cómo está la novia —anuncio en voz alta, caminando lo más rápido posible hacia el interior. Sé que estoy causando un gran revuelo por incumplir el protocolo y no avanzar por el pasillo, pero espero que todos lo atribuyan a que la dama de honor tiene prisa por ir a ayudar a la nerviosa novia.

En cuanto cruzo el umbral, tiro mi ramo y corro hacia Thibault y May.

Ella me mira y frunce el ceño.

—¿Por qué has tirado el ramo al suelo de esa manera? Vas a romper las flores...

—Chist, no tenemos tiempo. —Me dirijo a Thibault—. Doucet está aquí.

Me mira como si hubiera perdido la cabeza.

—¿Qué?

Señalo el jardín, cada vez más desesperada.

—¡Doucet está aquí! —exclamo en un susurro nervioso—. ¡Está fuera! Con los proveedores de *catering*, vestido con traje.

—No, no puede ser —dice May—. Yo no lo invité ni nada. Solo se lo dije de broma. —Hace una pausa mientras se muerde el labio. Entonces su gesto se transforma radicalmente en una mueca de preocupación—. Aunque puede ser... tal vez... cabe la posibilidad de que... lo haya llamado por teléfono por accidente. —Encoge el cuerpo cuando Thibault y yo centramos toda nuestra atención en ella.

—¿Que hiciste qué? —pregunta mi hermano con voz peligrosamente baja.

May resopla y baja la voz a un fuerte susurro.

—¡Lo siento! Marqué su número por equivocación. No pensé que pudiera pasar nada, así que simplemente colgué y lo olvidé por completo. —Mira por encima del hombro hacia el jardín—. ¿Estás segura de que está aquí? Tal vez solo sea alguien que se parece a él.

Le agarro la mano y la sacudo, haciendo que algunos de los pétalos de flores de su ramo se suelten y se caigan al suelo.

—¡May, escúchame! ¡Doucet está aquí! Y es imposible que haya venido para intentar quedarse con tu liga durante el convite.

Thibault me agarra de la muñeca y me lleva hasta la ventana.

—Enséñamelo.

Señalo a través de un panel de vidrio mientras me apoyo la mano libre sobre las costillas doloridas.

—Ahí. Traje negro. Corbata roja.

Por suerte, la atención de Doucet está centrada exclusivamente en los invitados a la boda y no en la casa.

Miro a Thibault y veo la expresión de reconocimiento asomar a su cara.

—¿Quién más está con él? —pregunta.

Niego con la cabeza.

—No lo sé. Podría ser cualquiera. ¿Los proveedores de *catering*? No tengo ni idea. Aunque él es el único que reconozco de nuestras fotos y vídeos de vigilancia. Podría haber venido solo. La mayoría de sus chicos están en la cárcel ahora mismo.

—¿A por quién ha venido? —pregunta Thibault. Podría estar pensando en voz alta, pero respondo de todos modos.

—A por May. Tiene que ser May. Quizá también busque al jefe de policía.

Ambos miramos al hombre de pelo gris que hay sentado en la primera fila. Conociendo a Marc, estaría encantado de cargarse también a las cinco personas que hay sentadas junto al jefe de policía en su intento de venganza.

La expresión de Thibault se endurece.

—Tenemos que eliminarlo.

—Sí, estoy de acuerdo. ¿Cómo?

Thibault me mira con la mandíbula firme.

—¿Tienes ganas de actuar un poco?

Sonrío, contenta de poder participar en poner fin a esta mierda.

—Joder, ya lo creo.

—¿Qué estáis haciendo? —pregunta May, acercándose a nosotros por detrás. Le tiembla la voz—. ¿De verdad está aquí?

Asiento con la cabeza.

—¿Cómo ha sabido lo de mi boda? ¿Cómo ha encontrado la casa de Jenny?

Mi cerebro trabaja a mil kilómetros por hora. May ha marcado mi número por equivocación montones de veces, dejándome grabaciones absurdas de conversaciones que duran diez minutos o más.

—Quizá le dejaste un mensaje de voz cuando lo llamaste por error. Hace semanas que no hablas de nada más que de la boda. Ayer me llamaste ocho veces solo para eso.

Thibault nos interrumpe.

—Eso ahora no importa; ya lo averiguaremos más tarde. Ahora mismo tenemos que encargarnos de esto sin arriesgar la vida de los invitados.

Thibault se saca el teléfono del bolsillo y envía un mensaje al resto del equipo.

Vemos a través de la ventana que todos y cada uno de ellos hacen caso omiso del mensaje.

—Envíalo una y otra vez hasta que respondan —le digo.

Thibault reenvía el mensaje cinco veces hasta que los miembros del equipo lo leen al fin. Levantan la cabeza y asienten en nuestra dirección.

Adelante.

—Tengo que salir ahí —digo—. Los invitados están inquietos. Marc se va a poner nervioso si nos demoramos más tiempo.

Thibault asiente.

—Tienes razón. Así que, ¿cuál es el plan?

Lo veo con la misma claridad que si estuviera viendo una película en mi cabeza. A mi entender, este plan es la única manera de acabar con Marc y evitar cualquier daño colateral. También tengo la esperanza de que la boda todavía pueda celebrarse y así no tener que ponerme este vestido dos veces.

Hablo rápido.

—Esto es lo que hay que hacer...

Capítulo 42

Espero hasta que Thibault haya enviado otro mensaje de texto al equipo antes de encaminarme hacia la puerta y recoger el ramo que he tirado por el camino. Intento volver a ordenar las flores, descartando las que ya no se pueden aprovechar.

—¿Qué tengo que hacer? —pregunta May detrás de mí, con la respiración agitada.

Me vuelvo y señalo el pasillo en el que está Jenny.

—Saca tu pistola, escóndela en el ramo de novia y dispárale si se acerca demasiado.

—¿Mi pistola? ¡Me dejé la pistola en el trabajo! —Mira a su alrededor desesperadamente—. ¡No llevo arma!

Señalo mi bolso.

—Mi Taser está ahí dentro. Llévatela. Está completamente cargada.

No es que una Taser vaya a servirle de mucha ayuda, pero necesito que esté tranquila y no se asuste. Tener un arma la hará sentirse más segura.

Corre para conseguir mi arma, enredándose con el velo por el camino, mientras que yo me quedo parada en el umbral. No puedo preocuparme por ella, tengo que centrarme en el plan y asegurarme de hacer bien mi parte. Inspiro profundamente y me aliso el vestido sobre la barriga. Preparación y ejecución. Vamos, Milli y Vanilli. Ahora todo depende de nosotros.

—Tú puedes —dice Thibault, besándome en la mejilla.

—Exacto.

—No te hagas daño —dice con un gruñido.

—Haré lo que pueda.

Salgo al jardín y me dirijo hacia el pasillo, caminando con toda la naturalidad del mundo.

El sol es maravilloso, con una calidez que se filtra a través de las hojas de un gran roble cuya sombra protege a la mayoría de los invitados. El aroma de las rosas pasa flotando a mi lado, en una brisa ligera que me aparta los mechones sueltos de pelo de la frente sudorosa. Todos los movimientos se suceden a cámara lenta mientras avanzo por el pasillo al son de la marcha nupcial.

El hombre al que amo más que nada en el mundo está delante de mí, parado al final del pasillo, al lado de Dev y Ozzie. Ojalá hubiera alguna forma de decirle cómo me siento ahora, pero no es así. Lo único que tengo es un vestido, un puñado de flores y un plan de mierda. Dios, ayúdame.

Los invitados ocupan las dos filas de sillas plegables blancas decoradas con lazos y delimitadas por una cinta de color rosa. El personal de *catering* y al menos un asesino permanecen de pie agrupados al lado de unos arbustos, en un lateral del jardín de Jenny.

Mis compañeros de equipo están alerta, listos para cualquier cosa. Thibault camina desde la puerta de entrada hacia el jardín de Jenny lo más rápida y sigilosamente posible, para apostarse justo detrás de Marc Doucet. Su misión consiste en abatir a ese criminal mientras el resto de nuestro equipo protege a los invitados y busca a los cómplices que puedan haberse infiltrado en la celebración.

Todos apoyan las manos suavemente sobre las pistolas enfundadas y cubiertas por las chaquetas de los trajes. Cualquier movimiento obvio por nuestra parte podría alertar a los mafiosos y hacer que disparasen, por lo que debemos evitar eso en la medida de lo posible. Sabemos cómo operan estos delincuentes. Mientras sigan pensando que su plan todavía funciona, tenemos alguna posibilidad de detenerlos antes de que lo lleven a cabo.

Cuando estoy en mitad del pasillo, me detengo y me llevo la mano al vientre.

—¡Ay! —grito exageradamente, tratando de hacerme la sorprendida.

Varios invitados se vuelven para mirarme, frunciendo el ceño con gesto confuso.

Suelto el ramo de flores y me agarro la barriga con ambas manos, arrastrando los pies como puedo dentro de este estúpido vestido.

—Oh, Dios mío... ¡Creo que he tenido una contracción!

Las personas más cercanas a mí se ponen de pie.

Levanto la mano.

—No, siéntense, siéntense, estoy bien.

Cuando el invitado más cercano tiende las manos hacia mí, lo miro y le suelto un gruñido.

—¡Siéntese, le he dicho!

Su esposa lo detiene y el hombre se sienta a regañadientes.

Intento sonreír pese al dolor en las costillas mientras susurro:

—Lo siento. Solo estoy interpretando un papel.

Doy otro paso y luego me detengo, doblándome de nuevo y jadeando. Hablo lo más alto que puedo sin despertar suspicacias.

—¡Ay! ¡Será posible! ¡Creo que me he puesto de parto!

Con un poco de suerte, Marc Doucet no sabrá mucho sobre embarazos, porque no parece que esté de nueve meses. Me arriesgo a mirar en su dirección y lo veo allí de pie, con el rostro inexpresivo. Está muy serio y, despacio, empieza a desplazar la mano dentro de su chaqueta. El tiempo se ralentiza.

Thibault está demasiado lejos. Acaba de llegar a la verja que separa el jardín lateral del principal. Lo estoy viendo a través de la reja. No va a llegar a tiempo.

Me inclino de nuevo, gritando más fuerte.

—¡Ay, Dios! ¡Esa sí que ha sido fuerte! ¡Madre mía!

Lucky da un paso hacia mí.

Extiendo la mano para detenerlo. Tiene que mantenerse fuera de la línea de fuego. No puedo dejar que resulte herido.

Marc empieza a sacar la mano lentamente de su chaqueta. Veo la culata de un arma acompañando el movimiento.

—¡Hombre! ¡Hola, Marc! —grita una voz a mi espalda—. ¡Has venido! ¡Hay que ver qué loco estás!

¿Qué...?

Me vuelvo con la boca abierta y veo a May saliendo de la casa con la cola del vestido recogida en un brazo y el ramo en el otro.

—¿Cómo sabías la dirección? ¡Me olvidé de llamarte!

Todo el mundo, absolutamente todos, la están mirando. Incluso Marc. Tengo los pies pegados al suelo, pero, aunque no lo estuvieran, no podría evitar que este tren acabase de estrellarse. Thibault está demasiado lejos para intervenir y Ozzie no tiene alas. Ahora todo depende de May.

Ella se detiene a unos tres metros de distancia, cuando Marc saca la mano de la chaqueta con una pistola. May ladea la cabeza para mirarlo.

—Pero ¿qué haces, Marc? ¿Tratas de arruinar mi boda?

Veo todo suceder a la vez, como si fuera parte de una película que estoy viendo sentada en un cine:

Thibault desenfunda su pistola y abre la verja.

Ozzie se aleja del cenador y echa a correr hacia May.

Lucky se abalanza hacia mí con las manos extendidas, con la esperanza de protegerme de cualquier posible bala.

Marc pone el dedo en el gatillo de su arma y desvía el cañón para apuntar a alguien sentado entre los invitados.

Y May levanta su ramo de flores hacia Marc y grita:

—¡He cambiado de opinión! ¡Ya no quiero una boda urbana!

Dos púas metálicas de Taser escondidas en su ramo salen volando de las flores y se incrustan en el pecho de Marc. Este desvía el arma, que se le cae de la mano inerte mientras su cuerpo se convulsiona varias veces y se arquea hacia atrás antes de desplomarse en el suelo.

May camina hacia él, y, con cada paso, aprieta el gatillo una y otra vez, descerrajando varias descargas eléctricas a través de los cables.

—¡Toma ya, maldito gánster! ¡Te lo tienes merecido por intentar boicotear mi boda!

Capítulo 43

May aparece en la puerta de la casa que conduce al jardín, del brazo de Thibault. Al otro lado de donde estamos Jenny, los niños y yo, en el cenador, aguarda el futuro esposo de May y sus dos padrinos de boda, Dev y Lucky. Este me guiña un ojo, de manera que empiezan a arderme las mejillas. Me he quedado sin ramo y May tampoco tiene, pero no los necesitamos porque aquí quien manda somos nosotras y ponemos nuestras propias reglas.

May nunca ha estado tan guapa. Su hermana le ha arreglado el pelo y el maquillaje, que se le había estropeado por las lágrimas, y el vestido es perfecto, elegante y romántico al mismo tiempo, muy parecido a la chica que lo lleva. May «la Eléctrica» Wexler —el apodo que acaba de ponerse— por fin está lista para recorrer el pasillo hacia el altar, ahora que se ha tomado dos tazas de tila y que el hombre responsable de hacer enfadar a la novia ha sido detenido.

Ozzie parece un gigante apacible bajo el cenador lleno de flores. No parece muy nervioso, pero lo conozco bastante bien. Bajo esa fachada de acero late un corazón que lo siente todo, que absorbe cada emoción de las personas que lo rodean y, sin embargo, siempre consigue arreglárselas para estar pendiente y disponible para sus seres queridos. Por su vida han pasado muchas mujeres, pero solo una se ha quedado en ella. May. Al principio no me convencía del todo, pero ahora estoy segura. Ella es la mujer de su vida. La única.

¿Quién más podría tener los ovarios para detener a un asesino en mitad de su propia boda a base de freírlo a disparos de Taser? Solo May. Es única, eso seguro. Ozzie no merece nada menos.

Desplazo la mirada hacia Lucky. Ya no me cabe duda de que es el hombre adecuado para mí. Antes me engañaba pensando que era Charlie, pero estaba completamente equivocada. Además, casi me convencí a mí misma de que era verdad, cegada por su actitud, por el peligro que lo acompañaba y porque me hacía sentir viva. Mientras yo trataba de superar mi pasado, de huir de los problemas que sufrí en mi juventud, Lucky siempre estaba ahí, a mi lado. Charlie era lo último que necesitaba, pero entonces no me daba cuenta. Como dijo Lucky, yo era la chica que se echaba la culpa de lo que le hacían los demás. Era imposible que estuviera capacitada para elegir una relación saludable. Es probable que por eso no me diera cuenta de que a él le gustaba. Pero ya no soy esa chica. Me niego a serlo.

May llega al cenador y Thibault la acompaña al lado de Ozzie, colocándose luego al lado de su amigo para hacer de padrino; hoy tiene una tarea doble. Empiezan a pronunciar sus votos, pero yo no los escucho. Estoy demasiado absorta contemplando a mi novio. Él mira hacia atrás y sonríe. Esa estúpida barba solo lo hace más sexy. Antes no me gustaba, pero ya me he acostumbrado. Podría afeitarse la cabeza y me resultaría igual de sexy. Creo que eso es lo que hace el amor: te vuelve ciego abriéndote los ojos.

Llega el intercambio de anillos y la feliz pareja se besa, sellando el trato. Lanzo gritos de júbilo junto a todos los demás, aunque me mentalizo para el dolor que eso causará a mis costillas. Sin embargo, por dentro no noto ningún dolor, sino que celebro su amor con ellos. No podría sentirme más feliz por mi jefe y compañero de trabajo y por mi amiga y compañera de equipo, May «la Eléctrica» Wexler.

El banquete empieza en cuanto salimos del pasillo. El personal de *catering* abre veinte bandejas del buffet, al otro lado del césped, y descorcha las botellas de champán. Me quedo al fondo con un vaso de zumo de naranja recién exprimido en la mano.

—¿Te estás divirtiendo? —me pregunta Lucky, bebiéndose otro vaso de zumo a mi lado.

—Sí. Pero empiezo a sentirme cansada. Me duelen las costillas y creo que voy a tener jaqueca.

—¿Quieres que te acompañe dentro?

Desplaza la mano por mi espalda mientras se prepara para guiarme a través del césped.

Niego con la cabeza.

—Aún no. Quiero verlos bailar un poco más.

Estoy hablando de todos los miembros del equipo. Es de vergüenza ajena. Estoy un poco triste por figurar en la lista de lesionados. Me gustaría poder saltar y patalear en la pista de baile con ellos. Están haciendo el ridículo, algo que nunca había querido hacer antes, pero esta noche siento envidia. Me muero de ganas de soltarme la melena, sin importarme lo que la gente piense de mí. Debería haber hecho esto en el instituto, cuando Lucky me pidió que bailara. Tardé diez años en encontrar la senda correcta, y ahora que la he encontrado, estoy demasiado dolorida para seguirla. Por fortuna, es solo un problema temporal. Lucky y yo podremos bailar muy pronto.

—He estado pensando —dice Lucky después de observar unos minutos a nuestros compañeros mientras estos bailan algún tipo de *swing* que no había visto nunca.

—¿Ah, sí? ¿En qué?

—En esta fiesta.

Señala el jardín con el vaso de zumo.

—Está bien, ¿eh? A Jenny se le dan muy bien los planes de última hora. Las chicas Wexler ni siquiera dejan que un posible asesino les agüe una buena celebración.

—Sí. —Hace una pausa antes de continuar—. Tal vez ella podría encargarse de organizar nuestra boda.

Se me acelera el corazón cuando me doy cuenta de lo que está insinuando.

—Tal vez. Pero tendrías que pedírmelo primero. Y, por supuesto, tendría que decirte que sí...

Se ríe.

—No me lo vas a poner nada fácil, ¿verdad?

Me encojo de hombros, con la mirada todavía fija en los bailarines pero sin ver realmente lo que están haciendo.

—No.

—Me parece justo. —Apoya la mano en mi brazo y me atrae hacia sí—. Baila conmigo.

Hace una pausa para tomar nuestros vasos y dejarlos en una mesita cercana antes de volver a estrecharme en sus brazos.

Ambos miramos mi barriga y me río.

—Es más fácil decirlo que hacerlo —digo con gesto apesadumbrado. Es como si estuviera engordando por momentos.

Pone las manos a ambos lados de mi vientre y empieza a balancearse. Sigo el movimiento mientras miro fijamente sus preciosos ojos. Los sonidos de la fiesta se desvanecen y ahora solo lo oigo a él.

—Toni, ¿crees que podrías ser feliz con un tipo como yo durante el resto de tu vida?

Siento que me va a estallar el corazón. Quiero muchísimo a este hombre, pero tengo miedo de fastidiar nuestra relación al decírselo.

—Siempre has estado conmigo, ¿no?

Niega con la cabeza.

—Tienes que decirlo, cariño. No puedes seguir rehuyendo las situaciones difíciles.

Le doy un golpe en el brazo.

—¿Me estás llamando cobarde?

Se acerca más y se inclina hacia mí, besándome en la boca con delicadeza.

—Gallina, eres una gallina, co, co, co... —Sonríe mientras apoya sus labios sobre los míos.

Lo agarro por la nuca y lo atraigo hacia mí para darle un beso más profundo, recordándole con quién se está metiendo antes de soltarlo.

—Bien, ¿quieres que lo diga? Sí. Podría ser feliz contigo para siempre.

Me zumban los oídos ante mi confesión. No me puedo creer que acabe de decirle eso a Lucky, el chico de la pistola de aire comprimido, los dientes de conejo y las gafas, del que he estado huyendo durante demasiado tiempo.

Se detiene y me mira a los ojos, sin rastro de expresión burlona.

—Lo has hecho.

—¿El qué?

Ahora me siento idiota. Intento apartarme, pero él no me deja.

—Me has dejado entrar. —Las lágrimas le humedecen los ojos.

Normalmente le pegaría otra vez por ser tan cursi, pero me doy cuenta de lo que esto significa para él y para mí. Para nosotros. Asiento, llorando con él.

—Sí. Ahora ya sabes mi secreto. Debajo de esta fachada de mujer dura, en el fondo soy una blanda.

Me atrae suavemente hacia él.

—Eres mi pequeña blandengue. Te quiero mucho.

Le acaricio la espalda, sintiendo una alegría inmensa al oír sus palabras.

—Lo has hecho —le digo.

Se inclina hacia atrás para mirarme.

—¿El qué?

—Me has dejado entrar —respondo, utilizando sus mismas palabras.

Asiente y nos miramos a los ojos durante largo rato. Luego un sonido irrumpe en nuestra pequeña burbuja. Es May, y está usando un megáfono.

—¡Eh! ¡Toni y Lucky! ¿Ya os habéis dicho que estáis enamorados el uno del otro o qué?

Sacudo la cabeza despacio mientras vemos a Ozzie quitarle el megáfono de la mano y darle una ligera palmada en el trasero.

—Se va a arrepentir de lo que ha hecho, ya lo creo... —digo, jurando venganza para después de su luna de miel.

Lucky me rodea el hombro con el brazo.

—Lo hace con buena intención. Se ofreció a planear nuestra boda, ¿lo sabías?

Apoyo la cabeza en la mano.

—No, Dios, por favor... Ya lo estoy viendo: yo con un vestido tan grande que no puedo ni pasar por la puerta, quince damas de honor y un grupo de diez niños con flores y anillos.

Lucky se ríe y me estrecha con fuerza.

—No te preocupes, cariño. Estaré contigo.

Capítulo 44

Cuando me pongo de parto, todo está organizado y planeado. Lucky lleva un pijama de quirófano y está sentado en un taburete junto a mi cabeza, y una cortina quirúrgica verde me impide verme la barriga. Uno de nuestros bebés —Milli o Vanilli, no estamos seguros de cuál de los dos—, se ha empeñado en no darse la vuelta y no quiere salir del cálido hogar en el que ha estado viviendo los últimos nueve meses, así que el médico ha programado una cesárea. Estoy temblando de nervios y debido a los fármacos que me han inyectado.

—¿Emocionada? —me pregunta Lucky, y el trozo de barba que no queda cubierto por su mascarilla me hace cosquillas en la cara cuando se inclina.

—Mucho. Y nerviosa. No quiero morir.

Me mira y frunce el ceño.

—No vas a morir. No digas tonterías.

—Todo saldrá bien —dice la anestesista a través de la mascarilla—. Te estaré vigilando como un halcón.

Mira hacia los monitores de encima de mi cabeza conectados mediante cables a mi pecho, mis brazos y, por lo visto, en cinco otros lugares más.

La ignoro y miro fijamente al padre de mis hijos.

—Quiero casarme —dejo escapar.

Supongo que su sonrisa es enorme. Con la mascarilla solo puedo verle los ojos, pero casi desaparecen en sus mejillas.

—¿Ahora?

Asiento, sujetándole la mano con un puño de hierro.

—Sí. Ahora mismo.

Se ríe.

—Ahora no podemos, tonta. Estás a punto de tener dos bebés.

—Mira por encima del hombro izquierdo, por encima de la cortina—. Creo que están empezando a salir.

Vuelve a centrar su atención en mí.

—No abandones esa idea, cariño. Te prometo que no voy a ir a ningún lado. Vamos a sacar a Milli y Vanilli de ahí, y luego llamaremos a Jenny. Ella se encargará de organizarlo todo.

Asiento, inhalando y exhalando lo más regularmente posible para calmarme. Jenny lo hará. Ella se ocupará de todo como una profesional. Le dirá a May que nada de grandes vestidos ni peinados estrafalarios.

—Tú relájate —dice la anestesista—. Todo va a salir bien. Dime si te entran náuseas o mareos.

—¿Lista para empezar? —pregunta el obstetra. Me mira por encima de la cortina y sus ojos castaños pestañean bajo la luz de la sala de partos.

Asiento con la cabeza.

—Sí. Estoy lista.

—¡Bien! —Desaparece detrás de la cortina de nuevo y siento una presión ahí abajo. Siento mucho calor en todo el cuerpo, pero todavía estoy temblando.

—Todo va a ir bastante rápido —dice, zarandeándome un poco el cuerpo con lo que sea que esté haciendo—. Allá vamos...

Las enfermeras se apresuran y otro doctor se inclina.

—El bebé A está saliendo... —dice mi médico.

Al final optamos por no saber el sexo de los bebés, así que solo puedo gritar el nombre que hemos estado usando para el bebé A.

—¡Milli! —grito.

Se oye el débil llanto de un bebé y luego unas risas.

—¡Milli es un niño!

Empiezo a llorar junto con mi bebé.

—Milli es un niño. Lucky, ¿has oído eso?

Lucky también está llorando. Luego se asoma a mirar por encima de la cortina.

—Dios mío, es precioso... —Lucky me mira, riendo y llorando al mismo tiempo.

El médico sostiene al bebé y me lo enseña. Veo un cuerpecillo rojo y una cara arrugada antes de que desaparezca. Se lo pasa a una enfermera, que lo lleva a una especie de cuna. Yo intento con todas mis fuerzas ver algo, deseando que la anestesista se aparte de en medio. No me deja ver nada con esa cabeza y el gorro tan enorme.

—Y el bebé B.... —Sacan de mi interior a un segundo bebé y también arranca a llorar de inmediato—. ¡Es una niña!

—¡Vanilli! —gritamos juntos Lucky y yo.

Entonces nos reímos y lloramos a la vez. Nuestra vida es una locura en este momento.

La levantan por encima de la cortina para que pueda verla antes de que se la entreguen a otra enfermera. Parece una pequeña boxeadora, con esos puños en miniatura, el cuerpo recubierto de sangre y los ojos hinchados. Nunca me he sentido más orgullosa. ¡Mi pequeña luchadora!

Lucky se sienta y me acaricia la mejilla con la mano enguantada.

—Eres tan hermosa, cariño... Has hecho un buen trabajo con esos guisantitos.

—Puedes enjabonarme todo lo que quieras, pero no pienso llamar a nuestra hija Vanilli.

Se ríe, se aparta la mascarilla y se inclina para besarme. En ese momento todo desaparece excepto él, sus labios sobre los míos, su lengua, el olor a su jabón. Todo en él me encanta.

—Te quiero —dice al apartarse.

—Yo también te quiero. —Estoy llorando otra vez. Tanta emoción empieza a poder conmigo.

Mira por encima de la cortina y hace una mueca de dolor.

—Te están volviendo a recomponer. ¿Te importa si voy a echar un vistazo más de cerca a los guisantitos?

Asiento con la cabeza, pues necesito un momento para serenarme antes de verlos yo también. Cuando Lucky está pendiente de mí, es difícil concentrarse; lo quiero con locura.

—Por supuesto. Adelante. No me moveré de aquí.

Me besa rápidamente en la frente y se yergue para acudir junto a las enfermeras, que han juntado las dos cunas. Todo el mundo grita y hace carantoñas a los bebés, lanzando exclamaciones sobre su peso. Los dos superan los tres kilos, lo cual es algo bastante extraordinario en el caso de gemelos, o al menos eso es lo que he leído en uno de mis libros.

Retuerzo un poco el cuerpo mientras los médicos trabajan para coserme. Mi mente divaga y me descubro pensando en Charlie. Por primera vez, me lo imagino sin que esté enfadado. Ahora, la cara que veo en mi cabeza es la que siempre me gustó. Charlie no siempre era un borracho cruel; a veces era feliz, generoso y estaba lleno de vitalidad.

«Lamento mucho haberte quitado eso, Charlie. Lo siento mucho. He estado intentando encontrar la manera de ordenar mi vida desde la noche en que te disparé. Lo he pasado muy mal con todo, y ahora sé por qué. Todo este tiempo, me he estado haciendo la pregunta equivocada: no debería preguntarme por qué hice lo que hice, ni quién tiene la culpa, ni por qué no puedo volver sobre mis pasos y cambiar las cosas. ¿Por qué sucede algo así? Un millar de acciones y de decisiones de un millar de personas se unen en un solo momento y eso tiene un resultado. Si se altera cualquiera de esas variables, el resultado también cambiará. El control es solo una ilusión. La verdad es que ya no sé si hay una pregunta correcta, pero sí creo saber cuál es la respuesta oportuna: el amor es la respuesta. El amor es la razón por la que estoy aquí, por eso sigo luchando, por eso debo olvidar los errores que he cometido y tener esperanza en un futuro imperfecto pero satisfactorio. Si realmente te hubiera amado o me hubiera amado a mí misma, las cosas hubieran ido de otra manera, estoy convencida de ello. Era la falta de amor lo que hacía que todo fuera tan oscuro, tan terrible y destructivo entre nosotros. Charlie, te perdono por lo que me hiciste, a mí y a nosotros, y también me perdono a mí misma por lo que te hice, a ti y a mí. Donde sea que estés, ahora estás bien, lo sé. Ya no acarreas el peso de las imperfecciones de nuestras percepciones y egos humanos y todas esas tonterías. Ahora estás rodeado por el amor de Dios, y me alegra enormemente saber que has encontrado esa paz».

Una luz me invade, de dentro hacia fuera, haciendo que sienta como si irradiara un gran resplandor. Miro a mi alrededor, pero todos actúan con normalidad, como si no la vieran. Sin embargo, los dos bebés dejan de llorar de inmediato. Ellos lo perciben. Al igual que yo, sienten el amor perfecto que llena esta habitación.

Lucky se da media vuelta con una expresión de asombro en el rostro.

—¿Qué acaba de pasar? —pregunta, riendo.

Pronuncio las palabras desde el otro lado de la habitación:

—Te quiero.

Toda su cara se estremece al darse cuenta de lo que acabo de decirle. Las lágrimas destruyen sus diques de defensa y asiente con la cabeza.

—Yo también te quiero —murmura.

—Traedme a esos bebés —digo, tratando de sonar autoritaria.

Todo el mundo se ríe y, al cabo de diez segundos, tengo a dos recién nacidos, uno que parece un rollito rosa y otro que parece un rollito azul, mirándome desde los brazos de mi futuro esposo.